Der Autor

Wolfgang Körner, Jahrgang 1937, lebt als freier Schriftsteller abwechselnd in Dortmund und Bad Reichenhall, ist aber meist auf Reisen. Er veröffentlichte bisher zahlreiche Romane, Erzählungen und essayistische Sachbücher, für die er bislang mit dem Förderpreis für Literatur zum großen Kunstpreis des Landes Nordrhein-Westfalen und dem Annette-von-Droste-Hülshoff-Preis ausgezeichnet wurde. Außerdem schrieb er Drehbücher für Fernsehspiele und Fernsehserien.

Das vorliegende Buch wäre ohne die erfolgreiche Fernsehserie «Büro, Büro» nicht entstanden. Es erzählt jedoch die Handlung der ersten Serienfolgen nicht einfach nach, sondern verdichtet sie zu einem in sich geschlossenen Roman, mit dem der Autor sein Debüt als Satiriker gab.

Im Rowohlt Taschenbuch Verlag sind von ihm bisher erschienen: «Noch mal von vorn anfangen. Männer erzählen, wie sie ihr Leben veränderten» (rororo Nr. 7870) sowie der Roman «Die Zeit mit Michael» (rororo Nr. 12263).

In der Satire-Reihe rororo tomate liegen bisher von Wolfgang Körners einzig wahren, total unentbehrlichen Ratgebern folgende Titel vor: «Der einzig wahre Opernführer» (rororo Nr. 5648), «Der einzig wahre Schauspielführer» (rororo Nr. 5821), «Der einzig wahre Anlageberater» (rororo Nr. 5954), «Der einzig wahre Karriere-Ratgeber» (rororo Nr. 12164) und «Der einzig wahre Patienten-Berater» (rororo Nr. 12324).

Wolfgang Körner

Büro Büro

Der Roman zur Fernsehserie

rororo

Rowohlt

rororo tomate
herausgegeben von Klaus Waller

Veröffentlicht im Rowohlt Taschenbuch Verlag GmbH,
Reinbek bei Hamburg, März 1989

Umschlagillustration Mathias Hütter
Umschlagtypographie Sebastian Raulf
Gesamtherstellung Clausen & Bosse, Leck
Printed in Germany
780-ISBN 3 499 12469 6

»Del Computel ist unsele Zukunft«

DR. INOSHIRO INOUCHI
FRÜHER OSAKA – JETZT DÜSSELDORF

»No future!«

SIGBERT SCHMIDT,
KFM. LEHRLING, LURZER KG

Prolog respektive Präambel: Der Erzähler stellt sich vor.

Wie die Natur so arbeitet: Erst hieß es, ich sei ein Auszubildender, der zu den schönsten Hoffnungen berechtige, und jetzt sitze ich hier in der Altgutablage neben dem Buchhalter Kalinke, kann den Gestank seiner Käsebrote riechen, und alle zwei Stunden kommt Dr. Brockstedt, sieht mir wie der Esel dem Heiligen Balthasar über die Schulter und fragt mich jedesmal dasselbe, ob ich denn mit meinem Bericht wenigstens schon begonnen hätte.

Habe ich, lieber Dr. Brockstedt, ich bin sozusagen im Begriff, ich bin dabei zu beginnen. Obwohl ich im Berufsausbildungsgesetz keinerlei Hinweise gefunden habe, daß ich zu derartigen Arbeiten verpflichtet bin. Aber ich will mal großzügig sein, ich will diesen Auftrag mit besonderer Sorgfalt erledigen, obwohl ich mir darüber im klaren bin, daß es sich um einen der letzten Aufträge handelt, die unser früherer kaufmännischer Leiter und Personalchef Dr. Herbert Brockstedt noch erteilen kann. Gestern, nach dem großen Computer-Desaster, hat Dr. Brockstedt alle seine Kompetenzen verloren. Wenn er mir als einzigem in der Lurzer KG noch Aufträge erteilen darf, handelt es sich dabei vermutlich um einen Akt besonderer Niedertracht, um eine der letzten Demütigungen, die seine Prokuristen-Karriere beenden sollen. Sei es nur darum: Auch wenn Dr. Brockstedt für den Firmeninhaber KONRAD LURZER der letzte Dreck ist – ich als Auszubildender bin für ihn wahrscheinlich etwas Ähnliches. Einer der Gründe, die mich veranlassen, Brockstedts Wunsch nachzukommen, den er mir kurz und knapp verkündete, wie es seine Art ist:

»Schreiben Sie alles auf, Herr Schmidt«, sagte Brockstedt, »was Sie im letzten halben Jahr Ihrer Ausbildungszeit erlebt haben. Aus prinzipiellen Gründen brauche ich einen ungeschminkten Bericht. Ich verlasse mich auf Sie!«

»Wer sich auf den verläßt, der ist von allen guten Geistern

verlassen!« versuchte sich der Buchhalter Kalinke in diesem Moment in das Gespräch zwischen einem leidenden Leitenden Angestellten und einer Ausbildungskraft zu mischen, aber ich blockte diesen Versuch sofort ab:

»Keine Sorge, Herr Dr. Brockstedt! Sie können sich auf mich verlassen! Friede den Bürokraten, Krieg dem Computer! Brockstedt, ich folge Ihnen! Notfalls bis zum vorzeitigen Rentenantrag.«

Unser Chef mit reduzierter Machtvollkommenheit sah mich nach dieser Antwort etwas verwirrt an, aber ich bin mir der Tragweite meiner Äußerungen jederzeit bewußt. Ich bin durch die harte Schule der Lurzer KG gegangen, und ich weiß, daß sich ein deutscher Betrieb, was unüberlegte Äußerungen betrifft, nur unwesentlich vom amerikanischen Bundeskriminalamt unterscheidet, denn für beide gilt: Jede Äußerung kann jederzeit gegen ihren Urheber verwendet werden. Aber ich merke schon, es wird Zeit, daß ich mich endlich vorstelle, bevor ich hier ausbreite, was ich weiß oder vermute, was ich erlebt habe oder erlebt haben könnte: Gestatten, Sigbert Schmidt. Zwanzig Jahre alt. Auszubildender im 19. Lehrmonat. Muß ich mehr von mir berichten, obwohl ich von der Firma erzählen soll? – Vielleicht sollte ich die Frage nach meiner Schulbildung beantworten, denn ich ahne schon, wenn dieser Bericht auf Brockstedts Tisch liegt, wenn ihn Brockstedt an KONRAD LURZER weiterleiten sollte, um sich von der Schuld am gegenwärtigen Zustand unserer Firma zu befreien, wenn dieser Bericht auf dem Tisch eines Arbeitsrichters liegen sollte – irgendwann wird die Brillanz meiner Niederschrift die erstaunte Frage aufkommen lassen, woher meine für einen kaufmännischen Lehrling ungewöhnliche Bildung stammt. Hat der Mann denn überhaupt Abitur? Mit reinem Herzen kann ich freudig antworten, daß ich das Florence-Nightingale-Gymnasium in Castrop-Rauxel wohlversehen mit dem Zeugnis der Reife verlassen habe, dieses Zeugnis allerdings den Beginn eines Studiums frühestens zu meinem dreiunddreißigsten Lebensjahr ermöglicht hätte, weil ein »Sehr gut« in Deutsch und Musik nicht ausreichen konnte, um meine leider nur zwischen »Ausreichend« und »Mangelhaft« changierenden Leistungen in sämtlichen anderen Fächern auszugleichen. Heiliger Numerus Clausewitz: Ich liebe Thomas Mann und Heinrich Mann, und ich bewarb mich als Lehrling bei Mannesmann. Auch dort legte die Ausbildungsabteilung mehr Wert auf die Beherrschung der Grundrechenarten als auf die der Feinheiten des Konjunktivs, ich vermute, weil der Ausbildungsleiter sich selbst nicht im klaren war, wann der I. Konjunktiv angebracht wäre und wann der Konjunktiv II.

Soll ich aufzählen, bei welchen Firmen ich mich um einen der rar gewordenen Ausbildungsplätze bewarb, wie meine Bewerbungen jedesmal vergeblich waren, bis es (mein Vater hatte schon alle Hoffnungen fahrenlassen) endlich zu einem Einstellungsgespräch bei der Konrad Lurzer KG kam, die als bedeutendster Hersteller von Trimm- und Sportgeräten Deutschlands gilt? Sparen wir uns die Aufzählung der Mißerfolge, ich will von meinem Erfolg bei der Lurzer KG reden, wo allerdings meine Kenntnisse des klassischen Kulturerbes nur deshalb den Ausschlag gaben, weil sie sich auch auf Musik erstrecken.

»Wie finden Sie eigentlich die Qualität meiner Hi-Fi-Anlage?« fragte mich Dr. Brockstedt, als ich neben meinem traurig gewordenen Vater in Brockstedts geräumigem Büro auf einer Stuhlkante saß.

»Ganz ausgezeichnet!« sagte ich. »Nur die Bässe müßten etwas nachgeregelt werden!«

»Und welche Schallplatte höre ich gerade?«

»Rienzi in einer Karajan-Einspielung«, antwortete ich. »Aber wenn mir diese Bemerkung gestattet ist, ich finde Lenny Bernstein entschieden überzeugender!«

Brockstedt kniff seine kleinen listigen Augen hinter der Brille zusammen, betrachtete mich von oben bis unten und eilte dann mit schnellen kurzen Schritten zur Tür, die sein Büro vom Vorzimmer trennte.

»Frau Schneider!« rief er, als er die Tür geöffnet hatte. »Sie können den anderen Bewerbern eine Absage erteilen! Die Lehrstelle, also ich meine natürlich den Ausbildungsplatz, also, diese Stelle ist vergeben!«

Dr. Brockstedt drehte sich um, kam zu mir und streckte mir seine Hand entgegen, die ich freudig ergriff: »Ich beglückwünsche Sie zu Ihrem Ausbildungsplatz bei der Lurzer KG!«

»Ich beglückwünsche Sie auch!« antwortete ich, und dann fügte ich noch hinzu, was ich nur Menschen gegenüber äußere, die mir auf den ersten Blick sympathisch sind und was ich vorsichtshalber auch dem Leser dieser Aufzeichnungen zurufen möchte: »Ich heiße Sigbert, aber Sie dürfen ruhig Siggi zu mir sagen!«

Ja. So war das. Und jetzt sitze ich hier in der Altgutablage, leise summt die elektronische Schreibmaschine, die bei der geringsten Berührung loslegt, und ich überlege, wie ich diesen meinen Bericht anfangen soll. Man könne mit seinem Anspruch an sich nicht hoch genug ansetzen, sagte unser Deutsch-Studienrat nicht selten. Wohlan:

Es begab sich zu der Zeit, als Helmut Schmidt noch Kanzler der Bundesrepublik war ... das wäre ein meinem Vorsatz entsprechender Beginn dieses Berichts, aber da sträubt sich mir auch schon die Schreibmaschine. Was ist der Bundeskanzler, vergleicht man ihn mit den Käsebroten Kalinkes, dem Rasierwasser unseres entlassenen früheren Verkaufsleiters Patrick Leclair oder dem Liebreiz der auch von mir verehrten Stenotypistin Gabriele Neuhammer aus dem ehemaligen Schreibzimmer? Soll ich mit Gaby anfangen oder mit Kalinkes Käsebroten, mit Meister Brasch aus der Endfertigung, mit Brockstedt, Frau Schneider oder gar mit dem erhabenen KONRAD LURZER, dem dieser Betrieb gehört?

»Fangen Sie an, wo Sie wollen und wie Sie wollen!« meinte Dr. Brockstedt, als er mir diesen ungewöhnlichen Auftrag erteilte. »Und lassen Sie sich von niemandem in Ihre Arbeit reinreden!«

Na also. Ist das kein Wort? Ich liebe die Musik, und Annette Münzberg sieht wie eine aufgenordete Carmen aus, die ein grausames Schicksal zum nervenzerfetzenden Dasein einer Aushilfsstenotypistin verdonnert hat, die von ihrem Arbeitgeber, der Personal-Service-GmbH, zu allen möglichen Firmen geschickt wird, wo eine unersetzliche Schreibkraft zu ersetzen ist. Ist das ein Anfang? Soll ich meinen Bericht damit beginnen, wie Annette mit ihrem ledernen Kosmetik-Koffer aus ihrem Volkswagen steigt und erstmalig den Duft der Lurzerwelt durch ihre wohlgeformten Nasenlöcher strömen läßt? Oder sollte ich doch mit Gabriele Neuhammer und Gerhard Semmler anfangen, die in diesem Bericht zusammen mit Irmgard Klose und Albrecht Brasch für die ganz große Liebe stehen, ohne die es in den Büros noch trostloser aussähe, ohne den unberechenbaren Produktionsfaktor L, der sich immer wieder zwischen die nüchternen Geschäftsvorfälle schiebt und mitunter ganze Abteilungen rosa färbt?

Aber was bedeutet Liebe noch angesichts der immer mehr um sich greifenden Mode, Menschen durch mikroprozessorgesteuerte Computer zu ersetzen? Abgesehen davon will Dr. Brockstedt einen Bericht über personalpolitisch bedeutsame Vorgänge oder will er erfahren, was seinen Augen gewöhnlich geflissentlich verborgen blieb, will er sich womöglich noch auf seine alten Tage mit dem Faktor L vertraut machen?

»Wahrscheinlich will er herausfinden, weshalb er plötzlich ohne Macht und Einfluß als ›Direktor für besondere Koordinationsaufgaben‹ im Regen steht«, sagt Kalinke, der soeben neben mich getreten ist, was mich zwingt, in eine andere Richtung zu blicken. »Er will die Ursachen seines Niedergangs erfahren und daraus lernen!«

Wirklich, Herr Kalinke? – Wenn es so ist, muß ich diesen Bericht unter ein Wort unseres längst verstorbenen Firmengründers Adolf Lurzer stellen, das sich wie ein roter Faden durch die Firmengeschichte zieht:

WIR WISSEN ZWAR NICHT WAS WIR WOLLEN, ABER DAS WOLLEN WIR MIT ALL UNSERER KRAFT.

Und noch was: Ich kenne die Art und Weise, wie Dr. Brockstedt einen Bericht skeptisch beäugt, wie er den Kopf zweifelnd von einer Seite auf die andere wiegt und Fragen an seine Sekretärin richtet:

»Dieser Schmidt, woher will er das eigentlich alles wissen, was er da ausbreitet? Der kann doch nicht überall dabeigewesen sein! Unverschämtheit, so was!«

Lieber Dr. Brockstedt! Ehrenwort, ich habe mitbekommen, was ich hier aufschreibe, und sofern ich es nicht mitbekommen habe, ist es nach meinem besten Wissen und Können frei erfunden. Wie die Natur so arbeitet.

Auszug aus dem Organisationsplan der Konrad Lurzer KG

(ausgezogen und mit unmaßgeblichen Anmerkungen versehen von Sigbert Schmidt)

Stand: 1. Juli

Direktion:
KONSUL DR. H.C. KONRAD LURZER
(52 Jahre, bevorzugt Nadelstreifenanzüge bzw. häßliche grüne Lodenkleidung – der Mann, dem der Laden gehört, der das letzte Wort hat und, erfreulicherweise, meist auf der Jagd ist.)

Chefsekretariat:
CHRISTA DOLF
(32 Jahre, vergleichsweise attraktiv; seine Sekretärin, die ihn häufig, aus rein geschäftlichen Gründen, bei der Jagd begleitet.)

Kaufmännische Leitung und Personalangelegenheiten:
DR. HERBERT BROCKSTEDT
(58 Jahre, pedantischer Wagner-Fan mit Vorliebe für Prinzipien: Konrad Lurzers linke Hand.)

Sekretariat:
HELMA SCHNEIDER
(35 Jahre, geschieden, sozusagen Brockstedts 007; lebt nur für die Firma und ihren früheren Ehemann.)

Verkauf Ausland:
PATRICK LECLAIR
(45 Jahre alt; trägt Maßanzüge und Kölnisch Juchten. Englisch, Französisch, Spanisch mäßig – Intrigen sehr gut.)

Sekretariat:
Helga Mertins
(28 Jahre; glücklich verheiratet, arbeitet nur, weil sie das Geld für den Bausparvertrag benötigt.)

Buchhaltung und Finanzen:
Ferdinand Kalinke
(46 Jahrte alter, vergleichsweise fähiger bilanzsicherer Buchhalter. Einziges Hobby: Limburger Käse.)
Isolde Koch
(48 Jahre alt, aber neidisch und mißgünstig wie zwei Hundertjährige mit unglücklicher Kindheit.)

Sachbearbeiter Verkauf Inland:
Gerhard Semmler
(28 Jahre; kaufmännischer Angestellter, ungemein liebesfähig und trotzdem [oder deshalb] ledig.)
Albin Thieme
(45 Jahre; verheiratet, ängstlich bis furchtsam, völlig unter den zierlichen Pantoffel seiner Frau geraten. Meist frustriert.)

Kalkulation:
Franz Sedladcek
(61 Jahre; schreibt mit seltsamen Sütterlin-Buchstaben und ist, was die Kunst des Rechnens betrifft, besser als jede Maschine.)
Heinz Böckelmann
(46 Jahre, verheiratet, steigt Frauen nach.)

Zentraler Schreibdienst:
Ida Hanisch
(35 Jahre; Leiterin des Schreibdienstes und Mitglied des Betriebsrats; Privatleben: streng geheim.)
Irmgard Klose
(57 Jahre alt; Stenotypistin. Neigung zu Depressionen. Wichtigste Bezugsperson: Wellensittich Hansi.)

Gabriele Neuhammer
(19 Jahre, Stenotypistin; eigentlich Schlagersängerin. Liebt auffällig bunte Kleidung und leidet ständig an Übergewicht.)
Renate Gerlach
(23 Jahre; kurzhaarig, schnippisch, Leserin von Lore-Romanen. Leclair hat so seine Vermutungen: Ob sie tatsächlich eine geheime Tochter Brockstedts ist?)

Abteilung Werbung und Public Relations:
Günter Watzmann
(32 Jahre alt, Bhagwan-Anhänger mit Erfahrung in Transzendentaler Meditation und Reinkarnationstherapie. Davon abgesehen verhältnismäßig normal.)

»Wir wissen zwar nicht was wir wollen, aber das wollen wir mit all unserer Kraft.«

Ein Bericht über die Einsparung von Menschen durch immer schönere Maschinen, die damit verbundenen personellen Veränderungen, den Aufstieg des Prokuristen Dr. Herbert Brockstedt zum Frühstücksdirektor sowie den Zusammenbruch der Konrad Lurzer KG.

Unter besonderer Berücksichtigung des Faktors L dargestellt von Sigbert Schmidt, Auszubildender im II. Ausbildungsjahr.

Kaputt I

Auch wenn Günter Watzmann, der seine Arbeit in der Werbeabteilung unserer Firma in kräftiges Bhagwan-Orange gekleidet und mit der Mala um seinen Hals verrichtet, anderer Ansicht ist: Alles hat irgendwann seinen Anfang. Allerdings kann man darüber streiten, wo dieser Anfang jeweils zu suchen ist. Wenn ich hier behaupte, daß der Niedergang unserer Firma genau in jenem Moment begann, als Annette Münzberg erstmalig ihren Volkswagen auf das Firmengelände fuhr, kann ein kleinlicher Leser (Entschuldigung, Herr Dr. Brockstedt) einwenden, daß Annette unsere Firma niemals betreten hätte, wäre Irmgard Klose aus dem Schreibzimmer nicht einmal mehr und ein paar Tage zuviel erkrankt. Dagegen wiederum ließe sich einwenden, daß Irmgard Klose nicht erkrankt wäre, wäre sie nicht geboren worden, der Anfang des Niedergangs der Firma also bereits vor siebenundfünfzig Jahren begonnen hätte, also schon vor jenem Tage, an dem Adolf Lurzer die Gründung des Unternehmens ins Handelsregister eintragen ließ. Hilft aber ein solches Schürfen nach Anfängen? Ich bin der Ansicht, daß es lediglich die ohnehin verworrenen Vorgänge in der Konrad Lurzer KG noch mehr verwirrte, ließe ich mich auf Watzmanns Behauptung ein, alles hinge miteinander zusammen. Es würde letztlich darauf hinauslaufen, hier zu untersuchen, ob nicht die Anfänge des Endes der Konrad Lurzer KG irgendwo bei Adam und Eva zu suchen sind oder, noch früher, aus jenem Augenblick resultieren, wo das Leben durch einen heftigen Flirt zweier Moleküle in der Ursuppe aus toter Materie entsprang. Zurück also zu Annette Münzberg.

An jenem Morgen sah es auf dem Gelände unserer Firma nicht anders aus als an anderen Arbeitstagen. Große Ereignisse werfen ihre Schatten eben nicht immer voraus. Ich hatte mein Mofa gerade an seinem, mir von Frau Schneider zugewiesenen Parkplatz auf dem Firmengelände abgestellt, als ein knallroter VW Golf in ziemlich zügiger Fahrt an den Schlagbaum heranfuhr, der gerade senkrecht stand und etwa in Richtung Sirius wies. Senkrecht stand der Schlagbaum, weil Patrick Leclair, der damals noch die Verkaufsabteilung leitete, seinen Opel auf den Parkplatz gefahren hatte. Flutsch, blitzartig, bevor unser hinkender Pförtner den Schlagbaum wieder in die waagerechte Grundstellung sausen lassen konnte, nutzte die Fahrerin des Volkswagens die günstige Gelegenheit. Sie fuhr hinter Leclair auf den Platz, stellte ihren Wagen auf eine mit ordentlichen weißen Linien als Dr. Brockstedts Parkplatz ausgewiesene Fläche und verließ das Fahrzeug dann mit ihrem Kosmetik-Koffer, um direkt zu den Glastüren des Verwaltungsgebäudes zu eilen. Ehrlich gesagt, sowohl Leclair als auch ich hätten den Keim des Anfangs des Lurzer-Zusammenbruchs in diesem Moment aus der Welt geschafft, wäre die Fahrerin des gegen sämtliche Anordnungen falsch geparkten Fahrzeugs nicht mit einer Schönheit ausgestattet gewesen, die uns den Atem raubte. So standen Leclair und ich mit offenem Munde wie erstarrt und bewegten uns erst wieder, als Annette im Verwaltungsgebäude verschwunden war.

»Mann«, stöhnte Leclair. »Die muß sich verlaufen haben!«

»Wer weiß!« sagte ich, während wir ihr langsam zum Verwaltungsbau folgten. »Wer weiß! Vielleicht ist heute endlich mal die Welt in Ordnung!«

Im Schreibzimmer saß damals Frau Hanisch, die für die ordentliche Abwicklung der Schreibarbeiten zuständig war. Sie hatte ihren Schreibmaschinentisch neben ein Fenster direkt an die Längswand gestellt, von wo aus sie den Betrieb im Schreibbüro am besten im Auge behalten konnte. Als Frau Schneider Annette ins Schreibzimmer führte, hatte sie die Augen auf die beiden Stenotypistinnen Gabriele Neuhammer und Renate Gerlach gerichtet. Renate lackierte ihre Fingernägel für den Tag, und Gabriele las im »Musik-Expreß«. Beide stellten ihre Tätigkeiten sofort ein, als Brockstedts Sekretärin ins Zimmer kam, und weil zwischen Frau Hanisch und Frau Schneider ständig eine Art Kriegszustand herrschte, holte Frau Hanisch vorsichtshalber tief Luft, um ihrer alten Feindin notfalls eine giftige Bemerkung an den Kopf schleudern zu können, aber Frau Schneider hatte ausnahmsweise nichts Böses im Sinn, ganz im Gegenteil, sie stellte Annette Münzberg mit zuckersüßer Stimme als jene Aushilfsschreibkraft vor, die man für die Dauer der Erkrankung von Frau Klose bei der Personal-Service GmbH angefordert hatte.

»Ich hoffe, Sie werden sich wohl bei uns fühlen!« sagte Frau Hanisch, was ihr endlich Gelegenheit gab, die angesammelte Luft aus ihren Lungen zu lassen.

»Wenn das Betriebsklima meinen Vorstellungen entspricht«, sagte Annette, »steht einer befriedigenden Zusammenarbeit nichts im Wege!«

Jetzt hätte Frau Hanisch Atemreserven gebrauchen können, um dieser Aushilfskraft auf gebührende Weise zu antworten, aber wie es nun einmal im Leben ist, was hin ist, ist hin.

Soll ich jetzt davon berichten, wie Frau Hanisch säuerlich lächelnd Annette mit den besonderen Gepflogenheiten der Lurzer KG hinsichtlich der Abwicklung des Schriftwechsels vertraut machte? Muß ich kleinlich ausführen, daß von jedem der mit Hilfe altmodischer Diktiergeräte anzufertigenden Briefe vier Durchschläge zu tippen waren, von denen einer (weiß) für die Akte des Sachbearbeiters, ein zweiter (gelb) für die Buchhaltung, ein dritter (grün) für den Außendienst und ein vierter (rot) für Dr. Brockstedt bestimmt war? Wenn ich mich schon zu dieser Gründlichkeit zwinge, kann ich auch nicht verschweigen, daß sämtliche Durchschläge in den Farben Weiß, Gelb und Grün sofort in die Papierkörbe der jeweiligen Abteilungen wanderten, und daß nur die roten Durchschläge von Frau Schneider in Leitz-Ordnern gesammelt wurden, die in zwölf Stahlschränken in Brockstedts Vorzimmer untergebracht waren.

Soll ich erzählen, wie Annette ihren Kosmetik-Koffer auspackte und nacheinander a) ein Foto ihres Freundes Harry vor seinem Mercedes 250 SL, b) ein silbernes Tischfeuerzeug (Cartier), c) eine silberne Tischuhr (auch Cartier) auf dem Schreibmaschinentisch Frau Kloses ausbreitete, die sie vertreten sollte?

Auch wenn Dr. Brockstedt immer Wert auf Vollständigkeit und Genauigkeit legt, ich will lieber auf einen Spruch hinweisen, den der Angestellte Gerhard Semmler irgendwann einmal an die

Wand neben dem Schreibtisch Frau Kloses geheftet hatte, wo er über Frau Kloses Lieblingstopfpflanze (einer Azalee, die niemals blühte) langsam vergilbte, weil sich zwar alle Schreibkräfte regelmäßig über diesen Spruch ärgerten, aber jede viel zu träge war, ihn von der Wand zu nehmen:

> AUCH ANDERE MACHEN FEHLER.
> ABER WIR HABEN AUCH DABEI DIE MEISTE ERFAHRUNG.

Auch der wachste Auszubildende verfügt nicht über die Gabe, an mehreren Orten gleichzeitig zu sein, und so bin ich auf die Wiedergabe von Beobachtungen Gerhard Semmlers angewiesen, wenn ich hier schildere, was sich ereignete, als Dr. Brockstedt an diesem unglückseligen Tage gegen neun Uhr in seinem dunkelgrünen Ford den Schlagbaum passierte: Dr. Brockstedt grüßte den Pförtner freundlich, fuhr am Schlagbaum vorbei und steuerte seinen Parkplatz an, auf dem (der Leser weiß in diesem Buch immer mehr) ein Volkswagen stand, den Brockstedt noch nie zuvor gesehen hatte.

»Herr Zerbanic!!!« brüllte Brockstedt mit seiner kräftigen, wenngleich gelegentlich etwas schrillen Stimme, was unseren Pförtner veranlaßte, mit großen, hinkenden Schritten zu ihm zu eilen.

»Herr Dr. Brockstedt??«

Brockstedt deutete mit dem zitternden Zeigefinger seiner rechten Hand auf Annettes Wagen:

»Hier ... dieser Wagen ... weshalb haben Sie das nicht verhindert?«

Der Pförtner nahm seinen ganzen Mut zusammen: »Ihre neue Anweisung, Herr Doktor! Ich darf doch meine Kabine außerhalb der Pausen nicht mehr verlassen!«

»So!« sagte Dr. Brockstedt. »Und wo befinden Sie sich gegenwärtig?«

Mut gegenüber Vorgesetzten, Herr Dr. Brockstedt, sei eine Tugend jedes Auszubildenden. Das haben Sie mir mehrfach erklärt, und so will ich einmal mehr diese Tugend demonstrieren. Entschuldigung, aber aus meiner unmaßgeblichen Sicht läutete Ihre Handlungsweise an diesem Morgen das Ende der Lurzer KG ein. Ordneten Sie etwa sofort an, daß dieser widerrechtlich auf Ihrem Parkplatz geparkte Wagen sofort zu entfernen und notfalls abzuschleppen sei? Kündigten Sie einen Verweis, eine Verwarnung, die fristlose Entlassung des Parkplatz-Täters zumindest wütend an? Nichts davon! Ich vermute, daß Sie so schnell wie möglich in Ihr Büro wollten, um dort eine soeben erworbene Schallplatte auf den Plattenteller Ihrer Hi-Fi-Anlage zu legen und sich wieder einmal Richard W. hinzugeben. Nur aus diesem Grunde, so vermute ich, stellten Sie Ihr Fahrzeug kurzerhand gleichfalls auf einem fremden Parkplatz ab. Ausgerechnet auf dem Parkplatz unseres geliebten und verehrten Firmeneigentümers, auf dem Parkplatz KONRAD LURZERS, den Sie auf der Jagd oder zumindest auf einer Geschäftsreise vermuteten. Nur aus diesem Grund, Richard W. wie Wagner, setzten Sie sich nicht sofort und auf der Stelle und unter allen Umständen durch. Und wenn Sie mich fragen, an diesem Tag pflanzten Sie den Setzling des Niedergangs unserer Firma neben die vertrocknete Liguster-Hecke, die sich hinter dem Stacheldrahtzaun um das Firmengelände schlängelt. Auch wo kaum etwas anderes wächst, die Saat des Untergangs geht überall auf. Sie braucht nicht gegossen zu werden, sie bedarf keiner Pflege, sie schießt hoch wie der Spargel im Mai. Auch wenn mir diese Bemerkung Nachteile einbringen kann, Mut gegenüber Vorgesetzten ist eine Tugend. Tugendsam erkläre ich hier, daß Firmen wie Fische meist am Kopf zu stinken beginnen. Wenn ich hier ausführlich über unsere Firma schreibe, komme ich nicht umhin, auch über Sie zu schreiben, und für den Fall, daß mir daraus Nachteile erwachsen sollten, verweise ich vorsichtshalber auf das Berufsausbildungsgesetz, das meinen Ausbildungsplatz mit einer Eigenschaft ausstattet, von der die meisten Inhaber anderer Arbeitsplätze nur träumen können. Ich bin unkündbar.

Wenn Hi-Fi-Fanatismus strafbar wäre, Dr. Brockstedt säße längst in lebenslänglicher Einzelhaft. Wenn Hi-Fi ein Scheidungsgrund wäre, Fanny Brockstedt hätte sich längst von ihrem Mann getrennt. Wenn man ihn aufgefordert hätte, zu erklären, wofür er lebe, er hätte nicht lange nachdenken müssen. Zuerst, selbstverständlich, kam für ihn seine eigene Person. Danach kam die Musik, und nach der Musik kam lange Zeit nichts. Danach vielleicht die Konrad Lurzer KG, sein Dackel Rin-Tin-Tin, sein Sohn Georg, schließlich seine Frau Fanny. Das größte Glück für ihn wäre gewesen, wenn er sonntags mit einer Kassette Wagner-Musik im Walkman, mit übergestülpten Kopfhörern, begleitet von Rin-Tin-Tin, Georg und Fanny, stundenlang immer an der Liguster-Hecke entlang hätte um das Lurzer-Firmengelände herumspazieren können, was leider nicht möglich war, weil KONRAD LURZER gelegentlich auch am Sonntag sein Büro aufsuchte. Die Anwesenheit von Hund, Sohn und Ehefrau auf dem Betriebsgelände hätte Brockstedt *seinem* Chef schwerlich begründen können. Mit der Hi-Fi-Anlage in seinem Arbeitszimmer war das anders. Musik, so hatte er KONRAD LURZER erklärt, wirke auf ihn wie ein Cocktail aus Pervitin, Captagon und Baldrian. Sie beruhige ihn und befähige ihn gleichzeitig zu den kühnsten und zukunftsweisendsten Entschlüssen. Eine Firma zu leiten, hatte er erklärt, sei etwas ähnliches wie die Tätigkeit des Dirigenten, nur durch gekonntes und harmonisches Zusammenspiel von Fertigung und Vertrieb, Innen- und Außendienst, Einkauf und Verkauf seien optimale Ergebnisse zu erzielen. Das hatte KONRAD LURZER eingeleuchtet. Er hatte Brockstedt gestattet, die Stereo-Anlage in seinem Büro aufzubauen und nur den Vergleich mit dem Dirigenten höflich korrigiert:

»Wir wollen mal sagen, Sie sind der Erste Geiger in diesem Orchester!« hatte er gesagt. »Der Dirigent bin immer noch ich!« Langer Schreibe kurzer Sinn: Es war also völlig legitim, daß Brockstedt, sofort als er sein Büro betreten hatte, seine neue Schallplatte auf das Tandberg-Laufwerk seiner Hi-Fi-Anlage legte, den Verstärker einschaltete und erst danach seinen Mantel auszog, sich in den daunengepolsterten Chef-Sessel hinter seinem

Schreibtisch sinken ließ und sich bei den ersten Tönen der eine halbe Stunde zuvor erworbenen Schallplatte auf die schwierigen Unternehmerentscheidungen vorbereitete, die auch jener Tag wieder von ihm verlangen würde.

»Guten Morgen, Herr Dr. Brockstedt!« begrüßte ihn Frau Schneider, während sie das Tablett mit dem Morgen-Kaffee vorsichtig auf seinen Schreibtisch stellte.

»Was Besonderes in der Post?« fragte Brockstedt wie jeden Tag.

Frau Schneider eilte aus dem Zimmer und kam mit der Postmappe zurück: »Nichts Besonderes! Frau Klose hat ein weiteres Attest geschickt, und die Personal-Service hat endlich für eine Vertretung gesorgt! Münzberg heißt sie!«

Brockstedt hatte seine Augen glücklich geschlossen und badete in Richard W.

»Taugt sie was?« fragte er unwillig, und als das Telefon auf seinem Schreibtisch klingelte, hob er verzückt den Kopf, weil er auch dieses Geräusch Richard W. zuordnete, was sich als Irrtum erwies, als Frau Schneider den Hörer abgenommen hatte, aus dem eine laute Männerstimme sie mit wütenden Beschimpfungen überschüttete, die sie nur mit dem Wort Jawohl beantworten konnte. Brockstedt sah sie mit fragenden Blicken an:

»Ist was nicht in Ordnung?«

»Nichts ist in Ordnung!« sagte Frau Schneider. »Herr Lurzer beklagt sich darüber, daß Sie auf seinem Parkplatz stehen!«

»Und wer steht auf meinem Parkplatz?« fragte Dr. Herbert Brockstedt, Personalchef und kaufmännischer Leiter, Ppa. und was weiß ich noch. (Geneigter Leser: Die Lichtgeschwindigkeit erscheint langsam wie eine sehr müde Schnecke, die aus irgendeinem sinnlosen Grund an einer Glasplatte hochkriecht, vergleiche ich sie mit der Geschwindigkeit, mit der sich ein Gerücht oder eine andere Neuigkeit in unserer großen, glücklichen Betriebsfamilie herumspricht. Selbstverständlich wußte auch Frau Schneider, was längst alle wußten, daß eine Aushilfskraft mit einer mutigen und schnellen Entscheidung gewagt hatte, was keiner je zuvor wagte, und weil Frau Schneider eine loyale Sekretärin war, verbarg sie ihren Wissensvorsprung nicht vor ihrem Chef.)

»Ich glaube, die Aushilfe im Schreibzimmer fährt einen roten VW! Wenn ich ihr Bescheid sagen soll...«

»Lassen Sie mal!« sagte Brockstedt. »Das besorge ich selbst!«

Wieder bin ich gezwungen, ein Gemisch aus Vermutungen, Gerüchten und jenen Informationen aufzubereiten, die ich Gaby Neuhammer in einem ihrer seltenen schwachen Momente entlokken konnte, aber so arbeitet die Natur nun einmal. Diejenigen, die genau Bescheid wissen, schweigen oft, und wenn diejenigen, die nicht genau Bescheid wissen, nicht alles daransetzten, so zu tun, als wüßten sie genau Bescheid, bliebe vieles für immer unausgesprochen. Es gäbe nur langweilige Zeitungen, nur wenige oder überhaupt keine Literatur. Selbst Richard W. würde anders klingen, hätte irgendwer von ihm verlangt, nur solche Töne in Noten umzusetzen, die er irgendwann nachweislich selbst mit seinen eigenen Ohren gehört hätte. Ich, Siggi Schmidt, bringe das hier in diesem Bericht offen zur Sprache: Es gibt ein Wissen, das eigener Anschauung nicht bedarf. Übrigens, wenn ich hier diesen vergleichsweise belanglosen Vorfall, das Abstellen eines Fahrzeugs auf einem fremden Parkplatz, so breit schildere, bin ich mir dessen bewußt. Die Welt ist alles, was der Fall ist, und der Teufel steckt, auch und gerade was den Niedergang der Lurzer KG betrifft, im Detail. Deshalb muß ich erwähnen, was im Schreibzimmer passierte, als Annette Münzberg zwei Stunden auf dem in seiner Höhe hydraulisch verstellbaren Schreibmaschinen-Spezialstuhl hockte, den die erkrankte Frau Klose als einzige Angestellte der Lurzer KG im wahrsten Sinne des Wortes besaß, weil sie durch Vorlage eines ärztlichen Attestes nachgewiesen hatte, daß eine ihrer Bandscheiben vorgefallen war; einer der wenigen Vorfälle, die sich im sonst ziemlich ereignisarmen Leben dieser Stenotypistin ereignet hatten. Aus diesem Grunde ist auch nicht gewiß, ob Frau Klose wegen dieser Rückenerkrankung von ihrem Hausarzt arbeitsunfähig geschrieben worden war, oder wegen Depressionen. Das ist für diese Geschichte an dieser Stelle auch vollkommen unerheblich. Wichtig ist allerdings, daß Annette sich bereits in die Gepflogenheiten im Schreibzimmer zu fügen begann. Sie hatte, als Dr. Brockstedt den Raum betrat, eigenhändig Kaffee für die Stenotypistinnen gekocht, und sie saß mit dem über ihre Ohren gestülpten Kopfhörer des Diktiergerätes hinter der Schreibmaschine, versuchte, das weitgehend unkontrollierte Gestammel des Sachbearbeiters Albin Thieme von der Platte, die er besprochen hatte, auf einen Briefbogen zu übertragen. »Hören Sie mal«, sagte Brockstedt, als er mit hochrotem Kopf neben Annettes Schreibtisch stand. »Sie stehen auf meinem Parkplatz! Würden Sie Ihren Wagen vielleicht freundlicherweise anderswo abstellen?«

Ich habe darauf hingewiesen und jene sorgfältigen Leser, die ich mir wünsche, haben es noch in den kleinen grauen Zellen ihres Bio-Computers unter der Schädeldecke gespeichert: Annette hatte den Kopfhörer über ihre zierlichen Ohren gestülpt und verstand mit Mühe und Not, was Thieme diktiert hatte. Den kleinen, vielleicht fünfzigjährigen Mann, der neben ihrem Schreibtisch stand und auf sie einredete, hielt sie für eine Vision, erst als ihr Brockstedt den Kopfhörer wütend heruntergerissen hatte und seine Anordnung (oder Bitte?) noch mal ausgesprochen hatte, lächelte sie ihn freundlich an und gab ihm eine genauso freundliche Antwort:

»Selbstverständlich! Ich werde meinen Wagen sofort auf einen anderen Parkplatz stellen! Würden Sie mir bitte erklären, wo ich künftig zu parken habe?«

An dieser Stelle muß ich meine Trauer durch einen dicken schwarzen Stich ausdrücken. ——

Denn auf diese höfliche Frage wußte Dr. Brockstedt nicht zu antworten, weil es auf dem ganzen Lurzer-Gelände keinen anderen freien Parkplatz gab. Der Umstand, daß Annette einen Wagen besaß, Frau Klose aber nicht, hatte die wohlausgewogene Parkplatz-Homöostase durcheinandergebracht, und Brockstedt sagte, Annette solle an diesem Tag ihren Wagen auf seinem Parkplatz stehen lassen. Er würde ihr entgegenkommen und seinen Wagen an diesem Tage außerhalb des Firmengeländes abstellen. Das tat Brockstedt dann auch. Jeder Niedergang beginnt mit scheinbar belanglosen Kleinigkeiten. Was ist die vornehmste Aufgabe des Auszubildenden? Der Auszubildende hat aus fremden Fehlern zu lernen. Niemals, Herr Dr. Brockstedt, werde ich es zulassen, daß ein Fremder sein Fahrrad an jenen Ständer anschließt, der mir für mein Mofa zugewiesen ist. Am Anfang verloren Sie, für einen Tag, Ihren Parkplatz. Am Ende verloren Sie, für den Rest Ihres Lebens, Ihre Macht, was mir endlich die Gelegenheit gibt, dieses Kapitel mit dem 1. Schmidtschen Gesetz abzuschließen:

WER SICH NICHT STÄNDIG DURCHSETZT,
WIRD IRGENDWANN ABGESETZT.
(Ausnahmen bestätigen die Regel)

Kaputt 2

Es leben die Bürokraten! Tod dem Mikroprozessor! He, ho, heh, die Gaby ist okay! Nachdem wir, hoffe ich, Brockstedt und Annette einigermaßen kennen, werde ich mich entschlossen noch länger im Schreibzimmer aufhalten, das für alle männlichen Mitarbeiter der Lurzer KG ohnehin der beliebteste Aufenthaltsort war, bevor durch die Einführung der Diktiergeräte der unmittelbare persönliche Kontakt zwischen (meist männlichem) Sachbearbeiter und (meist weiblicher) Schreibkraft unterbrochen und durch eine Maschine ersetzt wurde. Ich weiß, es sollte der Rationalisierung dienen, wenn diese Geräte zwischen Sachbearbeiter und Schreibkraft geschaltet wurden – aber war das wirklich der einzige, der ausschlaggebende Grund? Oder war es nicht vielmehr so, daß sich Frau Schneider nach ihrer Scheidung für diese Neuerung einsetzte? War nicht der Umstand, daß sie den Stenotypistinnen im Schreibzimmer den ständigen Kontakt mit Männern wie Leclair, Semmler, Thieme, Böckelmann (und wie sie alle heißen) neidete, weil sich ihr eigener Kontakt weitgehend auf Dr. Brockstedt beschränkte? Wie auch immer: Hätte nicht das Diktiergerät seine verhängnisvolle Rolle voll ausspielen müssen, es wären der Lurzer KG einige Verwicklungen erspart geblieben, und bevor ich das hier näher erläutere, weil ich das 2. Schmidtsche Bürogesetz begründen möchte, muß ich mich Gabriele Neuhammer nähern, was hier, auf dem unschuldigen Papier, gefahrloser möglich ist als in der Wirklichkeit, wo solche Versuche Ärger mit Gerhard Semmler nach sich ziehen.

Auch wenn Gaby das für eine neunzehnjährige Stenotypistin mit einer Größe von 163 cm nicht typische Gewicht von 67 kg auf die Waage brachte, sie war ein typisches Mitglied der Lurzer-Belegschaft. Auch sie litt an der firmentypischen leichten Paranoia, auch sie trug den Marschallstab im Herzen und fühlte sich zu Höherem berufen. Im Gegenteil allerdings zu Brockstedt, der nur noch selten davon träumte, die Berliner Philharmoniker zu dirigieren, träumte Gaby (oft auch tagsüber mit offenen Augen) davon, eine bedeutende Schlagersängerin zu werden und den Beruf der Stenotypistin wieder an jenen Nagel zu hängen, an den er ihrer Ansicht nach gehörte. Im Gegensatz zu Dr. Brockstedt träumte sie nicht nur, sondern sie arbeitete tatkräftig an der Verwirklichung ihrer Pläne. Damit die Umstellung bei Beginn ihrer Karriere nicht zu groß würde, kleidete sie sich schon jetzt wie eine Schlagersängerin, d. h. in möglichst auffallenden Farben (Vorliebe: Türkis, Pink und jenes Violett, das eigentlich den Kardinälen und den Wahnsinnigen vorbehalten bleiben sollte), und sie vertauschte in der Mittagspause oft den Kopfhörer des Diktiergeräts mit dem Kopfhörer ihres Kassettenrecorders, zu dessen Musikbegleitung sie ihre Schlagertexte freilich nur noch leise summte, seit ihr Frau Hanisch angedroht hatte, notfalls für eine Anordnung Dr. Brockstedts zu sorgen, nach deren Erlaß Gaby ihre Schreibarbeiten würde nur noch geknebelt erledigen dürfen.

Was wäre ein Schreibzimmer ohne Kollegialität? Selbstverständlich hatte sich Gaby schon nach einer Woche dick mit Annette angefreundet, selbstverständlich hatte Gaby ihre neue Freundin auch vor Herrn Böckelmann aus der Kalkulationsabteilung gewarnt, der jedes weibliche Wesen in der Firma zu erobern versuchte und völlig ratlos gewesen wäre, hätte einer dieser Versuche einmal nicht die übliche schroffe Ablehnung seiner Einladungen zur Folge gehabt.

Selbstverständlich auch (um dieses Wort hier ein drittes Mal in meinen Bericht zu tippen) hatte Gaby Annette auch von ihren Plänen zur Belebung des Schallplattengeschäfts erzählt, und so kam es dazu, daß am Abend der zweiten Ausscheidungsrunde bei der wöchentlichen Talentprobe in der Discothek »Riverboat« nicht nur Gaby an einem klapprigen Tisch bei saurem Wein auf ihren Auftritt wartete, sondern daß Annette (an Gabys Tisch) und Gerhard Semmler (hinter einer künstlichen Palme verborgen) Gabrieles Auftritt gleichfalls mit einiger Spannung entgegensahen. Soll ich hier lang und breit die jämmerlichen Gesangsdarbietungen von Gabrieles Konkurrentinnen schildern? Soll ich hämisch ausmalen, wie zierliche Gestalten vor dem Publikum mit den Tücken der Tonleiter kämpften? Ersparen wir uns diese Qualen, springen wir zu jenem Moment, in dem der Discjockey Gaby auf die Bühne rief, wo sie (gekleidet in ein viel zu enges rosa Organzakleid aus Annettes Kleiderschrank) nicht nur den Schlager »Don't cry for me, Argentina« in annehmbarer Qualität durch das Mikrophon zur Verstärkeranlage und von dieser zu den Lautsprechern der Discothek transportierte, sondern, den Faktor L aktivierend, Semmlers Hormonsuppe zum Sieden aufheizte. Auch wenn ich bislang vermieden habe, hier Vermutungen darüber anzustellen, was Brockstedt, Annette, Gaby, Frau Schneider oder Frau Hanisch in bestimmten Situationen gedacht haben könnten, falls sie sich überhaupt etwas bei ihren Handlungen dachten, auch wenn ich es vorziehe, zu erzählen, wie meine lieben Kollegen handelten, weil aus Handlungen Gedanken meist schlüssig aufscheinen – angesichts des Kicherns der Hormone in Semmlers für einen kaufmännischen Angestellten verhältnismäßig gut durchtrainierter Athleten-Gestalt werde ich auch diese meine Gewohnheit den Bach dieses Berichts abwärts schwimmen lassen und mich Empfindungen und Gefühlen öffnen, so gut ich es in meiner Situation vermag. Ich sitze ja noch immer hier in der Altgutablage, schreibe und muß ständig damit rechnen, daß Dr. Brockstedt die Ergebnisse meiner Bemühungen sehen möchte. Zurück also ins »Riverboat«, wo Gaby Neuhammer noch immer auf der Bühne steht und all ihre tagtäglich acht Stunden lang hinter der Schreibmaschine eingeklemmten Gefühle, ihre Wünsche und Hoffnungen in das Lied der vom Krebs zerfressenen Evita Peron fließen, in die Lautsprecher, deren Membranen Luftmoleküle in Schwingungen versetzen, die wiederum Semmlers Trommelfelle erreichen und von dort über Nervenbahnen Semmlers Gehirn. Ist es ein Wunder, daß in Semmler etwas mitzuschwingen beginnt? Daß er von Gabys Stimme seltsam ergriffen wird, daß er hingerissen zur Bühne starrt, wo er ein Mädchen, eine junge Frau, eine Stenotypistin, eine Kollegin, wo er sozusagen die Fortsetzung seines Diktiergerätes zum erstenmal völlig neu sieht, nämlich als Mensch? Da müssen dem jungen Angestellten fast sämtliche Sicherungen durchbrennen, muß er sich an einsam in seiner Junggesellenwohnung und noch einsamer in Gaststätten und Tanzlokalen verbrachte Nächte erinnern, muß dieses seltsame Gefühl in ihm um sich greifen, das auch ich hier, in Ermangelung eines genaueren Ausdrucks, Liebe nennen möchte. Oder ist die Bezeichnung Begierde angebracht? – Jedenfalls: Plötzlich weiß Gerhard, daß er diese Gaby will. Daß er für sie alles tun und vieles lassen würde. Daß er sie will und nur sie und nur vielleicht gelegentlich mal noch eine andere. Und als sich Gaby auf der Bühne unsicher verbeugt, als das Publikum applaudiert, schlägt auch Semmler die Flächen seiner Hände gegeneinander, was ein laut klatschendes Geräusch entstehen läßt, da applaudiert er, bis ihm die Handflächen schmerzen, und als Gaby glückstrahlend von der Bühne klettert, ist er der erste, der ihr gratuliert. Natürlich ist sie die Siegerin des Talentwettbewerbs.

»Noch zweimal gewinnen«, sagt Gaby, »dann habe ich es geschafft. Dann bekomme ich einen Ausbildungsvertrag der Schallplattenindustrie, und mit dem verdammten Büroleben ist Schluß für immer!«

Muß ich viele Worte über die Lurzer-Gerüchteküche verlieren? Schon um halb neun tauchten die ersten Gratulanten (Semmler mit einem Strauß roter Rosen und der sparsame Thieme mit Maiglöckchen) im Schreibzimmer auf, gratulierten Gaby zu ihrem Erfolg. Annette besorgte Blumenvasen aus den Nachbarzimmern, und als die Gratulanten wie gewöhnlich keinerlei Anstalten machten, sich wieder aus dem Büro zu entfernen, lud sie Annette kurzerhand zu einer Tasse Kaffee und Kuchen am Nachmittag ins Schreibzimmer ein. Weil es das Schicksal in Gestalt einer herausgefallenen Plombe so wollte, kam Frau Hanisch erst um zehn ins Schreibzimmer, zwängte sich im Korridor an den wartenden Gratulanten vorbei und sprach ein Machtwort oder vielmehr einige Machtwörter: »Was ist denn hier los? – Nein, hier gibt es keine Feiern! Gehen Sie bitte alle wieder in Ihre Arbeitszimmer! Und ihr ... Gaby, Renate, Annette, seid ihr verrückt geworden? Ihr deckt gefälligst sofort eure Schreibmaschinen auf und kümmert euch um eure Arbeit!«

»Nur gut, daß meine Zeit in diesem Saftladen bald vorbei ist!« sagte Gaby. »Wenn ich erst meinen Schallplattenvertrag habe, hört das verdammte Büroleben endlich auf!«

Annette bewies Solidarität durch eine knappe Bemerkung zum Lurzer-Betriebsklima: »Gut, daß ich nur zur Aushilfe hier bin! Wenn ich dauernd hier arbeiten sollte, würde ich sofort kündigen!«

Und Dr. Brockstedt? Duldete er das alles? – Diese Frage kann ich genau und wahrheitsgemäß beantworten: Ich weiß es nicht! Ich vermute aber, daß er den Erfolg seiner Mitarbeiterin zur Kenntnis genommen hat, denn das Foto in der Tagespost, das eine vor Glück strahlende Gaby mit ihrem großen Präsentkorb zeigte, war unübersehbar. Trotzdem, an diesem Tag, dem ersten nach Gabys großem künstlerischen Erfolg, diktierte er nicht, wie eigentlich zu erwarten gewesen wäre, eine Verfügung betreffend die Teilnahme von Mitarbeitern der Firma an Gesangswettbewerben (»Aus prinzipiellen Gründen ...«), sondern er saß nach der Zeitungslektüre hinter seinem Schreibtisch und ließ sich bei gedämpfter Musik (Mozart, Sinfonie Nr. 41) von einem Außendienstmitarbeiter des Büroorganisationshauses Lehmann & Mossner die Vorzüge von Kugelkopf-Schreibmaschinen erklären. Mit diesen Maschinen, so der Außendienstmitarbeiter, ließen sich die Leistungen von Stenotypistinnen um etwa ein Drittel steigern. Bei dieser Bemerkung sah Brockstedt interessiert auf, und die

Mozart-Sinfonie wurde für einen Augenblick zum heiteren Scherzo.

»Das bedeutet also«, vergewisserte sich Brockstedt, »daß ich von drei Schreibkräften eine einsparen kann?«

Der Außendienstler nickte. Brockstedt stand auf, eilte zur Tür und störte Frau Schneider bei der Durchsicht der Morgenpost.

»Frau Schneider? – Rufen Sie mir doch mal Frau Hanisch aus dem Schreibzimmer in mein Büro! Ich glaube, Kugelkopfmaschinen wären etwas für uns!«

Wenige Tage später freilich ... oh, Gaby, es gibt Fehler, die jedem passieren können, aber dir unterlief jeder mögliche Fehler! Doch kann es verwundern, daß Gabys Erfolg bei der Talentprobe im »Riverboat« ihre Leistungen im Schreibzimmer beeinflußte? Ist es erstaunlich, daß eine junge Stenotypistin auf Dauer die Kluft nicht zu überbrücken vermag, die zwischen dem grellen Rampenlicht des Showgeschäfts und der matten Funzel in einer Schreibtischlampe gähnt? Gabys Briefe begannen sich plötzlich erheblich von den Diktaten der Sachbearbeiter zu unterscheiden. Wo Thieme »Seniorentrimmer« in das Mikrophon seines Diktiergeräts gehustet hatte, schrieb Gaby Seniorenglimmer, wo Semmler Gutschrift diktiert hatte, schrieb sie Wutschrift, und weil sie sich längst auf der Bühne wähnte und der Firmenfamilie nicht mehr zugehörig fühlte, stattete sie ihre Schreiben nicht mehr wie angeordnet mit ihrem Diktatzeichen aus. Das konnte, auch in der Lurzer KG, nicht folgenlos bleiben. Zwar unterzog sich keiner der Sachbearbeiter der lästigen Mühe, ein Schreiben, das er diktiert hatte, vor der Absendung noch einmal durchzulesen, zwar warfen alle Sachbearbeiter Durchschläge meist sofort nach Absendung der Briefe in den Papierkorb, weil sie sich die Mühe des Abheftens ersparen wollten, aber mit unerwarteten Vorfällen muß man bei Lurzer immer rechnen. Als achtzig, neunzig erheblich fervrämdette Schreiben die Firma verlassen hatten, bemerkte jemand, daß da einiges nicht in Ordnung war, und dieser Jemand war Brockstedt. Aus irgendeinem unbekannten Grund verlangte er eines Morgens die für ihn bestimmten roten Durchschläge der

Korrespondenz, las einige Schreiben und sah doppelt rot. Fehler über Fehler in sämtlichen Geschäftsbriefen, dazu noch in Briefen ohne jedes Diktatzeichen. Ist es verwunderlich, daß Brockstedt zu schlußfolgern begann, was mir hier Gelegenheit dazu gibt, zu erläutern, wie ein Brockstedt-Schluß, auf deutsch ein Fehlschluß, zustande kommt.

Feststellung: Jede unserer Stenotypistinnen hat ein Diktatzeichen zugeteilt erhalten.

Folgerung: Briefe ohne Diktatzeichen müssen von einer Person verfaßt sein, die keine unserer Stenotypistinnen ist.

Verknüpfung: Die einzige betriebsfremde Person im Schreibzimmer ist die Aushilfskraft Annette Münzberg. Folglich müssen die fehlerhaften Schreiben von ihr geschrieben worden sein. War das nicht diese unverschämte Person, die kürzlich ihren Volkswagen einfach auf seinen Parkplatz gestellt hatte? »Frau Schneider!« rief Brockstedt ins Vorzimmer. »Holen Sie mir doch mal die Personal-Service ans Telefon! Diese Vertretung, die man uns geschickt hat, einfach Mist, was die sich so zusammenschreibt!«

Krähen hacken einander stets die Augen aus! Frau Schneider beeilte sich selten, aber die Verbindung mit Annettes Arbeitgeber stellte sie blitzartig her. Brockstedt schilderte Annettes Unfähigkeit in kräftigsten Farben, forderte ihre sofortige Abberufung und, weil er sich eine Art inneren Triumphmarsch bereiten wollte, ließ er sich das Opfer seiner Bemühungen in sein Büro rufen.

»Ich habe gerade mit der Personal-Service GmbH gesprochen!« sagte er feierlich, als Annette, ihren Hüftschwung auf das einem Vorgesetzten gegenüber gebotene Maß reduzierend, in sein Arbeitszimmer gekommen war. »Sie können ab morgen arbeiten, wo Sie wollen, aber nicht mehr bei uns!«

Annette setzte sich unaufgefordert auf Brockstedts Besucherstuhl: »Wollen Sie mir den Grund nicht verraten?«

»Ich kann Ihnen den Grund sogar zeigen!«

Brockstedt griff lächelnd nach den roten Durchschlägen auf seinem Schreibtisch, schob sie Annette zu und wartete auf ihre Reaktion. Er brauchte nicht lange zu warten:

»Tut mir leid!« sagte Annette freundlich. »Aber diese Briefe habe ich nicht geschrieben! Ich versehe jedes Schreiben mit meinem Diktatzeichen! MZ! Wenn Sie sonst noch irgendwelche Fragen haben . . .«

Brockstedt saß (wie vom Blitz getroffen!) hinter seinem Schreibtisch.

»Nicht geschrieben? Nicht geschrieben? Warum zum Teufel haben Sie diese Briefe nicht geschrieben?«

Annette stand nicht einfach auf. Sie erhob sich:

»Wenn ich jetzt bitte wieder an meine Arbeit gehen dürfte! – Ich muß mir überlegen, ob ich morgen wieder zu Ihnen komme, denn für solche Firmen arbeite ich eigentlich nicht sonderlich gern!«

Nachdem ich es bisher geschafft habe, mich auf die jedem Mitarbeiter unserer Firma zugänglichen Schauplätze Schreibzimmer und Arbeitszimmer Dr. Brockstedt zu beschränken, wird es nunmehr höchste Zeit, den Leser erstmalig in einen der Waschräume zu führen. Waschräume und Toiletten sind für uns einfache Angestellte das, was die Konferenzräume mit ihren schweren Ledersesseln für das leitende Management bedeuten. Im Gegensatz zu Männern wie Brockstedt, Leclair, ganz zu schweigen von Herrn Lurzer, die jede Besprechung ohne Teak und Teppich entrüstet abgelehnt hätten, wird das, was unsereiner zu besprechen hat, häufig in gekachelten Räumen beim Geräusch der Wasserspülung abgeklärt. So hatte Gaby, als sie von Frau Hanisch zu einem Gespräch unter vier Augen in den Waschraum gebeten wurde, auch nicht jenes dumpfe Gefühl im Magen, mit dem sie ihr biologisches Frühwarnsystem gewöhnlich auf drohende Katastrophen vorbereitete, sondern sie folgte der Leiterin des Schreibzimmers arglos, wobei sie nur nach ihrer Handtasche griff, um bei dieser Gelegenheit ihr Make-up zu erneuern.

»Sag mal, Gaby«, fragte Frau Hanisch, während sich Gaby vor dem Spiegel die Lippen nachzog, »ist das eigentlich dein Ernst, ich meine diese Karriere als Schlagersängerin?«

Gaby nickte: »Natürlich! Noch zweimal gewinnen, dann bekomme ich meinen Ausbildungsvertrag! Dann ist mit dem Büroleben Schluß!«

Sie hatte diesen Satz kaum ausgesprochen, da bewies ihr auch schon Frau Hanisch, daß sie nicht nur im Betriebsrat war, sondern auch eine gescheite Frau. »Paß mal auf, Gaby!« sagte sie und holte ein Papier aus der Handtasche. »Ich habe mich mal bei unserer Kreditauskunft über diese Schallplattenfirma erkundigt. Ein alter Opernsänger verdient sich damit ein bißchen Geld! Einen Ausbildungsvertrag hat von diesem Menschen noch niemand bekommen!«

Geneigter Leser, erspare es mir, Gabys Tränen zu schildern, die nach diesen Ausführungen der Leiterin des Schreibzimmers im Waschraum flossen wie sonst nur das Wasser aus einigen der stets undichten Wasserhähne.

»Dann ist das alles also nur Schwindel?« schluchzte Gaby.

»Es sieht so aus!« sagte Frau Hanisch. »Du solltest dir bei deiner Arbeit ruhig wieder Mühe geben! Es scheint, als ob du noch eine Weile Stenotypistin bleiben würdest!«

Wer den Schaden hat, da irrt ein Sprichwort einmal nicht, braucht sich um den Spott nicht zu sorgen. Tragisch wird es erst, wenn durch Verknüpfung unglückseliger Umstände eine als Liebesbeweis gedachte Handlung von ihrem Adressaten als Spott verstanden werden muß. Semmler jedenfalls, er hat es mir versichert, wollte Gaby nur eine Freude bereiten, als er die Musik-Cassette mit Gabys Lied, das er im »Riverboat« mit seinem Cassetten-Recorder aufgenommen hatte, in das Abspielgerät in der Kantine schob, aus dem sonst unerträglicher James Last den speisenden Lurzer-Mitarbeitern die Mittagspause verzuckerte. Die Kolleginnen und Kollegen, die an den quadratischen Tischen an ihrem Stammgericht kauten, erkannten Gabys Stimme sofort, und die meisten klatschten begeistert, denn der Erfolg einer Kollegin wurde von allen als Erfolg empfunden. Ist es verwunderlich, daß Gaby, die neben Annette ihr Essen herunterwürgte (freitags immer Fisch!), den Teller wütend zurückschob, aus der Kantine in den Waschraum eilte und sich dort einschloß, um mit ihrem Kummer in einem der kleinsten Räume des Hauses allein zu sein?

Lassen wir Gaby hier ruhig Zeit, um ihre stillen Tränen zu vergießen, und wenden wir uns lieber wieder Dr. Brockstedt zu. Nicht nur, daß er Annette eindeutig ein Unrecht angetan hatte, als er sie verdächtigte, Gabys fehlerreiche Briefe geschrieben zu haben; er bereute dieses Unrecht sogar noch. Schwierig, schwierig. Er saß hinter seinem Schreibtisch, grübelte vor sich hin und entschloß sich dann, wie oft, wenn er keinen Rat mehr wußte, seine Frau anzurufen.

»Das ist ganz einfach!« sagte Fanny. »Besorg ihr einen Blumenstrauß, und entschuldige dich bei ihr! Mir könntest du übrigens auch mal wieder ein paar Blumen mitbringen!« Brockstedt bedankte sich, schickte Frau Schneider in einen Blumenladen und begab sich dann persönlich ins Schreibzimmer, wo er Annette erklärte, daß er seinen Irrtum bereue, was sich nicht nur mit Windeseile in der Lurzer KG herumsprach, sondern dazu führte, daß ich die nächsten Tage nutzte, um das 2. Schmidtsche Büro-Gesetz zu formulieren, das ich, wie sämtliche anderen meiner bahnbrechenden Lehrsätze, erst jetzt veröffentliche, wo es, zumindest, was die Lurzer KG betrifft, keinen großen Schaden mehr anrichten kann:

Ein Vorgesetzter, der einen Fehler macht,
macht einen weiteren, schlimmeren Fehler,
wenn er sich wegen seines ersten Fehlers
auch noch entschuldigt.
(Blumensträuße verschlimmern
lediglich die Situation)

Kaputt 3

Verfügung PA 132/B-S 27-4 betreffend das Verhalten im Krankheitsfalle
Aus gegebenem Anlaß weise ich darauf hin, daß im Falle einer Erkrankung die Personalsachbearbeiterin, Frau Schneider, spätestens zwei Stunden nach Arbeitsbeginn über den Eintritt einer Erkrankung und ihre mutmaßliche Dauer in Kenntnis zu setzen ist.

Vom dritten Fehltage an ist die Erkrankung (und ihre voraussichtliche Dauer) durch Vorlage eines ärztlichen Attestes nachzuweisen.

Bei Erkrankungen, die an einem Freitag beginnen, gelten die folgenden arbeitsfreien Tage als Arbeitstage, das ärztliche Attest muß infolgedessen am Montag vorliegen und nicht erst am Dienstag oder gar am Mittwoch.

gez. Dr. Herbert Brockstedt ppa.

Wie fang ich's an? Muß ich damit beginnen, wie ich mich in ein Blumengeschäft begab, um einen Strauß Blumen zu kaufen, der diesmal nicht für Annette, sondern für Frau Klose bestimmt war? Ich soll über die Lurzer KG berichten und nicht über Fleurop, obwohl mir etwas Ikebana in dieser Firma gar nicht fehl am Platze erscheint, seitdem dieser japanische Büroorganisator Dr. Inouchi hier auf leisen Kreppsohlen durch die Korridore schleicht und nach weiteren Rationalisierungsmöglichkeiten fahndet. Schluß mit diesem Vorgriff auf künftiges Firmenelend. Wieder muß ich in Brockstedts Arbeitszimmer, und ich vermute, daß es gegen zehn Uhr gewesen sein müßte, als Frau Schneider auf Zehenspitzen in das Zimmer ihres und meines Chefs schlich, um ihm die Postmappe auf den Schreibtisch zu legen. Brockstedt hob fragend seinen Kopf: »Was Besonderes in der Post?«

Frau Schneider schüttelte ihren Kopf: »Nur eine weitere

Krankmeldung von Frau Klose!«

Brockstedt hieb mit der flachen Hand auf den Tisch:

»Das ist doch eine Ungeheuerlichkeit!« Als er weitersprach, hatte er seine sowieso schon kleinen Augen hinter seiner Brille zu mißtrauischen kleinen Schlitzen geschlossen: »Und Sie glauben, daß die Frau wirklich krank ist?«

»Ich bitte Sie!« antwortete Frau Schneider. »Frau Klose ist länger als zwanzig Jahre bei uns! Sie ist absolut zuverlässig!«

»Kenn ich! Zuverlässig und dauernd krank!«

»Sie hat vielleicht wieder ihre Depressionen!«

»Von wegen Depressionen!« sagte Brockstedt. »Wo kämen wir denn da hin, wenn jeder, der mal schlechte Laune hat, einfach nicht in die Firma käme! Nein, Frau Schneider! Mit mir nicht! Wissen Sie was? Sie besorgen sich einen Blumenstrauß, kaufen eine Flasche Wein und solche Sachen und fahren einfach hin! Das möchte ich doch mal genau wissen! Krank! Von wegen krank! Die macht sich einen schönen Tag, während uns diese Münzinger oder wie sie heißt zur Weißglut bringt!«

»Aber Frau Hanisch ist mit Fräulein Münzberg außerordentlich zufrieden!«

»Was? Ja, sag' ich doch! Also, Sie besorgen sich Blumen und fahren zur Klose und damit basta!«

»Kann das nicht irgrnd jemand erledigen, der einen -Wagen besitzt?«

»Ausgeschlossen! Sie sind die Personalsachbearbeiterin, oder? – Sagen Sie Semmler Bescheid! Er soll Sie fahren! Wenn er darauf besteht, können Sie ihm das Benzin aus der Firmenkasse bezahlen!«

»Wenn Sie darauf bestehen, mach' ich das«, sagte Frau Schneider. »Aber wenn es Probleme gibt, ich garantiere für nichts!« Brockstedt war aufgestanden.

»Aber Frau Schneider! Was soll es denn da für Probleme geben?«

Das Büro, in dem Gerhard Semmler und Albin Thieme ihre Schreibtische mit den Längsseiten gegeneinander gestellt hatten, enthielt außer den beiden Angestellten drei Aktenschränke, fünf Holzkästen mit der Kundenkartei des Verkaufsbezirks Deutschland Süd, den sich Thieme und Semmler teilten. Thieme bearbeitete die Kunden mit den Anfangsbuchstaben A bis K, Semmler versuchte, die Kunden mit den Anfangsbuchstaben L bis Z zu bearbeiten und sämtliche Kaufhäuser im Bezirk Süd. Obgleich Semmler mit seinen achtundzwanzig Jahren siebzehn Jahre jünger war als Albin Thieme, erhielt er einhundertachtzig Mark mehr Gehalt als dieser. Das war aber keine besondere Ungerechtigkeit Brockstedts, sondern nur die Folge des Umstandes, daß Thieme froh war, wenn er Brockstedts Büro nicht zu betreten brauchte. Wenn er, drei Wochen zuvor, endlich den Mut aufgebracht hatte, um eine Gehaltserhöhung zu bitten, hatte das einen besonderen Grund. Dieser Grund war seine Frau, die das Ehebett mit einem Fuchsschwanz kurzerhand in zwei Hälften gesägt und ihre (größere) Hälfte ins Wohnzimmer geschleppt hatte, wo sie seither nächtigte.

Erst wenn Thieme wenigstens hundertfünfzig DM mehr nach Hause bringe, so hatte sie erklärt, werde sie das Eheglück wieder leimen. Aus diesem Grunde wiederum (eins zieht immer das andere nach sich) blickte Thieme jetzt, während des Frühstücks, Semmler auch ängstlich an.

»Glaubst du, daß mein Antrag auf Gehaltserhöhung meinen Arbeitsplatz gefährdet?«

»Was?« Semmler verschluckte sich fast. »Wieso denn das?«

»Nun ja!« sagte Thieme. »Immerhin wird Brockstedt durch meinen Antrag daran erinnert, daß es mich in der Firma noch gibt!«

»Hör doch auf!« sagte Gerhard Semmler. »Du machst deine Arbeit ordentlich, und du solltest auch ordentlich dafür bezahlt werden!«

»Meinst du?« fragte Thieme.

»Ja!« sagte Semmler. »Ich meine!«

In diesem Moment wurde die Tür zum Zimmer aufgerissen, und Frau Schneider kam in den Raum.

»Es ist mir äußerst unangenehm!« sagte sie. »Ich muß Sie leider bitten, meinen Chauffeur zu spielen, Herr Semmler!«

»Und weshalb gerade ich?«

»Weil Sie der beste Autofahrer in der Firma sein sollen!«

»Mist!« sagte Semmler. »Dann wird meine Statistik wieder nicht fertig! Aber Sie fahren auf Ihr eigenes Risiko in meinem Wagen! Thiemie, du hast das gehört!«

»Was soll ich gehört haben?« fragte Thieme ängstlich, als Semmler schon die Autoschlüssel in sämtlichen Taschen, Karteikästen und schließlich in der Schreibtischschublade zu suchen begann.

»Auf geht's!« sagte Semmler, als er die Schlüssel endlich (in einer leeren Blumenvase) gefunden hatte. »Ich fahre Sie, wenn's sein muß, bis an das Ende der Welt!«

»Sparen Sie sich Ihre blöden Bemerkungen!« sagte Frau Schneider.

Nachtrag: An der Wand hinter Semmlers Rücken befand sich auf einem Plakat ein nacktes Mädchen, das auf einem Motorrad saß. Über dem Mädchen stand ein Satz, der Thieme sehr nachdenklich stimmte, seit sein Ehebett durchgesägt war:

NUR FLIEGEN IST SCHÖNER!

Neben diese Feststellung hatte Sedladcek aus der Kalkulation einen Satz geschrieben, der ähnlich sinnlos war, wie das meiste, was Sedladcek in letzter Zeit von sich gab:

Geh näher ran, er ist kürzer, als du denkst!

Sedladcek hatte diesen Satz auf einer Toilettentür entdeckt und für eine geeignete Gelegenheit kichernd mit altmodischen Sütterlin-Buchstaben in sein kleines grünes Notizbuch übertragen. Ich führe das nur der Vollständigkeit halber an, weil mich Brockstedt mal gerade wieder aufgefordert hat, nichts zu beschönigen oder auszulassen.

Widerstrebend gebe ich es zu: Auch ein Super-Auszubildender wie ich gerät irgendwann an seine Grenzen. Wenn es darum geht, mich in das Seelenleben einer fast sechzigjährigen Frau einzufühlen, möchte ich die weiße Fahne hissen und das Handtuch hinter ihr her in den Boxring werfen. Aber gibt ein Lurzer-Mitarbeiter jemals auf? Frau Klose, Meister Brasch aus der Endkontrolle hat mir das einmal erzählt, war unverheiratet geblieben, weil sie sich im tiefsten Grunde ihres Herzens vor Männern fürchtete. Alle Dinge haben ilgendwo ihlen Anfang, sagt auch unser japanischer Betriebsberater Dr. Inouchi häufig, und die Ehelosigkeit (wenn nicht gar Jungfräulichkeit) dieser Frau hatte ihre Ursache in einer Fledermaus. Eines späten Abends, als Irmgard Klose, damals noch ein Kind, einen Spaziergang unternahm, verfing sich das Tier in den Haaren des Mädchens, zog und zerrte an ihnen, bis ein zufällig des Weges kommender Schneidermeister beherzt in die Haare des Kindes griff, das Tier entfernte und mit seinem Schneidermeisterbügeleisen (was für ein Wort für Stenoübungen!) kurzerhand erschlug. Jahrelang geriet dieser eigentlich belanglose Vorfall in Vergessenheit, bis Irmgard, inzwischen schon zwanzig, eines Abends im milden Vollmondlicht mit einem jungen Mann auf einer Parkbank saß und ihr der Mann erklärte, daß er sie liebe.

»Ich liebe dich auch!« hatte Irmgard schlicht geantwortet, und sie war stöhnend an seine Brust gesunken. Wie geht sowas weiter? Hände waren da plötzlich nahe gekommen, hatten sie berührt und an Knöpfen genestelt, waren über ihre Schultern spaziert und hatten sie gestreichelt, waren in ihr Gesicht gekrochen und hatten ihre Lippen nachgezeichnet, bis sie dann schließlich DIE HAARE erreicht hatten und Irmgard aufgesprungen war, schreiend das Weite gesucht hatte und diesen Mann niemals wiedersehen wollte. Blieb es dabei? Eine Frau ohne Mann ist hilflos wie Didi Thurau ohne Fahrrad. Männer, Männer und noch mehr Männer hatte Irmgard ausprobiert, jedesmal hatte sich Interesse in Zuneigung und Zuneigung sich in Liebe verwandelt, jedesmal hatte sie gehofft und gezittert, sich vor jenem Augenblick gefürchtet, der immer wieder irgendwann eintrat: Ein Mann, jeder Mann, berührte irgendwann einmal ihre Haare. Das ließ sie in Angstschweiß ausbrechen, aufstehen, wegrennen.

Muß ich erwähnen, daß sie auch jetzt, als sie sich über den Käfig ihres Wellensittichs Hansi beugte und zwitschernd mit dem Vogel eine Unterhaltung begann, ihr Haar sorgfältig zu einem Kranz geflochten hatte, der eng an ihrem Kopf lag? Undenkbar ist die Vorstellung, daß sie sich einem Friseur hätte ausliefern können, lieber flocht sie Zopf nach Zopf und formte aus den Zöpfen einen Superzopf, den sie um den Kopf wickelte, auch wenn man sich in der Firma oft lustig darüber machte. Jawohl, Dr. Brockstedt: Solche Leute hat die Lurzer KG! Und solchen Leuten schicken Sie Frau Schneider mit einem trojanischen Blumenstrauß ins Haus. Natürlich ist eine ältere Angestellte krank, wenn sie ein ärztliches Attest an ihren Arbeitgeber schickt. Und wie krank war Irmgard Klose: Als die Klingel an ihrer Wohnungstür zweimal läutete, hob sie zwar den Kopf, aber sie ordnete das ungewohnte Geräusch unter jene Halluzinationen ein, die gelegentlich etwas Abwechslung in ihr eintöniges, gleichförmiges Leben brachten. Nicht mal der Postmann klingelte bei ihr zweimal, aber als das Klingeln einfach nicht aufhören wollte, schlurfte sie langsam in ihren Filzlatschen zur Tür und stieg auf einen Hocker, von dem aus sie durch eine Glasscheibe über der Tür sehen konnte, was sich im Treppenhaus ereignete. Nichts ereignete sich. Nur Frau Schneider und Herr Semmler standen mit Blumenstrauß und Weinflasche vor der Tür. Semmler guckte ausgesprochen verärgert. Soweit reichten selbst ihre Halluzinationen nicht, und so stieg sie verblüfft vom Hocker, öffnete die Tür, und als sie zu reden begann, mischten sich in ihrer Stimme Freude und ein Milligramm Mißtrauen: »Nein!« sagte sie. »Welche Überraschung! Frau Schneider und Herr Semmler! Damit habe ich ja überhaupt nicht gerechnet!« Sie ließ die beiden in ihr Wohnzimmer. Sie entschuldigte sich, weil sie sich etwas anderes anziehen wollte. Sie kam nach einer Viertelstunde mit einer Kanne Kaffee und drei Tassen sowie einer Blumenvase wieder zurück.

»Nein, welche Freude! So schöne Blumen für mich alte Frau!« Frau Schneider widersprach. So alt sei man heutzutage mit achtundfünfzig Jahren nun wirklich noch nicht, und als die Rede wieder auf den Blumenstrauß und die beiden Flaschen Pepsin-

Wein kam, die sie der Stenotypistin mitgebracht hatten, behauptete Frau Schneider (wider besseres Wissen), daß die Kollegen und Kolleginnen bei der Lurzer KG für Frau Klose gesammelt hätten. Wieder lösten sich aus Frau Kloses Mund zahlreiche Ahs und Ohs, die sofort das Weite suchten.

Gerhard Semmler saß inzwischen auf einem der Wohnzimmerstühle, nippte am Kaffee, und die Schamröte stand ihm im Gesicht, was erwähnenswert ist, weil sich Semmler höchstens zweimal im Jahr schämte.

Als sich die beiden Krankenbesucher (oder sage ich besser Krankenkontrolleure oder schlicht und einfach Spitzel?) verabschiedet hatten und die Treppen abwärts gingen, schimpfte Semmler, und er schimpfte mit ehrlicher Entrüstung in der Stimme: »Eine ausgesprochene Sauerei, mich dazu zu benutzen, eine alte Frau zu kontrollieren!«

Frau Schneider versuchte, Brockstedt gegenüber loyal bis auf die Knochen, den Krankenbesuch zu rechtfertigen:

»Ich weiß gar nicht, was Sie wollen! Bei anderen Firmen ist sowas gang und gäbe! Großbetriebe verfügen sogar über fest angestellte Krankenbesucher!«

»Mag ja sein«, sagte Gerhard Semmler, als sie wieder zum Wagen zurückgingen, »aber mich regen solche Niederträchtigkeiten immer furchtbar auf. Ich glaube nicht, daß ich heute noch imstande bin, vernünftige Arbeit für diese Firma zu leisten!«

»Na gut!« sagte Frau Schneider, bei der sich auch das Gewissen zu regen begann. »Dann fahren Sie mich wenigstens zurück zur Firma, und ich sage Brockstedt, ich hätte Ihnen für einen Arztbesuch freigegeben!«

Semmler guckte sie äußerst mißtrauisch an: »Sie wollen wohl später mal beim Jüngsten Gericht mildernde Umstände geltend machen, was??«

Blumen scheinen immer noch verblüffende Wirkungen auf weibliche Wesen auszuüben. Nicht nur, daß Annette Münzberg nach dem Empfang ihres Blumenstraußes weiterhin jeden Morgen pünktlich ihren Dienst bei der Lurzer KG antrat, ich muß auch berichten, daß Frau Klose am Morgen nach dem Kontrollbesuch pünktlich am Pförtner vorbeiging. Allerdings war das nur der Fall, weil sie annahm, die Kollegen hätten tatsächlich für sie gesammelt und weil sie sich wie jede Angestellte für eigentlich unentbehrlich hielt. Aber was ist, das ist. Frau Klose hatte jedenfalls ihre Haare zu einigen Zöpfen und diese Zöpfe zu einem besonders schönen Superzopf geflochten und bewies Arbeitswillen.

Als sie den Verwaltungsbau erreichten, hielt Semmler Gaby gerade die Tür auf, und weil es (nach Einführung dieser Diktiergeräte) gar nicht mehr einfach war, unauffällig Kontakte zu einer Schreibkraft anzubahnen, bahnte Semmler auffällig an bzw. wollte er ohne Rücksicht auf Verluste endlich seine in ihm siedenden Gefühle zur Sprache bringen:

»Guten Morgen, Fräulein Neuhammer!« grüßte er überschwenglich. »Ich muß Ihnen versichern, daß ich heute Nacht das dreiundvierzigste Mal von Ihnen geträumt habe!«

»Na und?« sagte Gaby. »Ich kann Sie nicht daran hindern! Träumen Sie ruhig weiter!«

»So geht das nicht, Fräulein Neuhammer, meine Arbeitskraft leidet darunter! Gehen Sie endlich mit mir essen oder in eine Discothek, ich weiß sonst nicht mehr, was ich tue!«

»Das weiß sowieso keiner in der Firma!« sagte Brockstedt, der gerade von seinem Parkplatz kam, und Gaby nützte die Gelegenheit, ins Treppenhaus zu entwischen. Sie erreichte die Tür zum Schreibzimmer zusammen mit Frau Klose, die strahlte wie eine Fünfhundert-Watt-Birne.

»Das war aber lieb von euch, für Blumen und Wein zu sammeln!«

Gaby widersprach Kollegen nur ungern, wenn sie annahm, daß die Betreffenden eine Meise unter dem Pony hatten.

»Gern geschehen!« sagte sie nur, öffnete die Tür zum Schreibzimmer, ließ Frau Klose den Vortritt. Im Schreibzimmer packte Annette gerade ihre Cartier-Uhr und das Cartier-Feuerzug, die sie sicherheitshalber jeden Abend mit nach Hause nahm, aus dem Kosmetikkoffer auf den Schreibtisch.

»Was machen Sie denn an meinem Schreibtisch?« fragte Frau Klose.

»Arbeiten!« sagte Annette. »Wollen Sie sich nicht wenigstens vorstellen?«

Wir kennen die Gerüchteküche! Selbstverständlich wußte Dr. Brockstedt längst, daß Frau Klose wieder am Arbeitsplatz aufgetaucht war, und als er die Tür zum Schreibzimmer öffnete, sah er Frau Klose auf der einen Hälfte des Stuhles hinter ihrem Schreibmaschinentisch sitzen, und Annette saß auf der anderen.

»Welche Freude!« sagte Brockstedt. »Frau Klose weilt wieder unter uns!« Er gab Frau Klose freundlich die Hand, erklärte ihr, daß Frau Münzberg (die er bei dieser Gelegenheit mit einem schrägen Blick bedachte) noch für weitere vierzehn Tage vertraglich an die Firma Lurzer sozusagen verkauft und daß in der Buchhaltung Frau Koch ausgefallen sei.

»Könnten Sie nicht ihre Vertretung übernehmen? Sie sind doch eine erfahrene Frau! Sie könnten doch Herrn Kalinke bei den Mahnschreiben behilflich sein!«

War es noch immer die Wirkung des Blumenstraußes? Oder war es nur die Eitelkeit, die Frau Klose geschmeichelt lächeln ließ? Wie auch immer, Frau Klose stand von ihrer Hälfte des Hydraulikstuhls auf, nickte bereitwillig: »Selbstverständlich helfe ich in der Buchhaltung aus! Aber meinen Stuhl, Sie wissen doch, meine Bandscheiben ...«

»Selbstverständlich«, sagte Brockstedt. »Nehmen Sie Ihren Stuhl mit! Vielleicht dauert es ein paar Tage länger! – Ist sonst im Schreibzimmer alles in Ordnung?«

Frau Hanisch nickte: »Alles in Ordnung!«

Von wegen Ordnung! Nichts war in Ordnung! Ich sage nur ein Wort, das ich keinen Augenblick aus dem Gedächtnis verloren habe, seit ich es auf das unschuldige und wehrlose Papier dieses Berichtes hämmerte: Kugelkopfschreibmaschinen!!! Frau Klose griff jedenfalls mit der einen Hand nach ihrer Handtasche, mit der anderen nach ihrem Hydraulikstuhl, folgte Brockstedt in die Buchhaltung, wo Herr Kalinke (der mit den Käsebroten) gerade die Rechenmaschine vorwärmte. Als Brockstedt sein Zimmer betrat, stand Kalinke höflich auf, Brockstedt bat ihn, sich wieder zu setzen, und dann ließen alle ihre bei solchen Gelegenheiten üblichen Sprüche ab. Von wegen »tüchtiger Kraft aus dem Schreibzimmer mit langjähriger Erfahrung«, von wegen »bis zur Rückkehr von Frau Koch in der Buchhaltung aushelfen«, von wegen »angenehm, ich werde mein Bestes versuchen«, alle waren freundlich zueinander, und nur ich, der vielversprechendste Angehörige der Lurzer-Mannschaft, der gerade in der Schreibtischschublade ein Kreuzworträtsel zu lösen begonnen hatte, witterte, daß da wieder etwas im Gange war, das ich nicht umhin komme, eine gemeine Niedertracht zu nennen. Ich war damals der Buchhaltung zur Ausbildung zugeteilt, ich saß hinter meinem Schreibtisch, und ich hielt Ohren und Augen offen, wie mir Kalinke geraten hatte.

Ich sah, wie sich Frau Klose häuslich im Schreibtisch von Frau Koch einrichtete. Ich sah, wie sie als allererstes einen Putzlappen aus dem Waschraum holte, um den Schreibtisch und sämtliche Schubladen zu säubern. Ich erlebte mit, wie Kalinke anfing, Frau Klose mit den speziellen Geheimnissen der Lurzer-Buchhaltung vertraut zu machen. Zu dieser Zeit war die Elektronische Datenverarbeitung (Tod dem Computer!) noch eine winzige Abteilung, die im Keller neben den Mülltonnen untergebracht war. Einmal wöchentlich druckte eine klapprige Maschine nach Lochkarten eine fast unleserliche Liste überfälliger Forderungen aus, und Frau Koch (jetzt Frau Klose!) hatte die Aufgabe, diese Listen durchzusehen. Sie hatte die Listen zu überprüfen und Kundenkonten heranzuziehen, sie hatte Sachbearbeiter zu fragen. Sie hatte, wenn nichts dagegen sprach, höfliche erste, weniger höfliche zweite und höchst gemeine dritte Mahnungen auszufertigen, die ich (natürlich völlig unterhalb meiner Fähigkeiten beschäftigt) mit Hilfe eines angefeuchteten Schwamms für den Postversand zuzukleben hatte. Sind zwei Flaschen milder Pepsinwein und einige zu einem geschmackvollen Strauß zusammengebundene Treibhaus-Astern tatsächlich in der Lage, einen Menschen so zu verändern, wie sie Frau Klose veränderten? Motivation ist offenbar alles, und Frau Klose war auf einmal motiviert. Obwohl sie im Sternbild der Fische geboren war, dem sämtliche Astrologen u.a. eine sehr lange Leitung zuordnen, Frau Klose fand überraschend schnell in ihren neuen Aufgabenkreis. Schon nach wenigen Tagen las sie Computer-Listen (Tod dem Computer!) ohne Lupe und schrieb Mahnungen mit einer Begeisterung, die selbst Herrn Kalinke (der für mich im Zustand der Erregung so unwürdige Bezeichnungen wie Himbeerbübchen, Zimtnase oder Pflaumendeckel zu benutzen wagte) Bewunderung abnötigte.

»Nehmen Sie sich ein Beispiel an Frau Klose!« sagte er mir in diesen Tagen mehr als einmal. »Diese Frau denkt nur an die Firma!«

»Klar!« sagte ich. »Sonst hat sie ja nichts im Leben!«

Auch Herr Kalinke ist ein Vorgesetzter, der immer Wert darauf legt, das letzte Wort zu behalten. Einen unreifen Azubi, der die Eierschalen noch hinter den Ohren kleben hat, nannte er mich nach dieser meiner zutreffenden Feststellung. Wahrscheinlich hat auch er nichts, das seiner kümmerlichen Buchhalterseele wichtiger ist, als das Wohl der Lurzer KG. Armer Kalinke!

Wächst der Mensch tatsächlich mit seinen Aufgaben? Wenn dem so wäre, müßte ich nach Abschluß dieses Berichts eine Größe erreicht haben, die mich dazu befähigt, den Mond zu putzen. Auch Frau Klose wuchs nicht über sich hinaus, aber ich kann hier nicht verschweigen, daß sich bei den Mitarbeitern der Lurzer KG allmählich ihr Ansehen verbesserte. Hatte Kalinke anfangs noch häufig Freude dabei empfunden, den Namen Klose in immer neue und überraschende Zusammenhänge mit dem Wort Neurose zu bringen, was oft zu schönen Reimen führte, so wurden diese Reime immer seltener, je länger Frau Klose in der Buchhaltung bewies, daß sie eine ideale Mahnbuchhalterin war. Auch Brockstedt, der mehrfach geäußert hatte, ihre regelmäßig mit der Post eintreffenden Arbeitsunfähigkeitsbescheinigungen seien noch ihr verläßlichster Beitrag zum wirtschaftlichen Ergebnis all unserer Bemühungen, lächelte freundlich, wenn er sie mit der Kaffeekanne auf dem Weg zur Küche traf. Auf einmal gab es eine Art Klose-Boom in der Firma, und dieser Boom erklärt auch, daß Dr.

Brockstedt auf den Gedanken kam, Frau Klose und Meister Brasch aus der Endkontrolle die Organisation einer großen Geburtstagsfeier zu übertragen, mit der die Angestellten und Arbeiter der Firma ihren allerobersten Chef, den Firmeninhaber und Sohn des Firmengründers, Konrad Lurzer, ehren sollten. Auch andere Mitarbeiter feiern Geburtstage, selbst ich wurde genötigt, anläßlich meines 20. Lebensjahres in der Buchhaltung Kaffee und Kuchen zu spendieren. Aber Konrad Lurzer wurde nicht zwanzig, sondern fünfzig, er war nicht Azubi, sondern Feümer, um endlich der vom Wort »Auszubildender« abgeleiteten Abkürzung eine ähnlich intelligente Abkürzung des Wortes »Firmeneigentümer« zur Seite zu stellen. Unser Feümer also wurde fünfzig. Das mußte gefeiert werden. Bevor ich mich aber mit einem kühnen Salto in die Vorbereitung dieser Geburtstagsfeier einschleuse, werde ich das 3. Schmidtsche Bürogesetz von der wundersamen, plötzlichen Genesung der Stenotypistin Irmgard Klose ableiten, das ich diesmal der Abwechslung halber in Zitatform präsentieren will:

Vertrauen ist gut – Kontrolle ist besser.
W. I. Lenin

Wenn sich Lenin da aber irren sollte??
(Sigbert Schmidt)

Kaputt 4

»Freude schöner Götterfunken, Tochter vom Gymnasium«: So oder ähnlich dröhnte es aus den Lautsprechern in Brockstedts Büro, weil ihm nur dieses Stück aus dem Gesamtwerk des göttlichen Ludwig van B. für die Vorbereitung des Chef-Geburtstags geeignet erschien.

Was macht ein Mann wie Brockstedt, wenn er mit einer wichtigen Aufgabe betraut wird? Natürlich, richtig geraten: Er überträgt die Erledigung der Aufgabe an einen anderen, der sich nicht oder nur schlecht dagegen wehren kann.

»Frau Schneider??? – Kommen Sie doch mal zu mir!«

Weil Ludwig van B. gerade in tiefen Bässen gründelte und Brockstedts Stimme mitunter (besonders im Zustand der Erregung) eunuchenhafte Höhen zu erklimmen vermag, hörte Frau Schneider im Vorzimmer sein unheimliches Rufen, und sie sah erstaunt auf ihre Armbanduhr. Weil a) Brockstedt seinen Morgenkaffee längst getrunken hatte, b) die Zeit für den Mittagskaffee noch nicht gekommen war, betrat sie Brockstedts Büro mit einem überraschten, fragenden Blick und traf ihren Chef und Gebieter dirigierend, seine Arme im Rhythmus Beethovens schwingend, hinter seinem Schreibtisch an.

»Die Sache ist so!« begann Brockstedt. »Herr Lurzer wünscht, das heißt, ich wünsche das natürlich auch, also, wir wollen seinen 50. Geburtstag ganz groß im Kreise der ganzen Belegschaft feiern!«

»Also einen Saal mieten und ein Orchester verpflichten und alle Mitarbeiter zu Speisen und Getränken einladen?« fragte Frau Schneider freudig überrascht.

»Nicht doch, nicht doch!« sagte Brockstedt. »Also das heißt, im Prinzip ja, aber nein, das heißt nicht so! Kapiert?«

»Nein!«

»Ich seh' schon«, sagte Brockstedt. »Ich muß mich um alles selber kümmern! Natürlich keinen Saal mieten, sondern in der Kantine feiern, und die Speisen und Getränke, nun ja, ich hatte an Mettbrötchen und Freibier gedacht! Für alle unter achtzehn natürlich Limonade! Und was die Musik betrifft, wir haben doch da diese begabte Stenotypistin, diese Neuammer oder so, die kann unserem Chef doch eins singen!«

»Die wird uns eins pfeifen!« sagte Frau Schneider.

»Ja!« sagte Brockstedt. »Was? Also nein! Ich meine, ja! Die wird Herrn Lurzer ein Ständchen bringen! Und die Mitarbeiter werden für Geschenke sammeln, die nimmt Herr Lurzer natürlich nicht an, sondern die werden in einer Tombola unter den Mitarbeitern verlost! Lustig, nicht?«

»Nein!« sagte Frau Schneider.

»Herr Lurzer wünscht das aber so!«

»Was? – Ja, dann wird das natürlich so gemacht!«

»Sag' ich doch!« sagte Dr. Brockstedt. »Und Sie werden das alles organisieren!«

»Nein!« sagte Frau Schneider. »Ich mache das natürlich, wenn Sie darauf bestehen, aber ich halte es für viel besser, wenn wir das einem Festausschuß übertragen!«

Brockstedt kniff seine Augen zusammen und bemühte sich, sehr clever auszusehen:

»Damit wir raus sind, wenn etwas schiefgeht?«

»Ja!« sagte Frau Schneider schlicht. »Und ich weiß auch schon, wer das machen kann. Die Klose und der Brasch!«

»Gut!« sagte Brockstedt zufrieden. »Veranlassen Sie das sofort!«

Frau Schneider ging zur Tür, stellte fest, daß sich Ludwig van B. nur noch tonlos auf dem Plattenteller drehte und sprach jetzt leiser, als sie sich erneut Brockstedt zuwandte: »Übrigens, weil wir gerade von Frau Klose sprechen! Der Vertrag von Annette Münzberg läuft in zehn Tagen ab! Sollen wir verlängern oder geht Frau Klose auf ihren alten Platz im Schreibzimmer zurück?«

»Weder noch!« sagte Brockstedt. »Die Münzberg können Sie von mir aus woanders hinschicken, und die Klose bleibt in der Buchhaltung!«

»Dann gibt es Ärger mit Frau Hanisch, dem Schreibzimmer, dem Betriebsrat!«

»Eben nicht!« sagte Brockstedt. »Es gibt Kugelkopfschreibmaschinen! Fragen Sie die Damen im Schreibzimmer, was ihnen lieber ist! Kugelkopfmaschinen oder Frau Klose!«

»Das kann ich Ihnen jetzt schon verraten!«

»Eben!« sagte Dr. Brockstedt. »Deshalb sollen Sie ja die Damen fragen. In solchen Fällen bin ich immer für innerbetriebliche Demokratie!«

Mehr oder weniger schräg geneigter Leser, ich brauche an dieser Stelle nur ein Wort zu tippen: Festausschuß! Der Plan, den Geburtstag KONRAD LURZERS groß zu feiern, geriet sofort in die Gerüchtetrommel, wurde geschleudert und erreichte mit der bekannten Windeseile auch die fernsten Winkel der Firma. In der Kantine, in sämtlichen Büros, an den Drehbänken und Schleifmaschinen, wo auch immer Mitglieder der Lurzer-Betriebsgemeinschaft miteinander redeten, machten sie sich über Brockstedts Veranstaltung lustig. Selbstverständlich lehnte es Gaby entrüstet ab, vor den Kollegen und für Herrn Lurzer ihre Stimmbänder zu strapazieren, und sie sagte bei dieser Gelegenheit, das wäre so ähnlich wie Perlen vor antibiotikagespritzte, nützliche und früher einmal genießbare Haustiere zu kippen. Meister Brasch, mit Frau Klose in den Festausschuß gezwungen, knurrte, daß er genug Arbeit habe und ihm KONRAD LURZER völlig gleichgültig sei, ob er nun seinen Geburtstag feiere oder auch nicht. Nur die Aufforderung, Geschenke für den Chef zu sammeln, wurde mit allgemeiner Begeisterung aufgenommen, weil jeder bei dieser Gelegenheit jene Gegenstände loswerden konnte, die er ohnehin bei nächster Gelegenheit der Mülltonne überantworten wollte. Von der defekten Pocket-Kamera Leclairs bis zu Semmlers Transistorradio mit ausgelaufenen Batterien, von einer tanzenden Zigeunerin in Tempera mit gesprungenem Glasrahmen bis hin zu einer undicht gewordenen Wasserpfeife, die Kollege Watzmann großzügig stiftete, in der Altablage stapelten sich nach und nach die Geschenke für KONRAD LURZERS Geburtstag. Als sich die Altablage mehr und mehr in eine Rumpelkammer verwandelt hatte, die selbst der gewinnsüchtigste Altwarenhändler mit allen Anzeichen des Entsetzens fluchtartig verlassen hätte, setzten sich auch erstmalig die Mitglieder des Konrad-Lurzer-Geburtstagsfeier-Vorbereitungs-Ausschusses auftragsgemäß zusammen. Gewiß, bei dieser ersten Tagung im Betriebsbüro einigten sich Frau Klose und Herr Brasch nur, Erbsensuppe und Spanferkel bei einer billigen Großküche zu bestellen, aber, und das ist viel wichtiger als Konrad Lurzers Scheiß-Geburtstag (Originalton Albert Brasch!); bei dieser ersten Sitzung begegneten sich Frau Klose und Meister Brasch zum erstenmal mehr als flüchtig. Und als Meister Brasch bemerkte, wie sorgfältig die in die Buchhaltung versetzte Stenotypistin mit ihren Haaren umging, entflammte in ihm längst für erloschen gehaltenes Feuer. Auch andere haben ihre Macken, aber unsere Firma ist auch in dieser Hinsicht perfekt. Wenn es eine Olympiade für Paranoiker oder psychosomatische Weltfestspiele gäbe, wir könnten sie auf dem Firmengelände austragen, denn kein Betriebsfremder hätte sonderliche Chancen. Ob Gold-, Silber-, Bronze- oder Stanniolmedaille, alle Siegeszeichen und Urkunden blieben innerhalb der unser Firmengelände umfriedenden Ligusterhecke. Was Meister Brasch betrifft, so wäre er unangefochtener Sieger in der Disziplin Allergie.

Andere Menschen haben Heuschnupfen. Albert Brasch hatte seit Geburt Haarschnupfen. Andere flüchten vor Blütenpollen bis nach Helgoland. Brasch war vor weiblichen langen Haaren in die Endkontrolle geflüchtet, dem einzigen vor Frauen halbwegs sicheren Ort in der Lurzer-Fertigung. Andere schaffen wegen Allergien ihre Katzen ab. Brasch hatte wegen seiner Allergie seine Verlobte abgeschafft. Haare, lange Haare, weibliche Haare, sie ließen ihm bei der geringsten Berührung die Tränen in die Augen schießen, ließen ihn heulen wie eine Luftschutzsirene oder ein Düsenträgertriebwerk, ließen Tränen aus ihm fließen wie ein Wasserfall. Tapfer hatte er von Kindheit an gegen dieses Übel angekämpft. Mutig war er weinend von einer Liebesgeschichte in die nächste geflüchtet. Er hatte Vitamin A und Vitamin E kiloweise geschluckt, hatte sich Histamin- und Antihistaminspritzen in seinen Körper jagen lassen, bis dieser ausgesehen hatte wie ein ziemlich zerlöcherter Schweizer Käse. Seine Verlobte hatte Kopftücher getragen und Hüte, das hatte die Verlobung überhaupt erst möglich werden lassen, aber dann, in der Vorschuß-Nacht, der Nacht vor der Hochzeit, hatte die Unglückselige alle Hüllen und also auch die Hüllen ihrer Haare fallenlassen. Brasch hatte ihre langen Haare im Gesicht gespürt, die Tränen waren in ihm aufgestiegen, er hatte sich gejuckt und gekratzt, bis seine Verlobte endlich glaubte, was er ihr schniefend und triefend am Anfang ihrer Beziehung gestanden hatte und was sie mit Kopftüchern zu verdrängen versucht hatte, wirklich, sie hatten alle beide versucht, was sie konnten, aber es half nichts; ohne Rücksicht darauf, daß jetzt Braschs Verlobte zu triefen und schniefen begann, er konnte es ihr nicht zumuten, sich sämtliche Haare entfernen zu lassen, und er löste die Verlobung konsequent noch in der Nacht vor der Trauung, was wiederum beweist, wie gut Meister Brasch in unsere Firma paßt:

Es kommt nicht auf die Schnelligkeit einer Entscheidung an, sondern ausschliesslich auf ihre Richtigkeit. Dr. Herbert Brockstedt ppa.

Muß ich hier besonders erwähnen, wie angenehm es für Frau Klose war, als sie feststellen konnte, wie sorgfältig Meister Brasch darauf achtete, ihren Haaren nicht zu nahe zu kommen? Muß ich umständlich ausmalen, wie freudig ihr Herz klopfte, als er ihr vorschlug, doch bei der nächsten Zusammenkunft des Festausschusses ein Haarnetz oder, besser noch, ein Kopftuch zu tragen? Selbstverständlich hatte sie bei den nächsten der Vorbereitung dieser Geburtstagsfeier dienenden Zusammenkünften ihre Haare nahezu hermetisch vor der stickigen Büroluft abgeschottet, und als es bei einem weiteren Treffen darum ging, die für Konrad Lurzer gesammelten Geschenke einzupacken, ahnte Irmgard schon, was für sämtliche anderen Mitglieder der glücklichen Firmenfamilie längst Gewißheit war: »Was meinst du, Hansi?« fragte sie vorsichtig eines Abends ihren Wellensittich. »Ob es für mich alte Frau noch schicklich ist, es doch noch mal mit einem Herrn zu versuchen?«

Der Wellensittich hatte von einer Beziehung zwischen Frau Klose und Meister Brasch nichts Nachteiliges zu befürchten, und er hatte auf eine Art und Weise gezwitschert, die Frau Klose als Zustimmung interpretierte.

»Sehr gern!« sagte Frau Klose deshalb, als Meister Brasch sie zu einer Tasse Kaffee und einem Stück Schwarzwälder Kirschtorte einzuladen versuchte. »Aber machen Sie sich keine falschen Vorstellungen. Ich bin und bleibe eine anständige Frau!«

In jeder Firma gibt es (mindestens) einen Intriganten. In der Lurzer KG gab es, jedenfalls noch zu diesem Zeitpunkt, Patrick Leclair. Daß er, mit dem wohlklingenden Titel »Leiter der Abteilung Verkauf Ausland« ausgestattet, seine Umgebung durch erlesene Kleidung in Gestalt teurer Maßanzüge und seine Sekretärin durch erlesenen Duft (Kölnisch Juchten) zu beeindrucken versuchte, erscheint mir für verhängnisvolle Entwicklungen weniger wichtig als die Tatsache, daß Leclair schon mit dreißig Jahren Abteilungsleiter geworden war und seither fünfzehn Jahre lang in der Überzeugung lebte, diese Abteilungsleiterstellung sei nur ein Sprungbrett für eine weiterführende Karriere, die ihn (mindestens) in die Höhen der kaufmännischen Leitung und Prokura tragen würde. Diesem, aus Leclairs Sicht logischen, Aufstieg innerhalb der Firma stand die, aus Brockstedts Sicht logische, Tatsache im Wege, daß Dr. Brockstedt a) keine Lust hatte zu sterben, b) gleichfalls nicht daran dachte, sich zum Abteilungsleiter zurückstufen zu lassen.

Bedarf es weiterer Gründe, um deutlichzumachen, daß Leclair nicht anders konnte, als Brockstedts Stellung innerhalb der Firma zu schwächen, wo immer sich eine Gelegenheit bot? Nicht etwa, daß Leclair an Brockstedts Stuhl gesägt hätte. Dafür war er viel zu klug. Er bediente sich der angeblich überlegenen Methoden sanfter Technologie. Er sägte nicht an Brockstedts Stuhl, er nagte unablässig, wie ein Biber mit seinen Zähnen nagt. Er streute unablässig Zweifel an Brockstedts Führungsqualitäten in die dafür stets aufnahmebereiten Hirnfurchen der Lurzer-Belegschaft. Er bemühte sich, jene steten Tropfen zu produzieren, die angeblich auf Dauer den härtesten Stein aushöhlen. Kann es verwundern, daß er einen Vorgang wie diesen unglückseligen Krankenkontrollbesuch der Frau Schneider bei Frau Klose bei jeder Gelegenheit als das bezeichnete, was er auch meiner unmaßgeblichen Ansicht nach war, nämlich als eine ausgesprochene Niedertracht?

»Ich bitte Sie«, sagte er in jenen Tagen bei jeder sich bietenden Gelegenheit zu jedermann. »Nicht etwa, daß ich mir anmaße, über Dr. Brockstedt urteilen zu wollen, aber dieser Besuch bei einer älteren erkrankten Mitarbeiterin, so etwas hat doch keinen Stil!«

Bei dieser Bemerkung strich er meist wie unauffällig über die Aufschläge seiner Maßanzugjacken, um dezent anzudeuten, daß er, Leclair, über viel mehr Stil verfüge, und im Laufe der folgenden Tage verknüpfte er diese Feststellung immer geschickter mit dem Gedanken, daß man diesen Krankenbesuch nicht einfach auf sich beruhen lassen könne, sondern daß es notwendig sei, Brockstedt einmal deutlich in seine Grenzen zu verweisen. »Das geht doch nicht!« sagte er mit freundlichem Intriganten-Lächeln. »Einerseits sollen wir uns im Krankheitsfalle bespitzeln lassen, und andererseits sollen wir den Geburtstag des Firmeneigentümers wie den Gewinn der Fußball-Weltmeisterschaft feiern. Da stimmt doch irgendwas nicht!«

Ich, Sigbert Schmidt, Auszubildender und mit der Niederschrift dieses Berichts betraut, weiß dank der mir eigenen Scharfsicht selbstverständlich, daß Dr. Brockstedt und ähnliche Bürokratenseelen höchst unwillig fragen werden, weshalb ich mich so lange bei Frau Klose und Meister Brasch, dem Krankenbesuch und Herrn Lurzers Geburtstag aufgehalten habe. Mit Dr. Brockstedt kann ich zu diesem Punkte nur erklären: Das ist eine Frage des Prinzips! Entweder ich verschwende hier das Papier der Lurzer KG, oder aber ich entscheide mich dafür, die Ursachen des Niedergangs unserer Firma da aufzuspüren, wo sie zu suchen sind, in den scheinbar belanglosen Kleinigkeiten, in den Anfängen der Anfänge.

»Es gibt einfach sowas wie Qualität!« sagt Meister Brasch in der Endkontrolle jedesmal, wenn er ein mit Materialfehlern behaftetes Trimmgerät aussortiert. Hat Dr. Brockstedt von mir einen vollständigen Bericht verlangt oder eines jener Machwerke, wie sie Gaby Neuhammer oder Renate Gerlach in der Straßenbahn lesen, wenn sie morgens von der Wohnung zur Lurzer KG und abends von der Lurzer KG zurück in die Wohnung fahren?

Diese Frage aufwerfen heißt sozusagen sie gleichzeitig zu beantworten, was meinen Bericht aus den Niederungen der alltäglichen Bürowelt auf jene erhabene Ebene liftet, wo untersucht wird, wie Ereignisse schlechthin miteinander zusammenhängen. Ohne den Besuch Frau Schneiders bei Frau Klose, ohne die plötzlich in der Firma erwachende Sympathie für diese in die Buchhaltung verschobene Stenotypistin, ohne die Karriere-Sucht Leclairs jedenfalls hätte sich nicht jene Stimmung in der Firma durchgesetzt, von der ich Frau Schneider jetzt aufgeregt berichten lassen muß. Wie die Natur so arbeitet.

Herbert Brockstedt saß in seinem Arbeitszimmer über einen dikken Stapel Prospekte gebeugt, mit denen Büromaschinen-Hersteller die Vorzüge ihrer Kugelkopfschreibmaschinen in den leuchtendsten Farben schildern. Auf dem Plattenteller seiner Hi-Fi-Anlage drehte sich die Ouvertüre der »Meistersinger von Nürnberg« in einer Aufnahme der Wiener Philharmoniker unter der Leitung von Karl Böhm, was in diesem Zusammenhang nicht darauf hinweisen soll, daß Brockstedt plötzlich musikalisch Geschmack zu entwickeln begann. Musik stimmt den Menschen freundlich und mild; Brockstedt hatte seinen Kopf geneigt, freute sich über die Musik, die ihm wieder einmal dabei helfen sollte, eine Entscheidung zu treffen. Ob Olympia oder Triumph Adler, ob IBM oder Olivetti, Brockstedt wußte, welche Maschine auch immer er anschaffen würde, Frau Hanisch würde für einen anderen Hersteller plädieren. ›Dann werde ich sie am besten fragen, welche Maschinen wir bestellen‹, dachte er gerade, ›dann kann sie nachher nicht meckern‹, aber dieser Gedanke wurde jäh unterbrochen. Frau Schneider riß die Tür zu seinem Zimmer auf, eilte zum Plattenspieler, stoppte Karl Böhm und wandte sich dann an Brockstedt. »Da bereiten sich ungeheure Ereignisse vor!« sagte sie. »In der Belegschaft ist eine Stimmung ...«

»Na und?« sagte Brockstedt. »Was kümmern mich Stimmungen in der Belegschaft!«

»Es hat aber mit der Geburtstagsfeier zu tun!«

»So?«

»Ja!«

»Und was ist mit dem Geburtstag unseres Chefs?«

»Diese Feier!« sagte Frau Schneider. »Ich habe den Eindruck, daß die meisten Mitarbeiter an der Feier nicht teilnehmen wollen!«

»Was?« sagte Brockstedt. »Na hören Sie mal! Das ist... das ist... ein Zwergenaufstand ist das!«

»Ja!« sagte Frau Schneider. »Und die wollen deshalb nicht kommen, weil Sie mich zu Frau Klose geschickt haben! Das wäre Mißtrauen und schlechtes Betriebsklima!«

Brockstedt schob die Prospekte zur Seite.

»Das ist... eine Unverschämtheit ist das! Holen Sie sofort den Stenoblock! Ich werde eine Anweisung diktieren! Sowas! Die denken doch nicht etwa, die könnten machen, was sie wollen!«

Rundschreiben PA 114 Fei/–II/13

Liebe Mitarbeiterinnen und Mitarbeiter!

Aus dem gegebenen Anlaß der Feier unseres von allen verehrten Chefs (streichen: Ich meine natürlich aus Anlaß der Feier des Geburtstags unseres von allen verehrten Chefs) weise ich darauf hin, daß die Teilnahme an dieser Feier selbstverständlich freiwillig ist, was natürlich keinesfalls bedeutet, daß es nicht mein außerordentlicher und dringender Wunsch ist, daß sämtliche Mitarbeiter unserer Firma an dieser nicht zuletzt auch der Pflege des Betriebsklimas und der Festigung der Zusammenarbeit dienenden Veranstaltung teilnehmen und diese Teilnahme sozusagen trotz ihrer Freiwilligkeit als vornehmste Pflicht aller Mitarbeiter aufgefaßt werden muß.

Dr. Herbert Brockstedt ppa.

»Damit auch alle länger bleiben, schickt Brockstedt dieses Rundschreiben!« erklärte ich in sämtlichen Büros, als ich (wegen der Eile) das von Frau Schneider durch die Vervielfältigungsmühle gejagte Schreiben persönlich verteilte und dabei wieder einmal durch alle Abteilungen der Firma lief. Ich drückte es den Männern im blauen Overall an den Maschinen in der Fertigung in ihre ölverschmierten Hände, ich trug es in die Packerei und ließ die zweideutigen Bemerkungen der dort beschäftigten weiblichen Arbeitskräfte über mich ergehen. Ich lief in die Büros des Außendienstes und legte Brockstedts Ukas den Mitarbeitern im Verkauf Inland und Ausland auf den Tisch. Ich tat einmal mehr, was ich konnte. Auch wenn mir Zweifel am Interesse an der Feier des Wiegenfestes unseres Arbeitgebers (der eigentlich unsere Arbeit nimmt und von ihrem Erlös seine Jagd und seine Villa im Grüngürtel unserer Stadt finanziert) bei dieser Gelegenheit nicht nur vage aufdrängten, mit dem Ergebnis Brockstedts und meiner Bemühungen hätte auch ich nicht gerechnet. Am Tage der Geburtstagsfeier war alles wohl bestellt. In der Kantine waren die Tische weiß gedeckt. Hinter der Essensausgabe, wo uns sonst Hilfskräfte nach Pappe schmeckende Kantinen-Gerichte lieblos auf die Teller klatschten, harrten weißgekleidete Küchenchefs mit noch weißeren hohen Kochhauben der Gäste. Frau Klose und Meister Brasch hatten die Geschenke für Herrn Lurzer liebevoll verpackt. An der Stirnwand des Raumes stand ein Rednerpult, das mit einer grünen Girlande verziert war. Wie gesagt, alles war bestellt, und zwar zum besten. Wenn ich an das lieblich duftende Spanferkel denke, zu dessen Kauf Frau Klose Brockstedt trotz seiner Sparsamkeit überreden konnte, wenn ich an die drei Fässer mit kühlem Bier denke, ach, das Fleisch war willig, aber der Korpsgeist der Mitarbeiter war schwach.

Nicht etwa, daß sie bei Dienstschluß die Arbeitsplätze ostentativ verlassen hätten. O nein: Klammheimlich und mit stiller Freude hatten sie sich ab halb vier durch die Hinterausgänge davongestohlen, waren schon nach der Mittagspause unauffällig verschwunden, und so ergab es sich, daß Brockstedt pünktlich mit seinem vom Angstschweiß nassen Manuskript jener Rede, mit der er Herrn Lurzer ehren wollte, in der Kantine auftauchte, die gähnende Leere dortselbst aber durch die Anwesenheit von Frau Klose, Meister Brasch, dem ängstlichen Albin Thieme und mir nur unzulänglich gemildert wurde.

Brockstedt strich sich mit der flachen Hand über seine (Lampenfieber!) verschwitzte Stirn.

»Wach' ich oder träum' ich?« fragte er Frau Schneider, die wie immer bei solchen Gelegenheiten neben ihm stand. »Das kann doch nicht wahr sein!«

Frau Hanisch betrat mit energischen Schritten die Kantine. »Es tut mir leid, Herr Brockstedt!« begann sie ihre Ausführungen. »Aber im Namen des Betriebsrats muß ich erklären, daß wir wilde Streiks nicht ausschließen können, wenn Mitarbeitern der Firma aus ihrer Nichtteilnahme an dieser Veranstaltung Nachteile erwachsen sollten!«

»Das ist doch ...« sagte Brockstedt und tastete über die Stelle seines dunklen Anzugs, unter der sich seine Brieftasche und sein Herz befanden.

»Ja!« sagte Frau Hanisch. »Das ist!«

»Frau Schneider!« sagte Brockstedt. »Gehen Sie bitte sofort zu Herrn Lurzer! Es tut mir außerordentlich leid, aber die geplante Feier kann leider nicht stattfinden!«

»Und was geschieht jetzt mit dem Spanferkel und den Geschenken?« fragte Frau Klose. Wenn Brockstedts Blicke töten könnten, die Allgemeine Ortskrankenkasse und die Landesversicherungsanstalt für Angestellte hätten viel Geld gespart. Denn so freundlich sich Brockstedt auch gegenüber Frau Klose verhielt, so sehr er ihren Einsatz in der Buchhaltung lobte, im tiefsten Grunde jenes Organs, das wir mit Fug und Recht nach den Operationen Prof. Barnards auch bei Brockstedt nicht mehr als Sitz der Seele ansehen können, hatte er seine Entscheidung, die auf den vorzeitigen Rentenantrag Frau Kloses hinauslief, längst getroffen. Aber bevor ich mich diesem Komplex zuwende, muß ich Luther abwandeln: Hier sitze ich, ich kann nicht anders:

FEIERN AUS ANLASS MIT DER FIRMA
ZUSAMMENHÄNGENDER FREUDIGER EREIGNISSE
SIND ALLEN MITARBEITERN STETS WILLKOMMEN,
SOFERN SIE WÄHREND DER ARBEITSZEIT STATTFINDEN.
4. Schmidtsches Gesetz

Kaputt 5

Auch wenn wir Annette Münzberg aus den Augen verloren haben: Selbstverständlich packte sie noch immer jeden Morgen ihre formschön gestylten persönlichen Gebrauchsgegenstände auf den Schreibtisch und packte sie am Abend wieder in ihren Kosmetikkoffer. Wie die Natur so arbeitet. Auch ich kann mich nicht allen Mitarbeitern gleichzeitig zuwenden, mir geht es da so ähnlich wie Brockstedt, der Angestellte oder Arbeiter stets erst dann zur Kenntnis nimmt, wenn sie auffallen, sie aber nicht im geringsten bemerkt, solange sie sich wie gut geölte Rädchen in einem Getriebe geräuschlos drehen.

»So, ihr Lieben!« sagte Annette eines Nachmittags. »Das wär's für diesmal! War mir eine Freude, mit euch zusammenzuarbeiten! Wenn Gaby Lust hat, Kaffee zu kochen – ich gebe gern ein Stück Kuchen aus!«

»Was denn?« fragte Gaby. »Sag bloß, deine Zeit ist schon um! Und ab morgen müssen wir die alte Klose wieder ertragen?«

Frau Hanisch sah von ihrer Maschine auf und bedachte Gaby mit einem unfreundlichen Blick.

»So redet man nicht von einer Kollegin! Denk dran, du wirst auch mal alt!«

»Ja!« sagte Gaby. »Aber bestimmt keine alte Jungfer!«

Frau Hanisch stutzte kurz, weil sie blitzschnell überlegte, ob Gabys Bemerkung als Anspielung auf ihre Ehelosigkeit aufzufassen war. Sie holte tief Luft, um Gabriele eine patzige Antwort zu verpassen, erinnerte sich dann aber an die hinter ihr liegende zufriedenstellende Nacht mit ihrem Geliebten, und ihre Züge entspannten sich.

»Ob dich mal jemand heiratet, Gaby, das werden wir ja vielleicht noch erleben!« sagte sie nicht unfreundlich. »Und was Frau Klose betrifft, kann ich euch beruhigen. Die kommt nicht mehr ins Schreibzimmer zurück, weil sie in der Buchhaltung bleibt!«

»Was denn!« sagte Gaby. »Bin ich denn des Wahnsinns Kofferträgers fette Beute? Wer soll denn dann die Arbeit von Frau Klose machen, wenn die Annette nicht mehr da ist?«

»Na, wer wohl? Wir natürlich! Allerdings hat Brockstedt euch dafür Kugelkopfschreibmaschinen versprochen!«

»Das ist doch nur wieder so ein hinterlistiger Trick vom Brockstedt!« sagte Gaby. »Trotzdem, wenn ich eine neue Schreibmaschine bekäme, die nicht mehr so viel Krach macht...«

»Na, seht ihr«, sagte Frau Hanisch mit Resignation in der Stimme. »Ich hab's gewußt! Für ein bißchen technischen Schnickschnack laßt ihr glatt eine Kollegin fallen!«

Geneigter Leser: Wieder einmal sank der Output des Schreibzimmers auf null Anschläge, wieder einmal erörterten die Damen bei Kaffee und Kuchen, ob Kugelköpfen oder dem Kopf von Frau Klose der Vorzug zu geben sei. Die Ansichten waren geteilt. Frau Hanisch war für die Erhaltung des Arbeitsplatzes. Gaby und Renate waren für die leise summenden mattschwarzen Leistungssteigerer, die an die Stelle der klappernden, lauten Altgeräte treten sollten, deren Typenhebel sich dauernd verhedderten.

»Vielleicht sollte man Frau Klose mal fragen, was sie von ihrer Versetzung in die Buchhaltung hält!« sagte Annette, die sich bei Schwarzwälder Kirschtorte soeben darüber klar wurde, daß es sich bei der Lurzer KG um einen ausgesprochenen Saftladen handelte. »Natürlich!!« sagte Frau Hanisch beschämt. »Wir müssen Frau Klose fragen, ob sie damit einverstanden ist!«

»Und ob sie damit einverstanden ist!« sagte Semmler, der den Kaffeeduft durch zwei Türen gerochen hatte. »Brockstedt hat ihr fünfzig Mark mehr Gehalt angeboten, wenn sie in der Buchhaltung bleibt! Krieg' ich auch eine Tasse Kaffee?«

»Tut mir leid, Herr Semmler, aber...« sagte Frau Hanisch.

»Natürlich!« sagte Annette. »Sie sind herzlich eingeladen!«

Friede den Bürokraten! Krieg dem Computer! Waren denn die Mitarbeiterinnen des Schreibzimmers von allen guten Geistern verlassen? Man muß die kleinsten Anfänge unheilvoller Entwicklungen erkennen und ihnen entgegenwirken, sagt sinngemäß der große hinduistische Philosoph Rabindranath Tagore, und der große deutsche Mystiker Günter Watzmann aus der Werbeabteilung der Lurzer KG sagt sinngemäß, daß Brockstedt nicht nur ein Opfer des Systems sei, sondern zusätzlich eine arme Sau, weil ihm Bhagwans Liebe fehle. Wie auch immer: Ein Arbeitsplatz wurde durch formschönes Design ersetzt, und weil die Bestellung der neuen Schreibmaschinen eine Investition darstellte, die angeblich Arbeitsplätze sichert, bezahlte das Finanzamt mindestens die Kugelköpfe der Maschinen mit einer Investitionszulage. Wie die Natur so arbeitet: Brockstedt griff zum Telefonhörer, bestellte drei Kugelkopfmaschinen für das Schreibzimmer. Das Büroorganisationshaus Lehmann & Mossner nahm den Auftrag gern entgegen und schrieb dem Vertreter, der Brockstedt begeistert hatte, seine Provision gut. Alsdann wurde der Auftrag an das Büromaschinenwerk weitergeleitet. Im Büromaschinenwerk setzte sich die (um ihren Arbeitsplatz zitternde) Disponentin an den Fernschreiber und schickte Elektronen auf den langen Weg durch das enge Kabel nach Singapur, wo sie erschöpft ankamen, aber immer noch so viel Kraft in sich hatten, daß die Typenhebel des japanischen Fernschreibers im Büro der dortigen Fertigungsstätte des Büromaschinenherstellers erregt hin und her flippten. Eine zierliche Malaiin (mit einer Orchidee hinter dem Ohr) riß das Fernschreiben aus dem Telex, trug es zum chinesischen Disponenten, der es las und nach dem Telefonhörer griff:

»Sofolt dlei Geläte aus del neuesten Ploduktion fül die Konlad Lulzel KG leselvielen!« rief er in den Fernsprecher, was sich nur deshalb merkwürdig anhört, weil Chinesen und Japaner auch beim besten Willen kein R vernünftig aussprechen können. Nach einigen Minuten hob ein Gastarbeiter aus New Delhi die drei Maschinen vom Fließband, und eine Pakistani aus Karachi klebte chromblitzende Typenschilder auf die Schreibmaschinen: MADE IN GELMANY. Wie die Natur so arbeitet.

Obwohl KONRAD LURZER nach der mißglückten Feier seines Geburtstags die Absicht äußerte, diese Firma mit einer derart desinteressierten Belegschaft bei der nächsten Gelegenheit zu veräußern, obwohl Dr. Brockstedt versuchte, durch regelmäßige Kontrollen der Pünktlichkeit bei Arbeitsbeginn so was wie Rachsucht zu beweisen, schon nach wenigen Tagen waren das vergeblich gebratene Spanferkel und das wieder zurück zur Brauerei transportierte Bier vergessen. Die Firma arbeitete wie vorher nach den bekannten Lurzer-Grundsätzen. Jeder der Mitarbeiter hielt sich strikt an das ökonomische Prinzip, das gewünschte Ergebnis (Gehalt am Monatsletzten) mit dem geringsten möglichen Aufwand (Anwesenheit am Arbeitsplatz) zu erzielen. Auch wenn mich, zugegeben, nur noch wenige Ereignisse in Erstaunen versetzen können, weil ein Azubi im 2. Lehrjahr die harten Realitäten des Berufslebens kennt; daß sich die Lurzer KG nicht nur auf dem Markt behauptete, sondern sogar Gewinn abwarf und als einer der gesündesten Betriebe der Branche galt, stimmt mich nachdenklich. Entweder können Betriebe einer bestimmten Größenordnung nur durch besondere Anstrengungen zugrunde gerichtet werden, weil sie wie ein auf abschüssiger Bahn in Bewegung geratener Wagen rollen und rollen, bis sie aus der Kurve getragen oder durch ein großes Hindernis gestoppt werden, oder aber die Kalkulationsabteilung errechnete den 50%igen Aufschlag auf die Herstellungskosten, indem sie diese mit 50 multiplizierte.

Wie auch immer, wenige Tage nach der Feier bewies KONRAD LURZER sein Vertrauen in Brockstedt und fuhr mit seiner Sekretärin Frau Dolf zu dringenden geschäftlichen Besprechungen auf seine Jagd im Elsaß. Auch Dr. Brockstedt stand morgens bei Arbeitsbeginn nicht mehr demonstrativ seine Armbanduhr anstarrend neben dem Pförtnerhäuschen, sondern er tauchte etwa eine halbe Stunde später in seinem Vorzimmer auf und schleppte immer mehr Schallplatten in sein Büro. Dennoch hatte Lurzers Geburtstag weitreichende Folgen, die sich freilich nur am Verhalten von zwei Mitarbeitern zeigten, was mich dazu nötigt, mich erstmals gründlicher dem Produktionsfaktor L wie Liebe zuzuwenden, der für Firmen von einer bestimmten Größenordnung an mindestens so wichtig erscheint wie die hinlänglich bekannten Produktionsfaktoren Boden, Arbeit und Kapital. Im Gegensatz zu diesen drei bekannten und einem Studenten der Betriebs- oder Volkswirtschaft schon im ersten Semester vertrauten Faktoren hat dieser Produktionsfaktor L bislang kaum die Aufmerksamkeit der Refa-Spezialisten und Betriebsklima-Techniker gefunden, weil er sich wie ein Psi-Phänomen der Beobachtung und Erforschung zu entziehen scheint. Auch wenn Ignoranten (wie der Buchhalter Kalinke) der Ansicht sein mögen, die Auseinandersetzung mit diesem (interessantesten) Produktionsfaktor entziehe sich der Kompetenz eines erst zwanzig Jahre alten Auszubildenden: Wir leben in einer Zeit, in der ein zwanzigjähriger Abiturient mehr erlebt haben kann als ein in langjähriger Ehe vertrockneter Oberbuchhalter. Davon abgesehen, ich wurde bislang wie die meisten Auszubildenden mit schematischen Tätigkeiten beschäftigt, bei denen meine Gedanken reichlich Zeit und Gelegenheit hatten, sozusagen spazierenzugehen. Ich war damals der Buchhaltung zur Ausbildung zugeteilt. Ich habe die seltsamen Veränderungen, die Frau Klose nach den Sitzungen des Geburtstagsausschusses durch ihr Verhalten demonstrierte, aus nächster Nähe erlebt. Ich weiß, wovon ich berichte.

Würde in der Bürowelt jene Logik die Beziehungen bestimmen, die ich vom Leben erwartete, als ich, wohlausgestattet mit dem Zeugnis der Reife, das Florence-Nightingale-Gymnasium verließ, alles wäre klar und einfach gewesen für Irmgard Klose und Meister Brasch. Sie hätten erkannt, wie sehr sie Irmgards spezielle Haarberührungsneurose und Alberts spezielle Haarallergie als füreinander bestimmt erscheinen lassen mußten. Sie wären, bis daß der Tod sie trennen konnte, wo immer möglich zusammen gewesen. Sie hätten zur Vollendung ehelicher oder auch außerehelicher Liebe emporwachsen können, wären verschmolzen zu einem Herzen und einer Seele. Aber ach, der trennende Fluß, der die zwei Königskinder im Volkslied daran hindert zusammenzukommen, wirkt wie ein schmaler, von einem Kleinkind mühelos zu überschreitender Mini-Rubikon, vergleicht man ihn mit den Hindernissen, die in der Konrad Lurzer KG zwischen den Liebenden aufgebaut wurden.

Gewiß, beide hatten sehr schnell erkannt, was sie zusammenpassen ließ wie der Topf zum Deckel oder die Mutter zur

Schraube oder der Kolben in den Zylinder, aber was für ein langer Weg war es vom Wunsch zur Wirklichkeit! Als die Festausschuß-Sitzungen vorüber waren und die Geburtstagsfeier gescheitert: Eilte da etwa Albert Brasch mit einem Rosenstrauß aus der Endkontrolle in die Buchhaltung? Griff da etwa Irmgard Klose zum Telefonhörer, um Albert Brasch zu erklären, daß sie sich einsam fühle, weil auch der besterzogene Wellensittich die Nähe eines Menschen nicht ersetzen könne? Von wegen! Wie zuvor, als die Ausschußsitzungen und das Einpacken der Geschenke noch keine Abwechslung in ihr Leben gebracht hatten, eilten Irmgard und Albert morgens in die Firma und nach Dienstschluß in den Supermarkt. Wie zuvor verbrachten sie ihre Abende vor dem Fernsehgerät, und sie lagen nachts allein in schmalen Betten, die nicht zufällig verdächtige Ähnlichkeit mit Gefängnispritschen haben. Gewiß, die ersten Tage trug Frau Klose noch das grüne Kleid, mit dem sie ihre zuvor meist grauen Gewänder vertauscht hatte, und Meister Brasch kam mehrfach unter höchst fadenscheinigen Vorwänden in die Buchhaltung, aber die einmalige Chance wäre vertan gewesen, hätte nicht ein von allen völlig unbeachteter Dritter die Situation erkannt und die Initiative ergriffen. Dieser Dritte war ich.

Liebe Frau Klose!
Ich habe Sie bei der Vorbereitung dieser dämlichen Geburtstagsfeier kennen und schätzen gelernt, und ich habe den Eindruck, daß Sie allein leben und manchmal genauso einsam sind, wie ich es bin. Darf ich Sie zu einer Flasche Wein einladen? Ich werde heute abend nach Dienstschluß an der Telefonzelle neben dem Haupteingang des Bahnhofs auf Sie warten! Ehrenwort, ich werde mit niemandem darüber reden, auch ich möchte kein Gerede im Betrieb!
Herzlich Ihr Albert Brasch

Ich gebe zu, damals schrieb ich noch nicht so sicher auf der Maschine wie heute. Wahrscheinlich war mein Brief mit vielen

Tippfehlern versehen, zumal ich mich im Schreibzimmer sehr beeilen mußte, weil Frau Hanisch, Renate und Gaby jeden Augenblick aus der Mittagspause zurückkommen konnten, aber was bedeuten schon ein paar Tippfehler, wenn es um Liebe geht? Als Gaby eine Viertelstunde später die Fragen der sieben Zwerge aus dem Märchen Schneewittchen, wer von ihren Tellern gegessen habe, zu dem wütenden Schrei: »Verdammt noch mal, wer hat an meiner Maschine gesessen und alles verstellt??« abwandelte, war ich schon mit Thiemes und Semmlers Lottoscheinen auf dem Weg in die Stadt. Diesmal führte er mich zuerst in ein Blumengeschäft, wo ich den Brief abgab und, zusammen mit fünf roten Nelken, durch Fleurop an Frau Klose in der Lurzer-Buchhaltung schicken ließ. Schwamm drüber, daß diese Aktion zwölf Mark kostete, ich wußte, daß ich mich bei Gelegenheit durch den Verkauf leerer Weinflaschen und der Rückgabe von Pfandflaschen, die überall in den Büros herumstanden, würde finanziell schadlos halten können. Freudig schlug mein Herz, als diese Aktion erledigt war. Jetzt mußte ich nur noch einen Weg finden, Meister Brasch zum Bahnhof zu bewegen. Ich grübelte und grübelte, aber Brasch konnte ich nicht einfach Blumen schicken. So sehr mir diese Methode widerstrebte, ich entschloß mich für einen anonymen Anruf.

»Herr Brasch!« sagte ich mit verstellter Stimme, als mich die langsame Telefonistin endlich mit ihm verbunden hatte, »Frau Klose wird um sechzehn Uhr fünfzehn am Hauptbahnhof darauf warten, daß Sie sie zu einer Flasche Wein ausführen und sich bei Ihnen für Blumen bedanken! Nur damit Sie Bescheid wissen!« Brasch atmete schwer in den Telefonhörer:

»Wer spricht denn dort? Wollen Sie mich auf den Arm nehmen?«

»Keinesfalls!« sagte ich. »Hier spricht die Geisterstimme aus dem ZDF!«

Bevor Brasch weitere Fragen stellen konnte, legte ich den Hörer auf die Gabel zurück und eilte zur nächsten Station meines Dienstwegs, zur Lotto-Annahmestelle. Diesmal konnte ich es kaum erwarten, bis ich endlich die Lottoscheine losgeworden war, mit denen Semmler und Thieme, wie so viele andere, für Kleingeld Woche für Woche den großen Traum ihres Lebens erwarben. Bei dieser Gelegenheit, so wenig begeisternd meinen Studienräten meine Leistungen im Fach Mathematik auch erschienen, als wir die Wahrscheinlichkeitsrechnung durchnahmen, begriff ich wenigstens, daß ein Lottogewinn so wahrscheinlich ist wie die Möglichkeit, nach einem Zahnarztbesuch von einem Meteor erschlagen zu werden. Selbst wenn man mir das Gehirn herausnehmen würde, ich glaube nicht, daß ich auch nur ein blitzendes Fünfzigpfennigstück in solch vage Gewinnchancen investieren würde. Mit den Nelken für Frau Klose war das eine ganz andere Sache. Ich beeilte mich, so schnell wie möglich wieder zurück ins Büro zu kommen, und ich wartete ungeduldig hinter meinem Schreibtisch, bis ein Bote des Blumenhauses, wahrscheinlich auch ein Azubi, mit den Nelken und dem Brief in der Buchhaltung auftauchte.

»Entschuldigen Sie, wo finde ich bitte Frau Klose?«

Frau Klose, die über ihrer Mahnliste gebrütet hatte, lief rot an und stand auf. Die Angst in ihrer Stimme verriet, daß sie bislang wenig Erfreuliches im Leben erfahren hatte und selbst von einem Blumenstrauß nur Unannehmlichkeiten und Ärger erwartete.

»Ja!« sagte sie. »Frau Klose, das bin ich! Aber ich verstehe nicht, ich habe nichts bestellt, und ich will auch nichts kaufen!«

»Ist nicht nötig! Ich soll hier nur Blumen abgeben, die bei uns für Sie bestellt und bezahlt worden sind!«

»Ich erwarte keine Blumen! Es muß sich um einen Irrtum handeln!«

Der Azubi entfernte eine Stecknadel, mit der mein Brasch-Brief an die Blumen geheftet war. »Sie sind doch Frau Irmgard Klose, und das ist hier die Buchhaltung der Lurzer KG?«

Frau Klose nickte. »Dann sind die Blumen auch für Sie!«

Jetzt begannen Irmgards Hände zu zittern. Sie konnte den Bleistift kaum halten, mit dem sie (Prinzip ist Prinzip) den Empfang des Blumenstraußes quittieren mußte, und als der Azubi das Büro längst verlassen hatte, stand sie noch immer (wie vom Blitz getroffen) fassungslos neben Kalinkes Schreibtisch.

»Nun gucken Sie doch wenigstens nach, wem Sie diese milde Gabe verdanken!« sagte die inzwischen wieder von ihrer Krankheit genesene Buchhalterin Koch hämisch. Da kam endlich Leben in die Dame Klose. »Das geht Sie überhaupt nichts an!« erklärte sie ihrer mißgünstigen Kollegin und eilte dann mit dem Blumenstrauß aus dem Zimmer, vermutlich auf jenen Ort, an dem man innerhalb einer Firma am sichersten vor fremden Blicken ist.

»Guck einer mal an, die Klose!« sagte Frau Koch neidisch. »Ich sag's ja immer wieder, je oller, desto doller!«

»Kümmern Sie sich lieber um die Monatsstatistik!« brummte Kalinke.

Was immer man mir vorwerfen kann: Ich bin kein Voyeur! Nicht im Traum hätte ich an die Möglichkeit gedacht, etwa zum Bahnhof zu schleichen, um dort zu beobachten, ob sich Frau Klose und Meister Brasch auch tatsächlich trafen. Ich war mir dessen ziemlich sicher, denn beide mußten wissen, daß sich so eine Chance so schnell kein zweites Mal ergab. Ist es nicht ein Jammer, wie wenig Möglichkeiten ältere Menschen wie Frau Klose oder Herr Brasch haben, wenn es darum geht, die Einsamkeit zu durchbrechen und zum Wichtigsten zu finden, was es im Leben gibt, nämlich zur Liebe? Da kann ein Brasch nicht einfach wie ich jeden Freitag seine Gestalt in möglichst enge Jeans zwängen, in die Disco eilen und sich mit den Händen in den Hosentaschen vor der schönsten Disco-Queen aufbauen und ihr lässig die Frage aller Fragen, »Hallo, Baby, wie ist das mit uns?« ins Ohr schieben. Da gibt es das triste weite Feld der Heiratsanzeigen und die traurigen Tangos beim »Ball der einsamen Herzen«, und Frauen wie die Klose und Männer wie Brasch sind gewöhnlich viel zu stolz, sich auf diese Gebrauchtwaren-Märkte zu begeben. Was bleibt denn da außer der großen grauen Einsamkeit, wenn nicht ein genialer Auszubildender wie ich dem Beispiel der Radiobastler folgt und mit Kontaktspray nicht gerade sparsam umgeht? Ich kann mir vorstellen, wie mißtrauisch, vorsichtig und behutsam sich die beiden Mitarbeiter der Lurzer KG näherten, ich stelle mir das so ähnlich wie die Annäherung zweier kluger alter Igel vor, die es satt haben, jeder an seinem Ende der Furche zu sitzen und dem hin und her flitzenden Hasen ihr »Ick bin all hier!« ins Ohr zu husten. Soll ich hier umständlich ausbreiten, wie lange es dauerte, bis Frau Klose nach Abenden in Cafés und Weinstuben endlich den Mut aufbrachte, Meister Brasch auf eine Tasse Kaffee in ihre zuvor auf Hochglanz polierte Altbauwohnung einzuladen? Muß ich umständlich nachvollziehen, welch vergleichsweise komplizierten Überlegungen hinsichtlich der mutmaßlichen Reaktionen von Mitbewohnern des Altbaus angestellt wurden, bevor Meister Brasch nach einem weinseligen Abend erstmalig auf dem schmalen Sofa in Frau Kloses Wohnzimmer übernachten durfte? Beschränken wir uns lieber auf die Auswirkungen dieser späten Liebe auf die Lurzer KG, die nicht ausbleiben konnten. Obwohl die Tatsache, daß Frau Klose und Herr Brasch in einer grundsätzlich und immer feindlichen Welt ein doch respektables Alter erreicht hatten, beweist, daß sie den Stürmen des Lebens zu trotzen gelernt hatten; der Taifun einer Liebe im Alter erfaßte sie völlig unvorbereitet. Gewiß, sie bemühten sich, so gut sie konnten, ihre Beziehung vor den Mitarbeitern der Firma geheim zu halten, aber sie konnten es nicht gut genug für eine Belegschaft, die auf die geringfügigsten Veränderungen zu reagieren gewohnt war. Da nutzte es wenig, wenn Meister Brasch seinen Wagen immer erst auf den Firmenparkplatz fuhr, nachdem Frau Klose hundert Meter vor dem Schlagbaum ausgestiegen war, weil Herr Böckelmann zu Fuß zur Firma kam und so beobachten konnte, wo Frau Klose aus wessen Wagen stieg. Gewiß, wenn Frau Klose von ihrem Schreibtisch aufstand, um sich in die Endkontrolle zu begeben, hatte sie immer einen Grund. Aber waren diese Gründe wirklich Gründe oder nur Vorwände? Und Meister Brasch hatte immer einen Vorgang in der Hand, wenn er sich, meist vor Beginn der Mittagspause, im Verwaltungsgebäude herumtrieb; aber waren diese Vorgänge wirklich so wichtig, daß ihre Erledigung keinen Aufschub duldete?

Einige wenige Tage gingen die Meinungen hin und her, dann verdichteten sich Vermutungen zur Gewißheit. Selbstverständlich hatten die beiden etwas miteinander, was denn sonst! Wiederum spaltete sich die Belegschaft in zwei Lager. Auf der einen Seite befanden sich jene Mitarbeiter, die durch glückliche außereheliche Beziehungen oder (weniger glückliche) eheliche Beziehungen so in Anspruch genommen waren, daß sie sich für das Privatleben ihrer Kollegen nicht interessierten. Auf der anderen Seite befand sich Frau Koch.

»Was sagen Sie denn dazu, daß sich die Klose auf ihre alten Tage noch derartig albern benimmt?« fragte sie jeden, den sie auf dem Korridor, im Waschraum oder in der Kaffeeküche traf. »Was soll sich denn der Lehrling denken?« fragte sie empört Kalinke, der ihr wenigstens diesmal wahrheitsgemäß antwortete, daß mir vollkommen gleichgültig war, was Frau Klose und Meister Brasch aus der einmaligen Chance machten, die ich ihnen verschafft hatte. Wäre es bei diesem neidischen Gerede geblieben, ich würde in diesem Bericht kein Wort über diese Liaison verlieren. Aber es blieb nicht bei Worten, es folgten Taten. Entschuldigt eine freudlose Kindheit (jeder Übeltäter führt sie als Entschuldigungsgrund an) oder Einsamkeit im Alter (Frau Koch hätte sie entrüstet bestritten) wirklich alles? Wenn ich beim Jüngsten Gericht auf der Geschworenenbank säße, Frau Koch würde auf ewig im Fegefeuer grillen, denn ihre Niedertracht erscheint mir unübertrefflich, selbst wenn ich sie an Lurzer-Maßstäben messe.

Zugegeben, Frau Klose kleidete sich plötzlich in leuchtende Farben, die meine Augen beleidigten und Gaby dazu veranlaßten, Frau Klose um die Adresse ihrer Boutique zu bitten. Unbestritten, wie jeder Verliebten unterliefen auch Frau Klose häufiger Fehler bei der Arbeit als zuvor, aber das war physiologisch bedingt, weil selbst das leistungsfähigste Gehirn (zum Beispiel meines) nicht gleichzeitig zwei verschiedene Gedanken denken kann. Gerechtfertigt werden konnte dadurch Frau Kochs Verhalten keinesfalls. Freudigen Herzens war Frau Klose an jenem Tage mit von der Liebe beflügelten Schritten zur Mittagspause in die Kantine geeilt. Sie hatte auf dem Weg dorthin (zufällig) Meister Brasch getroffen und sich für den Abend mit ihm verabredet, weil sie mit ihm gemeinsam eine aufregende Fernsehserie (Büro-Büro) am Bildschirm erleben wollte. Brasch hatte versprochen, eine Flasche

Wein zu besorgen. Frau Klose hatte in der Kantine ihren Salat gegessen, eine Tasse Kaffee getrunken, und als sie nichtsahnend zurück in die Buchhaltung kam, fand sie auf ihrem Schreibtisch jenes Stilleben vor, das Frau Koch dort während der Mittagspause aufgebaut hatte. Wirklich, Frau Koch hatte keine Mühe gescheut. Sie hatte Frau Kloses Zimmerpflanze (die Azalee, die niemals blühte) mitten auf den Schreibtisch gestellt. Sie hatte eine Milchflasche, wie man sie Säuglingen reicht, liebevoll mit Milch gefüllt und neben die Azalee gestellt, eine Baby-Rassel und eine Toilettenbürste hinzugefügt und das Ganze beziehungsreich mit einer aus Toilettenpapier geflochtenen Girlande verziert. Selbstverständlich fehlte auch ein unübersehbar großes Schild nicht, das Frau Koch in den Mittagspausen der Vortage angefertigt haben mußte, und das Frau Klose, die zitternd neben ihrem Schreibtisch stand, Tränen in die Augen trieb, sie hilflos schluchzend nach ihrer Handtasche und ihrem Mantel greifen und aus dem Büro rennen ließ. Dieses Schild sah so aus:

HERZLICHEN GLÜCKWUNSCH ZUR VERLOBUNG!
WIR HOFFEN AUF BALDIGEN NACHWUCHS!

DIE MITARBEITER DER LURZER KG

Ich weiß: Robuste Naturen wie Gabriele Neuhammer, Gerhard Semmler oder ich hätten ein solches niederträchtiges Schild seinem Urheber auf den Kopf gedroschen, bis es wie eine etwas zu groß geratene Halskrause auf seinen Schultern gelegen hätte. Aber leider, wie die Natur so arbeitet, Frau Klose war mit jenem Geburtsfehler ausgestattet, der sich mit unserer schnellebigen Zeit immer schlechter verträgt. Irmgard litt nicht nur unter Haarberührungsangst, sondern sie war zusätzlich stigmatisiert durch ihre Sensibilität. Ich schrieb weiter oben, daß Frau Klose, arglos aus der Mittagspause in die Buchhaltung zurückgekommen, Frau Kochs Glückwunsch erblickte und aus dem Büro rannte. Diese Formulierung erscheint mir inzwischen unzureichend. Sie rannte, stolperte, torkelte in ihrer Erregung ziellos hin und her. Sie hastete, eilte, raste, flüchtete, wie von Furien gehetzt. Aus der Buchhaltung in den Korridor. Im Korridor zur Schwingtür. Im Treppenhaus die Treppen hinunter zum Hof. Über den Hof zum Pförtnerhäuschen, an diesem vorbei zur Straßenbahnhaltestelle. Dort wartete sie, schwer atmend, bis sie in die Tram steigen, sich auf einen der schlecht gepolsterten Sitze hocken und ihr Gesicht in den Händen vergraben konnte. In ihrer Wohnung angekommen, mochte sie nicht einmal ihrem Wellensittich von ihrem Schmerz erzählen. Sie flüchtete ins Schlafzimmer, zog die dicken Vorhänge vor die Fenster und verschwand in ihrem Bett, wo sie sich sicherheitshalber die Decke über den Kopf zog und mit beiden Händen festhielt. Selbstverständlich erschien Frau Klose am nächsten Tag nicht im Büro und auch am übernächsten nicht, und am dritten Tag kam sie auch nicht, sondern der Briefträger brachte ein ärztliches Attest, das Arbeitsunfähigkeit bescheinigte. Diesem Attest folgte ein weiteres, und als Frau Klose wieder in die Firma kam, trug sie nicht mehr Gewänder in leuchtend bunten Farben, sondern jenes freudlose Grau, das den Elefanten ziert und auch ältere Frauen, die im tiefsten Grunde ihres Herzens längst aufgegeben haben. Auch wenn es mir schwerfällt, von diesem Sieg menschlicher Gemeinheit zu berichten, Frau Klose würdigte Meister Brasch tagelang keines einzigen Blickes, und auch als sie wenigstens wieder mit ihm redete, war an gemeinsame Kinobesuche und gemütliche Abende vor dem Fernsehgerät nicht mehr zu denken. »Hör damit auf, so was schickt sich nicht für mich alte Frau!« preßte sie durch ihre zusammengebissenen Zähne, als Brasch vorsichtig andeutete, man könne doch wieder einmal etwas gemeinsam unternehmen, und dabei blieb es. Jedenfalls sofern ich richtig unterrichtet bin.

Erwähnenswert ist freilich noch das Verhalten Dr. Brockstedts. »Sagen Sie mal, Frau Klose«, erklärte er freundlich, als sie endlich wieder zur Arbeit kam, »Sie sind doch nicht mehr die Jüngste und Gesündeste! Haben Sie eigentlich schon mal an die Möglichkeit gedacht, Rente wegen Arbeitsunfähigkeit zu beantragen? Sie haben doch nach den vielen Jahren in unserer Firma nicht unerhebliche Ansprüche auf eine zusätzliche Betriebsrente. Wäre es nicht auch für Sie das Beste, wenn Sie von den schönen Möglichkeiten Gebrauch machten, die unser soziales Netz Menschen wie Ihnen heutzutage bietet?«

»Wollen Sie mich loswerden, Herr Dr. Brockstedt?« fragte Frau Klose, und Brockstedt rieb sich die feuchten Hände wie immer, wenn ihm etwas unangenehm war.

»Natürlich!« sagte er. »Ich meine, natürlich nicht! Aber in Ihrem Alter und mit Ihrem Gesundheitszustand, wäre es doch schön, wenn Sie nicht dauernd in Arzt-Wartezimmern herumsitzen müßten, nicht wahr?«

Überflüssig, hier noch zu erwähnen, daß Frau Klose nach diesem Gespräch erneut ein ärztliches Attest einreichte. Damit alles seine von Dr. Brockstedt so heiß geliebte Ordnung hat, schließe ich auch dieses Kapitel auf die gewohnte Weise ab, um mich alsdann dem nächsten zuzuwenden:

WEIL IM BÜRO VIELE MENSCHEN VIEL ZEIT
ZUSAMMEN VERBRINGEN, BESTEHT DIE GROSSE CHANCE,
DASS SIE SICH INEINANDER VERLIEBEN;
AUS DEMSELBEN GRUNDE BESTEHT LEIDER AUCH DIE GEFAHR,
DASS DIESE LIEBE INFOLGE VON NEID & MISSGUNST
HÖCHST UNERFREULICH ENDET!
(5. Schmidtsches Gesetz)

Kaputt 6

Auch wenn unser verehrter Chef Dr. Brockstedt immer so tut, als sei die Arbeit im allgemeinen und speziell die Arbeit für die Lurzer KG der schönste Lebensinhalt, den sich ein Mensch nur wünschen kann, versichere ich an dieser Stelle sozusagen an Eides statt, daß dem keineswegs so ist. Jeder, den ich bisher während meiner Ausbildungszeit kennenlernte, arbeitet, um das Geld für seinen Lebensunterhalt und die notwendigen Spielsachen (Autos, Stereo- und Videoanlagen, Skiausrüstungen und Computer-

Fernsehspiele [Tod dem Computer!]) zu verdienen, und wenn es um die sprichwörtliche Selbstverwirklichung geht, so kann ich hier reinen Herzens versichern, daß sie jedermann (mit Ausnahme vielleicht von Dr. Brockstedt) außerhalb der Firma und außerhalb der Arbeitszeit suchte und meist auch zu finden wußte. Das muß einmal ganz klar gesagt werden, um die seltsame Meinung über den Sinn des Lebens zu korrigieren, die sich in Chefgehirnen durchgesetzt hat. Wir arbeiten für Geld, und wir wollen für unsere Arbeit so viel Geld wie möglich. Weil es das Bestreben der Arbeitgeber und ihrer Beauftragten ist, uns so wenig Geld wie immer möglich zu bezahlen, gibt es den berühmten Interessengegensatz zwischen Arbeitgeber und Arbeitnehmer, der den sozialen Frieden mehr stört als das (jedenfalls in unserer Firma) mitunter ungenießbare Kantinenessen und die Frage, wie groß die Fläche des Schreibtischs ist, an der ein Angestellter seine Arbeit verrichten kann. Auch wenn da seltsame Ansichten weit verbreitet sind: Ich erkläre hier, daß die Größe eines Schreibtischs, die Fragen, ob mein Arbeitszimmer nur mit einem Fenster ausgestattet ist oder ob ich durch deren drei aus dem Büro auf den Hof blicken kann, für mich völlig belanglos sind, ähnlich wie der Titel, der unter meinem Namen an der Tür steht oder die Ausstattung meines Büros mit Teppich oder ohne.

Wenn das Gehalt stimmt, ehrlich, habe ich nichts gegen einen Teppich unter meinem Schreibtisch oder den Titel »Leitender Direktor in Ausbildung« einzuwenden. Wenn solcher Klimbim allerdings über eine unangemessene Bezahlung hinwegtrösten soll, halte ich es mit der scharf denkenden Frau Thieme:

STATUSSYMBOLE: NEIN DANKE!
MEHR KAUFKRAFT IST ERWÜNSCHT!

Ich habe (weiter oben!) davon berichtet, daß Frau Thieme die eheliche Gemeinschaft mit ihrem Manne durch Auslagerung desselben auf die Wohnzimmer-Couch teilweise aufgehoben hatte, und ich habe erläutert, welchen Zuspruch Semmlers dieser Thieme benötigte, bevor er es wagte, einen Antrag auf Gehaltserhöhung zu diktieren und mit der Firmenpost Herrn Dr. Brockstedt zuzuleiten. Selbstverständlich ging dieser Antrag (in einem ordentlichen Haushalt geht nichts verloren) bei Dr. Brockstedt ein und Frau Schneider legte ihn Brockstedt bei der Postbesprechung vor. »Der Thieme hat wieder mal einen Antrag gestellt!« sagte sie, während Brockstedt wie immer an der Musik aus den Lautsprechern seiner Stereoanlage mehr interessiert war als an allem anderen.

»Und was beantragt er?«

»Natürlich mehr Geld!«

»Na und?« sagte Brockstedt. »Legen Sie das auf Wiedervorlage in einem Vierteljahr! Ich muß mich schließlich auch einschränken!«

Damit wäre der Antrag normalerweise erledigt gewesen, denn was bei der Lurzer KG einmal den Stempel Wiedervorlage trägt, bleibt dort liegen, bis das Papier vergilbt ist. Ausnahmen bestätigen auch hier die Regel, und so kann ich, als Lehrstück, ausführen, auf welch wundersame Weise Albin Thieme nicht nur seine Gehaltserhöhung bekam, sondern dazu noch den wohlklingenden Titel eines Leiters des Verkaufsbezirks Süd-Südwest, was allerdings wenig bedeutet, weil es Kunden der Lurzer KG im Süden des Südwestens nicht gab. Weil alles im Leben logisch zugeht, hat auch diese Gehaltserhöhung ihre Ursache. Sie ist meiner Ansicht nach in einem Autounfall zu suchen, der sich an einem schönen Mai-Morgen ereignete.

Es war ein wunderschöner Morgen, und die Mitarbeiter der Lurzer KG hatten wieder einmal den Wunsch unterdrücken müssen, den Tag im Freibad, Schrebergarten oder schlicht und einfach im Bett zu verbringen. Sie waren wie meist bei Arbeitsbeginn völlig unausgeschlafen. Böckelmann hatte am Vorabend vermutlich wieder einmal auf seinem Balkon gegrillt, Frau Schneider hatte ihrem geschiedenen Ehemann wieder einmal Geld geliehen, und Semmler hatte wieder einmal von Gabriele geträumt, die seine Annäherungsversuche nach wie vor höflich, aber entschieden zurückwies. Aber, und das verdient erwähnt zu werden, es war einer der seltenen Tage, wo keiner einen Arzttermin oder andere dringende Angelegenheiten zu erledigen hatte, also alle zur Arbeit kamen. Sie eilten nach und nach am Pförtnerhäuschen vorbei oder hielten in ihren Wagen in einer langen Schlange vor dem Schlagbaum, der neuerdings, einer Anweisung Brockstedts folgend, nach jedem Fahrzeug wieder herunterklappte, bis sich Zerbanic vergewissert hatte, daß auch das nächste Fahrzeug einem Angehörigen der Firmenfamilie gehörte. Leclairs Wagen hatte den Schlagbaum gerade passiert, der Schlagbaum senkte sich. Böckelmann, der in der Schlange hinter Leclair fuhr, mußte seinen Wagen abbremsen, weil sich der Schlagbaum vor seiner Windschutzscheibe senkte, und Albin Thieme, der auf seiner Couch wieder nur sehr schlecht geschlafen hatte, dachte an alles andere als an Böckelmanns Bremslichter. Von seinen kümmerlichen 64 Pferdestärken unter der Motorhaube dazu gezwungen, fuhr Thiemes Wagen zu weit nach vorn und knallte auf Böckelmanns Fahrzeug. Böckelmann sprang sofort aus seinem Wagen.

»Nun träumen Sie doch nicht, Herr Kollege!« rief Böckelmann wütend, »Sie können doch mein Auto nicht kaputtmachen!«

»Wollte ich auch gar nicht!« flüsterte Thieme. »Wenn Sie nicht gebremst hätten, wäre das nicht passiert! Sie sind schuld!«

»Von wegen!« sagte Böckelmann. »Wer auffährt, ist immer schuld!«

Böckelmann besah sich den Schaden an seinem Fahrzeug, wobei er seinen Zeigefinger mit Spucke anfeuchtete, um ihn dann dazu zu benutzen, die hintere Stoßstange seines Wagens vom Schmutz zu befreien.

»Dachte ich es mir doch!« rief er triumphierend. »Die Stoßstange ist beschädigt und wahrscheinlich ihre Halterung auch!«

»Das ist doch nur ein kleiner Kratzer!« sagte Thieme ganz leise.

»Trotzdem!« entgegnete Böckelmann. »Sie unterschreiben mir sofort ein Schuldanerkenntnis! Andernfalls bin ich gezwungen, die Polizei zu rufen!«

»Bitte nicht!« flüsterte Thieme. »Ich habe doch schon zwei Punkte in Flensburg!«

In diesem Moment tauchte Brockstedt neben den beiden auf.

»Was ist denn hier los? Sie können doch nicht den ganzen Verkehr vor dem Firmengelände aufhalten!« rief er wütend.

»Nicht ich halte den Verkehr auf, sondern Herr Thieme!« sagte Böckelmann.

»Ich kann doch nicht weiterfahren, solange Herr Böckelmann...«

»Schluß!« schrie Brockstedt. »Schluß und aus! Sie fahren sofort Ihre Fahrzeuge auf die Ihnen zugewiesenen Parkplätze, und alles andere können Sie später regeln! Aber nach Dienstschluß, wenn ich darum bitten darf!«

Böckelmann und Thieme stiegen in ihre Fahrzeuge, fuhren an. Hinter Böckelmanns Wagen senkte sich der Schlagbaum. Thieme bremste, und der Schlagbaum hob sich wieder. Thieme passierte das Pförtnerhäuschen, und der Schlagbaum senkte sich erneut. Irgendwann gelangten auf diese Weise sämtliche Firmenangehörigen auf den Parkplatz und danach an ihren Arbeitsplatz. Auch bei anderen Unternehmen gibt es sinnlose Vorschriften, aber bei Lurzer legt man Wert auf Perfektion

Kollegen, die seit langer Zeit das Büro miteinander teilen, haben kaum noch Geheimnisse voreinander. Wenn man so will, kann man sagen, daß Thieme mit Semmler mehr gemeinsame Zeit verbrachte als mit seiner Ehefrau, jedenfalls wenn man die schlafend oder zwischen Wohnung und Büro im Auto verbrachte Zeit angemessen berücksichtigt. Trotzdem, kein Firmenstandesbeamter war vor Semmler und Thieme getreten und hatte sie befragt, ob sie bereit wären, ihre Schreibtische zusammenzurücken und das Telefon miteinander zu teilen, bis der Tod oder der Eintritt des Rentenalters sie endlich voneinander trennen würde. Um einmal mehr Klartext zu schreiben, Brockstedt hatte die beiden in eine Zwangsehe getrieben, wie ein Fürst Magd und Knecht zur Zeit der Leibeigenschaft, und wie diese versuchten Semmler und Thieme, das Beste aus gegenseitiger Abhängigkeit zu machen. Sie wußten (fast) alles voneinander. Nur was Semmler verdiente, wußte Thieme nicht. Er hätte sich sonst still in eine Ecke des gemeinsamen Büros gesetzt und geweint.

Der Morgen nach dem Zusammenstoß mit Böckelmanns Auto

verlief in Thiemes Büro wie gewöhnlich. Wie Semmler arbeitete er langsam vor sich hin, prüfte Aufträge, die der Außendienst geschrieben hatte, auf ihre Richtigkeit, erteilte Versandorder und diktierte Rückfragen bei unklaren Aufträgen auf die Platte, die im Diktiergerät ihre Runden drehte. Um zehn Uhr schob er das Diktiergerät zur Seite, holte sein Frühstücksbrot und die Tageszeitung aus der Aktentasche und begann zu essen. Wie immer schnitt er dabei die Butterbrote mit dem Taschenmesser in kleine Würfel; eine Gewohnheit, die Semmler noch immer zur Weißglut brachte.

»Mein Gott, Thieme, warum frühstückst du bloß mit diesem dämlichen Messer? Du hast doch noch alle Zähne, oder etwa nicht?«

Gewöhnlich nickte Thieme nach dieser Bemerkung und lächelte, um seine Zähne zu zeigen, an diesem Tag aber klappte er sein Taschenmesser wortlos zusammen, was Semmler beunruhigte.

»Thieme, ist irgendwas? Du bist heute so anders als sonst!«

»Quatsch!« sagte Thieme. »Was soll schon sein?«

Er aß weiter, wobei er mit den Zähnen kräftig ins Butterbrot biß, und das beseitigte bei Semmler alle Zweifel.

»Nun sag schon, was du hast! Ich erfahre es ja doch! Wieder Ärger mit deiner Frau?«

»Viel schlimmer!« sagte Thieme.

»Was mit dem Wagen?«

Thieme nickte: »Ich bin dem Böckelmann hinten reingefahren! Seinem Auto ist nicht viel passiert, aber bei mir...« Er senkte die Stimme zum Flüstern, als ob seine Frau hinter der Tür stehen und lauschen könnte: »Aber bei mir... ein Scheinwerfer ist kaputt, und die Motorhaube ist völlig eingedrückt!« Semmler holte eine Visitenkarte aus der Brieftasche und schob sie Thieme über den Tisch zu: »Hier, weil du es bist! Bring deinen Wagen hin und sag, daß du ein Kollege von mir bist! Dort repariert man deinen Wagen schnell, ordentlich und vor allem billig!«

Thieme versuchte zu lächeln, während er die Visitenkarte las.

»Und was sage ich meiner Frau?«

»Der sagst du am besten, du hättest den Wagen nach einer Feier auf dem Firmenparkplatz stehen lassen! Klingt doch immer gut, du fährst heute abend mit dem Taxi nach Hause!«

»Was? Du spinnst wohl! Wer soll das bezahlen?«

Während Thieme noch darüber nachsann, ob er seine Frau zum erstenmal in fünfundzwanzig Jahren Ehe belügen sollte, hatte Semmler schon nach dem Telefon gegriffen und schwenkte es vor Thiemes Nase:

»So, du rufst jetzt die Schneider an und sagst ihr, du müßtest dringend zum Arzt! Dann fährst du deinen Wagen in die Werkstatt und kommst wieder! Dann ist erstens der Wagen in guten Händen, und die Schneider freut sich, weil du dich vom Arzt nicht hast krankschreiben lassen!«

»Meinst du?« fragte Thieme.

»Ja!« sagte Semmler. »Ich meine!«

Der Not gehorchend, nicht dem eigenen Triebe: Thieme brachte es tatsächlich über sich, Frau Schneider aufzusuchen und dort Unwohlsein vorzutäuschen, was ihm an diesem Tage nicht schwergefallen sein dürfte. Er schlich von der Last seines Elends gebeugt zum Parkplatz, stieg in seinen Wagen und fuhr zu der von Semmler empfohlenen Reparaturwerkstatt, die draußen am Rande der Stadt zwischen Autoverwertungsfirmen, Schrottplätzen und den Niederlassungen von Altwaren-, Rohprodukte- und Lumpenhändlern auf einem Hof zwischen Autowracks in einer vergammelten Wellblechbaracke aus dem schlammigen Boden gewachsen war. Thieme stellte seinen Wagen neben den Überresten eines völlig verrosteten Citroëns ab, der nur einem Schriftsteller gehören konnte, und ging auf die Wellblechbaracke zu, in der jemand hämmerte. Als sich Thiemes Augen an das schwache Licht gewöhnt hatten, sah er einen völlig mit Öl getränkten Overall, aus dessen Halsöffnung ein mit Öl verschmiertes Gesicht ragte.

»Entschuldigen Sie!«, sagte Thieme leise. »Ich habe gehört, daß Sie Kraftfahrzeuge reparieren, und da dachte ich ...«

»Was dachten Sie?« fragte der Mann im Overall. »Sind Sie

Stoßstange ausbeulen …

...Kotflügel und Motorhaube richten usw., usw.: Angesichts mancher Rechnung bekommt so mancher weiche Knie.

Da kann einer von Glück sagen, wenn er ein finanzielles Polster hat, auf das er in Notfällen zurückgreifen kann. Damit die Knie nicht so strapaziert werden.

vielleicht von der Steuerfahndung oder vom Gewerbeaufsichtsamt?«

»Nein!« sagte Thieme. »Ich komme nur wegen meines Autos! Es ist leider beschädigt!«

Der Mann im Overall begleitete Thieme auf den Hof und zog eine lange Ölspur hinter sich her. Mit zusammengekniffenen Augen umrundete er Thiemes Fahrzeug, dann führte er Thieme zu einer Holzbaracke, die als Büro diente, setzte sich an eine klapprige Rechenmaschine, tippte und rasselte Zahlen herunter: »Stoßstange ausbeulen macht achtzig Mark, Kotflügel und Motorhaube richten macht zweihundertfünfzig Mark. Scheinwerfer erneuern fünfundsechzig Mark und das Ganze wieder lackieren macht zweihundertfünfzig Mark. Einverstanden?«

Thieme bekam weiche Knie. Er betrachtete ein Schild, das an der Wand neben der Rechenmaschine hing.

»So teuer?« sagte er leise.

»Mann!« sagte der Mann im Overall. »Das nennen Sie teuer? In einer anderen Werkstatt zahlen Sie dafür mindestens zweitausend Mark!«

Ein gut gekleideter und ziemlich dicker Mann in grauem Flanell betrat die Baracke und streckte dem Autoschlosser seine schlaffe Hand entgegen:

»Tag, Otto! Ist mein Wagen fertig?«

»Natürlich!« sagte der Autoschlosser. »Pünktliche Bezahlung, pünktliche Arbeit! Komm, ich zeige dir deinen Wagen! Du wirst staunen!«

Ohne sich um Thieme zu kümmern, verließen die beiden die Baracke. Thieme rechnete und überlegte weiter, aber er mußte immer wieder zum Schild an der Wand neben der Rechenmaschine blicken, und das gab schließlich den Ausschlag. Das Schild sah so aus:

VERDAMMT NOCH MAL,
WENN DU SO UNGEHEUER CLEVER BIST,
DANN GEH DOCH GEFÄLLIGST WOANDERS HIN!

»Na«, sagte der Öltaucher, als er zurück in die Baracke kam, »haben Sie es sich überlegt?«

Thieme nickte: »Wenn Sie den Wagen so schnell wie möglich wieder herrichten könnten...«

»Klar! So schnell wie möglich! In einer Woche!«

»Und es geht wirklich nicht eher?«

»Nein!«

Der dicke Mann im grauen Flanellanzug kam in die Baracke und strahlte wie Brockstedt in jenem Jahr, als der Heilige Abend ausgerechnet auf einen Freitag gefallen war: »Wunderbar hast du das gemacht, Otto!« sagte er, und weil er eine gute Tat auf seinem sich diesbezüglich meist im Minus befindlichen Konto verbuchen wollte, wandte er sich freundlich an Thieme:

»Wenn Sie Ihren Wagen hier lassen, ich nehme Sie gern mit zurück in die Stadt!«

»Wirklich?« fragte Thieme ungläubig, weil ihm so selten jemand uneigennützig einen Gefallen erwies, »meinen Sie das ernst?«

»Klar!« sagte der Mann mit der schlaffen Hand. »Draußen auf dem Hof der Sechshunderter-Mercedes! Sie können ruhig schon einsteigen. Ich muß nur noch meine Rechnung erledigen!«

Muß ich besonders erwähnen, wie behutsam Albin Thieme die Tür des chromblitzenden Fahrzeugs öffnete und wie vorsichtig er sich auf das weiche Polster des Beifahrersitzes sinken ließ? Nach fünf Minuten, die Thieme unbeweglich in Andacht verharrte, kam der Fahrer des Wagens zurück, setzte sich hinter das Lenkrad und ließ den Motor an, der so leise war, daß man ihn nicht hörte. »Wo soll ich Sie denn absetzen?«

»Irgendwo in der Stadt! Ich müßte zurück zur Lurzer KG! Setzen Sie mich irgendwo in der Stadt ab!«

»Bei Lurzer arbeiten Sie?« fragte der Mercedesfahrer ungläubig, und Mitleid mischte sich in seine Stimme. »Wenn es so ist, fahre ich Sie gern hin! Der Laden liegt an meinem Wege!«

Was soll ich sagen, Thieme wurde im Mercedes gefahren, was heißt hier gefahren – er schwebte im Mercedes sanft über die Straßen, und bevor er ihn daran hindern konnte, hielt der Mercedesfahrer vor dem Schlagbaum des Lurzer-Geländes und hupte derart laut und unfreundlich, daß Zerbanic ängstlich den Schlagbaum in die Höhe kurbelte und der Mercedes direkt vor die Schwingtüren des Verwaltungsgebäudes fuhr.

»Bitte sehr!« sagte der Mercedesfahrer. »Wenn ich mal irgendwas für Sie tun kann: Braun! Von der Unternehmensberatung Bretzke und Braun!«

»Angenehm!« sagte Thieme. »Mein Name ist Thieme! War freundlich, daß Sie mich mitgenommen haben! Vielen Dank!«

»Ich bitte Sie«, sagte Braun, der jetzt endlich auch in meinem Bericht einen Namen hat, was mir erspart, dauernd von seinem Flanellanzug und seiner schlaffen weichen Hand zu reden. »Das war doch eine Selbstverständlichkeit! Grüßen Sie Dr. Brockstedt bei Gelegenheit von mir!«

»Natürlich!« sagte Thieme, als er den Mercedes verließ und völlig verwirrt zu den Glastüren des Verwaltungsgebäudes ging. »Natürlich werde ich Brockstedt nicht von einem Unternehmensberater grüßen.« Und wenn das jemand noch immer nicht begriffen haben sollte und über den Grund für Thiemes Bemerkung nachdenkt: DIE ANGST SASS THIEME STETS UND IMMER IN DEN KNOCHEN.

»Na?« fragte Semmler, als sich Thieme wieder hinter seinen Schreibtisch setzte, »habe ich dir zuviel versprochen? Prima Werkstatt, was?«

»Das kann ich doch vor meiner Frau nicht verheimlichen!« sagte Thieme vorwurfsvoll. »Wie soll ich ihr denn erklären, wo ich das Geld gelassen habe, das die Reparatur verschlingt!«

»Du kannst ihr ja erklären, du hättest es verloren«, schlug Semmler vor, aber da bekam er auch schon Mitleid mit seinem Kollegen und schlug vor, ihm das Geld für die Reparatur zu leihen. »Was?« staunte Thieme. »Das würdest du wirklich für mich tun? – Nein, laß mal, ich krieg' das schon irgendwie hin. Ist schon alles in Ordnung!«

Von wegen Ordnung: Nichts war in Ordnung! Während sich Thieme bemühte, den Blechschaden an seinem Fahrzeug aus seinem Bewußtsein zu verdrängen, um dort wieder Platz für jene

Angelegenheiten zu schaffen, für deren Erledigung er von der Firma (kümmerlich) bezahlt wurde, öffnete Renate Gerlach mit dem Ellenbogen die Tür zum Schreibzimmer und stellte dort ein Tablett mit drei Stück Kuchen auf ihrem Schreibtisch ab: »Ratet mal, wen ich gerade auf dem Hof gesehen habe?«

Gabriele spannte lustlos ein Blatt Papier in die Kugelkopf-Schreibmaschine, die seit einigen Tagen auf ihrem Schreibtisch surrte und knatterte wie ein fleißiges Maschinengewehr. »Na wen schon?« fragte sie. »Vielleicht den Lurzer oder den Heiligen Geist?«

»Viel schöner!« sagte Renate. »Den Thieme! Und aus wessen Wagen er gestiegen ist, das erratet ihr nie!«

»Du wirst es uns schon erzählen!« sagte Frau Hanisch. »Und dann gehst du bitte wieder an deine Arbeit.«

»Aus dem Mercedes vom Braun ist er ausgestiegen! Der Braun von der Unternehmensberatung, durch die ich die Stelle hier bekommen habe! Das ist ein ganz Raffinierter, der Thieme! Bei uns sitzt er rum, als könnte er kein Wässerchen trüben, und heimlich verhandelt er wegen einer neuen Stelle!«

»Würd' ich ihm wünschen, daß das klappt!« sagte Gaby. »Hier bei Lurzer kommt der doch nie weiter!«

»Und ihr kümmert euch jetzt vielleicht wieder um eure Arbeit!« schlug Frau Hanisch freundlich vor.

Man kann von unserer Firma und ihren Mitarbeitern halten, was man will: So viele Störungen auch immer auftraten und auftreten, der Dschungel-Telegraph, durch den Neuigkeiten innerhalb kürzester Zeit verbreitet und Vermutungen in noch kürzerer Zeit zur Gewißheit erklärt werden, arbeitet mit ähnlicher Zuverlässigkeit wie das Weltraum-Laboratorium Columbia, das gerade wieder einmal um den Erdball kreist, während ich hier (auf noch weniger Platz, als ihn selbst ein Astronaut hat) hinter meiner elektronischen Typenrad-Schreibmaschine zu berichten versuche, was mir dessen wert erscheint. Selbstverständlich ahnt der inzwischen hoffentlich zum Lurzer-Sachverständigen gewordene Leser, welche finsteren Wolken sich um Thiemes Kopf zusammenballten, und dabei denke ich nicht nur an Thiemes Frau, sondern auch an seine Kollegen, seine Mitarbeiter; die jede Neuigkeit sofort auf ihre Folgen hin untersuchende Belegschaft der Lurzer KG.

Die Tatsache: Albin Thieme steigt aus dem Wagen eines Unternehmensberaters. Fehlschluß 1: Er verhandelt über eine neue Arbeitsstelle bei einer anderen Firma. Tatsache 2: Thieme wagt es, sich von einem Unternehmensberater auf das Firmengelände und dort direkt vor den Verwaltungsbau fahren zu lassen. Fehlschluß 2: Thieme hat diese Arbeitsstelle längst gefunden, sonst würde er derlei niemals und unter keinen Umständen vor der Firmen-Öffentlichkeit wagen. Wie die Natur so arbeitet. Nach wenigen Tagen hatte sich allgemein die Ansicht durchgesetzt, Thiemes Tage seien bei der Firma gezählt, und diese Auffassung blieb nicht nur eines der Themen, um die Bürogespräche kreisten, sondern jeder überlegte, ob er aus diesem erwarteten Arbeitsplatzwechsel Thiemes irgendwelche Vorteile ziehen könnte. Gewiß, Thiemes Arbeitsplatz in der Verkaufsabteilung konnte nur den Putzfrauen begehrenswert erscheinen, die dafür natürlich nicht geeignet waren. Aber es gab schließlich auch andere Möglichkeiten, an Thiemes Karriere zu profitieren. Der erste dieser Versuche ereignete sich noch am selben Tag, als Albin mittags in die Kantine ging, um die ungenießbare Fleischwurst zu schlucken, die es am Dienstag immer gab. Wie an jedem Arbeitstag stellte er sich in die Schlange vor dem Schalter. Er wartete dort eine Viertelstunde, bis er an der Reihe war, und diese Wartezeit kam dadurch zustande, daß er jedem, den er in der Hierarchie über sich vermutete, den Vortritt ließ. Als er endlich einen freien Tisch gefunden und seinen Teller dort abgestellt hatte, eilte Böckelmann an den Schalter, bekam nach drei Minuten seinen Teller und steuerte zielstrebig auf den Tisch zu, an dem Thieme saß.

»Es tut mir wirklich leid, Herr Kollege!« sagte Thieme. »Ich meine, der Schaden an Ihrem Fahrzeug. Ich melde das natürlich sofort meiner Haftpflichtversicherung.«

Böckelmann machte eine Handbewegung, die andeuten sollte, für wie gering er den Schaden hielt.

»Aber ich bitte Sie, Herr Thieme! – Sie wollen doch wegen

dieser Kleinigkeit Ihren Schadenfreiheitsrabatt nicht verlieren. Ich habe mir den Schaden an der Stoßstange noch mal angesehen. Wirklich, es ist nicht der Rede wert!«

Ungläubiges Staunen glitt über Thiemes Gesicht, da beugte sich Böckelmann auch schon über den Tisch und sprach hinter vorgehaltener Hand weiter: »Sie können ja mal an mich denken, wenn Sie nicht mehr bei uns arbeiten! Unter uns gesagt, ich bin mit meiner Arbeit und dem Gehalt hier auch nicht zufrieden. Wenn Sie ein gutes Wort für mich einlegen könnten, ich wäre Ihnen wirklich dankbar!«

Wenn sich Entsetzen abzeichnen kann, in Thiemes Gesicht zeichnete es sich ab.

»Natürlich!« sagte er verwirrt. »Aber ich wüßte wirklich nicht... Ich habe nicht die Absicht, die Firma Lurzer zu verlassen!« Jetzt betrachtete Böckelmann Thieme mit Hochachtung:

»Ich verstehe! Ich würde an Ihrer Stelle auch nicht über sowas reden! Sie können ja trotzdem an mich denken!« Thieme nickte, wollte weiteressen, aber die Fleischwurst schmeckte ihm jetzt noch weniger.

»Entschuldigen Sie«, sagte er, während er aufstand. »Ich glaube, ich habe noch einen dringenden Termin!«

Er verließ die Kantine, versuchte, seine Gedanken zu ordnen, aber gerade als er das halbwegs geschafft hatte, kam ihm Renate Gerlach entgegen.

»Gut, daß ich Sie treffe, Herr Thieme!« sagte Renate. »Wenn Sie Ihren Parkplatz nicht mehr brauchen sollten, nicht wahr, könnte ja sein, nicht – also, ich habe mit Frau Schneider gesprochen! Ich bin als nächste an der Reihe. Nicht, daß Sie den Schlüssel versehentlich jemand anderem geben!«

»Natürlich nicht«, sagte Thieme. »Aber ich wüßte wirklich nicht...«

»Klar!« sagte Renate und lächelte wissend. »Ich wollte Sie ja nur bitten, an mich zu denken!«

»Ich wüßte nicht, weshalb ich an Sie denken sollte«, sagte Thieme mit letzter Kraft und flüchtete dann in sein Büro. Semmler liebte sein Leben und hütete sich deshalb davor, am Dienstag

(Fleischwurst) und Freitag (Fisch) in der Kantine zu essen. Er aß laut schmatzend einen Pfirsich, und als er Thiemes bleiches Gesicht sah, biß er vor Schreck so kräftig zu, daß der Pfirsichsaft über die Karteikarten auf seinem Schreibtisch spritzte.

»Mensch, was hast du denn?«

Thieme setzte sich und wischte den Schweiß mit einem großen blauweißen Taschentuch von seiner Stirn: »Nun tu doch nicht so, als ob du nichts wüßtest«, flüsterte er mit kaum hörbarer Stimme. »Alle wissen es doch! Die Firma will mich entlassen!«

»Sag mal, spinnst du?« fragte Semmler freundlich.

Thieme war inzwischen zu einem Bündel Angst zusammengesunken: »Ich hätte den Antrag auf Gehaltserhöhung nicht stellen dürfen! Ich hatte von Anfang an kein gutes Gefühl dabei! Und du hast mich nicht gewarnt!«

Obwohl Semmler den ganzen Nachmittag mit nicht unerheblicher Überredungskunst versuchte, Thieme seine Angst auszureden, wo sich die Büro-Paranoia erst einmal festgesetzt hat, dort kriegt sie auch ein Semmler nicht mehr weg. Wieder hatte ein Gehirn auf Lurzer-typische Weise Tatsachen, die auf Fehlschlüssen beruhten, zu ordnen und zu erklären versucht, was naturgemäß nur zu einem neuen Fehlschluß führen konnte: Tatsache 1: Böckelmann bittet mich, bei meinem neuen Arbeitgeber etwas für ihn zu unternehmen, weil er sich in der Firma Lurzer nicht wohl fühlt. Tatsache 2: Renate Gerlach bittet mich um meinen Parkplatz. Tatsache 3: Ich habe weder gekündigt noch einen anderen Arbeitsplatz in Aussicht. Paranoider Fehlschluß Thiemes: Alle rechnen damit, daß ich hier nicht mehr lange sein werde, also werde ich meinen Arbeitsplatz verlieren. Weil ich meine Arbeit ordentlich mache, muß ein anderer Grund vorliegen. Das einzige, was ich in letzter Zeit unternommen habe, war ein Antrag auf Gehaltserhöhung. Summa summarum: Brockstedt wird mich deswegen rausschmeißen.

Gewiß, ich gebe zu, ich habe während des Biologieunterrichts im Florence-Nightingale-Gymnasium meist von den kühnen Leistungen geträumt, die ich dereinst nach meinem Abitur und Studium vollbringen würde. Aber als unser Biologie-Studienrat (der inzwischen an den Folgen makrobiotischer Fehlernährung verstorben ist) bei seinem oft nur mäßig interessanten Unterricht die Geisteskrankheiten streifte, war ich hellwach. »Die Paranoia«, so erklärte er uns, »ist eine vorwiegend durch Wahnvorstellungen gekennzeichnete Form der Schizophrenie.« Ich habe mir diesen Satz gemerkt, und ich mußte mich während meiner Ausbildungszeit in unserer Firma oft fragen, ob wir eine zumindest im Büro so weit verbreitete Form des Denkens schlicht und einfach zur Krankheit erklären können. Wenn sie nicht so viel Leiden verbreitete, ich würde die Paranoia als Königin des Denkens bezeichnen wollen! Nur hätte mir Albin Thieme bei diesem Versuch schwerlich zustimmen können. Er litt fürchterlich unter den Folgen seiner unbegründeten Angst. Er ging tatsächlich zum Arzt und ließ sich einen Cocktail aus Beruhigungsmitteln mixen. Er bemühte sich, noch weniger in der Firma aufzufallen und ließ an der Essensausgabe in der Kantine selbst mir den Vortritt, weil er sich bei jedermann beliebt machen wollte. Als ob Beliebtheit bei den Kollegen einem den Arbeitsplatz retten könnte, wenn ein Personalchef anderes beschlossen hat. Selbstverständlich dachte Dr. Brockstedt nicht nur nicht daran, Thieme zu entlassen, sondern er dachte überhaupt nicht an Thieme. Er überlegte vielmehr, ob er nicht nach Dienstschluß noch bei seinem Schallplattengeschäft vorbeifahren und sich Beethovens Violinsonaten Nr. 5 und 9 kaufen sollte, die er im Schaufenster hatte liegen sehen. Er hatte auf den sofortigen Kauf eigentlich nur verzichtet, weil Beethoven nun auch beim besten Willen völlig anders klang als der göttliche Richard W.

Ich weiß, Professor Northcote Parkinson errang Weltruhm mit seinem nach ihm benannten Gesetz, das sich mit dem grenzenlosen Wachstum der Bürokratie beschäftigt. Meinem bescheidenen Bericht, der die Abschaffung des Bürokraten zugunsten von Maschinen behandeln muß, kann ähnlicher Ruhm nicht beschieden sein. Friede den Bürokraten, Kampf dem Computer! Weil ich jahrelang erfahren habe, welch hervorragenden Nährboden für die Paranoia ein Angestelltengehirn darstellt, möchte ich etwas Balsam auf die Wunden von Thiemes Seele streichen:

Der grösste Teil der Befürchtungen und Ängste,
die das Angestelltenleben oft vergiften,
entbehrt jeglicher Grundlage und gehört als
Wahnvorstellung in das Reich der Paranoia.
Ausnahmen bestätigen die Regel.
Die wichtigste Ausnahme ist:
Die Angst des Büroangestellten vor dem Computer.
(6. Schmidtsches Gesetz)

Kaputt 7

Was dem einen als Eule erscheint, wirkt auf einen anderen oft wie eine Nachtigall, heißt es in einem Sprichwort. Auch wenn ich gelernt habe, dem Volksmund zu mißtrauen, in dem die Zähne nur zu oft unbehandelt vor sich hin faulen, mitunter hat es mit dem Sprichwort seine Richtigkeit. Tagelang, ja wochenlang hatte Frau Klose mit sich gerungen, und als sie Brockstedts Vorzimmer betrat, machte sie auf Frau Schneider einen Eindruck wie Kalinke nach einem unerwarteten Besuch des Betriebsprüfers.

»Mein Gott, Frau Klose«, sagte Frau Schneider erschrocken. »Was ist denn passiert?«

»Nichts!« antwortete die Klose. »Ich möchte zu Herrn Brockstedt!«

»Aber Sie können doch nicht einfach, ich meine, so einfach ohne Anmeldung ...«

Frau Klose kümmerte sich nicht um die Sekretärin, eilte mit für ihr Alter ungewöhnlich schnellen und für ihren Gesundheitszustand ungemein kräftigen Schritten in Brockstedts Zimmer. Brockstedt legte gerade eine Schallplatte auf.

»Aber Frau Klose!« brüllte er. »Sie können doch nicht einfach und ohne Anmeldung ...«

»Und ob ich kann! Sie haben mir doch einen freundlichen Rat gegeben! Ich habe mir das überlegt. Ich werde von Ihrem Angebot Gebrauch machen. Ich werde zum Monatsende ausscheiden!«

Brockstedt legte die Schallplatte überrascht aus den Händen, wandte sich Frau Klose zu, und über seine zerfurchten Gesichtszüge glitt ein Lächeln, das so mild war wie der Genfer See an einem Herbsttag in der Abendsonne.

»Wirklich?« fragte Brockstedt ungläubig. »Und Sie haben sich das genau überlegt?«

»Natürlich! Erstens mag ich mit Frau Koch nicht mehr zusammen in einem Zimmer sitzen, und zweitens stelle ich mich mit Rente und Betriebsrente nicht viel schlechter als mit meinem Gehalt. Ich habe schließlich für meine alten Tage vorgesorgt!«

Brockstedt schloß aus dieser Bemerkung, daß die Firma trotz all seiner Bemühungen noch immer zu hohe Gehälter zahlen müsse, wenn einer Angestellten sogar eine Vorsorge für ihr Alter möglich sei, aber er wollte sich diesen Tag, der so gut angefangen hatte, nicht durch finstere Gedanken verderben. »Schön, daß Sie für die berechtigten Belange der Firma Verständnis aufbringen!« sagte er. »Kommen Sie mit zu Frau Schneider, damit alles so geregelt wird, wie es für Sie am besten ist!«

»Ich verzichte darauf!« sagte Frau Klose. »Ich will alles so geregelt haben, wie es den gesetzlichen Vorschriften entspricht! Ihre Freundlichkeiten können Sie sich sparen!«

Brockstedt wollte losbrüllen, aber er würgte den Kloß vor Frau Klose hinunter. Noch hatte Frau Klose ihrem vorzeitigen Ausscheiden nicht schriftlich zugestimmt, noch konnte sie es sich anders überlegen. »Ich verstehe Ihre Verbitterung!« sagte er deshalb nur und bemühte sich zu lächeln. »Aber ich tue nichts als meine Pflicht! Ich wünsche Ihnen einen angenehmen Lebensabend! Möge er Ihnen alles schenken, was Sie in der Firma so schmerzlich vermißt haben!«

Er nickte kurz mit dem Kopf und erinnerte sich daran, daß er während einer Tätigkeit von Frau Klose gestört worden war, an die er sich nicht mehr genau erinnern konnte. Er schloß daraus, daß es sich um keine besonders wichtige Angelegenheit gehandelt haben dürfte, nahm den Hörer vom Telefon und forderte Frau Schneider auf, ihn sofort mit dem Büromaschinenhaus Lehmann & Mossner zu verbinden, wo er sich jenen Außendienstmitarbeiter an den Apparat holen ließ, der ihn zur Anschaffung der Kugelkopfschreibmaschinen überredet hatte.

»Dr. Brockstedt von Lurzer KG!« meldete er sich. »Ich muß Ihnen mein Kompliment machen! Dank Ihrer Maschinen konnten wir tatsächlich einen Arbeitsplatz einsparen! Haben Sie noch mehr derart vorzügliche Lösungen anzubieten?« Der Außendienstmitarbeiter sprudelte vor Begeisterung wie eine frisch angebohrte Ölquelle in Saudi-Arabien. Er redete von Buchungsautomaten, neuen und noch schnelleren Schreibmaschinen, von Kleincomputern, Mittelcomputern und Großcomputern. Er füllte Brockstedts Hirn mit Begriffen wie Zentralspeicher, Externspeicher, Floppy-Disc und RAM und ROM, bis ihn Brockstedt endlich unterbrechen konnte.

»Ich verstehe!« sagte Brockstedt. »Ich verstehe überhaupt nichts! Schicken Sie mir Ihr Angebot oder besuchen Sie mich nach vorheriger Terminabsprache mit meiner Sekretärin!«

Bevor der Außendienstmitarbeiter darauf antworten konnte, hatte Brockstedt aufgelegt und wischte sich den Schweiß von der Stirn.

RAM und ROM und Floppy-Disc, dachte er verwirrt, und für Bruchteile einer Millisekunde dämmerte die Vision von einer Bürowelt der Zukunft in seinem Zentralspeicher unter der Schädeldecke, und diese Bürowelt war so beschaffen, daß er mit ihr genauso viel anfangen konnte, wie sie mit ihm, nämlich nichts. Was macht Dr. Brockstedt mit einer unangenehmen Vision, die ihm in einen ansonsten höchst erfreulichen Vormittag platzt? – Er verdrängt sie selbstverständlich! So wurden folglich alle Begriffe, die er vom Außendienstmitarbeiter des Büromaschinenhauses vernommen hatte, sofort gelöscht, jedenfalls bis auf das Wort Disc. Damit konnte er etwas anfangen. Er ging zum Plattenspieler, griff nach der Schallplatte, die er beim Eintritt der Frau Klose dort abgelegt hatte, und kurze Zeit später erbebten die Lautsprecher seiner Hi-Fi-Anlage unter den Elektroschocks aus dem Verstärker, und der Erste Satz der Schicksals-Sinfonie dröhnte (Allegro con brio!) durch das bis zu diesem Augenblick friedliche Arbeitszimmer des kaufmännischen Leiters und Personalchefs unserer zu dieser Zeit noch vergleichsweise erfolgreichen Firma. Frau Schneider kam ins Zimmer. Sie hatte einen weißen Briefumschlag in der Hand.

»Was ist denn?« fragte Brockstedt. »Irgendwelche Schwierigkeiten mit der Klose?«

Frau Schneider schaffte es, mit ihrer Stimme Beethoven zu übertönen: »Nein! Nicht mit der Klose. Mit dem Thieme!«

»Ich habe Ihnen schon mal gesagt, daß Sie mich mit diesem Gerede in der Firma zufrieden lassen sollen! Von wegen Thieme und kündigen! Nie und nimmer kündigt der!«

Diesmal war es Frau Schneider, die den Plattenspieler stoppte. »Ich weiß, Sie interessieren sich nicht für Gerüchte der Belegschaft«, sagte sie triumphierend. »Aber dieser Brief hier ist kein Gerücht!«

Sie wedelte mit dem Briefumschlag vor Brockstedts Nase herum, Brockstedt griff nach dem Umschlag und las die Anschrift: Persönlich! Privat! Herrn Albin Thieme c/o Konrad Lurzer KG. Er drehte den Umschlag um und las den Absender: Bretzke & Braun. Unternehmensberater.

»Und was bedeutet das Ihrer Ansicht nach?« fragte er und sah sie mit dem Gesicht eines Mannes an, den man unversehens aus dem Klanghimmel auf den Boden der Tatsachen geholt hatte. »Sie haben den Brief ja nicht mal geöffnet!«

»Davor werde ich mich auch hüten! Der Thieme bringt es womöglich noch fertig, mich wegen Verletzung des Briefgeheimnisses anzuzeigen! Ein ganz Raffinierter ist das!«

»Ja!« sagte Brockstedt. »Ein ganz Raffinierter! Wir müssen vor allem Zeit gewinnen! Können wir den Brief nicht einfach eine Woche liegenlassen?«

»Eine Woche nicht!« sagte Frau Schneider. »Drei Tage, das riskiere ich für die Firma. Aber keinen Tag länger!«

»Gut! Ich werde den Fall überdenken. Lassen Sie mich allein!«

Geneigter Leser, ich gönne nicht nur Thieme Erfolg, Karriere und eine möglichst kräftige Gehaltserhöhung. Als Frau Schneider von Gerüchten innerhalb der Belegschaft berichtete, die auf Kündigungsabsichten Thiemes hindeuteten, wischte Brockstedt das einfach vom Tisch. Wo komme er denn hin, sagte er, wenn er sich um derartiges Gewäsch kümmere. Ein Brief aber war kein Gewäsch, sondern eine Tatsache. Ich merke schon, ich komme auch diesmal nicht umhin, den verschlungenen Gedankengängen eines Personalchefs zu folgen, und ich will es kurz, knapp und gründlich tun.

Tatsache 1: Thieme erhält einen Brief der Unternehmensberatung. Interpretation: Thieme verhandelt mit dieser Unternehmensberatung über eine neue Arbeitsstelle. Tatsache 2: Er läßt sich Briefe der Unternehmensberatung an die Firmenadresse schicken. Schlußfolgerung: Er ist sich seiner Sache sehr sicher. Tatsache 3: Thieme ist ein älterer Angestellter, und ältere Angestellte sind auf dem Arbeitsmarkt gewöhnlich so gefragt wie verfaulte Südfrüchte im Feinkostgeschäft. Schlußfolgerung: Albin Thieme ist ein besonders wichtiger Angestellter, sonst würde sich eine andere Firma nicht für ihn interessieren. Ausgewogene Gesamtentscheidung: Eine andere Firma will Thieme abwerben, also müssen wir versuchen, ihn zu behalten, denn was für andere von Vorteil sein muß, kann für uns nur von Nachteil sein.

Widerwillig stand Brockstedt von seinem Schreibtisch auf, ließ sich von Frau Schneider Thiemes Personalakte aus dem stets verschlossenen Stahlschrank heraussuchen und studierte sie zwei Stunden. Auch wenn er sie eine Woche lang studiert hätte, er hätte nichts Besonderes in ihr finden können, denn das einzig Besondere an Thieme war seine Ängstlichkeit. Die aber war in der Akte nicht verzeichnet.

»Sie haben wirklich recht, Frau Schneider«, sagte Brockstedt, als er ihr die Personalakte zurückbrachte. »Das ist ein ganz Raffinierter! Ich werde mit Herrn Lurzer über den Fall reden. Besorgen Sie mir für morgen einen Termin!«

»Morgen ist doch das Jubiläum von Herrn Brasch!«

»Dann eben nach meiner Gratulation! Und denken Sie daran, besorgen Sie die übliche Uhr für Herrn Brasch!«

»Längst geschehen!« sagte Frau Schneider und strahlte wie ein Matjeshering, der zu Lebzeiten zu oft in den nicht markierten

Atommüllzonen herumgeschwommen war; sie hatte Grund dazu, zu strahlen, denn sie hatte es geschafft, an einem einzigen Tag zweimal gegenüber Brockstedt recht zu behalten. So etwas passierte selten genug.

Es ist wie ein Naturgesetz: Die Paranoia ist ein kräftiges Kraut. Wo sie einmal Wurzeln geschlagen hat, wuchert sie zur Riesenstaude, neben der nichts anderes mehr Platz hat. Sie verdrängt alle anderen Gedanken, sie erfaßt auch die entlegenste Gehirnzelle. Sie hatte es spielend vollbracht, daß Thieme ein schockierendes Erlebnis nach dem anderen durchlitt und sich seine gewöhnliche Angst um den Arbeitsplatz längst zur Superpanik gesteigert hatte. Wenn er beispielweise Böckelmann im Korridor traf und Böckelmann grüßte unfreundlich, führte das Thieme auf Neid und Mißgunst zurück. Wenn Böckelmann aber freundlich grüßte, geschah das nur aus Mitleid. Wenn die Putzfrauen ein Staubkörnchen auf Thiemes Schreibtisch übersehen hatten, so natürlich nur deshalb, weil sie über die ihm drohende Kündigung inzwischen informiert waren. War der Schreibtisch aber blitzsauber, so nur, weil sie sich, kurz vor seiner Entlassung, von ihrer besten Seite zeigen wollten.

Kein Tag war seit dem Autounfall vergangen, ohne daß Thieme seiner Frau nicht schwerste Vorwürfe gemacht hatte. Sie war es schließlich gewesen, die ihn zu diesem Antrag auf Gehaltserhöhung veranlaßt hatte, in dem er die Ursache für seine Zwangslage sah. Selbst als seine Frau (in einem der seltenen Augenblicke, wo sie nicht Verachtung, sondern Mitleid für ihn empfand) das eheliche Zusammenleben wieder zu kitten versucht hatte, hatte er sich verweigert und schlief weiter, jetzt freiwillig, im Wohnzimmer. Die Paranoia hatte Thieme voll im Griff, und als es der Zufall so wollte, daß Thieme Brockstedt im Waschraum traf, nahm Thieme seine ihm noch verbliebene Kraft zusammen und wagte, was er sonst nie gewagt hätte. Er sprach Brockstedt unaufgefordert an:

»Entschuldigen Sie bitte, Herr Dr. Brockstedt, ich meine, also mein Antrag auf Gehaltserhöhung ... bei der gegenwärtigen Lage der Wirtschaft und der Firma ...«

»Die ist gar nicht so schlecht!« sagte Brockstedt, während er sich die Hände (im Wasser, nicht in Unschuld!) wusch. »Die Lage der Firma ist gar nicht so schlecht, wie manche denken!«

Thieme holte tief Luft:

»Trotzdem, ich habe mir das durch den Kopf gehen lassen! – Es war unvernünftig von mir, zu diesem Zeitpunkt um eine Gehaltserhöhung zu bitten! Ich möchte meinen Antrag zurücknehmen!«

»Können Sie gar nicht!« sagte Brockstedt. »Ich habe wegen Ihnen morgen einen Termin bei Herrn Lurzer! Bis dahin bitte ich Sie darum, keine unüberlegten Schritte zu unternehmen!«

»Natürlich nicht«, hauchte Thieme mit letzter Kraft. »Ich wollte auch nicht ... wenn ich Sie durch mein unüberlegtes Verhalten unangenehm berührt haben sollte ...«

»Haben Sie nicht«, sagte Brockstedt. »Bei unserer Firma geht alles seinen geordneten Gang!«

Brockstedt lächelte freundlich (Thieme meinte: aus Mitleid!). Brockstedt grüßte freundlich (Thieme meinte: voll Verachtung!). Brockstedt verließ den Waschraum (Thieme meinte: angewidert!). Muß ich noch besonders erwähnen, daß Thieme jenen Ort, an dem er Brockstedt getroffen hatte, aus einem bestimmten dringenden Grunde aufgesucht hatte, der inzwischen nicht mehr vorhanden war?

»Der Brockstedt will sich morgen die Zustimmung von Herrn Lurzer für meine Entlassung holen«, berichtete Thieme Semmler, als er wieder ins Zimmer kam.

»Der Thieme hat mir zu verstehen gegeben, daß er auf seine Gehaltserhöhung keinen Wert mehr legt«, erklärte Brockstedt Frau Schneider. »Erinnern Sie mich morgen unbedingt daran, daß ich mit Herrn Lurzer über den Fall rede!«

»Ich habe den Termin längst eingetragen«, sagte Frau Schneider. »Morgen elf Uhr. Sofort nach dem Jubiläum von Herrn Brasch!«

»Auch das noch!« stöhnte Brockstedt. »Haben Sie an die Uhr für Brasch gedacht?«

Spätestens an dieser Stelle muß ich wieder einmal von mir reden, der ich hier in der Altablage an diesem Bericht arbeite. Dr. Brockstedt hat sich einen Krankenschein genommen, und Kalinke bezweifelt, ob wir unseren früher einmal so mächtigen und jetzt so machtlosen Chef jemals wiedersehen werden. Ich solle die Arbeit an diesem Bericht mindestens bis zur Klärung seines weiteren Schicksals unterbrechen und ihm bei der Rekonstruktion der Datenbestände der Firma behilflich sein, aber ich habe diesen Vorschlag höflich zurückgewiesen. Auch ein kranker Brockstedt ist immerhin noch eine Führungskraft, und sein Auftrag kommt einem Befehl gleich. Davon abgesehen, es ist zweifellos angenehmer, hinter der Schreibmaschine Brockstedts Auftrag zu erledigen, anstatt wie Kalinke die Nase zwischen verstaubte und längst vergilbte Belege zu stecken, um Anschriften abzuschreiben und Zahlen zu entziffern. Selbst wenn mir die Niederschrift dieses meines Berichts keinen Spaß machte, würde ich sie fortsetzen, wobei ich diesmal nicht einem Wort KONRAD LURZERS folge, sondern einer Bemerkung Abraham Lincolns, der einmal ganz richtig feststellte, daß die eigentlich wichtigen Arbeiten in einer Gesellschaft ausschließlich von Freiwilligen verrichtet würden. Wohlan, dann bin ich so ein Freiwilliger, allerdings ein solcher, der merkt, auf welch komplexes und vielschichtiges Vorhaben er sich eingelassen hat. Im Gegensatz zu meinem Bericht, der schließlich zum allgemeinen Nutzen und Frommen eine bestimmte Ordnung haben muß, läuft im Leben, besonders im komplizierten Leben einer großen Firma wie der Lurzer KG, alles ständig durcheinander. Wenn ich mich hier bemühe, mich einem meiner Kollegen und seiner Geschichte zuzuwenden, muß ich (wie Brockstedt, als er noch Macht hatte) eine schwierige Entscheidung treffen. Ich muß mich auf diesen Kollegen konzentrieren und mich ihm mit einer Ausschließlichkeit zuwenden, die den Eindruck entstehen lassen könnte, es hätte zu dieser Zeit nur diesen Kollegen in der Firma gegeben, was natürlich Unsinn ist. Selbstverständlich, während Albin Thieme um seinen Arbeitsplatz bangte, versuchte Gerhard Semmler alle drei Tage, sich mit Gaby zu verabreden und holte sich dabei einen Korb nach dem anderen. Frau Klose ärgerte sich über Frau Koch, und Frau Koch ärgerte sich über Frau Klose, und Kalinke ärgerte sich über alle beide. Leclair spann seine Intrigen, und Annette Münzberg arbeitete längst bei der dritten Firma nach ihrem Abschied bei der Lurzer KG. So arbeitet die Natur. Ich aber, ich muß bei der Niederschrift dieses Berichts anders arbeiten. Wenn ich ihrem Beispiel folgte, hätte ich am Ende ein völlig verwirrtes Knäuel Leben, in dem die dünnen Fäden zwischen Ursachen und Wirkungen heillos ineinander verstrickt und von niemandem mehr nachvollziehbar wären. Das Leben ist eine Sache – ein Bericht ist eine andere; ich vermag an dieser Tatsache nichts zu ändern. Allerdings, es wäre mit Hilfe einer Schere sehr einfach, meinen Bericht in unzählige Schnipsel zu zerschneiden und diese willkürlich hintereinanderzukleben. Dann hätte ich das Leben. Aber keinen Bericht. Vor einigen Tagen habe ich mit Günter Watzmann über dieses Problem zu sprechen versucht. Watzmann, der lange Zeit in der Werbeabteilung unserer Firma arbeitete und jetzt hauptberuflich in einem Ashram als Guru angestellt ist, verstand mich sofort.

»Das ist ein Problem jeder künstlerischen Gestaltung«, sagte er freundlich. »Man muß eine Ordnung schaffen, die anderen mit anderen Ordnungsvorstellungen als Unordnung erscheinen kann!« Er nestelte dabei an seiner Kette mit Bhagwans Bild, die er immer noch um den Hals trägt, und das erinnerte mich an die Zeit, zu der auch ich einem Guru folgen wollte. Bevor Watzmann die Altablage wieder verließ, weil er pünktlich zur Abend-Puja im Ashram sein wollte, schenkte er mir drei Räucherstäbchen und einen Zettel, auf den ein anderer Guru einen Satz geschrieben hatte: Liebe ist Liebe ist Liebe.

»Liebe!« sagte Watzmann. »Dieser Satz wird dir Kraft und Mut für deine weitere Arbeit geben!«

Können Guru-Sätze Mut und Kraft schenken? Ich werde es auf alle Fälle einmal mit diesem Zitat versuchen:

»Eine Werbeidee ist nur dann neu, wenn sie von einem zweiten nicht verstanden wird. Kommt hinzu, dass ich die Idee selbst nicht verstehe, ist für mich die Gewissheit gegeben, dass ich eine neue Plattform entdeckt habe ...«
(Charles Wilp)

Erstens kommt es anders, zweitens als man denkt. Dr. Brockstedt hatte wie an jedem Tag seinen Morgenkaffee zum zweitenmal, diesmal aber im Büro, getrunken und hatte sich nach der Postbesprechung von Frau Schneider über anstehende Termine unterrichten lassen. Die Termine erschienen ihm sämtlich nicht unangenehm. Am Nachmittag würde er einmal mehr den Außendienst zu besseren Leistungen anspornen. Um elf Uhr würde er mit Herrn Lurzer über diesen merkwürdigen Angestellten Thieme reden, für den sich eine andere Firma interessierte, und um zehn Uhr würde er Meister Brasch zum Jubiläum gratulieren und ihm aus diesem Anlaß die übliche Armbanduhr überreichen. Ein ganz normaler Arbeitstag, dachte Brockstedt zufrieden, und um sich für den ersten Termin in feierliche Stimmung zu versetzen, suchte er längere Zeit in seinem Schallplattenstapel nach einer geeigneten Musik und legte dann Mozarts »Zauberflöte« auf. Im Hinblick auf die gebotene Eile beschränkte er sich auf Sarastros Arie von den Heiligen Hallen, in welchen man, so behauptete jedenfalls Sarastro, die Rache nicht kenne. Diese Arie versetzte Brockstedt stets in erhabene Gefühle. Wie immer bei Jubiläen im Betrieb hatte Brockstedt seinen schwarzen Anzug angezogen und sich von Fanny eine silbergraue Krawatte aus dem Kleiderschrank heraussuchen lassen. Diese Kleidung steigerte seiner Ansicht nach die Feierlichkeit und war trotzdem mit keinen zusätzlichen Kosten verbunden.

»So!« rief er gutgelaunt ins Vorzimmer. »Jetzt brauche ich nur noch die Uhr für den Brasch, dann kann ich gratulieren gehen!«

Frau Schneider ging zum Stahlschrank, in den sie die Uhr eingeschlossen hatte, in diesem Augenblick wurde die Tür zu ihrem Zimmer aufgerissen und mit Brasch an der Spitze drängte sich fast die ganze Belegschaft der Firma in ihr enges Vorzimmer. »Was ist denn passiert?« rief sie erschrocken. »Sie können doch nicht einfach ...«

»Klar können wir!« sagte Brasch, der einen Strauß Unkraut, gemischt mit sehr viel Disteln, in der Hand hatte. »Klar können wir!«

Vom Lärm in seinem Vorzimmer aus seinen erhabenen Gefühlen gerissen, kam Brockstedt ins Vorzimmer, sah sich seinen Mitarbeitern gegenüber und dachte erschrocken, eine der seltenen deutschen Revolutionen wäre ausgebrochen oder, schlimmer noch, ein ungewöhnlich wilder Wilder Streik. Er versuchte seine Mitarbeiter mit weit ausgebreiteten Armen daran zu hindern, sein Büro zu betreten, aber ein kräftiger Vorarbeiter hob ihn einfach hoch, trug ihn ins Zimmer und ließ ihn dann wie einen nassen Sack in seinen Schreibtischsessel fallen. »Es besteht kein Grund zur Aufregung, Chef!« beruhigte ihn Meister Brasch. »Es ist nur wegen unserem Jubiläum! Da wollte ich gratulieren kommen!«

»Ich verstehe nicht!« sagte Brockstedt.

»Macht nichts, Chef!« sagte Meister Brasch. »Wir verstehen Sie manchmal auch nicht!«

Immer mehr Arbeiter und Angestellte zwängten sich in Brockstedts geräumiges Chefzimmer. Die in der Packerei schuftenden Hilfsarbeiterinnen ließen staunend die strahlend weißen Stores vor den Bürofenstern durch ihre rauhen Hände gleiten. Watzmann schätzte sachkundig den Wert der aus steuerlichen Gründen angeschafften kostspieligen Gemälde, die an den Wänden des Zimmers hingen, und ein alter Schlosser aus der Fertigung betrachtete bewundernd Brockstedts Hi-Fi-Anlage.

»Nun fang doch endlich mit deiner Rede an, Albert!« brüllte ein junger Arbeitszurichter. Brasch suchte in den Taschen seines blauen Arbeitskittels und brachte endlich ein zerknittertes Stück Papier ans Tageslicht, auf dem er seit Tagen aufgeschrieben hatte, was er Brockstedt anläßlich seines Jubiläums zu sagen hatte.

»Im allgemeinen ist es ja so«, begann er seine Rede, »daß der Chef oder sein Vertreter einem Jubilar gratuliert, aber ich sehe nicht ein, daß das immer so sein muß. Es ist ja nicht nur so, daß ich vierzig Jahre für die Lurzer KG gearbeitet habe, sondern die Lurzer KG hat mir auch vierzig Jahre lang ordentlich mein Gehalt zu den jeweils geltenden Tarif-Sätzen gezahlt. Ich möchte der Firma dafür danken!«

Andächtige Stille herrschte in Brockstedts Zimmer, eine Ruhe war eingetreten, die nur durch Braschs Stimme und gelegentliches bitteres Gelächter aus dem Kreise der Betriebsfamilie unterbrochen wurde. Brockstedt hatte sich längst entschlossen, gute Miene zum bösen Spiel zu machen und ließ die Rede verkrampft lächelnd über sich ergehen.

»In vierzig Jahren hat sich sehr viel ereignet«, setzte Brasch seine Ausführungen fort. »Vor vierzig Jahren wurde ich als Lehrling bei der Firma eingestellt, und wenig später kamen Sie als Assistent der Geschäftsleitung in die Firma. Dann kam der Krieg. Ich mußte in einer feldgrauen Uniform an die Ostfront, aber Sie hatten Glück und erwischten eine schwarze Uniform, mit der Sie in der Heimat bleiben konnten. Als der Krieg vorbei war, bauten wir beide wieder die Firma auf. Ich zog wieder meinen Arbeitskittel an, und Sie wurden Verkaufsleiter in der Auslandsabteilung, obwohl wir damals überhaupt noch nichts zu verkaufen hatten. Wir haben beide Karriere gemacht, Herr Dr. Brockstedt! Sie sind Kaufmännischer Leiter und Personalchef und Prokurist, und ich, Sie sehen ja, immer noch Arbeiter im blauen Kittel!«

Irgend jemand reichte Brasch den Blumenstrauß, Brasch hielt Brockstedt die Blumen hin und griff nach seiner Hand, um sie so kräftig zu schütteln, daß Brockstedt beschloß, sofort nach Dienstschluß einen Arzt aufzusuchen, um die Hand röntgen zu lassen.

»Aus diesem Grunde«, sagte Brasch und schüttelte die Hand Brockstedts noch kräftiger, »möchte ich Ihnen zu unserem vierzigjährigen Jubiläum herzlich gratulieren, Chef, und weil es ja so üblich ist, habe ich auch ein Geschenk für Sie besorgt!«

Wieder versenkte Brasch seine rechte Hand in der Tasche seines Arbeitskittels und brachte einen kleinen, in Zeitungspapier eingewickelten Gegenstand zum Vorschein, den er umständlich auszupacken begann.

»Hier, Chef! Es ist zwar nur eine sehr billige Uhr aus dem

Kaufhaus, aber nehmen Sie diese Gabe als Zeichen meiner Dankbarkeit! Möge Ihnen diese Uhr behilflich sein, wenn Sie unten am Pförtnerhaus stehen, um unsere Pünktlichkeit zu kontrollieren!«

Geneigter Leser, was blieb Brockstedt nun anderes übrig? Er betrachtete die Uhr interessiert und bedankte sich. Er sagte, daß er für jede Neuerung aufgeschlossen sei und selbstverständlich auch eine Uhr für Brasch besorgt habe. Er wollte auch zu einer längeren Rede ansetzen, aber da stoppte ihn Brasch mitten im Satz und hielt ihm eine Flasche Bier hin. »Sparen Sie sich doch die Worte, Chef!« sagte er. »Wir wissen doch beide nach vierzig Jahren, was wir voneinander zu halten haben!«

Brockstedt schluckte, sah die Bierflasche in seiner Hand. Er wollte sie zum Munde führen, erinnerte sich im letzten Augenblick daran, daß sich das für einen Personalchef vor seinen Arbeitern nicht gehört, und dann klingelte Gott sei Dank das Telefon auf seinem Schreibtisch. Frau Schneider war am Apparat: »HERR LURZER erwartet Sie sofort in der Angelegenheit Thieme!«

»Selbstverständlich!« sagte Dr. Brockstedt. »Ich komme sofort! Sagen Sie bitte HERRN LURZER, daß ich in zwei Minuten bei ihm bin!«

Brockstedt sprach besonders laut, weil er das Gemurmel der Mitarbeiter in seinem Zimmer übertönen mußte, aber auch, weil er hoffte, der Name LURZER würde die Meute, die in seinem Büro Bier trank und laut schmatzend Brötchen und Frikadellen zu essen begann, wenigstens etwas einschüchtern, aber er hoffte vergebens.

»Macht nichts, Chef, daß du zu deinem Chef mußt!« sagte Watzmann, der grundsätzlich jeden mit Du ansprach. »Wir dürfen sicher trotzdem das Jubiläum vom Kollegen Brasch in deinem Zimmer feiern!«

Brockstedt nickte. Er war verwirrt. Als er die Tür zum Vorzimmer erreicht hatte, sah er noch, wie sich ein Lehrling aus der Werkstatt seine mit Senf beschmierten Hände an einem der schweren Brokat-Vorhänge säuberte, die über den feinen Stores vor den Fenstern hingen.

Wie die Vandalen, dachte Brockstedt. Dann eilte er zu Herrn Lurzer, um den schwierigen Fall des Angestellten Albin Thieme zu besprechen. Sollte man Thieme, um den sich die Konkurrenz offensichtlich stark bemühte, wirklich gehen lassen?

Selbstverständlich hatte Thieme als einziger nicht den Mut aufgebracht, zur Feier des Jubiläums in Brockstedts Büro zu eilen. Er war in seinem Zimmer geblieben, hatte dann nach längerem Zögern alle ihm noch verbliebene Lebenskraft aktiviert, um Frau Schneider anzurufen und zwei Stunden Urlaub für einen dringenden Arztbesuch zu erbitten. Das kann mir in meiner Situation auch nicht mehr schaden, hatte er gedacht. Frau Schneider hatte ihm den Urlaub mit freundlicher Stimme sofort gewährt. Natürlich aus Mitleid, hatte Thieme gedacht, und er hatte das Firmengelände verlassen, war zur Autoreparaturwerkstatt gefahren. Weil man dort Thiemes Wagen nicht nur repariert, sondern auch gewaschen hatte, sah der Wagen fast wie neu aus, aber Thieme freute sich über solche Kleinigkeiten nicht mehr, seit er mit dem Verlust seines Arbeitsplatzes rechnete. Ich werde Arbeitslosenunterstützung beantragen wie viele andere auch, dachte er. An die Zeit nach dem ersten Jahr, wo er von Arbeitslosenhilfe würde leben müssen, wagte er nicht zu denken. Selbstverständlich würde ihn dann seine Frau längst verlassen haben. Er hatte die Autoreparatur bezahlt, war vorsichtig durch den spärlich fließenden Mittagsverkehr zurück zur Firma gefahren, und als er seinen Wagen jetzt vor dem Schlagbaum abbremste, dachte er wieder an den Zusammenstoß mit Böckelmanns Wagen, mit dem sein ganzes Elend angefangen hatte. Das heißt, genau betrachtet, hatte es schon viel früher begonnen: mit seiner Geburt.

Weshalb geht denn der Schlagbaum nicht hoch, dachte er, wahrscheinlich will man mich nicht mehr in die Firma lassen, aber da öffnete der Pförtner das Fenster seiner Kabine und teilte Thieme mit, er möge sofort zu Dr. Brockstedt kommen. Jetzt ist es soweit, dachte Thieme. Der Schlagbaum ging in die Höhe, und Thieme steuerte seinen Wagen auf den Parkplatz. Dann ging er mit weichen Knien zum Verwaltungsbau und zuerst in sein Büro.

Semmler saß hinter dem Schreibtisch und las in der Tageszeitung.

»Du hättest mit zu Braschs Jubiläum kommen sollen!« sagte Semmler. »Einige Bierflaschen sind umgefallen, und Brockstedts Büro sieht aus wie ein Schweinestall.«

»Ich habe andere Sorgen!« sagte Thieme leise. »Ich soll zu Brockstedt kommen! Wegen meiner Entlassung!«

»Ach so«, sagte Semmler. »Das hätte ich fast vergessen! Frau Schneider hat angerufen! Du sollst zum Brockstedt kommen!«

»Ich weiß!« sagte Thieme. »Die wollen mich rausschmeißen!« Er zögerte einen Moment, dann ging er zu Semmler und hielt ihm die Hand hin: »Gerhard, ich wollte es dir nur zum Abschied sagen: Ich habe immer gern mit dir zusammengearbeitet!«

»Nun geh doch endlich zum Brockstedt!« sagte Semmler. »Verabschieden kannst du dich immer noch!«

Thieme nickte. Er ging zum Spiegel über dem Waschbecken und zog seine Krawatte zurecht, dann hielt er seinen Taschenkamm unter den Wasserhahn, feuchtete ihn an und fuhr sich durch die Haare. Eigentlich hatte es keinen Sinn mehr, aber er wollte wenigstens bis zum letzten Augenblick einen möglichst korrekten Eindruck bei seinen Vorgesetzten machen. Schließlich hatte Dr. Brockstedt, davon war Thieme überzeugt, auch noch Macht über die Zeit seiner Entlassung hinaus, denn er würde das Entlassungszeugnis formulieren, mit dem er sich eine neue Stelle suchen müßte. Er ging mit schweren und langsamen Schritten den Korridor entlang und öffnete vorsichtig die Tür zu Brockstedts Vorzimmer.

»Da sind Sie ja endlich, Herr Thieme!« sagte Frau Schneider erleichtert. »Herr Brockstedt hat schon zweimal nach Ihnen gefragt!«

»Entschuldigen Sie bitte! Es hat beim Arzt etwas länger gedauert! Ich werde die durch den Arztbesuch verlorene Arbeitszeit selbstverständlich nachholen!«

»Das ist doch nicht nötig!« sagte Frau Schneider. »Jeder kann mal krank werden. Geht es Ihnen wenigstens besser?«

»Ich weiß nicht recht!« sagte Thieme, deutete auf die Tür zu Brockstedts Zimmer. »Darf ich?«

»Aber selbstverständlich!«

Wohlan, dachte Thieme, als er seine schweißnasse Hand auf die Klinke der Tür zu Brockstedts Zimmer legte.

Dr. Brockstedt stand von seinem Stuhl auf und eilte Thieme mit weit ausgebreiteten Armen entgegen. »Mein lieber Herr Thieme, welch Freude, Sie endlich mal in meinem Zimmer zu sehen!« Brockstedt deutete auf den Besucherstuhl vor seinem Schreibtisch. Thieme setzte sich auf die äußerste Stuhlkante.

»Ich habe mit Herrn Lurzer über Sie gesprochen! Wir sind uns sehr schnell einig geworden. Zwanzig Jahre auf demselben Stuhl, das ist doch nichts für einen Mann wie Sie!«

»Ich habe mich nie beklagt!« flüsterte Thieme. »Und ich habe mich immer bemüht, meine Arbeit so gut wie möglich zu machen!«

»Eben!« sagte Brockstedt. »Und für solche Leute ... Nun, ich habe mit Herrn Lurzer auch über Ihre Forderung nach Gehaltserhöhung gesprochen ...«

»Meine Bitte!« berichtigte Thieme mit letzter Kraft. »Und ich erkläre nochmals, daß ich diesen Antrag zurücknehmen möchte!«

»Das geht nicht mehr! Herr Lurzer hat Ihren Fall entschieden!«

Die Angst ballte sich zu einem Stein in Thiemes Magengegend zusammen: Also doch. Dann sag's doch endlich und quäle mich nicht unnötig, dachte Thieme.

»Ich habe lange mit Herrn Lurzer überlegt«, sagte Brockstedt, »aber wir haben gegenwärtig keine andere Verwendungsmöglichkeit für Sie! Wären Sie mit einer Gehaltserhöhung von zweihundertfünfzig Mark einverstanden? Würden Sie in diesem Fall bei uns bleiben?«

Thieme wurde vor Erregung rot im Gesicht. Er glaubte, er könne seinen Sinnen nicht mehr trauen und zwickte sich in den Oberschenkel. Es tat schrecklich weh. Trotzdem glaubte Thieme noch immer nicht, was er erlebte. Er vermochte es nicht, Brockstedt zu antworten, und Brockstedt deutete dieses Schweigen selbstverständlich falsch.

»Also gut!« sagte er. »Sagen wir dreihundert Mark! Und Sie

werden ab sofort Verkaufsleiter des Verkaufsbezirks Süd-Südwest! Selbstverständlich bekommen Sie einen der Bedeutung dieses Aufgabenkreises angemessenen Schreibtisch und einen neuen Sessel. Bleiben Sie dann bei uns?«

Thieme nickte, und Brockstedt erhob sich: »Ich wußte, daß Sie Vertrauen zu schätzen wissen. Frau Schneider wird sofort alles schriftlich mit Ihnen vereinbaren! Prinzip ist Prinzip!«

»Natürlich«, wollte Thieme sagen, aber er brachte nur ein heiseres Krächzen zustande. Wie die Natur so arbeitet.

Lieber Leser, eigentlich könnte ich Albin Thieme in diesem Augenblick für die nächste Zeit seinem erfreulichen Schicksal überlassen, aber wer die Geduld aufbrachte, sich auf einen Menschen wie Thieme, auf einen ganz normalen und durchschnittlichen Menschen einzulassen, muß das Ende dieser Geschichte erfahren. Selbstverständlich schickte Thieme, sofort als er wieder in seinem Büro war, Semmler aus dem Zimmer, damit er ohne Zeugen mit seiner Frau sprechen konnte.

»Ich habe heute mal mit Brockstedt gesprochen«, sagte er ihr mit kräftiger Stimme. »Ich habe die Gehaltsaufbesserung verlangt und meine Kündigung angedroht! Natürlich läßt mich Brockstedt nicht gehen! Ich bekomme ab sofort zweihundert Mark mehr. Und ich werde Verkaufsleiter des Bezirks Süd-Südwest! Du kannst für heute abend Sekt besorgen und kalt stellen! Und mit den getrennten Schlafzimmern hört das auch auf! Sonst ziehe ich ganz aus!«

Er wartete ängstlich auf ihre Reaktion, aber sie hauchte nur ein »Jawohl, Liebling!« ins Telefon. Als er am Abend nach Hause kam, erwartete sie ihn im schwarzen Negligé, und irgendwann erinnerte sich Thieme an einen Brief einer ihm unbekannten Unternehmensberatung, den ihm Frau Schneider nach der schriftlichen Vereinbarung der Gehaltserhöhung ausgehändigt hatte, und er öffnete diesen Brief.

Jetzt, wo man sich näher kenne, schrieb der Unternehmensberater Braun von der Firma Bretzke & Braun, möchte er Thieme darum bitten, ihn vertraulich in Kenntnis zu setzen, falls bei der

Lurzer KG Arbeitsplätze frei oder neu eingerichtet werden sollten.

»Eine Unverschämtheit!« sagte Thieme und warf das Schreiben in den Papierkorb. »Als ob der Verkaufsleiter Süd-Südwest Angelegenheiten seines Hauses nach draußen tragen würde!« Jawohl: Solche Angestellten hat die Lurzer KG, und solche Angestellten haben unsere Firma, sie haben Deutschland nach dem Kriege wieder groß werden lassen! Können wir nicht, ja, müssen wir nicht von Albin Thieme lernen, wenn wir den Marschallstab nicht bis zum Tode nur im Tornister tragen wollen, wo er hingehört?

Wer geduldig wie ein Schaf jahrzehntelang
ordentlich seine schlecht bezahlte Arbeit
verrichtet, bekommt eine besser bezahlte
Tätigkeit oder eine Gehaltserhöhung
(wenn überhaupt) nur dann,
wenn er den Arbeitsplatz wechselt
oder zumindest den Eindruck erweckt,
dass er einen anderen Arbeitsplatz
in Aussicht hat beziehungsweise
um einen solchen bemüht ist.
(7. Schmidtsches Gesetz)

Kaputt 8

Nun könnte so ein Überkandidelter daherkommen und meinen Bericht gründlich mißverstehen. Er könnte annehmen, daß die Mitarbeiter der Verwaltung ständig und ausschließlich mit ihren eigenen Angelegenheiten beschäftigt seien, daß Brockstedt an seinen Schallplatten, Thieme an seiner Karriere, Frau Klose erst an Brasch, danach nur noch an ihrer Rente interessiert gewesen wären, daß Semmler nur an Gaby gedacht hätte, diese immer nur an das eine und so weiter. Dieser Eindruck wäre richtig und falsch zugleich. Er wäre richtig, weil sich jeder der Mitarbeiter selbstverständlich um jene Angelegenheiten kümmerte, die ihm wichtig erschienen, aber er wäre falsch, denn die dienstlichen Aufgaben wurden trotz allem erledigt. Es war kein Zufall, daß die Konrad Lurzer KG ihre Marktposition behaupten konnte und in Deutschland, in Europa, in der ganzen Welt Lurzer-Geräte in den Turnhallen, Sportschulen und Trimmräumen herumstanden. Ob Boxer sich Handschuhe über ihre Fäuste streiften, Leichtathleten am Barren turnten, Lurzer war immer mit dabei, ebenso in unzähligen Badezimmern und Trimmkellern, wo Vater aufs Trimmfahrrad kletterte und Mutter beim Trockenrudern überflüssiges Gewicht zu verlieren und die Bauchmuskulatur zu straffen versuchte. Wie es sich für einen echten Büroangestellten gehört, suche auch ich die Produktionsabteilung nur höchst widerwillig auf, aber ich kann versichern, daß dort in zwei großen Hallen tagtäglich zwei Schichten an häßlichen, lärmerzeugenden Maschinen jene Geräte produzieren, die der Außendienst unseren Kunden verkauft. In den Büros der Verwaltung wurde nur die Korrespondenz abgewickelt, wurden Rechnungen ausgefertigt und die Bezahlung fälliger Rechnungen überwacht. Hinter den Schreibtischen saßen Männer, die kalkulierten, die disponierten und konzipierten. Wie auch immer man ihre Tätigkeit beurteilen mag, auf alle Fälle hatte es die Verwaltungsabteilung nicht geschafft, die Firma zugrunde zu richten, was daran liegen mag, daß auch die Konkurrenzbetriebe nicht ohne Angestellte auszukommen vermochten. Wir leben nun einmal in einer Gesellschaft, in der jede Geschäftsbewegung mit der Bewegung von Papier verbunden ist. Ich kenne die Vorbehalte gegen uns Angestellte. Auch ich mußte mir mehrfach von Absolventen des Florence-Nightingale-Gymnasiums vorhalten lassen, daß ich als Bürokrat vom Fleiß der Männer und Frauen hinter der Werkbank lebe, aber ich habe über diese Vorwürfe früherer Mitschüler, die wegen des Mangels an Studienplätzen jetzt ehrbare Handwerksberufe erlernen, stets nur gelächelt. Was wissen die schon von der Arbeit im Büro. Wir erleben jetzt bei der Lurzer KG, was ohne uns Schreibtischtäter läuft. Nichts läuft. Dr. Inouchi hat die Firma rationalisiert, aber er hat dabei so gründlich gearbeitet, daß wir selbst die auf seine Empfehlung hin angeschafften Maschinen verkaufen könnten, weil wir sie nicht mehr benötigen. Wir könnten auch das wenige in den Büros verbliebene Personal noch entlassen, denn wo es keine Kundenkartei, keine Vorgänge und keine Datenbestände mehr gibt, gibt es für die Angestellten nichts mehr zu tun. Friede den Bürokraten, Krieg dem Computer. So sehr sich Kalinke auch bemüht, die nach der Übertragung ihrer Daten auf EDV-Disketten vernichteten Geschäftsvorgänge zu rekonstruieren, ich glaube nicht an den Erfolg seiner Bemühungen. Ob Dr. Inouchi etwa im Auftrag der Konkurrenz handelte, als er die Lurzer KG zu rationalisieren begann? Aber vielleicht gebe auch ich völlig zu Unrecht diesem Mann aus Osaka die Schuld, der schließlich nur seine Pflicht getan hat. Ohne den Großauftrag der Firma Schatzdorf kein Wachstum der Lurzer KG. Ohne Wachstum keine Rationalisierung. Wenn ich so folgere, muß ich mich aber auch mit den Umständen befassen, die zum Schatzdorf-Auftrag führten, den Patrick Leclair (ist er ein Hellseher?) offensichtlich nach bestem Wissen und Können zu hintertreiben versuchte. Den Schatzdorf-Auftrag, wenigstens das steht fest, hat Gerhard Semmler unter Dach und Fach geholt. Ohne Gabriele Neuhammer allerdings hätte Semmler seine diesbezüglichen Aktivitäten kaum entwickelt. Sollten die Schwierigkeiten und Hindernisse, die Semmler auf dem langen Weg in das Bett Gabriele Neuhammers überwinden mußte, letztlich die Ursache für den beklagenswerten Zustand unserer Firma sein? Ich werde nicht anders können, mich auch dieser Frage zuzuwenden. Auch ich handele nach dem Lurzer-Credo, auch ich weiß meist nicht, was ich tue, aber ich tue es mit all meiner Kraft. Wächst der Mensch tatsächlich mit seinen Aufgaben? Ich habe, seit ich an diesem Bericht arbeite, festgestellt, daß mir sämtliche Jeans und die Ärmel meiner Jacken und Hemden zu kurz geworden sind. Meine Eltern registrieren mit Verwunderung und Besorgnis die umfangreichen Bücherstapel, die ich Woche für Woche aus der Stadtbücherei in mein Zimmer schleppe, denn diese Aufgabe ist geeignet, selbst einen Absolventen des Florence-Nightingale-Gymnasiums zu überfordern. Was ich jedenfalls auf dem Gymnasium gelernt habe, reicht nicht aus, um diesen Bericht zu schreiben. Wahrscheinlich bin ich derzeit der einzige Auszubildende auf der Welt, der Wittgenstein und Kant liest, ganz zu schweigen von Kurt Vonnegut und Tom Robbins. Hat mir mein Vater, als er mir zur Bewerbung bei der Lurzer KG riet, etwa den falschen Weg ins Leben gewiesen? Möglicherweise beantwortet mein Bericht auch diese Frage, denn je länger ich mich mit dieser Lurzer KG befasse, desto häufiger denke ich darüber nach, was ein zweifellos genialer Auszubildender wie ich in diesem Laden verloren hat. Aber auch, wenn ich mich, wie die meisten Menschen, viel lieber mit mir selbst befassen möchte als mit anderen; dieser Versuchung werde ich widerstehen. Hier sind nicht die Innenräume des Auszubildenden Sigbert Schmidt zu besichtigen. Ich habe eine Mission zu erfüllen.

AUFGABE DER KUNST IST ES NICHT,
ORDNUNG INS CHAOS ZU BRINGEN,
SONDERN CHAOS IN DIE ORDNUNG.

Immer diese Schwierigkeiten mit dem Anfang einer Geschichte in der Geschichte! Eigentlich begann die Liebe ihre Krallen in Semmlers Seele zu senken, als er Gaby im »Riverboat« auf der Bühne erlebte. Aber, auch wenn die Liebe eine Himmelsmacht ist: Sie kann einen Menschen in höllische Zustände versetzen, wenn das geliebte Wesen nicht nur diese Liebe nicht erwidert, sondern dem Liebenden mit jener Mischung aus Zurückweisung und freundlichem Spott begegnet, mit der Gabriele jeden der Annäherungsversuche Semmlers stoppte. Wenn sich Gerd ins Schreibzimmer begab, um ein angeblich eiliges Schreiben direkt zu diktieren, wies Gaby auf Brockstedts Anweisung hin, es seien grundsätzlich Diktiergeräte zu benutzen. Wenn sich Semmler in der Kantine an Gabys Tisch setzte, stand Gaby auf und erklärte, ein eiliges Schreiben von Thieme (das sie selbstverständlich im Stenoblock aufgenommen hatte) schreiben zu müssen. Wenn

Semmler am Haupteingang auf sie wartete, benutzte sie mit Sicherheit, rätselhaftem weiblichen Instinkt folgend, einen der Nebeneingänge, und weil unerwiderte Liebe oft wie eine unfreiwillige Schlankheitskur wirkt, wurde Gerhard Semmler von Tag zu Tag dünner, was die Kollegen wiederum veranlaßte, Semmler ein unsolides Privatleben und alle nur denkbaren Laster zu unterstellen.

An jenem Tage, als sich endlich der berühmte Silberstreif am Horizont von Semmlers Leben zeigte, lag wieder eine freudlose Nacht in seiner Junggesellenwohnung hinter ihm. Er hatte von Gaby geträumt und sein Kopfkissen umarmt. Er hatte sich in seiner unaufgeräumten Küche eine Tasse Kaffee gekocht und zwei trockene Scheiben Brot heruntergewürgt. Er war in seinen Wagen gestiegen und zur Firma gefahren. Er hatte den Wagen auf dem Parkplatz abgestellt und war zum Verwaltungsgebäude gegangen, dann die Treppen zu den Räumen der Verkaufsabteilung hinauf. Als Gerd die Tür zum Büro öffnete, sah er Thieme fassungslos mitten im Arbeitszimmer stehen. In Thiemes Gesicht stand die nackte Verzweiflung.

»Was ist denn los, Albin?« fragte Semmler, während er seine Aktentasche mit den Frühstücksbroten auf den Schreibtisch knallte. »Wieder einen Autounfall gehabt?«

Thiemes Gesicht spiegelte alles Leiden der Welt wider.

»Das fragst du noch?« sagte Thieme. »Merkst du nichts?«

»Was soll ich denn merken?« fragte Semmler. »Hast du Ärger mit deiner Frau?«

»Viel schlimmer!« sagte Thieme. »Siehst du wirklich nichts? – Mein Schreibtisch ist weg!«

»Tatsächlich!« sagte Semmler. »Ich möchte nur wissen, ob es der Firma jetzt schon so schlecht geht, daß sie die Büromöbel verkaufen muß!«

»Ich hab's mir gleich gedacht!« sagte Thieme. »Brockstedt hat mir meinen Antrag auf Gehaltserhöhung nicht verziehen, und ich werde doch entlassen!«

In diesem Augenblick wurde die Tür zum Büro aufgerissen, und Brockstedt tauchte im Türrahmen auf. Er sah ungewöhnlich gut gelaunt aus.

»So, mein lieber Thieme«, sagte er. »Besondere Aufgaben erfordern auch besondere Hilfsmittel! Sie bekommen einen größeren Schreibtisch und, weil Sie ja jetzt auch den Verkaufsbezirk Süd-Südwest bearbeiten, einen Schreibtischsessel!«

Thieme holte tief Luft, wollte sich bedanken, aber da kamen schon Arbeiter, wuchteten einen riesigen Chefschreibtisch und einen schwarzen Ledersessel ins Zimmer und bauten beides vor Thieme auf.

»Ich weiß gar nicht, wie ich Ihnen danken soll!« sagte Thieme.

»Danken Sie es Herrn Lurzer durch treue Pflichterfüllung!« sagte Brockstedt und verschwand so plötzlich, wie er gekommen war. Thieme strich mit seinen Händen vorsichtig über die matt glänzende Schreibtischoberfläche, er bückte sich und schnupperte den frischen Ledergeruch des Schreibtischsessels.

»Herzlichen Glückwunsch, Thieme!« sagte Semmler. »Auch wenn du das natürlich nicht verdient hast, ich gönne es dir von Herzen!«

»Das weiß ich!« sagte Thieme. »Ich hab' auch eine gute Nachricht für dich! Ich habe gestern ein Telefongespräch im Schreibzimmer mitbekommen! Fräulein Neuhammer trifft sich heute abend mit einigen Musikern im ›Golden Gate‹! Wenn ich an deiner Stelle wäre, ich würde einfach hingehen! Hier in der Firma kannst du doch nie in Ruhe mit ihr sprechen!«

»Mensch, Thiemie!« sagte Semmler gerührt. »Du sorgst ja für mich wie eine Mutter für ihr uneheliches Kind!«

»Klar!« sagte Thieme und holte seine Frühstücksbrote und die Zeitung aus der Aktentasche. »Das kann man ja nicht mehr ertragen, wie du leidest! Du gehst heute abend ins ›Golden Gate‹ und machst ihr einen Heiratsantrag!«

Jetzt wurde Semmler bleich. »Na ja!«, sagte er. »Hingehen werde ich selbstverständlich. Aber gleich heiraten? Ich weiß nicht recht. Bei sowas muß man sich viel Zeit lassen!«

Wie die Natur so arbeitet: Eine Katastrophe entsteht häufig durch das unerwartete Zusammentreffen zweier eigentlich glücklicher

Umstände! Wieder muß ich der Versuchung widerstehen, den Ereignissen mit Siebenmeilenstiefeln vorauszueilen, und ich muß ordentlich (wie ich das hasse) alles schön der Reihe nach berichten. Gar nicht so einfach, meine Suche nach der verlorenen Zeit, wenn sie sich selbst an so fragwürdigen Orten wie der Kneipe »Golden Gate« versteckt! Wie bereitet ein Mann wie Gerhard Semmler den Augenblick vor, wo er sich Gaby endlich einmal außerhalb der Firma und ohne die Anwesenheit hämischer Kolleginnen und Kollegen nähern kann? Ich stelle mir vor, daß er an diesem Tage die Lurzer KG bei Dienstschluß so schnell wie möglich verließ, daß er sich in seiner Junggesellenwohnung unter die Dusche stellte, sich rasierte und vor Aufregung dabei mindestens dreimal schnitt. Ich vermute, daß Gerhard Semmler mindestens eine Stunde vor dem Kleiderschrank stand, bis er den passenden Anzug und das passende Hemd für diesen wichtigsten Augenblick seines Lebens ausgewählt hatte. Ich weiß, wie das ist, wenn man immer wieder in anderen Anzügen und Hemden mutig vor den Spiegel tritt, bis man endlich den eigenen Ansprüchen genügt. Was auch immer man vermuten kann, sicher ist, daß Gerhard Semmler pünktlich um acht Uhr das »Golden Gate« betrat, sich suchend in der Gaststätte umsah. Männer an der Theke versuchten den Frust eines Arbeitstages im Bier zu ertränken. Vertreter schilderten dem Wirt hinter der Theke, warum der wichtigste Kunde wieder einmal keinen Auftrag erteilt hatte. Ob Semmler von Anfang an vermutet hatte, daß sich Gaby mit den Musikern selbstverständlich im Hinterzimmer der Gaststätte traf? Ob er den Gastwirt gefragt und dieser ihm den Weg ins Hinterzimmer gewiesen hatte? Nichts ist gewiß im Leben, außer dem Tod! Ich kann hier aber klar und deutlich berichten, daß Semmler den Weg in das Hinterzimmer gefunden und Gaby dort auch angetroffen hatte, daß sie ihn jedoch nicht gerade freundlich empfing.

»Das ist doch die Höhe!« sagte sie. »Jetzt spionieren Sie mir nicht nur in der Firma nach, sondern auch schon in der Freizeit! Wer bin ich denn!«

»Ich wollte doch nur...« stotterte Semmler. »Ich wollte doch nur... ich wollte doch nur einmal außerhalb der Firma und ganz privat mit Ihnen reden, Fräulein Neuhammer!«

War es Höflichkeit, die Gabys Stimme plötzlich milder klingen ließ? War es Mitleid? Oder war es der Umstand, daß stetige und unbeirrbare feste Liebe selbst das verstockteste Herz irgendwann zu rühren beginnt? Ich werde mich hüten, das hier beurteilen zu wollen!

»Sie sehen doch, Herr Semmler! Wir haben hier eine wichtige Besprechung! Sie können mir ja ein andermal erzählen, was Sie auf dem Herzen haben!«

»Das werde ich!« sagte Semmler. »Verlassen Sie sich darauf, das werde ich!«

»Aber bitte nicht in der Firma!« sagte Gaby, und weil ich hier davon ausgehen kann, daß keine kluge Frau die Hoffnung eines liebenden Mannes restlos zerstört, lasse ich sie an dieser Stelle meines Berichts so lieb und freundlich, so herzlich wie möglich lächeln.

»Sie machen mich zum glücklichsten Menschen der Welt!« sagte Semmler.

»Das ist schön«, sagte Gaby. »Aber versprechen Sie sich nicht zuviel davon!«

Lieber Leser, ich muß es zugeben: Ich weiß so wenig vom Leben und besonders von der Liebe – und das liegt keinesfalls an meinem Alter –, daß ich diese Begegnung zwischen Gaby und Gerhard nach dem Vorbild eines Liebesromans gestaltet habe, den ich im Schreibtisch von Renate Gerlach gefunden habe, aber so oder so ähnlich muß es gewesen sein. Was sich danach ereignete, kann ich allerdings beeiden, denn Thieme hat es mir erzählt, und ihm wiederum hat es Alf Goslar unter dem Siegel strengster Verschwiegenheit berichtet, als Goslar längst bei der Lurzer KG arbeitete. Glücklich und wie von einer schweren Last befreit habe Gerhard Semmler an der Theke im »Golden Gate« gestanden und ein Bier getrunken, als plötzlich ein großer, schlanker Mann (Goslar!) auf ihn zugegangen sei und ihm auf die Schulter geklopft habe.

»Na, du alte Flasche, wie geht es dir denn so?«

Semmler drehte sich langsam um: »Sie können mich doch nicht einfach anfassen und dazu noch mit Du ansprechen!«

»Sag mal, erkennst du mich nicht mehr?«

»Nein! Und wenn jemand Flasche zu mir sagt...«

»Goslar!« sagte Goslar. »Alf Goslar! Sag bloß, du kannst dich nicht mehr an deine Schulzeit erinnern!«

»Was denn, der kleine dicke Alf? Der immer in Mathe von mir abgeschrieben hat?«

Alf Goslar nickte: »Ja! Du siehst, die Menschen verändern sich ganz schön!«

»Ja!« sagte Semmler. »Das kann man wohl sagen!«

Was soll ich viele Worte machen! Zwei alte Schulfreunde hatten sich wiedergetroffen. Das mußte gefeiert werden. Natürlich erzählte Goslar irgendwann stolz, daß er es inzwischen zum Einkaufsleiter der Kaufhauskette Schatzdorf gebracht hatte, und weil Gerhard Semmler angesichts dieses Erfolges seines Klassenkameraden nicht als jener kleine Verkaufssachbearbeiter erscheinen wollte, der er (wie wir wissen) war, beförderte er sich kurzerhand zum Verkaufsleiter.

»Ich hab' auch einiges geschafft!« sagte Semmler. »Ich bin Verkaufsleiter bei der Lurzer KG!«

»Was denn, beim Trimm-Lurzer? Da verhandeln wir doch immer mit einem Herrn Leclair!«

»Weiß ich!« sagte Semmler. »Der arbeitet für mich! Ein ziemlich fleißiger Mann! Hat natürlich seine Grenzen, aber insgesamt bin ich mit ihm ziemlich zufrieden!«

»Ich komme mit ihm nicht weiter!« sagte Goslar. »Ich versuche seit Monaten, einen Großauftrag mit ihm unter Dach und Fach zu bringen und komme dabei nicht weiter!«

»Was?« sagte Semmler. »Ich glaube wohl, ich höre nicht richtig! Nur gut, daß wir uns getroffen haben! Ich werde mich sofort darum kümmern! Am besten, wir verhandeln in dieser Angelegenheit nur noch direkt! Wäre doch gelacht, wenn wir das nicht in einer Woche vom Tisch hätten! Ich lasse mir morgen von Leclair Bericht erstatten und komme dann auf dich zu!«

»Ausgezeichnet!« sagte Goslar. »Ich habe, ehrlich gesagt, schon mit der Absicht gespielt, bei der Konkurrenz einzukaufen!«

»Aber auf keinen Fall! Das darfst du mir nicht antun! Ich kümmere mich morgen sofort darum!«

Ich weiß nicht, ob es auch in der Hölle Zuständigkeiten gibt, aber meine Erfahrungen innerhalb der Lurzer KG lassen es mich vermuten. Wenn ich richtig vermute, muß der für Verkaufssachbearbeiter zuständige Teufel in der Nacht nach dem Zusammentreffen der beiden Schulkameraden wahre Freudentänze um das große Fegefeuer auf das Parkett gelegt haben. Aber ich schweife schon wieder ab. Nicht von der Hölle und vom Fegefeuer soll ich berichten, sondern vom Niedergang unserer Firma, und so bleibt mir nichts anderes übrig, als mich wieder Gerhard Semmler zuzuwenden. So erfreulich und vielversprechend ihm das Verhalten Gabrieles auch erscheinen mußte, die Begegnung mit Alf Goslar war ihm noch wichtiger. Krieg dem Computer! Friede den Bürokraten! Ich weiß, ich soll einen objektiven Bericht liefern, aber meine Objektivität ist eine andere als die der Brockstedts, die ihre Mitarbeiter mit Fischaugen betrachten und einstellen und entlassen, je nach Wirtschaftslage. Auch wenn Dr. Brockstedt, ganz zu schweigen von Konrad Lurzer, das vermutlich anders sieht: Bei aller verständlichen Sorge um Umsatzzahlen und wirtschaftliches Wachstum hat letztlich die Wirtschaft, und da berufe ich mich auf keinen Geringeren als den großen Henry Ford, dem Wohle des Menschen zu dienen! Also zurück zu Gerhard Semmler und seinem Wohl. Gabriele hatte im »Golden Gate« freundlich gelächelt, und dieses Lächeln hätte normalerweise ausgereicht, um Semmler zum glücklichsten Menschen unter der Sonne zu machen. Aber was wog das bezauberndste Lächeln angesichts der Begegnung mit einem Schulfreund, der (im Gegensatz zu Semmler) etwas geworden war. Goslar war kein kleiner Sachbearbeiter im Verkauf, sondern Leiter der Einkaufsabteilung einer großen Kaufhauskette, ein Mann, der Aufträge erteilen und versagen konnte, von denen unzählige Mitarbeiter unzähliger Betriebe lebten. Mich wundert es nicht, daß Semmler aus dem Wiedersehen mit Goslar einige schöne Sprossen seiner ganz persönlichen Karriere-Leiter schnitzen wollte, und je länger er über diesbezügliche Möglichkeiten nachdachte, desto konsequenter kam ihm der Plan vor, den er sich ausgedacht hatte. Wieder einmal begann ein Mitarbeiter der Lurzer KG angestrengt aus Ereignissen Schlüsse zu ziehen, und wie es sich für einen Angehörigen unserer Betriebsfamilie gehört, es waren Fehlschlüsse, die unter anderem beweisen mögen, wie sehr sich infolge längerer Firmenzugehörigkeit Semmlers Denkweise der unseres verehrten Kaufmännischen Leiters und Personalchefs angepaßt hatte.

Tatsache 1: Goslar ist a) mein früherer Klassenkamerad und b) der Einkaufsleiter bei Schatzdorf. Tatsache 2: Leclair verzögert den Abschluß des Lieferungsvertrags. Tatsache 3: Ich habe Goslar zwar belogen, als ich erklärte, ich sei Verkaufsleiter bei Lurzer und damit Leclairs Vorgesetzter, aber Goslar hat diese Lüge zweifellos geglaubt. Annahme 1: Weil Brockstedt bei jeder Gelegenheit auf die angespannte Auftragslage hinweist, wäre der Auftrag der Kaufhauskette eine Art warmer Regen für das Wachstum der Lurzer KG.

Kann es verwundern, daß Gerhard Semmler, als er am frühen Morgen nach dem Abend im »Golden Gate« seine Gedanken ordnete, diese Tatsachen und Annahmen zu Schlußfolgerungen verknüpfte, die ich hier, mit Recht, nicht Konklusion, sondern Konfusion nennen werde?

Ich werde diesen Auftrag der Schatzdorfgruppe unter Dach und Fach bringen, beschloß er, und dabei wird mir jedes Mittel recht sein. Allein der Erfolg ist es, der im Leben zählt. Verschweigen will ich an dieser Stelle freilich auch nicht, daß Thiemes unerwartete Beförderung zum Verkaufsleiter Süd-Südwest Semmler gleichfalls Karriere und sozialen Aufstieg erstrebenswert erscheinen ließen. Und weil Gerhard Semmler kein Mann war, der sich mit halben Sachen zufriedengab, erwartete er als Belohnung für den Großauftrag die sofortige Entlassung Leclairs und seine Ernennung zum Verkaufsleiter Ausland, weil dieser, Brockstedts Konzept folgend, nun einmal die Großkunden gleichfalls zu betreuen hatte. Auch wenn ich mir verkneifen will, diese Auffassung Semmlers schlicht und einfach Hybris zu nennen, sie gibt mir Gelegenheit, den bürosoziologischen Teil meines Berichts weiterzuentwickeln:

EIN VORGESETZTER, DER EINEN ANGESTELLTEN DURCH EINE GEHALTSERHÖHUNG ODER STATUS-SYMBOLE AUS DER GRUPPE DER MIT ÄHNLICHEN ODER GLEICHEN AUFGABEN BETRAUTEN ANGESTELLTEN HERAUSHEBT, ERZEUGT BEI SÄMTLICHEN ANGEHÖRIGEN DER GRUPPE DEN WUNSCH NACH GEHALTSERHÖHUNG ODER STATUS-SYMBOLEN. EINFALLSREICHE MITARBEITER BETREIBEN DIE VERWANDLUNG IHRER WÜNSCHE IN DIE WIRKLICHKEIT GELEGENTLICH MIT UNERWÜNSCHT EINFALLSREICHEN METHODEN.
(8. Schmidtsches Gesetz)

Kaputt 9

»Na?« fragte Thieme neugierig. »Hast du dich mit der Neuhammer endlich verabreden können?«

Semmler schreckte aus seinen Gedanken auf:

»Verabreden? Natürlich! Also ich meine, natürlich nicht! Und davon abgesehen, das ist für dich noch immer FRÄULEIN Neuhammer, oder, ausnahmsweise, die Gaby!«

»Entschuldige! Es wird nie mehr vorkommen, daß ich überhaupt von ihr rede«, sagte Thieme und zog sich hinter seine Zeitung zurück. Ist doch wahr, dachte er, da bemüht man sich für einen Kollegen, das Glück zu finden, und was ist das Ergebnis? Undank!

»Nun sei doch nicht gleich beleidigt, Thiemie«, sagte Semmler. »Kannst du dir nicht vorstellen, daß ich auch mal Probleme habe?«

Thieme ließ die Zeitung vorsichtig sinken und schielte über ihren Rand: »Schlimme Probleme?«

»Wie man es nimmt! Finanzielle! Du könntest mir wirklich

helfen! Nicht, daß ich Geheimnisse vor dir hätte, aber ich müßte mal wieder mit meiner Bank telefonieren!«

»Ich verstehe!« sagte Thieme. »Darf ich wenigstens noch in Ruhe frühstücken? Ich werde mich sofort nach dem Frühstück zu einer Besprechung in die Buchhaltung begeben! Wie lange muß diese Besprechung dauern?«

»Höchstens zwanzig Minuten, Thieme! Ich wußte ja, du bist ein prima Kollege!«

»Das sagst du immer nur dann, wenn ich was für dich tun soll!«

»Unsinn!« sagte Semmler. »Ich finde es prima, daß du so menschlich bleibst, obwohl du doch jetzt Verkaufsleiter Süd-Südwest geworden bist!«

»Was heißt menschlich?« brummte Thieme. »Man hat halt mehr Verantwortung! Sonst bleibt doch alles beim alten!«

Von wegen mehr Verantwortung, dachte Semmler. Das einzige, was er mehr hat, ist Geld am Monatsende. Aber er wird sich noch wundern!

Selbstverständlich hatte Gerhard Semmler seinen Plan, wie er den Großauftrag der Schatzdorf-Kaufhäuser unter Dach und Fach bringen würde, längst fertig, und er brannte darauf, mit der Verwirklichung seiner Absichten zu beginnen. Zuerst mußte er telefonieren. Aber das setzte voraus, daß Thieme endlich das Zimmer verlassen würde. Wie immer, wenn etwas nicht schnell genug gehen kann – es dauerte fast eine Ewigkeit, bis Thieme die Zeitung zusammenfaltete und sich von seinem noch immer nach frischem Leder duftenden Schreibtischsessel erhob. Er hatte den Raum kaum verlassen, da riß Semmler den Hörer vom Telefon, wählte mit zitternden Fingern: Gabrieles Nummer! Was denn sonst! Und weil der Zweck die Mittel heiligt, freilich auch, weil wie meistens im Schreibzimmer Frau Hanisch ans Telefon ging, kam Semmler nicht umhin, seinen Kampf um den Schatzdorfauftrag mit einer dicken Lüge zu beginnen: »Schicken Sie mir bitte sofort Fräulein Neuhammer! Ich habe da ein Schreiben vor mir liegen, das wie ein Kongreß von Tippfehlern aussieht!«

»Was?« sagte Frau Hanisch. »Geht das schon wieder los? Sie ist in zwei Minuten bei Ihnen, verlassen Sie sich darauf!«

»Vielen Dank!« sagte Semmler. Dann begann er mit jener Atemübung, die Watzmann einmal als Hilfsmittel für die Vorbereitung wichtiger Gespräche empfohlen hatte. Er atmete durch das linke Nasenloch ein und durch das rechte aus und stellte sich vor, daß er durch einen magischen Kanal direkt mit einem Energie-Zentrum im Weltall verbunden sei, aber als Gaby die Tür zu seinem Büro aufriß und wütend in den Raum stürzte, brach die Verbindung mit dem Weltall ab.

»Verdammt noch mal!« schrie Gaby. »Ich habe jeden Ihrer bescheuerten Briefe dreimal durchgelesen! Da können keine Fehler drin sein! Zeigen Sie mir sofort die Fehler, sonst passiert was!«

»Nun beruhigen Sie sich doch bitte!« sagte Semmler. »Es gibt keine Fehler! Ich mußte Sie doch irgendwie aus dem Schreibzimmer herauslotsen, das müssen Sie doch verstehen!«

Gaby glaubte, sie höre nicht richtig. Sie holte tief Luft, weil sie Semmler eine Abreibung verpassen wollte, die er so schnell nicht vergessen würde. Dieser Atemzug gab Semmler die Gelegenheit, ihr zu erklären, wie sehr er auf ihre Hilfe angewiesen sei, um den Schatzdorf-Auftrag hereinzuholen.

»Ich habe morgen eine wichtige Besprechung im Interesse der Firma, und da kann ich nicht ohne Sekretärin auftreten!«

»Ich bin keine Sekretärin und Ihre schon gar nicht!«

»Aber Sie müssen so tun! Sie brauchen nur den Stenoblock mitzunehmen und vielleicht einen Vertrag vorbereiten! Sie haben ja gar keine Vorstellung, wie wichtig das ist! Meine Karriere, das Schicksal der Firma, alles hängt davon ab!«

»Und was sagt Brockstedt dazu?«

»Das ist es ja eben!« sagte Semmler. »Brockstedt weiß noch gar nichts von seinem Glück! Ich will ihn überraschen! Gaby, ich bitte Sie darum: Sie rufen morgen früh in der Firma an, sagen Frau Hanisch Bescheid, daß Sie sich nicht wohl fühlen und zum Arzt müssen, und ich hole Sie um zehn Uhr zu Hause ab! Spätestens um zwei Uhr ist alles erledigt!«

Wie die Natur so arbeitet! Sei es, daß Gaby der Gedanke reizte, einmal Chefsekretärin zu spielen, sei es, daß auch sie anfing, mehr für Semmler zu empfinden als beispielsweise für Thieme oder

Brockstedt, sie vergaß, daß sie Semmler eigentlich wegen seines Anrufs bei Frau Hanisch zusammenstauchen wollte, und begann zu überlegen.

»Ich weiß ja gar nicht, was man als Chefsekretärin bei solch einem Anlaß anzieht!«

»Aber ich bitte Sie, Fräulein Neuhammer!« sagte Semmler. »Selbstverständlich gehen wir nach Dienstschluß zusammen einkaufen! Ein schwarzes Kleid und eine weiße Bluse...«

»Quatsch!« sagte Gaby . »Ein schickes dunkelblaues Kostüm! Und wenn mich Brockstedt deswegen rausschmeißen sollte...«

»Dann heirate ich Sie!«

»Was??« sagte Gaby. »Nein, Herr Semmler! Lieber beziehe ich Arbeitslosenunterstützung! Darauf können Sie sich verlassen!«

Semmler überhörte diese Bemerkung. Er erklärte Gaby, wie er sich die Tätigkeit einer Chefsekretärin vorstellte, wählte dann die Nummer der Schatzdorf-Verwaltung.

»Lurzer KG, Vorzimmer Verkaufsleiter Semmler!« meldete sie sich. »Könnte ich bitte Herrn Goslar für Herrn Semmler haben?« »Ich verbinde«, sagte Goslars Sekretärin, und dann zeigte Semmler, was er konnte, wenn er sich anstrengte. Er schlug Staffelrabattsätze vor und nahm seine eigenen Vorschläge wieder zurück, als sie ihm zu günstig für Schatzdorf und zu ungünstig für Lurzer erschienen. Er jonglierte mit Lieferterminen und Zahlungsbedingungen wie ein Artist mit neun Bällen, brennenden Fackeln oder Metallringen. Souverän war das und derartig gekonnt, daß nicht nur Goslar beeindruckt war, sondern auch Gaby.

»Mein Gott, Herr Semmler!« sagte sie und sah Semmler mit jenem verzückten Gesichtsausdruck an, mit dem sie sonst nur Auftritte ihres Lieblingssängers Peter Orloff auf dem Bildschirm verfolgte. »Ich wußte ja gar nicht, was für ein großartiger Verkäufer Sie sind!«

»Am Telefon bin ich nicht besonders gut!« sagte Semmler bescheiden. »Aber morgen, wenn es ums Ganze geht, Sie werden staunen!« Gaby ging wie hypnotisiert zwei Schritte auf Semmler zu und war ihm so nahe, daß er ihr Parfüm riechen konnte, aber wie die Natur nun einmal so arbeitet, gerade als Semmler sie an sich ziehen und küssen wollte, wurde die Tür geöffnet, und Thieme kam ins Zimmer.

»Na, alles klar mit deiner Bank?«

»Selbstverständlich!« sagte Semmler. Er griff nach einem Vorgang und wandte sich an Gaby.

»Bitte, Fräulein Neuhammer!« sagte er. »Sie haben hier einige Tippfehler gemacht! Es wäre schön, wenn Sie den Brief noch mal schreiben würden!«

»Aber gewiß, Herr Semmler!« sagte Gaby und atmete schwer. »Ich bringe Ihnen das Schreiben noch vor der Mittagspause!«

Der Leser, der mir bis zu dieser Stelle meines Berichts gefolgt ist, weiß so gut wie ich: Wer das zweifelhafte Glück hat, für die Lurzer KG zu arbeiten, der ist auf nahezu alles vorbereitet, und ihn kann nichts mehr überraschen. Um sieben Uhr beispielsweise kam Frau Schneider, nichts Böses ahnend, aus dem Haus, ging zur Garage, und wer sprach sie (von hinten) an und fragte, ob sie ihm bis zum nächsten Ersten zweihundert Mark leihen könnte, weil er sonst den Offenbarungseid leisten müsse? Selbtverständlich war es ihr früherer Ehemann, und als Frau Schneider vorgab, leider nicht über soviel Geld verfügen zu können, lächelte ihr Geschiedener freundlich und sagte, es könne auch ein Euroscheck sein. Um sieben Uhr fünf wurde Thieme am Frühstückstisch nicht nur mit einem viel zu hart gekochten Ei konfrontiert, sondern auch mit einem Möbelhauskatalog und der Feststellung, daß man jetzt, da er Verkaufsleiter Süd-Südwest geworden sei, auch entsprechend repräsentieren müsse und die Anschaffung einer neuen Wohnzimmer-Sitzgruppe deshalb unaufschiebbar sei. »Aber die alte Sitzgruppe ist doch noch ganz ausgezeichnet«, sagte Thieme, »man sieht noch nicht eine einzige Polsterspirale!« Selbstverständlich sah Albin wenig später, als sich der Morgenmantel seiner Frau zufällig geöffnet hatte, die Notwendigkeit der Anschaffung der Möbel ein. Er kam freilich aus demselben Grunde eine halbe Stunde zu spät zur Firma und stieß an der Tür zum Verwaltungsbau fast mit Brockstedt zusammen, dem seine Frau wiederum erklärt hatte, daß die Familie in den Ferien auf eine Safari nach Kenia reisen müsse, weil sie endlich einmal Leoparden und Ozelots, deren Felle in ihrem Kleiderschrank hingen, in freier Wildbahn bewundern wollte.

»Was fällt Ihnen eigentlich ein?« knurrte Brockstedt. »Auch wenn Sie jetzt Verkaufsleiter sind, der Dienst beginnt noch zur gewohnten Stunde!«

»Entschuldigen Sie bitte!« stammelte Thieme. »Ich wurde ... ich wurde leider Zeuge eines Verkehrsunfalls und mußte der Polizei als Zeuge zur Verfügung stehen!«

»Na und?« brummte Brockstedt. »Dann sagen Sie gefälligst der Polizei, Sie könnten erst nach Feierabend zeugen!«

Er ließ Thieme stehen, stieg die Treppen hinauf und öffnete die Tür seines Vorzimmers. »Guten Morgen!« sagte er laut und deutlich. Frau Schneider sah kurz von ihrem Schreibtisch auf, knurrte etwas, das man mit einigermaßen gutem Willen für einen Gruß halten konnte, und wandte sich dann wieder ihrer Arbeit zu.

»Bitte, Frau Schneider!« sagte Brockstedt. »Ich brauche jetzt dringend einen Kaffee!«

»Nein!«

»Wie bitte?«

»Ich koche keinen Kaffee mehr für Sie! Das gehört nicht zu meinen dienstlichen Aufgaben!«

»Aber Sie haben doch früher immer Kaffee gekocht!«

Frau Schneider hob jetzt den Kopf, und Brockstedt sah, daß sie fast den Tränen nahe war:

»Da habe ich auch noch angenommen, zwischen uns bestände ein Vertrauensverhältnis, Herr Brockstedt! Von Frau Hanisch habe ich heute morgen erfahren, daß Frau Dolf bei uns ausscheiden wird, weil sie heiratet! Auch wenn Sie mich nicht für das Vorzimmer von Herrn Lurzer für geeignet halten sollten, Sie hätten mich wenigstens informieren können.«

»Wollt' ich doch!« sagte Brockstedt. »Die Frage der Nachfolge ist doch noch gar nicht spruchreif!«

»Jedenfalls koche ich keinen Kaffee mehr!« sagte Frau Schneider, da klingelte das Telefon auf ihrem Schreibtisch. Sie nahm den Hörer ab, lauschte, bedankte sich und legte den Hörer wieder auf.

»Thieme hat Bescheid gesagt, daß Semmler krank ist!«

Das Telefon läutete wieder, Frau Schneider lauschte, nickte, legte den Hörer wieder auf die Gabel zurück.

»Die Neuhammer, was?« fragte Brockstedt. Frau Schneider nickte, Brockstedt lief rot an und fuchtelte mit den Händen in der Luft herum, obwohl noch keinerlei Musik zu hören war.

»Sie kommen sofort mit dem Stenoblock in mein Büro! Das ist doch ... die können doch nicht ... die können doch nicht einfach krank werden, wann sie wollen! Sofort ein Rundschreiben! Aus gegebenem Anlaß! An sämtliche Mitarbeiter!«

Frau Schneider griff mit einer unendlich resignierenden Handbewegung nach ihrem Stenoblock.

Verfügung PA 135/B-S 13-12 betreffend den Besuch von Ärzten pp. während der Arbeitszeit

Aus gegebenem Anlaß sehe ich mich gezwungen, erneut darauf hinzuweisen, daß Arztbesuche als Teil der privaten Lebensführung grundsätzlich nicht zu den dienstlichen Angelegenheiten gehören und deshalb in der Freizeit, d. h. außerhalb der Arbeitszeit, zu erfolgen haben. In dringenden Fällen, d. h. wenn Laboruntersuchungen, Röntgenaufnahmen oder dergl., den Arztbesuch in den Morgen- oder Vormittagsstunden erforderlich machen, ist dieser Sachverhalt spätestens am Tage vor dem Arztbesuch Frau Schneider zu melden. Die auf solche Arztbesuche verwandte Zeit ist in Form von zuvor mit Frau Schneider abgesprochenen Überstunden abzugelten.

Ist wegen einer unvorhergesehenen Erkrankung in den Nachtstunden ein Arztbesuch ohne vorherigen Dienstantritt erforderlich, so ist dieser Arztbesuch nachträglich durch Vorlage einer Bescheinigung des aufgesuchten Arztes nachzuweisen und, sofern ärztlicherseits nicht Arbeitsunfähigkeit festgestellt wird, durch Überstunden abzugelten.

Gez. Dr. Herbert Brockstedt ppa.

So groß die Versuchung ist, an dieser Stelle ausführlich auf die Empfindungen einzugehen, mit welchen Frau Schneider dieses Diktat Brockstedts aus dem Stenoblock auf eine Matrize übertrug, die ich mit Hilfe eines Spiritusdruckers aus den Gründungsjahren der Firma zu vervielfältigen und in allen Abteilungen zu verbreiten hatte, ich werde darauf verzichten. So sehr es mir auch in den Fingern juckt, auszumalen, wie sich Brockstedt nach Diktat dieser Verfügung genüßlich eine halbe Stunde lang Mozart reinzog, ich werde mir auch das verkneifen. Zweifellos, ich soll über die Firma berichten und nicht über die Privatangelegenheiten ihrer Mitarbeiter, aber genau an dieser Stelle erscheint mir des Pudels Kern begraben, eine der Ursachen von Brockstedts Scheitern: In der Annahme nämlich, das Leben eines Mitarbeiters, eines Angestellten, einer Stenotypistin oder eines Verkaufsleiters könne in einen privaten und einen dienstlichen Bereich aufgespalten werden.

Das genaue Gegenteil ist richtig.

Auch wenn ich wieder einmal Watzmann aus der Werbeabteilung zitieren und damit dem Gang der Ereignisse und dem Niedergang unserer Firma vorgreifen muß:

WER HEUTE EINE GETREIDE-ÄHRE AUS DEM ACKER REISST,
VERURSACHT DAMIT MÖGLICHERWEISE
10000 JAHRE SPÄTER EINE HUNGERKATASTROPHE
IN INDIEN ODER CHINA.

Die Arbeitswelt und das Privatleben durchdringen einander wie Yin und Yang, sie sind ineinander verschlungen wie die Fäden des Teppichs in Brockstedts Büro, sie fügen sich harmonisch wie auf Brockstedts Schallplatten oder disharmonisch wie in der mir verhaßten Heavy Metal Music zum Gesamtkunstwerk zusammen. Wenn Dr. Brockstedt jetzt Direktor für besondere Koordinationsaufgaben, d.h. Frühstücksdirektor ohne Aufgaben, d.h. ein No-Man ist, sein Schicksal hängt auch mit jenem Augenblick zusammen, als Gabriele Neuhammer in ihrem hellgrauen Kostüm, das Semmler für sie am Vortage gekauft hatte, vor den Spiegel trat und sich wohlgefällig betrachtete.

»Sehe ich nicht wie eine richtige Chefsekretärin aus?« fragte sie ihre Mutter, die neben ihr stand und verzweifelt die Hände rang.

»Nicht zur Arbeit gehen«, jammerte Gabys Mutter. »Dir von einem Kollegen ein Kostüm bezahlen lassen und auch noch an einem betrügerischen Unternehmen mitwirken, was ist aus meiner Tochter nur für ein Mensch geworden!«

»Mach dir keine Sorgen!« versuchte Gaby zu trösten. »Erstens geschieht es nur zum Wohle der Firma, und zweitens habe ich mir so ein Kostüm schon immer gewünscht! Was meinst du, ob man es fürs Standesamt anziehen könnte?«

Damit ich an dieser Stelle des Berichts einen Absatz einfügen und mir eine Cola aus der Kantine holen kann, klingelte es bei Neuhammers an der Wohnungstür, und Gaby griff nach ihrer Handtasche.

»Tschüß, Mutti!« sagte Gaby. »Drück uns die Daumen! Und wenn jemand aus der Firma anrufen sollte, ich bin beim Arzt!«

Gerhard Semmler hatte sich nicht nur für den Besuch bei Goslar in seinen besten Anzug gezwängt, ein strahlend weißes Hemd angezogen und eine dunkelblaue Krawatte umgebunden, sondern er hatte sich auch, sicher ist sicher, das riesengroße und uralte amerikanische Auto eines Freundes geliehen, dem er, quasi als Miete, einen Lurzer-Hometrainer dafür versprochen hatte.

»Donnerwetter!« staunte er, als Gaby aus dem Haus kam. »Du siehst ja wie eine Dame aus!« Gaby stutzte und wollte ihm wie gewohnt eine Antwort verpassen, die ähnliche Bemerkungen für die nächsten Wochen mit Sicherheit verhindert hätte, aber da streckte er die Hand nach der Klinke der Tür zum Beifahrersitz des Straßenkreuzers aus, und Gaby nahm auf dem weich gepolsterten Sitz des letzten amerikanischen Convertible Platz. »Ist ja Spitze! Dieser Wagen ... ist das wirklich dein Wagen?« »Noch nicht!« sagte Semmler. »Aber wenn heute alles klappt, werde ich mir sowas Ähnliches kaufen! Wenn ich den Auftrag reinhole, müssen sie mir schließlich die Provision zahlen!«

Semmler ließ den Motor an, die Karosserie des Wagens begann zu vibrieren wie ein Araberhengst vor dem Startschuß auf der Rennbahn, dann legte Semmler den Hebel der Automatik auf »Langsame Vorwärtsfahrt«, und das Fahrzeug setzte sich in Bewegung. Als sie die Autobahn erreicht hatten, schob Semmler eine Tonbandcassette in das Abspielgerät unterhalb des Armaturenbrettes, und Gaby fühlte sich wie auf dem Traumschiff.

»Mensch, Herr Semmler!« sagte sie. »Sie wissen aber auch alles! Wer hat Ihnen denn erzählt, daß ich auf Peter Orloff stehe?«

»Keiner hat mir das erzählt!« sagte Semmler. »Sowas spürt man einfach, wenn man sich für eine Frau interessiert!«

Gaby wollte darauf antworten, aber gerade noch rechtzeitig fiel ihr ein, was ihr Annette einmal klargemacht hatte, als sie über Männer im allgemeinen und besonderen geredet hatten. Eine Frau, die einem Mann Komplimente mache, handle so töricht wie ein Käufer, der eine Ware lobe, hatte Annette gesagt, und so schwieg Gaby und gönnte Semmler nur ein freundliches Lächeln, was ihr im Umgang mit Männern ohnehin immer als das Sicherste erschien. Wer lächelt, macht kaum einen Fehler, dachte Gabriele, und er ist zusätzlich vor den Gefahren geschützt, die hinter den meisten Fremdwörtern lauern und schon manche Liebe zerstört hatten, bevor sie überhaupt richtig beginnen konnte. Was sollte sie auch viel reden? Die Landeshauptstadt, in der die Hauptverwaltung der Schatzdorf-Kaufhäuser ihren Sitz hatte, war nur drei Tonbandcassetten weit entfernt. Freundlich lächelnd genoß Gaby die Autofahrt, und weil sie bei Peter Orloff meist zu träumen anfing, stellte sie sich vor, sie hätte endlich ihre erste Langspielplatte auf der Hit-Liste plaziert, Semmler sei ihr Chauffeur und sie selbst auf dem Weg nach Montreux oder Luxemburg, um die »Goldene Rose« oder einen »Goldenen Löwen« in Empfang zu nehmen. Selbstverständlich war sie ein typisches Mitglied der Lurzer-Belegschaft, wo man über Mißerfolge hinweg vorwärts schritt wie eine Königin über den roten Teppich. Da konnte die Tatsache, daß sie auf ein Schwindelunternehmen hereingefallen war, das Talentproben veranstaltete, ihre Gesangsaktivitäten zwar vorübergehend bremsen, aber diese Irritation hatte nicht lange gedauert.

Ein wirkliches, echtes und wahrhaftiges Talent setzt sich auf längere Sicht immer durch, dachte sie. Natürlich übte sie längst wieder nach Dienstschluß Schlager vor dem Spiegel in ihrem Zimmer. Sie wartete freilich noch auf eine Gelegenheit, wieder ein mehr als zwei Personen (ihre Eltern!) umfassendes Publikum mit ihrer Stimme zu beglücken. Wie die Natur so arbeitet: Gaby träumte von ihrer Karriere, Semmler träumte vom ganz großen Auftrag. Autofahren muß eine im Grunde ziemlich gefahrlose Tätigkeit sein, sonst müßten sich noch mehr Verkehrsunfälle ereignen.

Wie man kommt gegangen, so wird man empfangen: Als der letzte Seufzer Peter Orloffs zum dritten Mal die Schönheit eines Barbaren pries und Gabriele verzückt die Augen schloß, hielt der schwere amerikanische Wagen am Schlagbaum vor dem Parkplatz. Semmler kurbelte die Fensterscheibe in die Autotür, sah sich suchend nach einem Pförtner um, aber weil man bei Schatzdorf jene Neuerungen, die Goslar später bei der Lurzer KG einführte, schon vor Jahren im Zuge der dritten Stufe des zweiten Rationalisierungsplans verwirklicht hatte, gab es bei Schatzdorf keinen Pförtner mehr, sondern ein elektronisch gesteuertes audiovisuelles Eingangs- und Ausgangskontrollsystem.

»Nennen Sie bitte Ihren Namen, Ihre Personalkennziffer und den Anlaß Ihres Besuches!« quäkte es aus einem kleinen Lautsprecher neben dem Schlagbaum, und eine Fernsehkamera schwenkte hin und her, bis sie Semmler voll im Bild hatte.

»Gerhard Semmler!« sagte Semmler. »Lurzer KG: Ich bin mit Herrn Schatzdorf verabredet!«

Es knackte im Lautsprecher, eine Weile geschah nichts, dann meldete sich wieder die Lautsprecherstimme:

»Identifizieren Sie bitte die zweite Person in Ihrem Fahrzeug!«

»Neuhammer!« sagte Gaby. »Gabriele Neuhammer. Ich bin die Stenokontoristin, eh, die Sekretärin von Gerd, also, ich meine von Herrn Semmler!«

Wieder vergingen einige Minuten, das Objektiv der Fernsehkamera fuhr vor und zurück und dann wieder vor, danach ertönte ein Gong, aus einem kleinen Kasten neben dem Schlagbaum kamen zwei kleine Plastikkärtchen, nicht unähnlich den Kreditkarten, die Semmler gerne besessen hätte.

»Führen Sie die Kontrollkarten in die neben dem Schlagbaum und neben den Türen befindlichen Schlitze langsam ein, und begeben Sie sich in den Konferenzraum 256 B 3!«

»Donnerwetter!« sagte Gaby. »Die sind der Zeit aber weit voraus!« »Was heißt der Zeit voraus?« sagte Semmler. »Die Lurzer KG ist hinter der Zeit zurück!«

Er griff nach den Plastikkarten, schob sie wie angeordnet in den Schlitz neben dem Schlagbaum, und der Schlagbaum hob sich. Was soll ich es verschweigen: Auch auf dem Schatzdorf-Parkplatz standen die Autos auf von gelben Linien begrenzten Abstellflächen. Semmler parkte den Wagen auf einem der Plätze, die durch große Schilder als für Besucher reserviert ausgewiesen waren. Als er sich dem Hochhaus näherte, ging er nicht, sondern er schritt federnd und bemühte sich, jene von Erfolg und Zuversicht kündende Haltung des leitenden Angestellten auszudrükken, die er für die wichtigste Eigenschaft des dynamischen Verkäufers hielt. Er drückte die Plastikkarten in einen Schlitz neben dem Eingang zum Hochhaus, eine Glastür schob sich zur Seite, schloß sich geräuschlos hinter ihm und Gaby. Weiche Langflorteppiche spannten sich in der Empfangshalle von Wand zu Wand, gedämpfte Musik rieselte aus unsichtbaren Lautsprechern. Semmler wollte sich beeindruckt hinter dem rechten Ohr kratzen, aber da knackte es wieder in einem der Lautsprecher, eine freundliche Frauenstimme wies darauf hin, daß sich der Lift am linken hinteren Ende der Empfangshalle befinde. Semmler zuckte zusammen, ließ die Hand sinken und ging mit durchgedrücktem Rückgrat zum Aufzug. Diesmal glitten spiegelblanke Metallflächen auseinander, gaben den Zugang in die Aufzugkabine frei und schlossen sie wieder.

»Ich glaube, meine Strumpfhose ist verrutscht!« flüsterte Gaby. »Glaubst du, ich könnte das in Ordnung bringen?«

»Auf keinen Fall!« sagte Semmler. »Erstens rutscht die

Strumpfhose der Sekretärin eines erfolgreichen Verkaufsleiters nie, und zweitens befinden sich wahrscheinlich auch im Lift Fernsehkameras!«

Gaby antwortete nicht und beschloß, an die verrutschte Strumpfhose einfach nicht zu denken. Davon abgesehen, sie nahm sich vor, sich intensiver als bisher um ihre Karriere als Sängerin zu bemühen. Wenn bei einer Sekretärin nicht einmal die Kleidung gelegentlich durcheinandergeraten kann, dann würde sie ein Leben lang hinter der Schreibmaschine sitzen. Als der Lift die zweite Etage erreicht hatte, öffneten sich die Türen. Semmler umklammerte den Griff seines Aktenkoffers fester, und nachdem sie mit Hilfe der Plastikkarten erneut mehrere Türen geöffnet hatten, konnten sie endlich Alf Goslars Zimmer betreten.

Goslar saß hinter einem völlig leeren Schreibtisch neben einem Monitor, auf dem leise piepend lange Zahlenkolonnen um einen Platz am oberen Bildschirmrand kämpften. Als Semmler und Gaby sich seinem Schreibtisch näherten, stand er auf und ging ihnen mit weit ausgebreiteten Armen entgegen. Er lächelte wie ein Politiker im Wahlkampf, deutete auf zwei Stühle:

»Nett, daß du deine Sekretärin mitgebracht hast!«

»Neuhammer!« stellte sich Gaby vor. »Gabriele Neuhammer!«

»Angenehm!« sagte Goslar. »Alf Goslar!«

Geneigter Leser, was soll ich hier mit vielen Worten schildern, wie das Verkaufsgespräch verlief? Wichtig ist allein, daß es lief. Erst wurde um Prozente und dann um Zehntel-Prozente gefeilscht, bis Goslar nicht mehr Zahlen in seinen Computer tippte, sondern eine Taste drückte, die einen Schönschriftdrucker in Bewegung setzte, der einen Auftrag ausdruckte. Dieser Auftrag hatte einen Umfang, der Semmlers kühnste Hoffnungen übertraf. Wo ein Sporthaus fünf oder zehn Trimmgeräte zu bestellen pflegte, orderte Goslar für die Schatzdorf-Gruppe in Größenordnungen zwischen zwei- und achttausend. Wenn ein Vertreter sonst glücklich war, wenn er einem Sporthaus einen der teueren Hometrainer verkaufen konnte, Goslar orderte ohne mit der Wimper zu zucken achthundert. Nur vom Lurzer-Seniorentrimmer, zugegeben einer etwas mißglückten Leistung unserer Konstruktionsabteilung, bestellte er kein einziges Exemplar.

Semmler überflog die Zahlen auf dem Computer-Ausdruck, und als er die lange, an den Rändern gelochte Liste wieder zusammenfaltete, zitterten seine Hände.

»Du mußt verstehen«, sagte er leise. »Bei einem Auftrag in dieser Größenordnung brauche ich natürlich die Unterschrift der Geschäftsleitung!«

»Selbstverständlich!« sagte Goslar. »Ich erwarte Herrn Leclair und Herrn Dr. Brockstedt innerhalb einer Woche zur Unterschrift!«

Semmler hatte plötzlich das Gefühl, der weiche Teppichboden gäbe unter seinen Füßen nach, und er stürze in einen endlosen Abgrund.

»Welcher Leclair?« fragte er.

»Dein Chef natürlich! Oder hast du angenommen, ich verhandele mit einem Angestellten, ohne mich vorher über seine Stellung in der Firma zu informieren?«

Semmler spürte, daß seine Knie weich wurden, und als er jetzt fragte, weshalb er dann überhaupt mit ihm verhandelt habe, lächelte Goslar freundlich.

»Weil ich etwas Bewegung in die Verhandlungen bringen wollte!« sagte er. »Ich weiß nicht, weshalb ich mit Leclair nicht weiterkomme! Du bringst den Auftrag bitte direkt zu Dr. Brockstedt!«

Auch wenn Semmlers Knie weich geworden waren und wenn er nicht dazu imstande war, später zu erzählen, wie er aus Goslars Büro wieder hinter das Lenkrad des Straßenkreuzers gelangte: Er war ein echtes Mitglied der Lurzer-Belegschaft und gewohnt, jeden Schicksalsschlag so lange zu drehen und zu wenden, bis er ihm positive Seiten abgewinnen konnte.

»Ich hab' mir von Anfang an gedacht, daß das schiefgeht!« sagte Gaby, als der Wagen wieder auf der Autobahn fuhr, aber da war Semmler schon wieder soweit, lautstark protestieren zu können.

»Was heißt denn schiefgegangen? – Ich habe den größten

Auftrag der Firmengeschichte an Land gezogen! Brockstedt wird schon herausfinden, weshalb Leclair die Verhandlungen verschleppt hat! Und was die Provision für den Auftrag betrifft, ich kaufe mir ein neues Auto und zahle eine Eigentumswohnung an! Du bekommst natürlich auch einen Teil der Provision! Bist du mit zwanzig Prozent zufrieden?«

»Warten wir erst mal ab, was Brockstedt sagt!« gab Gaby zu bedenken. Danach überlegten beide, wie sie sich der Lurzer KG gegenüber verhalten sollten. Semmler wollte sofort zur Firma fahren, aber Gaby bewies einmal mehr, daß Frauen letztlich uns Männern überlegen sind.

»Du kannst ja in die Firma fahren!« sagte sie. »Aber vorher bringst du mich zu unserem Hausarzt. Ich lasse mich für zwei Tage krankschreiben!«

»Brockstedt wird begeistert sein!« sagte Semmler.

»Schön für dich! Aber mich halte bitte aus dieser Sache heraus!«

»Na gut!« sagte Semmler. »Wie du willst! Aber morgen gehen wir zusammen essen!«

»Übermorgen!« sagte Gaby. »Wenn ich wieder gesund bin!«

Auch wenn ich widerstrebend zugeben muß, mich bei der Schilderung des Semmler-Auftritts bei der Schatzdorf KG, was das moderne Hochhaus der Kaufhausverwaltung betrifft, gelegentlich an der Welt des auch von mir heiß verehrten Perry Rhodan orientiert zu haben: Ich hoffe, daß mir Alf Goslar nicht zu einer Art Mutant mißlungen ist, denn wie wir in der Firma später feststellen mußten, war er keinesfalls ein ferngesteuerter Androide, sondern ein äußerst zielstrebig und stets in eigenem Interesse handelnder Manager mit Führungsqualitäten, ein Spitzenmann aus jenem harten Holz, das den Weg hinauf zu den obersten Stufen eines Unternehmens ohne jede Kerbe zurückzulegen hilft. Und wenn wir schon von Perry Rhodan reden, was Perry mit der Laserpistole leistet, das leistet Alf Goslar mit dem Computer. Tod dem Computer! Es lebe der Mensch! Selbst Dr. Brockstedt, dem gegenüber ich, verbände uns nicht die gemeinsame Liebe zur Musik, nur die natürliche Feindschaft des Auszubildenden gegenüber dem Personalchef empfinden könnte, erscheint mir menschlich und erträglich, nicht zuletzt wegen seiner Unberechenbarkeit. Aber hat man jemals von einem Computer gehört, der sich, vielleicht weil Mozart sein Gemüt mild und freundlich gestimmt hätte, irrational, also menschlich verhalten hätte? Brockstedt dagegen, ich weiß, daß ich in der Lurzer KG keine Zukunft vor mir habe, und ich habe keinen Grund, hier zu unterschlagen, daß ich Brockstedt während meiner zweijährigen Ausbildungszeit in der Firma mehr als einmal zu vergiften plante. Aber was man auch immer gegen ihn einwenden konnte: Er hielt es nie mit dem Kierkegaardschen Entweder–Oder, sondern er suchte immer den Weg zu einem verschwommenen Sowohl–Als auch. Beispielsweise an jenem Tage, an dem Semmler mit dem Großauftrag der Schatzdorf-Gruppe in die Firma kam. Frau Schneider goß gerade die Blumen auf der Fensterbank in ihrem Zimmer, als Gerhard Semmler völlig außer Atem die Tür ihres Büros aufriß.

»Aber Herr Semmler!« sagte sie überrascht. »Ich denke, Sie sind krank!«

»War ich auch!« sagte Semmler. »Ich muß sofort zu Dr. Brockstedt! Es handelt sich um eine Angelegenheit von äußerster Wichtigkeit!«

Frau Schneider verwies auf Brockstedts Verfügung, nach der Gespräche mit ihm nur nach vorheriger Terminvereinbarung zulässig seien. Sie versuchte, sich Semmler in den Weg zu stellen, aber ein Lurzer-Mitarbeiter ist nicht so einfach zu stoppen. Semmler schob sie einfach zur Seite, öffnete die Tür zu Brockstedts Zimmer und traf unseren Kaufmännischen Leiter und Personalchef auf dem Sofa liegend an, während Edvard Griegs »Hochzeitstag auf Troldhaugen« (op. 65, Nr. 6) in einer Aufnahme der Bamberger Symphoniker unter der Leitung von Wilhelm Schüchter aus den Lautsprechern tändelte.

»Entschuldigen Sie bitte, Herr Doktor, ich muß Sie unbedingt sprechen!«

Brockstedt öffnete unendlich langsam seine Augen, die zuerst maßloses Erstaunen ausdrückten, dann wilden Zorn.

»Wie kommen Sie dazu, einfach in mein Büro einzudringen?« brüllte er mit überkippender Stimme. Er richtete sich auf, zerrte an seinen Sockenhaltern und schrie Frau Schneiders Namen ins Vorzimmer.

»Ich wollte ihn zurückhalten!« klagte die Schneider. »Er hat mich einfach zur Seite geschoben!«

»So!« sagte Brockstedt. »Zur Seite geschoben! – Ich hoffe, Sie haben einen außergewöhnlichen Grund für Ihr außergewöhnliches Verhalten!«

»Habe ich, Herr Dr. Brockstedt!« sagte Semmler und hielt unserem von allen Mitarbeitern verehrten zweitobersten Chef den Auftrag hin, den Goslars Computer ausgespuckt hatte. Brockstedt betrachtete die Liste verwirrt und fragte dann Semmler, was das zu bedeuten hätte.

»Der Auftrag der Schatzdorf-Gruppe! Ich habe mir gedacht, Herr Leclair kommt damit nicht weiter und bin mal hingefahren! War ganz einfach! Sie brauchen nur zu unterschreiben, dann können wir mit der Lieferung zu den vereinbarten Terminen beginnen!« Einige Minuten war nichts außer Edvard Grieg zu hören. Brockstedts Gesicht nahm nacheinander alle Regenbogenfarben an, dann atmete er tief ein und aus, als hätte er Watzmannsche Yoga-Techniken erlernt.

»Herr Semmler«, sagte er, »ich bin beeindruckt!«

»Es war ganz einfach!« sagte Semmler. »Ich habe eine halbe Stunde mit Goslar geredet, wir sind uns über die Bedingungen einig geworden. Sie brauchen nur zuzustimmen!«

»Soso!« sagte Brockstedt. »Nur zuzustimmen!«

Dann eilte er ins Vorzimmer:

»Frau Schneider? Rufen Sie mir sofort Herrn Leclair!«

»Kollege Leclair hat sich bestimmt bemüht!« sagte Semmler. »Er hat getan, was er konnte! Manchem ist es eben gegeben und anderen nicht!«

»Natürlich!« sagte Brockstedt. Er lief zum Plattenspieler, schaltete ihn und den Verstärker aus und drehte sich dann langsam zu Semmler um.

»Herr Semmler!« sagte er leise. »Sie haben sämtliche Ihrer

Zuständigkeiten überschritten und gegen sämtliche Verfügungen und Anweisungen der Unternehmensleitung verstoßen! Das reicht für eine fristlose Entlassung, aber ich will kein Unmensch sein: Ich kündige Ihnen hierdurch fristgemäß zum nächstmöglichen Termin!«

»Jawohl, Herr Dr. Brockstedt!« sagte Semmler und verließ Brockstedts Büro. Als er sein Zimmer erreichte, hantierte Thieme gerade mit dem Expander, den er regelmäßig benutzte, um seinen Brustumfang zu vergrößern.

»Mensch, Gerd«, sagte er. »Du siehst ja todkrank aus! Weshalb kommst du denn in die Firma, wenn es dir so schlecht geht?«

»Aus Pflichtbewußtsein!« sagte Semmler.

WAS EIN ANGESTELLTER AUCH IMMER IM INTERESSE SEINER FIRMA UNTERNIMMT UND SO ERFOLGREICH ER DABEI AUCH IMMER AGIERT: JEDE ÜBERSCHREITUNG INNERBETRIEBLICHER ZUSTÄNDIGKEITEN STELLT DIE INNERBETRIEBLICHE HIERARCHIE IN FRAGE UND WIRD STRENGSTENS GEAHNDET. SELBST DIE GRÖSSTE LEISTUNG GEREICHT IHREM URHEBER ZUM NACHTEIL, WENN SIE UNTER MISSACHTUNG DER RANGORDNUNG UND DEN AUS IHR RESULTIERENDEN ZUSTÄNDIGKEITEN VOLLBRACHT WIRD.

(9. Schmidt'sches Gesetz)

Kaputt 10

Wie die Natur so arbeitet. Vorige Woche hat sich Herr Kalinke, erstmalig seit fünf Jahren, morgens nicht in die Firma, sondern zum Arzt begeben und sich dort ein Menü aus Beta-Blockern, Psychopharmaka und Barbituraten zusammenstellen lassen. Er bleibt der Firma bis auf weiteres fern. Gabriele, die jetzt oben in Lurzers Vorzimmer auf einen Bildschirm starren muß, einem Textverarbeitungsgerät der III. Generation, hantiert mit Augentropfen und Beruhigungsmitteln, was sie auf die anstrengende

Bildschirmarbeit zurückführt, Dr. Inouchi aber auf Liebeskummer. Dr. Brockstedt allerdings, unser unbeschäftigter Direktor für Koordinationsaufgaben, der nur noch mir Anweisungen erteilen darf, hat sich verändert. Vor acht Tagen hat er sich das Manuskript meines Berichts ausgeliehen. Als er es mir gestern wieder auf den Tisch legte, trug er farbige Freizeitkleidung; um seine Augen tanzten kleine Lachfältchen: »Gar nicht mal uninteressant, Herr Schmidt, was Sie da so alles aufschreiben! Daß Sie mich beispielsweise vergiften wollten... Sehr interessant!«

»Nur symbolisch, Herr Doktor«, sagte ich. »Nur symbolisch!«

Dann bewies er mir allerdings, daß er trotz farbiger Kleidung noch immer der alte geblieben ist: Wie jeder, der einen Bericht in Auftrag gegeben hat, war er davon überzeugt, seine Kritik äußern zu müssen. Immer, wenn ich mich näher auf die Geschichte eines Mitarbeiters eingelassen hätte, breche dessen Geschichte ab, und der Mitarbeiter gehe in den Tiefen des Berichts verloren. Natürlich widersprach ich ihm. Nach dem Gesetz von der Erhaltung der Materie geht nichts verloren, das einmal in der Welt ist, sondern es verwandelt sich lediglich. Keinen der Lurzer-Mitarbeiter verliere ich jemals aus den Augen, und wenn Frau Hanisch oder Renate Gerlach mitunter in der Versenkung verschwinden, so weil in ihrem Leben sich nicht ständig Berichtenswertes ereignete. Mich interessiert das Fleisch, Herr Dr. Brockstedt – nicht die Brühe!

Natürlich verbirgt sich hinter diesen Einwänden die altbekannte Tatsache, daß jeder, der das Abc gelernt hat und einen Bericht liest, im Grunde seines Herzens der Ansicht ist, er hätte diesen Bericht besser schreiben können, hätte er sich nur die Zeit dafür genommen. Natürlich wische ich diesen Unsinn vom Tisch. Dieser Bericht ist MEIN Bericht. Deshalb erübrigt sich die Frage, was wichtig ist. Wichtig ist, was ich für berichtenswert halte. Da nehme ich den Einwand Brockstedts, der sich auf die Darstellung seiner Person bezieht, schon ernster.

Ich hätte seine ungeheure Menschlichkeit nicht genügend zum Ausdruck gebracht. Er hätte zwar oft geschimpft und getobt, er hätte manche Rundverfügung diktiert, die nicht gerade nach dem

Geschmack der Mitarbeiter gewesen sei. Aber er habe niemals einen Mitarbeiter auf die Straße gesetzt, der danach nicht entweder Rente bezogen oder einen anderen Arbeitsplatz gefunden habe.

Geneigter Leser, ich will auch mein Verhalten nicht beschönigen. Als Brockstedt von Entlassungen redete, bin ich aufgesprungen. Ich war erregt und hätte mich dem alten Mann gegenüber einer Körperverletzung schuldig gemacht, wäre Gabriele Neuhammer nicht zufällig in die Altablage gekommen, wo ich hinter der Schreibmaschine sitze. »Sie haben die Einführung des Computers in die Lurzer KG zugelassen!« schrie ich ihm ins Gesicht. »Wegen der Rationalisierungsmaßnahmen Goslars und Dr. Inouchis werden fünfzehn Mitarbeiter ihren Arbeitsplatz verlieren, und die Firma ist am Ende!«

»Gegen meinen Widerstand, Herr Schmidt!« sagte Brockstedt. »Gegen meinen Widerstand! Von einem bestimmten Augenblick an konnte ich die Entwicklung aber nicht mehr beeinflussen. Ich hatte es nur noch mit Sachzwängen zu tun, denen ich mich stellen mußte!« War es wirklich so? Ich werde mich besagten Sachzwängen in diesem Bericht offensichtlich noch ausführlich zuwenden müssen. Ich bin ein Lehrling, lieber Arbeitsminister! Ich bin ein Auszubildender, Herr Wirtschaftsminister! Ich habe die Lösung des Arbeitslosenproblems, Herr Bundeskanzler! Kampf dem Mikroprozessor! Tod dem Computer! Friede den Bürokraten! Es lebe der Mensch!

Aber ich sehe, ich greife den Ereignissen schon wieder unheimlich vor. Vorwärts, Kameraden, rief der Feldherr, wir müssen zurück! Noch überweist mir die Lurzer KG pünktlich meine lächerlich geringe Ausbildungsbeihilfe, und ich werde Brockstedts Auftrag ordnungsgemäß erledigen. Wovon berichtete ich gerade, als Brockstedt meine Arbeit unterbrach? – Vom Schatzdorf-Auftrag war die Rede, den Semmler hereinzuholen gewagt hatte, obwohl er dafür nicht zuständig war, sondern Patrick Leclair. Wie die Natur so arbeitet.

Aufmerksame Leser haben nicht vergessen, daß Patrick Leclair es war, der Konrad Lurzers Geburtstagsfeier im Betrieb sabotierte, wissen noch, er war ein Intrigant, mit seiner Tätigkeit als Verkaufsleiter unzufrieden.

Seiner weiteren Karriere war nur der Umstand hinderlich, daß Brockstedt keinerlei Bereitschaft zeigte, seinen Platz vorzeitig aufzugeben. Es mag eigennützig erscheinen, daß Leclair um jeden Preis im Beruf weiterkommen wollte, aber wenn ich gerecht sein will, muß ich auch von den Gründen reden, die Leclair dazu veranlaßten. Leclair war mit einer anspruchsvollen Frau verheiratet. Er war Vater zweier reizender Kinder. Besitzer eines Hauses, das im wesentlichen der Bank gehörte, bewilligter Hypotheken zufolge. Leclair war Besitzer eines reizenden Cockerspaniels, eines langsam vor sich hinrostenden Sportwagens, und er wäre eher unbekleidet in die Firma gekommen, als einen Anzug von der Stange anzuziehen. Er trug Maßanzüge, duftete nach Kölnisch Juchten, und wenn er die Verhandlungen mit Goslar immer wieder hinausgezögert hatte, war das nicht etwa auf Desinteresse zurückzuführen, sondern auf starkes Interesse, das freilich nicht auf den Schatzdorf-Auftrag gerichtet war, sondern auf Brockstedts Position in der Firma.

Selbstverständlich wußte Leclair, wie wichtig ein Auftrag in jener Größenordnung für die Lurzer KG war, aber er wußte noch einiges mehr.

Er wußte, daß der Auftrag in der von Goslar angedeuteten Größenordnung die Kapazitäten der Fertigung gleichermaßen überfordern würde wie die der Verwaltung. Er wußte, daß die Lurzer KG niemals die kleineren Aufträge der Stammkunden und gleichzeitig den Großauftrag Goslars abwickeln konnte, ohne in die größten Schwierigkeiten zu geraten.

Nur deshalb verzögerte er den Vertragsabschluß immer wieder, aber er war deshalb nicht untätig, sondern im Gegenteil äußerst tätig. Wann immer er Zeit dafür erübrigen konnte, arbeitete er an einem Plan zur generellen Neuorganisation der Firma. Niemand hatte ihn beauftragt, sich Gedanken darüber zu machen, aber wer im Beruf vorwärtskommen will, macht sich auch unaufgefordert seine Gedanken, und der Neuorganisationsplan Leclairs, ich kann es nicht verhehlen, war zukunftsweisend und geeignet, die Lurzer

KG in eines jener Unternehmen zu verwandeln, die fähig sind, auf den Weltmarkt vorzudringen und dort der Konkurrenz das Fürchten zu lehren. Reden wir nicht von der Umstellung der Fertigung auf mikroprozessorgesteuerte Automaten. Reden wir nur von der Verwaltung: Leclairs Plan sah die Umstellung so ziemlich sämtlicher Arbeitsgebiete auf elektronische Datenverarbeitung vor. Er zielte auf die Entlassung von mehr als zehn Angestellten, den beschleunigten Ausbau der EDV-Abteilung, den Abbau des Schreibdienstes und ähnliche fortschrittliche Regelungen, denen Brockstedt in diesem Umfang niemals zugestimmt hätte. Das wußte Leclair. Deshalb hatte er die Absicht, seinen Plan zusammen mit dem Großauftrag der Schatzdorf-Gruppe HERRN LURZER persönlich vorzulegen und dabei anzuregen, ihn mit der kaufmännischen Leitung zu beauftragen und Brockstedt mit der Funktion eines Direktors für besondere Koordinationsaufgaben, bei der er in Ruhe sein Gnadenbrot verzehren konnte.

Ich bemühe mich um Objektivität und kann meine Bewunderung für Leclairs Plan, freilich auch meine Abscheu vor seinen Folgen für die Mitarbeiter nicht verbergen. Aber, wie die Natur so arbeitet, was nutzt der genialste Plan, wenn ein Mitarbeiter wie Gerhard Semmler auch einmal einen Erfolg erringen will? An jenem Nachmittag freilich, als Semmler den Schatzdorf-Auftrag gegen seine fristgemäße Entlassung eingetauscht hatte, wußte Leclair noch nichts von den Gewitterwolken, die sich um seinen Kopf und dessen zukunftsweisende Gedanken zusammenzogen. Er saß in seinem Arbeitszimmer (Teppich, zwei Fenster und noch größerer Schreibtisch) und zeichnete an seinem Neuorganisations-Schema. Als er mit dem Tuschefüller gerade liebevoll ein Kästchen um Brockstedts Namen zeichnete, öffnete seine Sekretärin Helga Mertins die Tür zu seinem Arbeitszimmer und sagte, Brockstedt habe angerufen:

»Sie sollen sofort in sein Büro kommen und sämtliche Vorgänge mitbringen, die den Schatzdorf-Auftrag betreffen!«

»Den Schatzdorf-Auftrag?« brummte Leclair überrascht. »Was will er denn damit?«

»Weiß ich doch nicht!« sagte Frau Mertins.

Es gibt Tage, da treffen die Ereignisse auf eine Art und Weise zusammen, die selbst der abgebrühteste Rationalist nicht einfach für Zufall halten kann. Nervös saß Dr. Brockstedt an seinem Schreibtisch, trommelte mit den Fingern der linken Hand einen Marsch auf die Platte seines Schreibtischs und bereitete sich darauf vor, Leclair wegen Verzögerung des Schatzdorf-Auftrags zur Rede zu stellen und wenn möglich zur Rechenschaft zu ziehen, aber als sich endlich die Tür zwischen seinem Büro und dem Vorzimmer öffnete, war es nicht Leclair, der ins Zimmer kam, sondern Frau Hanisch.

»Ich verstehe nicht«, sagte Brockstedt, »was wollen Sie denn hier?«

»Ich habe einen Termin bei Ihnen!« erklärte Frau Hanisch. Sie setzte sich unaufgefordert auf den Besucherstuhl vor Brockstedts Schreibtisch und ließ eine Suada auf Brockstedt herunterprasseln, in der sich Klage, Leiden, Zorn, Protest und ein Appell an Brockstedts Gerechtigkeitssinn auf ungewöhnliche Weise mischten.

»Frau Dolf scheidet doch aus! Jeder in der Firma weiß es. Und wenn Frau Dolf ausscheidet, braucht HERR LURZER doch eine neue Sekretärin! Herr Dr. Brockstedt! Ich bin von allen Mitarbeiterinnen am längsten in der Firma! Ich habe immer meine Pflicht getan! Wenn jemand für die Nachfolge von Frau Dolf in Frage kommt, dann doch wohl ich!«

»Ich bitte Sie!« sagte Brockstedt. »Die Angelegenheit ist noch nicht einmal besprochen worden, geschweige denn entschieden!«

»Ich weiß, was Sie vorhaben!« kreischte Frau Hanisch. »Sie wollen die Stelle von Frau Dolf Frau Schneider zuschieben! Aber daraus wird nichts! Verlassen Sie sich darauf, noch gibt es in dieser Firma einen Betriebsrat, und der wird für Gerechtigkeit sorgen!«

Brockstedt wollte antworten, wollte erklären, daß er wie immer eine sorgfältig ausgewogene, gerechte Entscheidung treffen würde, aber da rannte Frau Hanisch schon wütend aus dem Zimmer und gab die Klinke Herrn Kalinke in die Hand.

»Herr Dr. Brockstedt«, sagte Kalinke, »dieser Auszubildende, den Sie der Buchhaltung zugewiesen haben, dieser Schmidt... Ich halte es mit dem Burschen nicht mehr aus! Wenn man ihn auch nur einen Moment aus den Augen läßt, schwupp, zieht er die Schreibtischschublade auf und liest schmutzige Bücher, die er darin versteckt hat!«

»So?« sagte Brockstedt. »Schmutzige Bücher? Was liest er denn so? Nehmen Sie ihm doch mal ein Buch weg, und bringen Sie es mir, ich meine natürlich als Beweisstück!«

»Hab' ich ja schon versucht!« sagte Kalinke. »Aber immer, wenn er nicht im Zimmer ist, sind die Bücher auch verschwunden!«

»Verschwunden?« sagte Brockstedt. Er begann zu überlegen und gelangte sofort zu einer jener Brockstedt-Entscheidungen, die zu jener Zeit noch unser Betriebsklima prägten:

»Wissen Sie was? Sie holen aus der Werkstatt einen Hammer und zwei Nägel und nageln die Schublade seines Schreibtisches einfach zu!«

Kalinke wollte einwenden, daß er als Buchhalter ausschließlich zu geistiger Arbeit verpflichtet sei und Hammer und Nägel in die Sphäre körperlicher Arbeit gehörten, da streckte Leclair vorsichtig seinen Kopf ins Zimmer und fragte, ob er eintreten dürfe.

»Ob Sie dürfen, fragen Sie?« sagte Brockstedt. »Sie dürfen nicht nur, Sie sollen! Ich warte ja schon zwei Stunden auf Sie!«

»Und was ist jetzt mit der Schublade?« fragte Kalinke.

»Nun lassen Sie mich doch mit Ihren schmutzigen Büchern zufrieden!« sagte Brockstedt. »Lassen Sie sich irgendwas einfallen! Was hab' ich denn mit Ihrem Lehrling zu tun! Wer bin ich denn, daß ich mich um jeden Dreck kümmern muß?«

»Entschuldigen Sie bitte!« sagte Kalinke und zog sich rückwärts ins Vorzimmer zurück. Brockstedt lehnte sich in seinem Schreibtischsessel zurück und sah Leclair freundlich an.:

»Herr Leclair! Was macht eigentlich der Auftrag des Kaufhauses Schatzdorf? Da war doch eine Anfrage, wenn ich mich recht erinnere, wieweit ist diese Angelegenheit denn so gediehen?«

»Sie entwickelt sich langsam und stetig zu meiner Zufriedenheit!« sagte Leclair. »Ich nehme an, es wird noch ein Vierteljahr dauern, dann ist der Auftrag unterschriftsreif!«

Brockstedt kniff die Augen zusammen und nahm die Computer-Liste zur Hand, die ihm Semmler gebracht hatte:

»Ich kann Sie beruhigen, Sie können sich sehr viel Arbeit ersparen. Sehen Sie sich das doch mal an!«

Leclair griff nach den Listen, überflog die Zahlen und begriff die Zusammenhänge nicht.

»Nun, Herr Leclair! Wie erklären Sie sich das? Der Auftrag liegt annahmereif auf meinem Schreibtisch. Erstaunlich, nicht wahr?«

Leclair wagte es noch, zu fragen, wie der Auftrag auf Brockstedts Tisch gelangt sei, aber da hatte Brockstedts Geduld ein Ende.

»Mein lieber Herr Leclair! Sie nehmen sofort den Auftrag, fahren zu Schatzdorf und bereiten die Unterzeichnung des Vertrages vor! Danach gehen Sie auf eine achttägige Geschäftsreise und holen die Aufträge herein, die Sie vielleicht auch noch zu verschleppen geruht haben, und dann unterhalten wir uns einmal über einige grundsätzliche Fragen!«

»Ich verstehe nicht...« sagte Leclair. »Ich habe gestern noch mit Herrn Goslar von der Schatzdorf-Gruppe gesprochen, und...«

»Aber ich verstehe! Sie haben die ganz große Chance, sich zu bewähren! Ich erwarte Sie in vierzehn Tagen mit einem Bericht über Ihre Aktivitäten im Außendienst. Gute Reise, Herr Leclair!«

Brockstedt stand auf, ergriff Leclairs Hand und quetschte sie mit so beachtlicher Wucht zusammen, daß Leclair aufschrie.

Als wenn der mich reinlegen könnte, dachte Brockstedt, als Leclair das Zimmer verlassen hatte. Er blieb einen Augenblick im Zimmer stehen, überlegte kurz und ging dann zum Plattenspieler. Wie immer, wenn eine wichtige Entscheidung zu treffen war, suchte er längere Zeit in seinem Schallplattenschrank und legte dann das Duett »Zu neuen Taten, treuer Helde« aus der Götterdämmerung des göttlichen Richard W. auf den Plattenteller.

Selbstverständlich mußte er in der Zeit der Abwesenheit Leclairs für dessen Vertretung sorgen, und das war nicht so einfach. Kalinke war qualifiziert, aber in der Buchhaltung unabkömmlich. Thieme war wie die meisten anderen Sachbearbeiter im Verkauf zwar äußerst abkömmlich, aber nicht qualifiziert. Semmler war abkömmlich und auch nicht besonders qualifiziert, aber er würde wenigstens innerhalb von vierzehn Tagen keinen nicht mehr wiedergutzumachenden Schaden in der Auslandsabteilung anrichten. Ärgerlich war nur, daß er Semmler zwei Stunden zuvor entlassen hatte. Das Duett Brünnhilde/Siegfried wogte in den Lautsprechern hin und her wie die Aussichten in Brockstedts Kopf, aber als sich die Platte nur noch mit kaum hörbaren knackenden Geräuschen in der Auslaufrille drehte, hatte sich Brockstedt eine vorläufig endgültige Meinung gebildet.

»Frau Schneider!« rief er in sein Vorzimmer. »Lassen Sie mir mal den Semmler kommen!«

Es dauerte keine fünf Minuten, dann saß Gerhard wieder vor Brockstedts Schreibtisch:

»Ich habe mir das durch den Kopf gehen lassen!« sagte Brockstedt. »Das war unverantwortlich, was Sie gemacht haben. Leclair wird sich darum bemühen, Ihren Schaden wieder zu reparieren! Sie übernehmen ab morgen sein Aufgabengebiet für die Dauer seiner Abwesenheit! Ohne zusätzliche Bezahlung, versteht sich! Wenn Sie sich dort bewähren, werde ich die Kündigung zurücknehmen! Aber Sie würden in diesem Falle nur weiterhin Ihre alte Arbeit verrichten dürfen. Sind Sie einverstanden?«

»Ich weiß gar nicht, wie ich Ihnen danken soll!« sagte Semmler.

»Durch gute Arbeit!« sagte Brockstedt. »Geben Sie sich Mühe, wenn Sie Leclair vertreten, also ich meine, geben Sie sich keine Mühe, irgend etwas zu unternehmen. Dann machen Sie wenigstens nichts falsch!«

»Einverstanden!« sagte Semmler. »Ich werde mich bemühen ...«

»Eben nicht!« sagte Brockstedt. »Sie sollen sich nicht bemühen! Sie sagen am Telefon, daß Herr Leclair verreist ist und sortieren die Post. Wichtige Briefe legen Sie mir vor, unwichtige lassen Sie für Leclair liegen! Ich gestatte Ihnen, die verbleibende Zeit für Ihre Weiterbildung zu nutzen!«

»Und was geschieht mit meiner Arbeit?«

»Nichts!« sagte Brockstedt. »Die können Sie nach Ihrer Rückkehr an Ihren Arbeitsplatz erledigen!«

Auch wenn es Dr. Brockstedt nicht unbedingt recht sein wird, daß ich derartige Ereignisse mit der gebotenen Ausführlichkeit schildere: Es beteht kein Zweifel daran, daß die Lurzer KG derartigen Führungsmethoden ihre Stellung auf dem Markt verdankt. Ist ein Computer vorstellbar, dessen Programmierung so beschaffen sein könnte, daß ihn einige Takte Wagner-Musik zu ähnlicher Flexibilität befähigen?

Ist die Art und Weise, wie ein sogenannter Brockstedt-Schluß zustande kommt und wie sich Brockstedt-Schlüsse gegenseitig neutralisieren, nicht schlicht und einfach als genial zu bezeichnen?

Hätte ein Computer Semmler, der einen Großauftrag für die Firma besorgt hätte, schlicht und einfach entlassen? Hätte er diesen Semmler, einmal entlassen, wieder eingestellt? Hätte er den auf Bewährung wieder eingestellten Semmler ausgerechnet mit der Vertretung jenes Mannes beauftragt, in dessen Aufgabengebiet er sich eigenmächtig eingemischt hatte, ihm gleichzeitig aber den Auftrag erteilt, den zu Vertretenden eigentlich nicht zu vertreten? Geneigter Leser, ich habe während meiner Ausbildungszeit meinen wichtigsten Beitrag zur Firmengeschichte der Lurzer KG in der EDV-Abteilung geleistet und habe dem Programmierer über die Schulter gesehen: Ein Programmierer, der einen Computer dazu hätte, Brockstedt-Entscheidungen zu treffen, wäre mit Sicherheit zum Schutze der Allgemeinheit in eine Irrenanstalt eingewiesen worden. So vorsichtig ich auch meine Bürogesetze formuliere, weil Gesetze unendlich viel Schaden anrichten, mitunter würde sogar ich mein Schicksal auf die Richtigkeit eines Gesetzes gründen:

Unternehmen einer bestimmten Grössenordnung
überleben auf dem Markt nicht wegen der
richtigen Entscheidungen der Führungskräfte,
sondern wegen deren genialer Fähigkeit,
einmal getroffene Fehlentscheidungen
durch weitere Fehlentscheidungen zu neutralisieren.
(10. Schmidtsches Gesetz)

Kaputt 11

Auch wenn die Beharrlichkeit, mit der Gaby ihr Ziel einer Karriere als Schlagersängerin verfolgte, manche Leser anderes vermuten lassen mag: Gabriele hatte ein sehr realistisches Verhältnis zur Welt. Wenngleich sie in ihren Träumen nach den Sternen griff, sie behielt ihre stämmigen Beine stets in Bodennähe. Nach dem Besuch bei Alf Goslar war sie infolgedessen tatsächlich zu ihrem Arzt gegangen, und sie hatte sich für zwei Tage krankschreiben lassen, was ich an dieser Stelle nicht begeistert genug erwähnen kann. Wer einen Tag zu Hause bleibt, kann so krank sein, daß selbst Kapazitäten der Mayo-Klinik seinen Zustand als besorgniserregend empfinden würden – seine Vorgesetzten und Kollegen werden trotzdem stets annehmen, er sei nicht krank und das ärztliche Attest eine Gefälligkeitsbescheinigung. Vom zweiten Tage ab freilich wird eine Krankheit ernst genommen, ganz gleich wie gesund der angeblich Erkrankte in Wirklichkeit ist. Als Gaby wieder in die Firma kam, erkundigte sich zuerst Frau Schneider besorgt danach, ob sie denn tatsächlich schon wieder arbeitsfähig sei, und Dr. Brockstedt kam ins Vorzimmer, um nach Art und Schwere ihrer Krankheit zu fragen.

»Eine Magenverstimmung!« sagte Gabriele. »Ich habe den ersten Tag fast pausenlos gebrochen und bin gleich ins Bett gegangen! Am nächsten Tag ging es mir dann wieder besser!«

Bei dem Wort Magenverstimmung hatte Brockstedt verständnisvoll und mitleidig genickt, als er allerdings von Erbrechen und Übelkeit hörte, hatten sich seine Gesichtszüge verdunkelt, weil das spezielle Warnsystem aller Personalsachbearbeiter Alarm schlug.

»Haben Sie das schon länger, ich meine, diese Übelkeit? Haben Sie dieses Gefühl besonders morgens? Und haben Sie in letzter Zeit besonderen Appetit auf, nun ja, saure Gurken oder eingelegte Heringe?«

»Ja!« sagte Gabriele. »Gurken und Heringe esse ich schrecklich gern! Aber nicht, wenn ich mir den Magen verdorben habe!«

Sie nickte Frau Schneider, die einen roten Kopf bekommen hatte, freundlich zu und ging dann ins Schreibzimmer.

»Nur gut, daß du wieder da bist!« empfing sie Renate Gerlach. »Der Brockstedt hat die Hanisch dazu überredet, daß wir anstelle der Kugelkopfschreibmaschinen Typenradmaschinen bekommen sollen!«

Gaby setzte sich an ihren Schreibtisch, nahm die Haube von der Kugelkopfmaschine und griff nach den Kopfhörern ihres Diktiergeräts, um sie sofort über den Kopf stülpen zu können, falls Frau Hanisch oder gar Brockstedt plötzlich ins Schreibzimmer käme. »Interessant!« sagte sie. »Und wen will er diesmal einsparen?«

»Ich weiß nicht!« sagte Renate. »Die Dolf scheidet doch oben im Vorzimmer von Herrn Lurzer aus! Vielleicht soll Frau Hanisch hoch zu Lurzer, und wir beide bleiben im Schreibzimmer ganz allein!«

Gaby überlegte, was das für sie für Folgen haben könnte. Wenn Frau Hanisch das Schreibzimmer verlassen müßte, wäre sie eigentlich an der Reihe, als dienstälteste Stenotypistin ihre Nachfolgerin zu werden. Andererseits aber wurde bei der Lurzer KG grundsätzlich nie ein Mitarbeiter befördert, der an der Reihe war, und auch Gabriele wußte selbstverständlich, was man sich in der Firma erzählte, daß zwischen Renate Gerlach und Brockstedt eine besondere Beziehung bestehen müsse, weil Renate Dr. Brockstedt einmal in der Teeküche, als sie sich unbeobachtet gefühlt hatte, einfach mit dem vertraulichen »Du« angesprochen hatte, das sich eine Stenotypistin dem Personalchef gegenüber kaum erlauben kann, wenn besagte besondere Beziehung nicht besteht. Sie habe nichts gegen die Einführung von Typenrad-Schreibmaschinen, sagte Gaby deshalb nachdrücklich, und sicherheitshalber fügte sie noch hinzu, daß sie keinerlei Zweifel daran habe, daß Brockstedt schon die richtigen Entscheidungen treffen werde.

»Gibt es sonst noch was Neues?«

»Und ob!« sagte Renate. »Der Brockstedt hat Semmler gekündigt!«

»Was? Das ist doch ... das ist doch eine ganz große Sauerei!«

»Beruhige dich!« sagte Renate und lächelte anzüglich. »Er hat ihn ja sofort wieder auf Bewährung eingestellt! Jetzt sitzt er in Leclairs Zimmer!«

»Donnerwetter!« sagte Gabriele. »Sag bloß, er bekommt Leclairs Job!«

»Natürlich nicht! Er soll ihn nur vertreten! Wenn er sich bewährt, darf er weiter bei uns arbeiten! Der soll sich eine ungeheure Sache erlaubt haben! Der ist einfach rausgefahren und hat sich in Leclairs Arbeit eingemischt!«

»Was??« sagte Gaby. »So eine Unverschämtheit! Was bringt ihn bloß auf solche blöden Ideen?«

Renate wollte noch eine Bemerkung loswerden, aber Frau Hanisch kam mit der Kaffeekanne ins Schreibzimmer und sagte, daß die Morgenkonferenz der beiden Stenotypistinnen beendet sei und sie gefälligst mit der Arbeit beginnen sollten.

»Ich bin doch schon dabei!« sagte Gaby beleidigt und stülpte sich den Kopfhörer über die Ohren.

Wir kennen inzwischen die liebevoll freundliche Art, in der Lurzer-Mitarbeiter miteinander umgehen, und ich brauche nicht zu berichten, auf welche Weise sich Semmler von Thieme verabschiedet hatte, als er in Leclairs Zimmer überwechselte. Ich berichte es aber trotzdem, weil ich Brockstedts Auftrag gemäß nichts verschweigen oder hinzufügen will.

»Ja, mein lieber Thiemie!« hatte Semmler leise gesagt. »Du wirst auf mich wohl eine Weile verzichten müssen, und es ist fraglich, ob wir jemals wieder zusammen in einem Zimmer sitzen werden!«

»Was? Wie ... wieso denn?« hatte der Leiter des nur in seiner Vorstellung existierenden Verkaufsbezirks Süd-Südwest gefragt. »Was ist denn passiert?«

»Ich kann nicht darüber reden! Geheimauftrag von Brockstedt! Nur soviel: Ich übernehme bis auf weiteres die Arbeiten von Leclair!«

Thieme hatte sich so plötzlich aufgerichtet, daß er fast von seinem neuen Ledersessel gefallen wäre:

»Heißt das, du wirst Verkaufsleiter Ausland?«

»Ich darf leider nicht darüber sprechen!« hatte Gerhard Semmler geheimnisvoll erklärt, und jetzt saß er in Leclairs Zimmer und bemühte sich, entsprechend Brockstedts Auftrag zu handeln, also nach Möglichkeit nicht zu handeln. Wie nicht anders zu erwarten, nutzte er die Zeit, um über sein Leben im allgemeinen, seine Situation in der Lurzer KG im besonderen und sein Verhältnis zu Gabriele im ganz speziellen Falle nachzusinnen. Was sein Leben betraf, so ging es ihm wie den meisten von uns, er beschloß, es so bald wie möglich völlig zu ändern und jene guten Vorsätze zu realisieren, die in der Tiefe seiner Seele schlummerten, aber leider gewöhnlich nur dann wach wurden, wenn Semmler mit Hilfe von Alkohol den Deckel gelockert hatte, der sein Unterbewußtsein unten hielt. Seine Situation in der Lurzer KG erschien ihm da wesentlich problematischer, denn sie wurde ihm jeden Tag aufs neue bewußt, ohne daß es dazu des Alkohols bedurfte. Er war als kaufmännischer Angestellter mit der wohlklingenden Bezeichnung Verkaufssachbearbeiter einer jener Bürospezialisten, deren Fähigkeiten darin bestehen, daß sie einige Zahlen addieren und einfache Geschäftsvorgänge in wasserdichte Korrespondenz umsetzen können, die sie in chronologischer Reihenfolge in Schnellheftern abheften. So wichtig das Wort Vorgang auch klang, wenn es Brockstedt aussprach, Semmler war, ich vermute es jedenfalls, intelligent genug, um zu wissen, daß ihn nur sein manchmal wirklich weißer Hemdkragen von einem der Arbeiter in der Fertigung unterschied. Damit allerdings, und ich habe keinen Grund, das hier zu unterschlagen, hatte seine Einsicht in seine Situation auch schon ihre natürlichen Grenzen erreicht. Kein Tag verging, ohne daß irgendwo in der Zeitung von elektronischer Datenverarbeitung und neuen, immer winzigeren Mikrochips berichtet wurde – deshalb aber auf den naheliegenden Gedanken zu verfallen, daß es um die eigene berufliche Zukunft nicht sonderlich gut bestellt war, o nein, wie die Natur so arbeitet: Keinen Gedanken verschwendete Semmler an diese Möglichkeit. Sein Verhältnis zu Gabriele Neuhammer beschäftigte ihn viel mehr. Die Hoffnung auf eine Provision für den Schatzdorf-Auftrag war dahingeschmolzen wie ein Schneemann in der Sonne. Seine Liebe zu Gaby wuchs schneller als eine Bambusstaude auf Haiti. Als Frau Mertins ihm die Postmappe auf den Schreibtisch gelegt hatte, erinnerte er sich daran, daß er sich mit Gabriele zum Essen verabredet hatte. Er wickelte das Handtuch Leclairs um die Sprechmuschel des Telefonhörers, wählte die Nummer des Schreibzimmers, und als Frau Hanisch den Hörer abgenommen hatte, verstellte er seine Stimme und bat, mit Fräulein Neuhammer sprechen zu dürfen.

»Ich darf Sie doch daran erinnern, daß wir heute abend verabredet sind!« sagte er. »Ich werde Sie um acht Uhr zu Hause abholen!«

»Sehr schön, Herr Müller!« sagte Gabriele. »Ich freue mich darauf! Soll ich wieder das hellgraue Kostüm vom letzten Mal anziehen?«

»Wie Sie wollen!« sagte er. »Ich liebe Sie unabhängig von Ihrer jeweiligen Verpackung! Sie machen mich zum glücklichsten Menschen der Welt!«

»Das will ich auch hoffen!« sagte Gabriele.

So einfach es jedem Außenstehenden auch erscheinen muß, daß zwei aneinander interessierte junge Mitarbeiter unserer Firma zueinander fanden, in der Wirklichkeit vollzog sich diese Annäherung gegen erhebliche Widerstände. Sie resultierten nicht nur einfach aus meinem 5. Bürogesetz, das ich am Beispiel der Beziehung zwischen Frau Klose und Herrn Brasch entwickelt habe, sondern auch aus der Tatsache, daß Gabriele und Gerhard dieses Gesetz kannten und sich der Gefahren bewußt waren, die mit jeder mehr als dienstlichen Beziehung zweier Arbeitskollegen verbunden sind. Diese Gefahren und Widerstände, die eine private Annäherung erschweren, erweisen sich jedoch häufig als Prüfstein für die Echtheit der Gefühle. Auch die Lurzer KG war und ist selbstverständlich ein von Männern beherrschtes und nach ihren Prinzipien funktionierendes Unternehmen, in dem es Semmlers Ansehen bei seinen Kollegen verbessert hätte, wäre es ihm gelungen, Gabriele vorübergehend als Gefährtin für sein Junggesellenlager zu gewinnen, um sich danach anderen Kolleginnen oder auch Nichtkolleginnen zuzuwenden.

»Mann, du bist vielleicht ein Schlitzohr!« hätte Thieme in so einem Fall mit Bewunderung in der Stimme erklärt, und sein Respekt vor Semmler hätte sich gesteigert. Gabrieles Kolleginnen freilich hätten ihr durch Blicke und spitze Bemerkungen zu verstehen gegeben, daß sie zukünftig als eine Stenotypistin gelten würde, die sich mit Kollegen einließ, leicht zu haben, schnell ins Bett zu bekommen und schnell wieder zu vergessen war. Im gleichen Maße, wie Semmler mit jeder innerbetrieblichen Affäre in der Achtung seiner Kollegen gestiegen wäre, hätte Gabriele das Ansehen und die Achtung ihrer Kolleginnen eingebüßt. So sehr sich Brockstedt auch an den großen Kurtisanen des klassischen Opern-Repertoires berauschte: Eine Stenotypistin, die sich mit Kollegen einließ, wäre für ihn nach kurzer Zeit als Lurzer-Nutte eingestuft worden, deren er sich bei der ersten sich bietenden Gelegenheit entledigt hätte. So gern er auf die Bedeutung des Betriebsklimas für die Erledigung der wichtigen Aufgaben der Firma hinwies, an ein schwüles Klima, wie es am Golf von Siam herrscht, dachte er dabei gewiß nicht. Sowas muß man wissen, und man muß daran denken, wenn man verstehen will, weshalb es so lange dauerte, bis sich Gaby endlich von Gerhard zum Essen einladen ließ. Sie hatte Furcht vor der Gerüchteküche. Als sie endlich aus dem Haus kam, vor dem Semmler mit einem Blumenstrauß wartete, erklärte sie ihm zuerst einmal mehr feierlich, daß er sich (Punkt 1!) keine falschen Hoffnungen machen solle und sie (Punkt 2!) keine jener törichten Stenotypistinnen sei, die sich näher mit einem Sachbearbeiter aus der Firma einließen.

»Aber ich mache mir keine falschen Hoffnungen!« sagte Gerhard. »An einem Büroflirt liegt mir überhaupt nichts!«

»Das will ich Ihnen auch geraten haben!« sagte Gaby.

Lieber Leser, wieder driftet mein Bericht in Bereiche ab, die meine Vorstellungskraft fordern und vielleicht sogar überfordern. Semmler führte Gabriele jedenfalls in eines jener Feinschmecker-Lokale, wo drei Möhren, zwei Erbsen und ein winziges Stück

Fleisch 78,– DM kosten, und weil ein normaler Mensch mit halbwegs gesundem Magen nach einem solchen Edelfraß grundsätzlich erst richtig Hunger in sich aufsteigen fühlt, suchten die beiden eine Pizzeria auf und aßen für 7,50 DM eine Pizza. Danach, das hat Semmler am nächsten Morgen Thieme unter dem Siegel strengster Verschwiegenheit erzählt, begaben sie sich in eine Diskothek, die den Bedürfnissen ihrer Besucher wie die meisten Diskotheken so gut wie möglich entgegenkam. Die Tanzfläche war an drei Seiten von verspiegelten Wänden begrenzt, in denen sich die Tänzer bewundern konnten, was ihren Narzißmus befriedigte. Sie konnten, während sie tanzten, von anderen gesehen werden, was ihrem Exhibitionismus sehr guttat. Die Musik war so laut, daß ein Gespräch unmöglich war, die Unfähigkeit zu einem Gespräch folglich nicht auffiel. Leider hat Semmler Thieme nicht lückenlos berichtet, wie der Abend verlief, und ich kann deshalb nicht berichten, wie sich Gerhard der Gaby näherte. Auch wie Semmler es fertigbrachte, Gabriele zu überreden, nach Mitternacht nicht die elterliche Wohnung und dortselbst ihr Zimmer, sondern seine Junggesellenwohnung und dortselbst sein Bett aufzusuchen, entzieht sich meiner Kenntnis. Die Vorgänge in jenem Bett könnte ich allerdings schildern, wenn ich mich an jenen Büchern orientierte, die Kalinke oft in meiner Schreibtischschublade suchte, aber ich werde darauf verzichten. Wer einen Menschen zum ersten Mal die Wörter »Ich liebe dich!« stöhnen ließ, war genial: Wer diese Information noch immer in Anführungszeichen setzt, ist ein Idiot! Was Gaby freilich leise flüsterte, als Gerd das Bett verlassen hatte, um sich eine Zigarette anzuzünden, ist wichtig, und ich werde es mir folglich ausdenken müssen: »Ach Gerhard«, flüsterte Gabriele. »Weshalb hat es mit uns beiden nur so lange gedauert?«

»Schmidts 5. Bürogesetz!« sagte Semmler und holte Gabriele damit aus dem siebenten Himmel auf das Gelände des Lurzer KG zurück: »Wir werden in der Firma sehr aufpassen müssen, damit keiner etwas merkt!« sagte sie. »Du mußt unbedingt weiterhin Sie zu mir sagen!«

»Natürlich!« sagte Gerhard Semmler. »Machen Sie sich da

keine Sorgen, Fräulein Neuhammer!«

»Und du darfst auf keinen Fall zu oft ins Schreibzimmer kommen!« sagte Gaby. »Das fällt doch auf!«

Das Schicksal hat wie jeder von uns seine Gewohnheiten, und es vollzieht sich oft langsam, aber immer unerbittlich! Wieder sehe ich mich gezwungen, Anfängen nachzuspüren, und ich muß an Frau Dolf erinnern, die sich dazu entschlossen hatte, ihre Rolle als KONRAD LURZERS Sekretärin mit der einer Ehefrau des Ingenieurs Dr. Ebeling zu vertauschen, was eigentlich (von der Änderung ihres Familiennamens einmal abgesehen) hauptsächlich bedeutete, daß sie künftig mehr als acht Stunden von jenem Mann, dem ihre Aufmerksamkeit und Zuneigung künftig zu gelten hatten, getrennt sein würde. Jede Veränderung fällt dem Menschen schwer! Die Kollegen der Lurzer-Familie jedenfalls wollten Frau Dolf den Namens- und Männerwechsel versüßen und sie aus Anlaß ihrer Heirat mit einem Geschenk erfreuen, für das eine Spende von sämtlichen Mitarbeitern erbeten werden mußte. Weil Renate Gerlach am Tage vor dem Termin der standesamtlichen Trauung der Frau Ebeling, die damals noch Dolf hieß, den Arzt aufzusuchen beschlossen hatte, beauftragte Frau Hanisch Gabriele mit der Geldsammlung. Gaby holte die für solche Anlässe auf Kosten der Firma beschaffte Sammelbüchse aus dem Vordruckschrank im Schreibzimmer und begab sich auf den langen Weg durch sämtliche Abteilungen. Sie lief zuerst in die Buchhaltung und kassierte von Herrn Kalinke zwei Mark und von Frau Koch eine Mark und fünfzig. Sie eilte durch die Verkaufsabteilungen und hielt den Sachbearbeitern die Sammelbüchse unter die Nase, sie forderte von Frau Schneider einen Obolus wie von Herrn Dr. Brockstedt. Sie sah zu, wie Böckelmann und Sedladcek und wie sie alle hießen, Münzen in die Sammelbüchse warfen und den jeweils gespendeten Betrag in einer Liste vermerkten. Nur weil sie das Angenehmste oft bis zuletzt aufschob, suchte sie das Büro des Verkaufsleiters Ausland, in dem noch immer Gerhard Semmler saß, erst auf, als sie bei sämtlichen anderen Mitarbeitern der Firma schon eine milde Gabe gefordert und zumeist auch erhalten hatte. Weil Gabriele (wie jede kluge Frau) die Augen ihres Geliebten erfreuen wollte, stellte sie im Korridor vor der Tür zum Vorzimmer des Verkaufsleiters ihre Sammelbüchse auf den Fußboden, holte einen Kamm aus der Tasche, fuhr damit zweimal durch ihre Haare und öffnete dann die Tür zum Vorzimmer. Helga Mertins saß neben der Schreibmaschine und löste ein Kreuzworträtsel.

»Lebenslängliche Verbindung zweier Menschen mit drei Buchstaben ...« überlegte Frau Mertins gerade.

»Ehe!« sagte Gabriele. »Darf ich Sie um eine Spende für Frau Dolf bitten?«

»An Ehe hab' ich auch schon gedacht!« sagte Helga Mertins. »Aber in diesem Falle wäre der Planet mit sechs Buchstaben Satern!«

»Versteh' ich nicht!« sagte Gaby. »Spenden Sie was für Frau Dolf?«

Helga Mertins tastete nach ihrer Handtasche in der Schreibtischschublade, warf ein Zweimarkstück in Gabys Büchse, und weil sie eine tüchtige Sekretärin war und gewohnt, mehrere Dinge gleichzeitig zu erledigen, schaffte sie das alles, ohne den Blick von ihrem Kreuzworträtsel zu lösen.

»Danke!« sagte Gaby. Sie verbuchte die Spende in ihrer Sammelliste, ging zu der Tür, die Semmlers Büro vom Vorzimmer trennte, und sie fand die Tür verschlossen.

»Was soll denn das?«

Helga Mertins zuckte gelangweilt mit den Schultern: »Herr Semmler hat gesagt, er muß wichtige Arbeiten erledigen, bei denen er nicht gestört werden will!«

Gaby holte tief Luft:

»Wer bin ich denn, daß ich mir sowas gefallen lassen muß? Ich glaub' doch wohl, ich werd' nicht mehr!«

Sie trommelte mit ihren Fäusten wütend gegen die Tür. Nach einer Minute wurde sie geöffnet. Semmler stand mit Wut im Gesicht in der Türöffnung, aber als er Gaby erblickte, wurde er friedlich, und seine Stimme klang etwa wie die des Wolfes aus dem Märchen von den sieben Ziegen, nachdem er Kreide gefressen hatte: »Fräulein Neuhammer! Welch eine Freude! Treten Sie doch bitte ein!«

Er ließ Gaby in sein Zimmer, schloß die Tür behutsam und wollte sie wieder abschließen, aber Gaby riß seine Hand vom Schlüssel. »Bist du verrückt? Was soll sich denn die Mertins denken? Die nimmt doch an, wir machen hier werweißwas in deinem Büro!«

»Komm!« sagte Semmler. »Du mußt dir mal ansehen, was ich im Schreibtisch von Leclair gefunden habe!«

Er ging zu seinem Schreibtisch, holte ein Aktenstück aus der Schublade und faltete ein riesiges, weißes Blatt Papier auseinander: Leclairs Schema für eine Neuorganisation der Lurzer-Verwaltung.

»Weißt du, was das bedeutet?« fragte Semmler.

»Nein!«

»Dann will ich es dir erklären! Es sieht aus, als ob die meisten von uns in einem halben Jahr arbeitslos wären!«

Semmler deutete auf Namen und fing an, ihr den Plan zu erklären: »Hier! Die ganze Verwaltung und der gesamte Verkauf werden auf EDV umgestellt! Die Kalkulation wird der Fertigung angegliedert! Die Vertreterbezirke werden mit EDV-Terminals ausgestattet und haben direkten EDV-Zugriff. Die Buchhaltung wird organisatorisch mit der EDV verbunden und erheblich in ihrem Personalbestand reduziert...«

»Und das Schreibzimmer?« fragte Gabriele. »Was wird mit uns?«

»Aufgelöst!« sagte Semmler. »Aufgelöst und durch ein Textverarbeitungsgerät ersetzt!«

Gabriele begriff zweifellos nicht alles, was sich im ihr manchmal ungemein kompliziert erscheinenden Leben ereignete, aber sie wußte, was sich hinter Begriffen wie »Neuorganisation« und »Rationalisierung« verbarg: Mit welch wohlklingenden, sachlich und vernünftig erscheinenden Wörtern Büroorganisatoren ihre Eingriffe in vorhandene Arbeitsabläufe auch immer bezeichneten, Rationalisierung heißt immer entweder (1.) zusätzliche Belastung von Betriebsangehörigen durch Mehrarbeit oder (2.) Abbau von

Arbeitsplätzen und Ersatz von Menschen durch Maschinen. In zahlreichen Fällen verbanden besonders durchdachte Rationalisierungsmaßnahmen allerdings Punkt 1. und 2. – Menschen wurden durch Maschinen ersetzt –, die verbleibenden Menschen hatten mehr Arbeit, schwierigere Arbeit in oft verkürzter Arbeitszeit zu leisten.

»Und so eine verdammte Sauerei macht Dr. Brockstedt mit?« fragte Gabriele wütend. Semmler schüttelte den Kopf.

»Eben nicht! Unser verehrter Chef wird auch wegrationalisiert! Hier, sieh dir das Schema doch an! Leclair will sein Aufgabengebiet übernehmen! Brockstedt soll auf einen unwichtigen Posten abgeschoben werden!«

Es dauerte einige Minuten, bis Gaby diese Information verarbeitet hatte, dann begann sie hastig, das Organisationsschema zusammenzufalten. Sie griff nach dem Plan zur Neuordnung der Lurzer KG, klappte das von Leclair in mühevoller Kleinarbeit erdachte Rationalisierungsgesamtkunstwerk zusammen und drückte es an ihr Herz.

»Was willst du denn damit?« fragte Semmler.

»Nichts Besonderes!« sagte Gabriele. »Ich bringe den ganzen Vorgang zu Dr. Brockstedt. Schließlich ist er noch immer hier Kaufmännischer Leiter und Personalchef und nicht dieser beknackte Leclair!«

»Wenn du meinst!« sagte Semmler. »Aber wehe, du hältst mich nicht raus aus der Sache!«

»Keine Sorge!« spottete Gaby, und das prächtige Semmler-Bild in ihrem Herzen bekam einen ersten ganz feinen Riß. »Keine Sorge! Ich werde nichts tun, was sich für deine Karriere als hinderlich erweisen könnte!«

So sehr ich auch Brockstedts Äußerung, er sei ein um das Wohl der Firma Lurzer besorgter Angestellter, ein Mitarbeiter wie jeder andere auch, bestenfalls eine Art Primus inter pares, mißtraue, zumindest in einer Hinsicht unterschied er sich nicht von den anderen Mitarbeitern der Firma: Wenn Ereignisse vorbereitet wurden, in deren Mittelpunkt er stehen würde, erfuhr er als allerletzter davon. So hatte er den Vormittag jenes Tages, von dem hier die Schreibe ist, so verbracht, wie er es gewohnt war. Er war ins Büro gekommen, hatte sich bei Mozart und Richard W. entspannt. Er hatte seinen Morgenkaffee getrunken und sich danach der Postmappe zugewandt, die ihm Frau Schneider auf den Tisch gelegt hatte. Er hatte einige Verfügungen (»Aus gegebenem Anlaß weise ich darauf hin ...«) diktiert, und jetzt verhandelte er mit Frau Hanisch, Frau Schneider und Frau Koch, die um seinen Schreibtisch herum auf jenen harten Besucherstühlen saßen, die für solche Anlässe hinter einem Vorhang in seinem Arbeitszimmer gestapelt bereitgehalten wurden.

»Also, meine Damen«, begann er mit verhältnismäßig freundlicher Stimme, »ich habe Ihnen eine erfreuliche Mitteilung zu machen. HERR LURZER hat über die Nachfolge von Frau Dolf entschieden!«

»Die Schneider wird es bestimmt!« sagte Frau Hanisch. »Aber daraus wird nichts! Der Betriebsrat hat da auch noch ein Wort mitzureden!«

»Mit mir hat niemand über diese Stelle gesprochen!« sagte Frau Schneider indigniert! Frau Koch öffnete den Mund, weil sie fragen wollte, was sie mit dieser Angelegenheit zu tun hätte, aber Dr. Brockstedt hatte wieder einmal das Gefühl, beweisen zu müssen, daß er der Personalchef war und sonst niemand, und er schrie plötzlich, er brüllte, und jede Freundlichkeit war aus seiner Stimme verschwunden.

»Verdammt noch mal! Wer bin ich denn! Was ist das denn hier? Bin ich in einem deutschen Betrieb mittlerer Größe oder in einem Irrenhaus? Kann ich denn endlich mal ausreden?«

»Jawohl, Herr Dr.«, sagten die drei Frauen einstimmig wie der Chor in einer griechischen Tragödie. »Selbstverständlich!«

»Wollte ich auch meinen!« sagte Brockstedt. Danach begann er, den Beteiligten zu erklären, wie er sich die Regelung der Nachfolge von Frau Dolf vorstellte. HERR LURZER, so erklärte er, habe Frau Schneider eigentlich zur Nachfolgerin von Frau Dolf bestimmt, aber er, Brockstedt, habe HERRN LURZER diesen Plan ausreden können und statt dessen Frau Hanisch für die Stelle vorgeschlagen, was HERR LURZER akzeptiert habe. Damit sich für Frau Schneider aus dieser Entscheidung keine Nachteile einstellten, bekomme sie vom nächsten Monat an gleichfalls eine Gehaltserhöhung von dreihundert DM. Frau Koch wiederum solle, so habe natürlich auch HERR LURZER entschieden, die Leitung des zentralen Schreibdienstes übernehmen, sie bekomme eine Gehaltserhöhung von einhundert DM.

»Sehr schön!« sagte Frau Koch. »Sie wissen, daß ich Buchhalterin bin und noch nie auf einer Schreibmaschine geschrieben habe?«

»Selbstverständlich!« sagte Brockstedt. »Halten Sie mich doch nicht mit solchen Kleinigkeiten auf! Der Mensch wächst mit seinen Aufgaben!«

In diesem Augenblick, ich weiß, der Leser ahnt es bereits, wurde einmal mehr die Tür zu Brockstedts Büro von einer Mitarbeiterin aufgerissen, die a) nicht angemeldet war, b) den Dienstweg nicht einhielt, c) ihre sachlichen Zuständigkeiten überschritt, also gegen sämtliche Anweisungen, Verfügungen, Rundschreiben und Verhaltensvorschriften Dr. Brockstedts verstieß. Brockstedt fuhr wie von der Tarantel gestochen von seinem Stuhl hoch, und seine Stimme kippte in sonst selten erreichte Tonhöhen:

»Fräulein Neuhammer! Was fällt Ihnen eigentlich ein? Sie können doch hier nicht einfach in mein Büro stürmen! Sie sehen doch, ich befinde mich gerade in einer wichtigen Besprechung!«

Gabriele ging zu seinem Schreibtisch, legte ihm Leclairs Organisationsplan auf den Tisch.

»Hier!« sagte sie schlicht! »Gehört das Ihnen?«

»Weiß ich doch nicht!«

Brockstedt klappte das Aktenstück auf, las erst unwillig, dann mit zunehmendem Interesse, bei dem sein Gesicht rot und immer röter wurde, weil ihm das Blut derartig in den Kopf stieg, daß jeder halbwegs vernünftig ausgebildete Sanitäter die Vorbereitungen für eine lebensrettende Mund-zu-Mund-Beatmung eingeleitet hätte.

»Frau Hanisch, Frau Schneider, Frau Koch ... Sie können gehen, nicht wahr, es ist ja alles zwischen uns besprochen!«

Die drei Frauen erhoben sich von den Besucherstühlen und gingen zur Tür. Gabriele wollte sich ihnen automatisch (Herdeninstinkt, was denn sonst!) anschließen, aber Brockstedt rief sie zurück:

»Sie sind doch nicht gemeint, Fräulein Neuhammer! Nehmen Sie doch bitte Platz!«

Gabriele setzte sich, Brockstedt las. Weil er als Musikliebhaber selbstverständlich Romantiker war und ungern las, dauerte es nahezu eine Stunde, bis er Leclairs Plan gelesen hatte, aber auch Legastheniker haben einen Text irgendwann in sich aufgenommen. Nach der Lektüre faltete Brockstedt die hinten in der Akte abgeheftete grafische Übersicht auseinander und betrachtete sie. Wiederum verging geraume Zeit, bis er den Kopf hob, und als er jetzt zu sprechen begann, klang seine Stimme leise, für seine Verhältnisse nahezu freundlich.

»Fräulein Neuhammer! Sie wissen ja gar nicht, was Sie mir da gebracht haben! Wo haben Sie das denn her?«

»Weiß ich nicht!« sagte Gaby. »Irgendwo gefunden! Die Akte lag plötzlich auf meinem Schreibtisch!«

»So!« sagte Brockstedt. »Auf Ihrem Schreibtisch. Und Herr Semmler, mit dem Sie befreundet sind, hat nicht zufällig damit zu tun?«

Gaby geriet fast außer sich:

»Warum denn der Semmler? Der Semmler hat damit überhaupt nichts zu tun! Ich würde mir an Ihrer Stelle mal lieber Herrn Leclair näher ansehen!«

»Dachte ich es mir doch!« sagte Brockstedt. »Danke für diesen wertvollen Hinweis! Sie können wieder an Ihren Arbeitsplatz gehen!«

»Werden wir denn wirklich alle entlassen?«

»Von Entlassungen kann keine Rede sein!« sagte Brockstedt. »Nur eine Kündigung wird es geben, darauf können Sie sich verlassen!«

Wenn ich die Niederschrift dieses Berichts nicht nur begonnen habe, sondern mutig und unerbittlich vollenden werde, dann nur, weil ich mir als zusätzliches Anregungs- und Aufmunterungsmittel einen Satz Brockstedts mit großen Druckbuchstaben auf einem großen Blatt Packpapier notiert habe, das jetzt an der Wand über meinem Schreibtisch und direkt vor meinen Augen hängt:

Der Mensch wächst mit seinen Aufgaben!

Ich weiß nicht, wie viele Menschen auf der Welt mit Hilfe dieses Satzes schon in Aufgaben hineingetrieben wurden, die sie eindeutig überfordertern und an denen sie zwangsläufig scheitern mußten. Erwies sich dieser Satz wenigstens, was Brockstedt betraf, als zutreffend? Ich kann diese Frage nur mit der Eindeutigkeit der Antwort einer Ausbildungskraft beantworten: Ich weiß es nicht!

Gewiß, Brockstedt muß begriffen haben, daß Leclair einen Plan zur Neuordnung der Firma entwickelt hatte. Brockstedt dürfte auch begriffen haben, daß dieser Plan eine eindeutige Überschreitung der Zuständigkeiten Leclairs war. Aber ob er sich Gedanken darüber machte, ob ein Mann wie Leclair den Mut hat, einen solchen Plan aus eigenem Antrieb und auf eigenes Risiko zu entwickeln? Ob er die Möglichkeit wenigstens erwog, Leclair könnte von Herrn Lurzer zu dieser Aufgabe ermuntert worden sein? Ob er sich darüber klar war, daß es Kräfte in der Firma geben mußte, die an seiner Art, das Firmenschiff durch schwieriger werdende Zeitläufe zu steuern, nicht mehr einverstanden waren? Konnte sich ein Mann wie Dr. Brockstedt mit den Absichten dieser Neuorganisation sachlich, d.h. losgelöst von seiner eigenen Person auseinandersetzen? Ich weiß es nicht.

Ich weiß freilich, daß Dr. Brockstedt an diesem Nachmittag immer wieder Beethovens Symphonie Nr. 5 op. 67 c-Moll auf dem Plattenteller seiner HiFi-Anlage rotieren ließ, und ich weiß, daß diese Symphonie auch als Schicksals-Symphonie bezeichnet wird. Dachte Dr. Brockstedt, weitsichtig, schon an sein eigenes Schicksal, das in der Rolle eines Frühstücksdirektors für besondere Koordinationsaufgaben gipfeln würde, oder dachte er, kurzsichtig, nur an Leclairs Schicksal? Ich weiß es nicht! Am nächsten Morgen allerdings, als Leclair in Brockstedts Zimmer eilte, um ihm zu erklären, daß der Schatzdorf-Auftrag unterschriftsreif sei, redete Brockstedt mit keinem Wort über diesen Auftrag. Er legte Leclair vielmehr den Organisationsplan unter die Nase.

»Ich habe mir einmal angesehen, wie besorgt Sie um das Schicksal unserer Firma sind!« sagte er. »Ich möchte Ihnen auch für die wichtige Aufgabe danken, die Sie für mich vorgesehen haben! Direktor für besondere Koordinationsaufgaben! Weiß HERR LURZER eigentlich von Ihren Aktivitäten?«

»Ich wollte...« sagte Leclair. »Ich hatte die Absicht... Der Umfang des Schatzdorf-Auftrags läßt eine Neuorganisation zwingend erscheinen!«

»So!« sagte Brockstedt. »Mir erscheint viel zwingender, zu klären, wie nach diesem Königsmord-Versuch zwischen uns noch eine vertrauensvolle Zusammenarbeit möglich sein soll!«

»HERR LURZER hat...« versuchte Leclair zu erklären, aber Brockstedt unterbrach ihn: »Jawohl, HERR LURZER hat! – HERR LURZER hat mich gestern seines vollsten Vertrauens versichert!«

Was immer man auch gegen Leclair einwenden wollte, er wußte, wann er ein Spiel verloren hatte.

»Ich kündige unser Arbeitsverhältnis hiermit fristgemäß!«

»Nicht nötig!« sagte Brockstedt. »Ich schmeiße Sie raus! Und zwar fristlos! Frau Schneider hat alles vorbereitet! Packen Sie Ihre Sachen ein, ich will Sie in diese Firma nicht mehr sehen!«

Geneigter Leser, auch wenn ich (aus prinzipiellen Gründen) dagegen bin, der Handlung vorzugreifen: Ich kann es nicht vermeiden, schon an dieser Stelle anzudeuten, daß die Umorganisation der Firma, die später andere, Berufenere, BEAUFTRAGTE verwirklichten, verdächtig an Leclairs Pläne erinnerte. Diese Verwirklichung eines Plans änderte nichts an dem Umstand, daß sein geistiger Urheber genau zu diesem Zeitpunkt noch immer Arbeitslosenunterstützung bezog, weil selbst HERR LURZER, über dessen moralische Prinzipien ich naturgemäß eine sehr differenzierte Meinung habe, bei Anfragen als an Leclair interessierter Arbeitgeber über diesen SCHMIERIGEN INTRIGANTEN nur die denkbar ungünstigsten Auskünfte gab.

WER DURCH WORTE ODER TATEN ZUM AUSDRUCK BRINGT,
DASS ER EINEN VORGESETZTEN FÜR UNFÄHIG HÄLT,
GEFÄHRDET SEINE EIGENE POSITION. WER DIE UNFÄHIGKEIT
EINES VORGESETZTEN DARÜBER HINAUS DURCH
QUALIFIZIERTE EINGRIFFE IN DESSEN ZUSTÄNDIGKEIT ZU
BEWEISEN SUCHT, WIRD DAFÜR GRUNDSÄTZLICH BESTRAFT,
WOBEI DIE SCHLÜSSIGKEIT DES BEWEISES
FÜR DIE UNFÄHIGKEIT EINES VORGESETZTEN
VÖLLIG BELANGLOS IST.
WER DURCH EINE INTRIGE EINEN VORGESETZTEN ZU FALL
BRINGEN UND ERSETZEN WILL, VERSUCHT EINE REVOLUTION,
FÜR DIE DIE GESETZMÄSSIGKEIT ALLER REVOLUTIONEN
GILT: NUR DIE GELUNGENE REVOLUTION IST LEGITIM.
(11. Schmidtsches Gesetz)

Kaputt 12

Kollege Watzmann bzw. der Guru Bhagwan bzw. die gesamte abend- und morgenländische Mystik, je länger ich die Geschichte der letzten Monate unseres Unternehmens durchdenke, desto klarer wird es mir: Sie alle haben recht. Alles hängt im Leben zusammen. Diese Art und Weise, wie die Ereignisse miteinander verknüpft und ineinander verzahnt sind, schafft Probleme. Diese Probleme wirken sich als Ganz-große-Schwierigkeit auf meinen Versuch aus, hier gewissenhaft zu schildern, was sich in unserer Firma, diesem Parade-Beispiel zeitgenössischen Wirtschaftslebens, ereignete, weil sich mir immer wieder die Frage aller Fragen stellt, nämlich: Was erzählen und was weglassen? Was berichten und was verschweigen? Sei es, wie es sei, ich werde zuerst von den innerbetrieblichen Umsetzungen, die zwar belanglos und alltäglich erscheinen mögen, vermutlich sogar belanglos und alltäglich sind, aber trotzdem die Arbeit in der Lurzer KG zeitweilig zum Erliegen brachten, erzählen.

Frau Dolf, die Sekretärin KONRAD LURZERS, heiratete und verließ die Firma. Frau Hanisch, die Leiterin des Schreibzimmers, heiratete nicht, sondern sie wurde zur Nachfolgerin Frau Dolfs befördert. Frau Koch heiratete auch nicht (wer hätte sie schon geheiratet?), sie wurde zur Leiterin des Schreibzimmers befördert. Wäre ich leichtfertig, könnte ich von diesen Ereignissen ein Bürogesetz ableiten, das etwa

EINE FRAU HEIRATET ODER ABER SIE WIRD BEFÖRDERT

lauten könnte, aber ich werde mich davor hüten. Auch Leclair wurde befördert, freilich nicht hinauf, sondern hinaus, und diese Beförderung beweist, daß die Verhältnisse in einem Büro nun doch nicht so einfach sind, wie man sich das außerhalb der Bürowelt gelegentlich vorstellt.

Anyhow (ich habe während meiner Gymnasial-Ausbildung auch Englisch lernen dürfen und das meiste davon wieder vergessen), anyhow: Das Packen begann in unserer Firma.

Frau Dolf packte (glücklich) ihre persönlichen Gegenstände (her private items!) aus dem Schreibtisch in eine große Einkaufstasche. Herr Leclair packte (unglücklich) seine Sachen in seine Aktentasche. Frau Koch packte diverse Lore-Romane, ihre Kaffeekanne und ihre Kaffeetasse in einen Pappkarton und trug sie ins Schreibzimmer hinüber, wo Frau Hanisch gerade Lippenstift, Spiegel, Tempotücher, Tipp-Ex, Kaffeekanne und Kaffeetasse in dem zuvor geleerten Papierkorb (das Arbeitsergebnis jenes Vormittags!) verstaute.

»Sie können es wohl gar nicht abwarten, was?« sagte Frau Hanisch nicht gerade freundlich, als Frau Koch mit ihren Siebensachen im Schreibzimmer auftauchte.

»Was heißt hier abwarten?« fragte Frau Koch und bemühte sich, ihre Stimme freundlich klingen zu lassen. »Ich richte mich nur nach den Anweisungen von Herrn Dr. Brockstedt. Mit sofortiger Wirkung hat er gesagt!«

»Und ich geh' mir mal eben die Hände waschen«, sagte Renate Gerlach und griff nach jenem Schlüssel, der in fast jedem Büro an der Wänd hängt und hauptsächlich den Zweck hat, die Abwesenheit eines Mitarbeiters Vorgesetzten gegenüber zu begründen.

Mit diesem Alibi in der Hand eilte Renate zuerst zu Thieme und dann zu Kalinke und danach zu Watzmann, mit diesem Alibi in der Hand diskutierte sie die Folgen, die sich aus der Neubesetzung der Stelle der Leiterin des Schreibzimmers ergeben könnten, würden, müßten, und weil auch die Folgen des Ausscheidens Leclairs, der Heirat von Frau Dolf, der Beförderung von Frau Hanisch diskutiert werden mußten, hatte Dr. Brockstedt nicht nur Personalentscheidungen getroffen, sondern er hatte zugleich dafür gesorgt, daß es in den Büros des Verwaltungsgebäudes summte und brummte wie in einem Bienenkorb anläßlich der Vorbereitung des Staatsbesuchs einer befreundeten Königin. Bemerkte Dr. Brockstedt dieses Summen und Brummen wenigstens? Ich weiß, der aufmerksame Leser wird sich diese Frage einmal mehr stellen, und ich werde sie auch beantworten: Natürlich nicht! Brockstedt bevorzugte Pauken und Trompeten, wobei ihm, ich schreibe es immer wieder, weil von Qualität nicht oft genug die Rede sein kann, Richard Wagner nach wie vor am liebsten war. Weil nicht nur im Büro die Technik ständig voranschreitet, sondern alle Bereiche des Lebens durch immer mehr und immer schönere TECHNIK verwandelt werden, quälte sich in seinem Büro inzwischen nicht mehr ein Diamant mühevoll die endlose Rille einer schwarzen Schallplatte entlang, sondern ein Laser fummelte mit den Informationen auf einer chromblitzenden Compact-Platte herum. Da waren kein Knistern und kein Kratzen mehr zu hören, sondern nur noch Richard W. Ich weiß, ich soll über den unaufhaltsamen Niedergang der Lurzer KG berichten und nicht über die Innovationen auf dem Hardware-Markt, aber auch dieser Laser-Plattenspieler ist mit der Firmengeschichte untrennbar verbunden. Eines schönen Tages nämlich hatte ein Bote ein an Dr. Brockstedt adressiertes Päckchen beim Pförtner abgegeben. Der Pförtner hatte eine Ausbildungskraft (mich!) berufsausbildungsgesetzwidrig mit einem Botengang beauftragt, und ich habe Brockstedts mißtrauisches Gesicht noch deutlich in meinem Erinnerungsspeicher.

»Ein Paket?« fragte Brockstedt. »An mich adressiert?«

Er war hinter seinem Schreibtisch hervorgekommen und hatte das Paket mißtrauisch betrachtet. Er hatte sein Ohr an das Paket gedrückt, um festzustellen, ob da Geräusche zu hören waren, etwa ein leises Ticken, durch das sich Zeitzünder in Kriminalfilmen gewöhnlich vor der Explosion bemerkbar machen. Geneigter Leser (fast hätte ich Laser geschrieben), nichts tickte in diesem Paket. Trotzdem, Dr. Brockstedt beauftragte mich, dieses Paket in die Fertigung zu tragen und dort vorsichtig öffnen zu lassen. Schätzte Dr. Brockstedt das Leben der Mitarbeiter an der Produktionsfront geringer ein als sein eigenes? Ich weiß es nicht. Ich weiß aber, daß nichts explodierte, als ein Schlosser Schnüre durchschnitt und Verpackungsmaterial entfernte, ich weiß auch, daß Dr. Brockstedt hilflos das kleine schwarze Gerät betrachtete, das da plötzlich auf seinem Schreibtisch stand. »Das ist ein Compact-Plattenspieler«, sagte ich leise und andächtig. »Made in Japan!«

»Natürlich ist das ein Plattenspieler!« sagte Brockstedt. »Halten Sie mich für blöd?«

Ich hütete mich, auf diese Frage zu antworten, und ich verließ das Zimmer. Aus diesem Grunde könnte ich zwar beeiden, daß ein Brief in diesem Paket mit dem Plattenspieler lag, aber ich muß mir den Inhalt dieses Briefes wieder einfallen lassen. Warum nicht? Auch dem für die Lurzer KG zuständigen Vertreter des Büromaschinenhauses Lehmann & Mossner (Kampf dem Computer!) war schließlich etwas eingefallen:

Lieber Herr Dr. Brockstedt,
es ist uns ein Vergnügen, Ihnen als Liebhaber klassischer Musik ein soeben zur Marktreife entwickeltes Gerät für Testzwecke zur Verfügung zu stellen.
Mit freundlichen Empfehlungen
Lehmann & Mossner

Alles hängt im Leben zusammen: Etwa eine Woche nach Leclairs Entlassung kam Frau Schneider mit der Nachmittagspost in Brockstedts Zimmer. Der Laserstrahl im Compact-Plattenspieler tastete gerade behutsam Siegfrieds Rheinfahrt in einer auf Chromblitz überspielten Einspielung des Londoner Philharmonischen Orchesters unter Leitung von Otto Klemperer ab, und Dr. Herbert Brockstedt hob seinen Kopf höchst unwillig.

»Schönen Dank!« sagte er wie immer, wenn Frau Schneider die Postmappe auf den Schreibtisch gelegt hatte. Er wollte den Kopf wieder sinken lassen, um sich der Musik hinzugeben, aber Frau Schneider blieb neben dem Schreibtisch stehen.

»Was Besonderes?«

»Wie man es nimmt!« sagte Frau Schneider. Weil die Gehaltserhöhung aber ihr Selbstbewußtsein automatisch miterhöht hatte, schlich sie nicht auf Zehenspitzen aus dem Zimmer. Sie blieb neben Brockstedts Schreibtisch nicht nur still stehen, sondern sie wagte es, sich in die Rheinfahrt einzumischen.

»Wir müßten langsam an die Suche eines Nachfolgers von Leclair denken!« sagte sie nachdrücklich. Der Lautsprecher versuchte, sie zu übertönen, aber wenn sich Frau Schneider etwas in den Kopf gesetzt hatte, kam so leicht keiner gegen sie an. »Wir können doch diese Abteilung nicht auf Dauer Herrn Semmler überlassen! Bei allem Respekt, mit der Auslandsabteilung ist er nun wirklich überfordert!«

Brockstedt schloß die Augen. Ich weiß nicht, ob er noch dem Kleinkinder-Glauben anhing, man könne Dinge einfach zum Verschwinden bringen, wenn man sich weigerte, sie zur Kenntnis zu nehmen. Als er seine Augen wieder öffnete, war Frau Schneider noch immer neben dem Schreibtisch, und Brockstedt mußte antworten.

»Einen Nachfolger suchen?« fragte Brockstedt. »Jemanden einstellen? Wir haben ohnehin viel zu viel Personal! Die Technik, Frau Schneider, wir dürfen nie vergessen, daß die Technik mit Riesenschritten vorwärtsschreitet!«

»Was soll sie auch sonst!« sagte Frau Schneider. Sie kam ausführlich auf die Bedeutung der Auslandsabteilung zu sprechen.

Sie versuchte Brockstedt zu erklären, daß man Leclairs Bürosessel nun wirklich und beim besten Willen nicht unbesetzt lassen könne, aber Brockstedt war nicht umzustimmen.

»Lassen Sie mal!« sagte er. »Ich finde, der Semmler macht das einstweilen ganz gut! Er hat immerhin einen Auftrag von Schatzdorf reingeholt! Das dürfen wir nie vergessen!«

»Ja, aber ...« versuchte Frau Schneider einzuwenden. Siegfried hatte das andere Rheinufer erreicht, und der Laser suchte verzweifelt nach weiteren Informationen, die er hätte abtasten und in Schallschwingungen verwandeln können, aber auch eine Compact-Platte ist irgendwann abgespielt.

»Der Semmler macht das einstweilen weiter«, sagte Brockstedt nachdrücklich. »Ich bin doch nicht verrückt, in der gegenwärtigen Situation neue Leute einzustellen!«

Nach diesem Satz stand er auf, ging zum Plattenspieler und drückte die Steuerungstaste, die den Laser wieder zum Anfang der Schallplatte zurückführte. Frau Schneider verließ auf Zehenspitzen das Büro.

Der Semmler macht das einstweilen weiter. Der Semmler macht das doch ganz gut: Ich kann davon ausgehen, daß auch der Leser inzwischen weiß, wozu Wände zwischen Büroräumen da sind. Wände zwischen Büros können aus Ziegeln gemauert sein, aus Stahlbeton gegossen. Sie können drei Meter dick sein wie die Wände mittelalterlicher Folterkeller oder mit Blei beschichtet wie die Mauern des Atomschutzbunkers, den KONRAD LURZER bei Nacht und Nebel im Garten seiner Villa hat in die Erde senken lassen. Aus welchem Material Bürowände auch sein mögen – durchlässig sind sie immer. Der Semmler macht das einstweilen weiter: Selbstverständlich wanderte diese Äußerung Brockstedts sofort von Schreibtisch zu Schreibtisch.

»Ich kann das nicht begreifen«, klagte Albin Thieme. »Eigentlich wäre ich als Leiter des Verkaufsbezirks Süd-Südwest doch an der Reihe, mit Leclairs Nachfolge betraut zu werden.«

»In dieser Firma ist es noch nie gerecht zugegangen«, jammerte Ferdinand Kalinke. »Eigentlich müßte Dr. Brockstedt doch wieder mal gelegentlich daran denken, daß auch ein Buchhalter nicht von der Arbeit allein lebt.«

Es ist überflüssig, hier zu erwähnen, daß Gerhard Semmler selbstverständlich keinen Pfennig mehr Gehalt überwiesen bekam. Überflüssig auch, darauf hinzuweisen, daß die Abteilung Verkauf Ausland unter Semmlers Leitung genauso erfolgreich arbeitete, wie sie zuvor unter Leclairs Leitung gearbeitet hatte, weil (selbstverständlich) nach wie vor Helga Mertins im Vorzimmer saß, die sich schon in der Ära Leclair angewöhnt hatte, die meisten der unvermeidlichen Entscheidungen, die nun einmal getroffen werden mußten, selbst zu treffen. Nicht überflüssig und deshalb erwähnenswert erscheint mir allerdings, daß Brockstedts Entscheidung, über die Nachfolge Leclairs einstweilen nicht zu entscheiden, dennoch zu Arbeitsrückständen führte, und zwar in der Fertigung und in der Buchhaltung. Auch das hat seine Ursache:

WEM DAS HERZ VOLL IST, DEM LÄUFT DER MUND ÜBER.

Und wer klagt und jammert, klagt und jammert ungern allein. Thieme und Kalinke, die Semmler den großen Schreibtisch und das Vorzimmer neideten, klagten und jammerten nicht allein, sondern sie verschafften sich ein dankbares Publikum. Weil Frau Koch im Schreibzimmer saß und der Auszubildende (ich!) kein geeigneter Zuhörer war, machte Kalinke die Fertigungsabteilung zu seiner Klagemauer. Albin Thieme, von jeher gewohnt, mit allem unzufrieden zu sein, was sich für ihn ergab, beklagte sich über die Ungerechtigkeit des Schicksals in der Buchhaltung, wo er entweder seinen Jammer in Kalinkes Ohren oder aber, wenn Kalinke in der Fertigung war, um seinerseits dort zu klagen, in meine Ohren träufelte. Schlicht und einfach: Weil das menschliche Gehirn nun einmal so beschaffen ist, daß es jeweils nur einen Gedanken denken kann, dachten die Gehirne von 1. Thieme, 2. Kalinke, 3. Fertigungsleiter Scholz-Beerenberg, 4. Maschineneinrichter Brink, 5. Endkontrolleur Sieckmann, 6. Azubi Sigbert Schmidt mehr über Semmler und seinen Arbeitsplatz nach als über jene Arbeiten, die sie eigentlich erledigen sollten. Gewiß, der Maschineneinrichter Brink schaltete jedesmal, wenn er Kalinkes Schatten an der Tür der Fertigungshalle erblickte, eine sehr laute Fräsmaschine ein, die ihm Gelegenheit verschaffte, Ohrenschützer aufzusetzen, und der Auszubildende Schmidt (ich!) schaltete sofort auf Durchzug, wenn Thieme in der Buchhaltung zu jammern begann, aber die Klagen eines Buchhalters und das Gejammer eines Verkaufssachbearbeiters dringen durch jeden Ohrenschutz. Sie bringen Trommelfelle zum Vibrieren, selbst wenn jemand wie ich über die Fähigkeit verfügt, Schallwellen, die das rechte Ohr erreichen, um das Gehirn herumzuleiten und durch das linke Ohr wieder abzusondern. Ich habe (weiter oben in diesem Bericht) mehrfach ausführen können, welche Folgen gewöhnlich eine Brockstedt-Entscheidung (d. h. eine Fehlentscheidung) nach sich zog.

Der Vollständigkeit halber muß erwähnt werden, daß ähnliche Folgen eintraten, wenn Dr. Brockstedt keine Entscheidung traf. Geneigter Leser, ich bin mir nicht so sicher, ob diese Ausführungen zur Begründung des 12. Bürogesetzes ausreichen, aber ich will in die Kantine, um dortselbst meine Mittagsmahlzeit herunterzuschlingen:

WER NICHT RICHTIG HANDELT, HANDELT FALSCH.
(MAO TSE-TUNG)

WER AUS FURCHT VOR EINER FEHLENTSCHEIDUNG ÜBERHAUPT KEINE ENTSCHEIDUNG TRIFFT, HANDELT GLEICHFALLS FALSCH.
(S. SCHMIDT)

ES GIBT NICHTS RICHTIGES IM FALSCHEN.
(TEDDY ADORNO)

Kaputt 13

Ach, Gerhard (seufz, seufz): Weshalb hat es nur so lange mit uns gedauert? Auch wenn sich Dr. Brockstedt inzwischen zufrieden seine manikürten Prokuristenhände gerieben haben mag, weil er gewiß hoffte, ich würde die Ganz-grosse-Liebe zwischen Gerhard und Gabriele nur en passant abhandeln: Dem ist nicht so! Spätestens seit Entdeckung des Gesetzes von der Erhaltung der Materie (vor dem ich in Gymnasien ähnlich versagte wie angesichts der Gasgesetze von Boyle-Mariotte und Gay-Lussac) gilt auch für meinen Bericht, was für die Natur gilt. Nichts, was in der Welt ist, geht jemals verloren. Und so werde ich mich erneut Romeo und Julia zuwenden. Romeo und Julia könnte ich dieses Kapitel nennen, aber das werde ich selbstverständlich lassen. Man kann gegen die Lurzer KG sagen, was man will, aber im Gegensatz zu diesen italienischen Familienclans, die den Liebenden alle nur denkbaren Steine in den Weg rollten, neigte die große Lurzer-Familie dazu, zusammenzufügen, was Gott (oft aus gutem Grund) getrennt hatte. Ich will keinesfalls so weit gehen wie Franz Sedladcek, der einmal einen Zettel mit der Aufschrift

> Die meisten Lurzer-Mitarbeiter,
> die miteinander schlafen, sind verheiratet,
> aber leider mit jemand anderem

an den hölzernen Aktenschrank in der Kalkulationsabteilung geheftet hatte, aber was den Produktionsfaktor L betrifft, so war die Firma zweifellos zu allen Zeiten mit diesem reichhaltiger ausgestattet als mit dem Produktionsfaktor Kapital, ganz zu schweigen vom Produktionsfaktor Arbeit. Das 5. Bürogesetz macht Liebe im Büro selbstverständlich keinesfalls unmöglich, sondern es verleiht ihr lediglich das Stigma des Verbotenen. Das bekommt einer Beziehung, ich habe es am Beispiel von Irmgard Klose und Meister Brasch dargestellt, nicht unbedingt schlecht. Frau Klose und Meister Brasch haben immerhin (Frau Koch berichtete es jedenfalls empört) kürzlich geheiratet. Und was Gaby und Gerhard betrifft, so hätten sie sich ohne die Firma nicht nur nicht kennengelernt, sondern sie hätten sich nach dem ersten großen Krach vermutlich wieder getrennt, hätte Herbert Brockstedt nicht von dieser Beziehung erfahren und hätte er nicht jene »Verfügung betreffend den Umgang zwischen Mitarbeitern der

Konrad Lurzer KG« erlassen, die ich hier mangels eines besseren Einfalls Neuhammer-Papier nennen werde. Zuerst aber ist zu berichten, wie es zu diesem ersten großen Krach zwischen Gaby und Gerd überhaupt kam. Wie meistens in unserer Firma begann es an einem unschuldigen Vormittag.

Dr. Herbert Brockstedt saß in seinem Büro, und wer jetzt annimmt, er hörte eine Richard-Wagner-Schallplatte, der irrt. Brockstedt hörte nicht Wagner, sondern Chopin, und er machte sich Gedanken über die Entwicklung des Personalbestands der Firma. Meister Brasch, dachte er, ausgeschieden in den wohlverdienten Ruhestand. Irmgard Klose, ausgeschieden in den vorzeitigen, also nicht ganz so wohlverdienten. Frau Dolf, ausgeschieden durch Eheschließung. Patrick Leclair, ausgeschieden durch Rausschmiß. Vier Arbeitsplätze waren frei geworden, und Brockstedt hatte es geschafft, keinen dieser Plätze neu zu besetzen. Wenn das kein Anlaß zur Zufriedenheit war, was hätte dann einer sein können? Gewiß, er hatte es nicht vermeiden können, einige Gehaltserhöhungen zu bewilligen, aber was bedeuteten die paar Mark mehr für Thieme, Hanisch, Schneider und Koch, verglich man sie mit den Kosten, die mit vier Arbeitsplätzen noch immer verbunden waren, weil es den Arbeitnehmern grundsätzlich am olympischen Geist mangelt? Unter diesen Umständen bedeutete die Einsparung von vier Mitarbeitern die Einsparung von mehr als hunderttausend Mark. Als ob Chopin die richtige Musik für solch einen Erfolg komponiert hätte, dachte Brockstedt. Er stand auf, schaltete den Plattenspieler aus und suchte in seinem Schallplattenschrank nach Musik, die seiner Stimmung mehr entsprach. Verdi, dachte er, Triumphmarsch aus Aida, aber als er die Hand nach der Platte ausstreckte, kam Frau Schneider in sein Zimmer. Sie lächelte zufrieden, und ihre Stimme klang ungewöhnlich freundlich, was kein Wunder ist, weil Goethe einmal mehr seinen Weitblick bewiesen hatte. »Es ist ihr ewiges Weh und Ach an einem Punkte zu kurieren« – wenn Mephisto dabei nicht an eine Gehaltserhöhung gedacht hat, an was, bitte sehr, könnte er dann gedacht haben?

»Frau Hanisch bittet im Auftrage von HERRN LURZER darum, an den Betriebsausflug zu denken und mit den Vorbereitungen dafür zu beginnen«, sagte sie und legte Brockstedt das Aktenstück »Betriebsausflüge« auf den Schreibtisch.

»Was?« fragte Brockstedt erschrocken. »Sagen Sie bloß, ein Jahr ist schon wieder vergangen!«

»Es scheint so!« antwortete Frau Schneider, aber Brockstedt dachte schon längst nicht mehr an die Schnelligkeit, mit der Jahre (ruck-zuck) vergehen, sondern er erinnerte sich schmerzlich an die von den Mitarbeitern durch Boykott vereitelte Geburtstagsfeier, mit der er KONRAD LURZER eine Freude hatte bereiten wollen.

»Glauben Sie denn, daß die Kollegen einen Betriebsausflug überhaupt wollen? Ich bin mir da gar nicht so sicher!«

»Selbstverständlich wollen sie!« sagte Frau Schneider. »Wir müssen nur dafür sorgen, daß der Ausflug in der Arbeitszeit stattfindet und die Freizeit möglichst nicht tangiert!«

Ich werde mich davor hüten, hier stinkendes Eigenlob in diesen Bericht aufzunehmen, aber ich muß doch der Ordnung halber darauf hinweisen, daß Frau Schneider bereits zu diesem Zeitpunkt intuitiv jene Tatsache zur Sprache gebracht hatte, die ich später zu meinem 4. Bürogesetz verdichten sollte.

»Dauernd diese Feiern!« stöhnte Brockstedt, und er überlegte zusammen mit Frau Schneider, an wen man die Vorbereitung des Betriebsausflugs delegieren konnte.

»Wie auch immer ein Betriebsauflug abläuft«, sagte Brockstedt, »nachher hat jeder etwas daran herumzumeckern, und ich möchte einmal, daß die Kollegen nicht an mir herumkritisieren!«

Ich weiß, ein fähiger Gesprächstherapeut wäre nach diesem Satz erfreut an die Decke gesprungen und hätte Dr. Brockstedt darauf aufmerksam gemacht, daß er das ganze existentielle Elend einer Führungskraft auf den kürzesten Nenner gebracht hatte. In der Tat: Ähnlich wie zwischen Gänsen und dem Fuchs, Schafen und dem Wolf, Musikern und dem Dirigenten (Autor und Verleger?) eine tief in den Genen verankerte Ur-Feindschaft besteht, mißtraut ein Angestellter grundsätzlich jeder Entscheidung, jeder

Anordnung, jedem Vorschlag und jeder Aktivität eines Personalchefs. Folgerichtig deshalb Dr. Brockstedts Entscheidung, zu überlegen, an wen er die Entscheidung über die Ausgestaltung des Betriebsausflugs delegieren könne. Diese Frage war so wichtig, daß sich Frau Schneider auf den Besucherstuhl an Brockstedts Schreibtisch setzte. Ein großes name-dropping begann. Kalinke besaß zwar Brockstedts Vertrauen, nicht aber das Vertrauen der Mitarbeiter. Frau Hanisch besaß Brockstedts Vertrauen und das Vertrauen der Mitarbeiter, sie war aber KONRAD LURZERS Sekretärin, hatte den Auftrag KONRAD LURZERS ihrerseits an Brockstedt delegiert, und er konnte ihn nur schwer an sie zurückdelegieren. Gerhard Semmler besaß das Vertrauen der Mitarbeiter, nicht aber Brockstedts Vertrauen. Thieme wiederum vertraute nicht einmal sich selber. Da wurden Vorschläge gemacht und verworfen, überlegten Brockstedt und seine Sekretärin, bis dann endlich drei Mitarbeiter gefunden waren, die sowohl Brockstedts Vertrauen als auch das der Kollegen besaßen. Ein kostbarer Besitz, gewiß. Er gehört freilich zu jenen Werten, die an keiner Börse gehandelt werden und deshalb auch in unserer Firma kaum eine Rolle spielten, wenn es um die eigentlichen wichtigen Angelegenheiten des Berufslebens ging: um Gehaltserhöhungen oder Beförderungen, was meist dasselbe war.

»Rufen Sie mir diese Kollegen sofort zusammen!« sagte Brockstedt. »Ich möchte HERRN LURZER heute noch Vollzug melden können!«

Ach, Gerhard, weshalb hat es nur so lange mit uns gedauert? Endlich habe ich wieder einmal die Möglichkeit, mich ins Schreibzimmer und damit in die Nähe Gabrieles zu begeben. Die Liebe ist bekanntlich eine Himmelsmacht. Anstatt freilich dem Himmel zu lassen, was des Himmels ist, schwebte Gaby seit der Nacht auf Semmlers Couch mindestens zweitausend Meter über dem Meeresspiegel. Ein zufriedendes Mona-Lisa-Lächeln lag auf ihren Gesichtszügen, und wenn sie eine Cassette in das Wiedergabegerät auf ihrem Schreibtisch schob, auf die Gerhard nüchterne Geschäftsbriefe diktiert hatte, mußte sie die Zähne krampfhaft zusammenbeißen, um nicht zu stöhnen, zu singen, zu jubilieren. Gerhard, Gerhard, Gerhard, sang alles in ihr. Wenngleich ich an dieser Stelle darauf hinweisen muß, daß ich auch auf dem Gebiete der Liebe noch ein Auszubildender bin, werde ich mich hüten, diese Empfindungen mit kritischen Anmerkungen zu versehen. Ganz im Gegenteil, ich empfinde für Gaby höchste Sympathie. Als gewissenhafter Chronist kann und werde ich freilich nicht verschweigen, daß die rosa Wattewolken, die sich zwischen Gaby und die Wirklichkeit geschoben hatten, nicht allein von ihrem Gehirn gesponnen waren, sondern das Ergebnis einer konzertierten Aktion, in der Gabys Eltern, Gabys Freundinnen, Lehrer, Kino- und Fernsehfilme, Illustrierte und unzählige Lore-Romane zusammengewirkt hatten.

Mit sechs Jahren hatte sie ihren Puppenwagen über den Hof geschoben. Mit acht Jahren hatte sie verliebt-verlobt-verheiratet gespielt. Mit zehn hatte sie von Prinzessinnen gelesen, die auf ihren Prinzen warteten, und sie hatte angefangen, auch zu warten. Sie war zur Schule gegangen und hatte gewartet. Sie hatte die Ausbildung bei der Lurzer KG begonnen und hatte gewartet. Sie hatte die Ausbildung abgeschlossen und gewartet, sie war Stenotypistin geworden und hatte gewartet. Kann man ihr verübeln, daß sie einerseits überglücklich war, weil der Prinz endlich gekommen war, andererseits aber tief unglücklich, weil sie a) niemandem in der Firma etwas davon erzählen konnte und b) ihre Eltern Semmler so ganz und gar nicht für einen Prinzen hielten, sondern für »einen skrupellosen Windhund von Angestellten, der die Unerfahrenheit unserer unschuldigen Tochter mißbraucht«?

Was immer Gabriele tat oder unterließ, für ihre Eltern war es ein Unglück. Kam sie vom Büro nach Feierabend direkt nach Hause und wollte sie die Wohnung nach dem Abendessen wieder verlassen, um sich mit Gerhard zu treffen, wies ihre Mutter darauf hin, daß sie am nächsten Tag ausgeschlafen am Arbeitsplatz erscheinen müsse. Kam sie nach Feierabend nicht nach Hause, weil sie mit Gerhard zusammen im Supermarkt Lebensmittel kaufte, um in seiner Wohnung ein kaum genießbares Abendessen zu kochen, wies ihr Vater darauf hin, daß sich derlei für ein junges

Mädchen nicht gehöre. Kam sie aber nach der Arbeit nach Hause und hatte sie sich nicht mit Gerhard verabredet, vermuteten Vater wie Mutter, daß es zwischen Gerd und Gaby wohl Streit gegeben habe, was ja kein Wunder sei, weil es sich bei Semmler um einen skrupellosen Windhund von Angestellten handele, der die Unerfahrenheit ihrer unschuldigen Tochter und so weiter. Dadada, ich weiß, ich begebe mich in die Niederungen des mir als Liebhaber klassischer Musik unerträglichen Deutsch-Rock, aber es muß einmal gesagt werden: Da wollte Gerhard so oft wie möglich mit Gaby zusammen sein, und Gabys Eltern wollten das Gegenteil. Da wollten Eltern und Schule und Kino und Fernsehen und Onkel und Tanten und die ganze konzertierte Aktion, daß Gaby nach einem Prinzen Ausschau hielt, und als sie ihn endlich gefunden hatte, da wollten sie es auf einmal nicht mehr. Es muß einmal ganz deutlich gesagt werden, und ich wäre nicht Sigbert Schmidt, Azubi im II. Ausbildungsjahr, wenn ich es nicht an dieser Stelle deutlich sagte: Eine junge verliebte Stenotypistin sieht sich einer derart komplexen, vielschichtigen Situation ausgesetzt, daß es eine ausgesprochene Ungerechtigkeit ist, wenn man von ihr verlangt, zusätzlich auch noch zu arbeiten und beispielsweise Geschäftsbriefe von einer Cassette in Schreibmaschinenschrift zu übertragen. Die Unerträglichkeit dieser Situation wurde für Gaby noch dadurch gesteigert, daß Gerhard a) schräg gegenüber in jenem Büro saß, das zuvor Leclairs Büro gewesen war, und b) niemand, aber auch wirklich niemand in der Firma erfahren sollte, daß Gabriele inzwischen auf Gerhards schmaler Couch viel besser schlief als zu Hause im breiten Bett in ihrem Zimmer.

Nun wird der Leser dieses meines Berichts vermutlich fragen, weshalb ich das hier vor ihm ausgebreitet habe, obwohl es um den Niedergang unserer Firma geht. Diese Frage kann ich beantworten. Alles im Leben hängt zusammen. Und davon abgesehen: Das Telefon auf Frau Kochs Schreibtisch läutete, und Frau Koch nahm den Hörer vom Apparat.

»Schreibzimmer, Koch!« meldete sie sich. »Jawohl!« fügte sie hinzu, nachdem sie einige Minuten gelauscht hatte. Dann legte sie den Hörer wieder aufs Telefon und wandte sich an Gaby.

»Gaby, wir sollen sofort zu Brockstedt!«

Weil Gaby gerade eine Semmler-Cassette im Abspielgerät hatte, lauschte sie nur Gerhards Stimme und bekam einmal mehr nicht mit, was um sie herum vorging. Renate Gerlach stand auf und nahm den Kopfhörer von Gabys Ohren:

»Du sollst sofort mit Frau Koch zum Brockstedt!«

»Was?« sagte Gaby. »Ich möchte nur wissen, wann man in dieser Firma zum Arbeiten kommen soll!«

Rufen Sie mir die Kollegen zusammen, ich will HERRN LURZER heute noch Vollzug melden können, hatte Brockstedt gesagt. Als Gabriele und Frau Koch auf den Anruf im Schreibzimmer hin unsicher in Brockstedts Büro kamen, saß Günter Watzmann aus der Werbeabteilung schon wartend auf einem der Sessel, die Brockstedt in seinem Büro zu einer Besprechungs-Sitzgruppe zusammengestellt hatte. Gaby und Frau Koch fiel jeweils ein ziemlich großer Stein vom Herzen, denn wenn auch Watzmann zu Brockstedt gerufen worden war, konnte es sich kaum darum handeln, daß Brockstedt etwas an der Arbeit im Schreibzimmer auszusetzen hatte.

»Na, da kommt ihr ja endlich!« sagte Watzmann, der in jenes grelle Rot-Orange gekleidet war, das die Freude symbolisieren soll, die ein zivilisierter Mensch empfindet, wenn er vom indischen Guru Bhagwan (früher Indien, jetzt USA) der Erleuchtung ein Stück nähergebracht worden ist.

»Eine Unverschämtheit!« sagte Gabriele. »Sie können doch nicht einfach Du zu uns sagen!«

»Mach dir nichts draus!« sagte Watzmann. »Für mich sind alle Menschen Brüder und Schwestern, und ich duze deshalb jeden – nicht wahr, Herbert?«

Brockstedt verzog sein Gesicht schmerzhaft, aber er bemühte sich, freundlich zu lächeln!

»Jawohl, Günter!« sagte er mit gequälter Stimme. »Aber das gilt nur für Sie als Angehörigen der Kreativ-Abteilung. Für alle anderen in der Firma bin ich selbstverständlich Dr. Brockstedt.«

»Laß mal, Herbert!« sagte Watzmann freundlich. »Du wirst es

schon auch noch irgendwann begreifen!«

Frau Koch und Gabriele waren stehen geblieben, sie blickten Dr. Brockstedt fragend an, und Brockstedt bot ihnen endlich auch jeweils einen Sessel an.

»Sie wissen vermutlich, weshalb ich Sie habe rufen lassen«, sagte er. »Das heißt, Sie wissen es natürlich nicht, und deshalb werde ich es Ihnen jetzt erklären. Wie Sie wissen, machen wir ja jedes Jahr einen Betriebsausflug, und da wollte ich Sie sozusagen bitten, diesen Ausflug in diesem Jahr vorzubereiten!«

»Ach du dickes Ei!« rutschte es Gaby einfach so heraus. Watzmann grinste, und Brockstedt sah Gabriele irritiert an.

»Wieso? Ich verstehe nicht...«

»Nun ja«, sagte Frau Koch. »Wir haben im Schreibzimmer ohnehin schon so viel Arbeit, und wenn wir jetzt noch den Ausflug vorbereiten sollen...«

»Nicht direkt vorbereiten«, schwächte Brockstedt ab. »Ich möchte, daß Sie sich Gedanken über einen denkbaren Ablauf des Betriebsausflugs machen! Wo wir hinfahren sollten und was dort für ein Programm ablaufen könnte! Kaffeetrinken, Pfänderspiele, alles was Spaß macht und nicht zu viel Geld kostet!«

»Ich weiß nicht, ob ausgerechnet wir die richtigen für diesen Auftrag sind«, wollte Frau Koch gerade sagen, aber Watzmann nickte schon:

»Klar, Chef! Machen wir für dich!«

»Vielleicht könnten Sie heute schon in der Mittagspause damit beginnen«, sagte Brockstedt. »Ich möchte heute noch HERRN LURZER die Vorschläge der Belegschaft unterbreiten!«

»Ist in Ordnung, Chef!« sagte Watzmann. »Wir sagen dir heute noch Bescheid!«

Watzmann stand auf, Frau Koch stand auf, und auch Gabriele blieb nichts anderes übrig, als aufzustehen. Alle drei verließen das Zimmer. Brockstedt war wieder von der Einsamkeit umgeben, die Führungskräfte überall auf der Welt umgibt, und er überlegte, ob er eine Äußerung KONRAD LURZERS wirklich richtig verstanden hatte.

»Regen Sie sich darüber nicht auf«, hatte KONSUL DR. DR. H.C.

KONRAD LURZER gesagt, als sich Brockstedt einmal darüber beklagt hatte, daß Günter Watzmann nicht nur in leuchtendem Poona-Orange in die Firma kam, sondern auch noch darauf bestand, jedermann mit Du anzureden. »Regen Sie sich darüber nicht auf! Herr Watzmann gehört zur Werbeabteilung, und schöpferische Menschen brauchen alle nur denkbare Freiheiten!«

»Jawohl!« hatte Dr. Herbert Brockstedt, Personalchef und Kaufmännischer Leiter (selbstverständlich), damals geantwortet, und jenes freundlich gequälte Lächeln, zu dem Brockstedt künftig sein Gesicht immer dann verzog, wenn er Watzmann sah oder von Watzmann die Rede war, hatte sich erstmalig gezeigt. Jawohl, auf solche oder ähnliche Weise entstehen die faltigen und zerfurchten, verbissenen und oft gequält erscheinenden Gesichter der Führungskräfte. Führungskräfte, leidende leitende Angestellte werden nicht als Führungskraft geboren, sondern sie reifen heran. Sie werden geformt und geschliffen wie Diamanten oder Flußkieselsteine, und wenn in diesem meinem Bericht so oft von Dr. Brockstedt die Rede ist, muß auch das einmal gesagt werden: Jede der Falten in seinem waschbrettähnlichen Gesicht war nicht einfach entstanden, weil alternde Haut abschlafft, sondern jede Falte war ehrlich erworben bzw. der kosmetische Beleg für erlittene Frustrationen. Offen gesagt, lieber Dr. Brockstedt, vielerlei wird mir erst jetzt klar, wo ich im Abstellraum sitze und für diesen meinen Bericht auf der Suche nach der verlorenen Zeit bin. Ich gebe es zu, bis zu Ihrer Ernennung zum Direktor für besondere Koordinationsaufgaben war auch ich oft nahe der Gefahr, mich vor Ihnen zu fürchten. Ich bin in dieser Firma noch immer Auszubildender, und ich vermutete oft, daß auch die Furcht vor Ihnen zu jenen Fertigkeiten und Eigenschaften gehören mußte, die ich während meiner Ausbildung zu erlernen hatte. Schließlich fürchteten sich alle vor Ihnen.

Daß allerdings auch Sie sich vor KONRAD LURZER fürchten könnten, bitte nehmen Sie mir es nicht übel, auf diesen Gedanken bin ich nie gekommen. (Wie die Natur so arbeitet!)

Ich weiß, es muß jedem Leser mit halbwegs gesundem Menschenverstand absurd vorkommen, aber es ist genau aus diesem Grunde völlig normal: Solange Gerhard und Gabriele nicht mehr miteinander zu tun hatten als mit anderen Mitarbeitern auch, hatten sie es sich erlauben können, mittags in der Kantine zusammen am selben Tisch zu sitzen und miteinander zu plaudern. Jetzt aber, wo sie so viel miteinander zu tun hatten und sich in der Mittagspause so viel zu sagen gehabt hätten, saßen sie immer und grundsätzlich an verschiedenen Tischen. Gaby saß gewöhnlich mit Renate zusammen und Gerhard mit Albin Thieme. Im gleichen Maße, wie sich Gabriele und Gerhard privat nähergekommen waren, hatten sie sich während der Arbeitszeit voneinander entfernt. Das war, ich kann es mir nicht verkneifen, abermals darauf hinzuweisen, die Folge meines 5. Bürogesetzes. »Wie fühlt man sich denn so als künftiger Leiter der Abteilung Verkauf Ausland?« fragte Thieme gerade giftig, als Gabriele in die Kantine kam.

»Danke, Albin!« sagte Gerhard. »Man fühlt sich ganz ausgezeichnet!« Er beobachtete aus den Augenwinkeln heraus, wie Gabriele zur Essensausgabe ging, sich ans Ende der Schlange stellte, hinter Frau Hanisch.

Alles meins, jubelte einmal ein Liliputaner im Zirkus Busch, als er endlich die Riesenfrau geheiratet hatte und er vergnügt auf ihr herumsprang! Frau Hanisch rückte in der langen Schlange vor dem Essensschalter ein Stück vor, Gabriele rückte gleichfalls ein Stück vor, und Gerhard Semmler fühlte, wie eine mindestens fünfundzwanzig Meter hohe Welle Glücks in ihm hochschwappte. Auch in seinem Leben hatten Elternhaus, Schule, Freunde, Verwandte, Kino- und Fernsehfilme sich verbündet und Wünsche wie Hoffnungen in ihm geweckt, die jetzt endlich Wirklichkeit für ihn geworden waren. Obwohl Gabriele seit ihrem fragwürdigen Erfolg beim Talentwettbewerb nur noch privat zu singen pflegte, wenn sie morgens in seiner Wohnung unter der Dusche stand, noch immer träumte er (nachts und manchmal auch tagsüber) von jenem Augenblick, als sie auf der Bühne ihr »Don't cry for me, Argentina« gesungen hatte, und wenn er aus diesem Traum (nachts) erwachte und Gabriele neben sich auf der schmalen Liege in seiner Junggesellenwohnung spürte, war sein

Glück oft so groß, daß er sie mitten in der Nacht aufweckte, um ihr zu erzählen, daß er von ihr geträumt hatte, und sie zu fragen, ob auch sie ihn noch liebe.

»Natürlich!« sagte sie dann meist schlaftrunken, küßte ihn und schlief schon wieder ein, während er sich noch ihre Feuchtigkeitscreme von der Nase abwischte. Natürlich würde er sie irgendwann heiraten, und er wußte auch schon, wann er sich beim Juwelier nach Verlobungsringen umsehen wollte, genau an jenem Tag, an dem ihn Brockstedt offiziell zum Leiter der Abteilung Verkauf Ausland ernennen würde. Daß selbstverständlich nur er und niemand sonst für die Nachfolge Leclairs in Frage kam, dessen war sich Semmler so gut wie sicher. Sein Glück war grenzenlos, jedenfalls bis Gabriele a) eine Mettwurst, b) Grünkohl und c) Kartoffeln auf den Teller geklatscht bekam und mit dem Teller nicht auf jenen Tisch zusteuerte, an dem Renate Gerlach saß, sondern sich zu Günter Watzmann setzte und mit ihm, so kam es Semmler jedenfalls vor, eine lebhafte Unterhaltung begann, die auch dann nicht abbrach, als Frau Koch sich zu den beiden gesellte.

Selbstverständlich wissen wir (der Leser weiß in diesem Bericht immer mehr), daß Gabriele, Watzmann und Frau Koch an jenem Mittag an jenem Tisch nur Brockstedts Wünschen folgend über das Programm des Betriebsausfluges sprachen, aber konnte Gerhard Semmler das vermuten? Eifersucht ist eine Leidenschaft, die mit Eifer sucht, was Leiden schafft. Ähnlich, wie er sich zuvor in höchstes Glück hineingesteigert hatte, ließ sich Semmler jetzt in tiefste Verzweiflung fallen. Hatte nicht auch seine Beziehung mit Gabriele irgendwann an einem Tisch in der Kantine angefangen? Hatte er nicht irgendwann ein Buch Bhagwans aus Gabrieles Handtasche gefischt, das sie sich, so hatte sie ihm jedenfalls erklärt, selbst gekauft hatte?

»Was hast du denn?« fragte Thieme teilnahmsvoll. »Du bist ja auf einmal so bleich!«

»Mir ist auch fürchterlich schlecht!« sagte Semmler, stand vom Tisch auf und verließ eilig die Kantine. Er eilte durch Flure und Korridore, rannte Brockstedt fast über den Haufen. Er riß die

Tür zu seinem Vorzimmer auf, Helga Mertins legte erschrocken ihr Kreuzworträtsel aus der Hand, aber Semmler würdigte sie keines Blickes. Allein sein, dachte er, nur meine Ruhe haben. Er setzte sich an jenen Schreibtisch, den er längst für seinen Schreibtisch hielt, wühlte verzweifelt in seinen Haaren. Alles ist aus, dachte er, sie liebt mich nicht mehr, sie liebt jetzt den Watzmann. So ging das eine halbe Stunde. Semmler litt eine ganze Stunde. Nach eineinhalb Stunden hatte er sich endlich soweit beruhigt, daß er die Kraft aufbrachte, die erforderlich war, den Telefonhörer von der Gabel zu nehmen und die Nummer des Schreibzimmers zu wählen. Er hatte Glück, Gabriele war sofort am Apparat, und er brauchte seine Stimme nicht zu verstellen.

»Was hast du denn an Watzmanns Tisch in der Kantine zu suchen?« fragte er. »Wenn du mich nicht mehr liebst, kannst du mir das wenigstens sagen. Ich muß unbedingt mit dir sprechen!«

»Tut mir leid, Herr Mayer!« sagte Gabriele. »Ich habe augenblicklich leider keine Zeit, weil ich sehr viel Arbeit habe. Im übrigen werde ich heute das Büro eine halbe Stunde früher als sonst verlassen!«

»Um Gottes willen, weshalb denn?« fragte Semmler, aber Gabriele hatte den Hörer schon wieder auf die Gabel gelegt, weil Frau Koch hinter ihr stand, die den unschuldigen Wunsch hatte, auch einmal zu telefonieren.

Immer wieder werde ich mit Fragen konfrontiert, auf die ich keine überzeugenden Antworten geben kann. Das hat wenig mit meinem Wissensstand als Azubi zu tun. Sehr viel aber mit dem Leben, das eben mehr Fragen bereithält als Antworten. Und selbst wenn eine Frage endlich die ihr gemäße Antwort bekommen hat, provoziert diese Antwort eine neue Frage. So ist das Leben. Auch oder gerade in der Firma Lurzer.

So himmelhoch jauchzend, wie Semmler vor dem zur Erhaltung seiner Arbeitskraft erforderlichen und deshalb gegen einen Arbeitsunfall versicherten Weg vom Büro in die Kantine noch gewesen war, so abgrundtief verzweifelt war er nach diesem Telefongespräch mit Gabriele. Kein Gedanke an die Möglichkeit, daß sie am Telefon sorgfältig darauf bedacht sein mußte, ihre

Liebe mindestens so zu verschleiern, wie Salomé bei einer Opernaufführung im prüden Dschiddah verschleiert sein müßte. Nicht die geringste Vermutung, daß Gabriele vielleicht die Firma nicht etwa deshalb vor Dienstschluß verlassen wollte, weil sie nicht (in der Telefonzelle unweit des Firmeneingangs) auf Semmler warten und wie meist nach Dienstschluß zuerst in seinen Wagen und danach unter die Steppdecke auf seiner Couch schlüpfen wollte, sondern daß sie lediglich ein dienstlicher Auftrag, besagte Vorbereitung besagten Betriebsausflugs, dazu zwang.

Semmler litt und litt, und die Intensität seines Leidens, die der Intensität seines zuvor empfundenen Glücks entsprach, gewährt mir Einsichten in das Wesen der Liebe, die ich in den Rang eines Bürogesetzes erheben könnte, wäre Liebe nicht so universell und die Bürowirklichkeit nicht so provinziell. Möglicherweise freilich ist gerade das Provinzielle inzwischen universell, und ich kann es deshalb dennoch wagen, meine aus gewissenhafter Beobachtung der Personen Gabriele Neuhammer und Gerhard Semmler gewonnenen Erkenntnisse zum Lehrsatz zu verdichten:

Wenn Liebe Zustände höchsten Glücks gleichermassen hervorzurufen vermag wie Zustände tiefster Verzweiflung,
empfinden Liebende entweder manisch oder depressiv.
Unter diesem Gesichtspunkt dürfte es sich bei Liebe um eine durch aussergewöhnliche Verhältnisse im Hormonhaushalt verursachte Störung der Gehirnfunktion handeln, d.h. um eine Sonderform der endogenen Schizophrenie des manisch-depressiven Formenkreises.

Spätestens jetzt, wo Günter Watzmann durch Brockstedts Einfall, ihn mit an der Vorbereitung des Betriebsausflugs zu beteiligen, in mehr als nur flüchtigen Kontakt mit der kaufmännischen Abteilung geraten ist, komme ich nicht umhin, auch ihn liebevoll in meine Berichterstattung einzubeziehen. Ich weiß, Watzmann, dem ich wesentliche Einsichten in die Zusammenhänge des Lebens und eine Erleuchtung verdanke, ohne die ich kaum die Fähigkeit erlangt hätte, kosmische Energie zu diesem Bericht zu verdichten, hätte etwas Besseres verdient. Aber wie das Sprichwort ganz richtig besagt, mitgegangen, mitgefangen, mitgehangen. Wer sich mit der Bürokratie einläßt, ist selber an allem schuld, was ihm von diesen Strukturen zugefügt wird. Wäre Watzmann so klug gewesen wie die meisten Angehörigen der Fertigung, die ihre Arbeit so gut wie möglich erledigten und sich um Brockstedt und die kaufmännische Abteilung so wenig wie möglich kümmerten, wäre er nicht in Entwicklungen verstrickt worden, die letztlich auch seinen Arbeitsplatz kosteten. Das muß einmal ganz klar gesagt werden. Alles Leiden hat seine Ursachen in den Anfängen. Hätte Watzmann zum Beispiel an jenem Tag, an dem er zusammen mit Gabriele und Frau Koch in Brockstedts Büro gerufen wurde, am Morgen im Ashram seine Nada-Prana-Meditation absolviert oder wenigstens am Vorabend an der Kundalini-Meditation teilgenommen, hätte er vermutlich entweder dringende kreative Tätigkeiten für unaufschiebbar erklärt oder aber sich selber für völlig unfähig zur Vorbereitung eines Betriebsausfluges. Es bleibe dahingestellt, ob Watzmann aus Höflichkeit Brockstedts Auftrag nicht zurückwies oder ob er sich von der Mitwirkung am Betriebsausflug eine Gehaltserhöhung oder andere Karriere-Vorteile versprach. Es bleibe dahingestellt, aber ich neige zu der Ansicht, daß es schlicht und einfach der Wunsch nach beruflichem Fortkommen war, der Watzmann veranlaßte, an der Vorbereitung dieses unsäglichen Betriebsausfluges mitzuwirken. Dieser Wunsch ist verständlich, denn Watzmann war als Leiter (und einziger Mitarbeiter) der Lurzer-Werbeabteilung auch Angestellter. Dieser Wunsch ist aber auch unverzeihlich, denn Watzmann war als Grafiker auch Künstler. Ein Künstler, der auch nur drei Sekunden lang annimmt, ein Förster sei weniger wert als ein Oberförster, ein Inspektor weniger als ein Oberinspektor, ein Schlesier weniger als ein Oberschlesier, ist vom Denken in hierarchischen Strukturen angesteckt und als Künstler erledigt. Ich führe diesen unverzeihlichen Schwächeanfall Watzmanns auf allgemeine Lebensuntüchtigkeit zurück, was auch dadurch bestätigt wird, daß er im Alter von dreißig Jahren, wo andere längst erwachsen sind, nicht nur in unserem örtlichen Ashram, der Wohngemeinschaft freundlich-harmloser Bhagwan-Jünger, Zuflucht vor der Härte des Lebens gesucht hatte, sondern darüber hinaus von der Weisheit Bhagwans so überzeugt war, daß er auch während der Arbeit stets in Poona-Orange in der Firma herumlief. Nicht nur das: Er trug auch ständig die Mala, diese Kette mit dem Bildnis des Gurus, um den Hals, und er trug sie offen auf seiner schmalen Brust und nicht wie jeder vernünftige Bhagwan-Anhänger (ist das ein Widerspruch in sich??) zwar auf dem Herzen, aber klugerweise unter dem Hemd oder Pullover. Was immer man gegen Watzmann auch sagen konnte, er war ein friedlicher Mensch, den Schafen näher als den Wölfen. Aber wie die Natur so arbeitet. An jenem Tag, als er mit Gaby in der Kantine zusammen an einem Tisch gesessen hatte und bei Dienstschluß mit einem freundlich milden Lächeln auf seinem Gesicht das Verwaltungsgebäude verließ, nützte ihm seine Friedfertigkeit überhaupt nichts. Ein vor Wut schäumender Semmler trat ihm in den Weg.

»Was haben Sie eigentlich neuerdings mit Fräulein Neuhammer zu schaffen?« fragte Semmler.

»Ich wüßte nicht, was dich das angeht!« sagte Watzmann.

»Ich wüßte nicht, daß wir Brüderschaft getrunken haben!«

Watzmann lächelte milde:

»Ist doch nicht nötig! Ich sage zu allen Menschen du, weil ich alle Menschen liebe!«

Semmler holte tief Luft.

»Also eins will ich dir sagen«, sagte er. »Die Gabriele Neuhammer liebst DU jedenfalls nicht!«

Semmler schäumte, kochte, zitterte vor Wut. Er stand mit geballten Fäusten vor Watzmann, redete nicht mehr schlicht und einfach, sondern er brüllte. Ein Mann sah rot. Thieme kam aus dem Verwaltungsbau und blieb neugierig stehen. Frau Koch und Renate kamen aus dem Schreibzimmer und blieben neugierig stehen. Kalinke kam aus der Buchhaltung und blieb neugierig stehen.

»Meine Güte«, sagte Watzmann freundlich. »Nun reg dich doch nicht so auf. Ich konnte doch nicht wissen, daß du mit der Kleinen pennst! Muß einem doch gesagt werden! Mensch, bist du spießig! Du solltest vielleicht mal zu uns in den Ashram kommen und an deinen Spannungen arbeiten!«

Dr. Herbert Brockstedt kam aus dem Haus, und, als er neugierig Albin Thieme zur Seite schob, um zu sehen, was sich auf dem Hof des Firmengeländes Interessantes ereignete, begann Semmler, mit den Fäusten zu diskutieren.

»Was ist denn in Sie gefahren?« fragte Brockstedt. »Aus prinzipiellen Gründen weise ich darauf hin, daß tätliche Auseinandersetzungen zwischen Mitarbeitern der Firma aus Gründen des Betriebsklimas ausdrücklich untersagt sind!«

Kann sowas einen Verliebten stoppen? Die Frage stellen, heißt sie beantworten. Mitnichten! Albin Thieme (immer erwischte es Thieme!) mußte erst in die Fertigung eilen, einen Eimer Wasser holen und über Semmler ausgießen, bevor sich dieser langsam abkühlte.

»Ich hab' doch nur mit seiner Flamme geredet, weil ich den Betriebsausflug vorbereiten soll!« jammerte Watzmann und preßte ein Taschentuch auf seine blutende Nase, bis auch das Taschentuch bhagwan-rot-orange gefärbt war. »Ich konnte doch nicht ahnen, daß der Semmler mit der Neuhammer pennt!«

»Wie bitte?« fragte Brockstedt. »Der Semmler pennt mit der Neuhammer? Also, das ist ganz und gar unmöglich!«

»Sag' ich doch die ganze Zeit!« klagte Watzmann. »Albin, könntest du so freundlich sein und mir dein Taschentuch borgen?«

»Ausgerechnet immer ich!« sagte Albin Thieme.

Inzwischen kennt der Leser unsere Firma so gut, daß ich gewiß nicht in allen Feinheiten auszumalen brauche, wie dieser Vorfall, eine schlichte Meinungsverschiedenheit zwischen Watzmann und Semmler, die Gerüchteschleuder auf Hochtouren brachte. Der Semmler pennt mit der Neuhammer, raunte man hinter allen Türen. Der kluge Dieb stiehlt niemals in der eigenen Straße, grinste Thieme. Wie immer in solchen Fällen erfuhr Gabriele selbstverständlich zuletzt, was in der Firma getratscht und getuschelt wurde, und weil lange Kommunikationswege Nachrichten gewöhnlich verändern, erfuhr Gabriele am nächsten Morgen zwar, daß sich etwas ereignet hatte, aber sie erfuhr nur die halbe Wahrheit, was bekanntlich einer Lüge gefährlich nahekommt.

»Weißt du eigentlich?« fragte Renate Gerlach am nächsten Morgen, »daß der Semmler überall rumerzählt, daß du mit ihm schläfst? Gestern hat er den Watzmann sogar deswegen verdroschen. Brockstedt hat zugeguckt!«

»Was erzählt er?« fragte Gabriele mit fast tonloser Stimme.

Sensibilität hat ihren Preis: Als sie begriffen hatte, was in der Firma los sein mußte, fing Gabriele an zu weinen. Ordentlich, wie sie nun einmal war, packte sie ihre Sachen, die sie gerade aus der Schublade gekramt hatte, wieder zurück, und sie deckte schluchzend die Schreibmaschine zu, die sie wenige Minuten zuvor gerade erst aufgedeckt hatte.

»Frau Koch«, schuchzte sie weitere drei Minuten später, als die neue Leiterin des Schreibzimmers nichtsahnend zur Arbeit kam. »Frau Koch, ich kann heute nicht arbeiten. Ich gehe nach Hause, und wenn es mir morgen nicht bessergeht, gehe ich zum Arzt!«

Sie griff nach ihrer Handtasche, verließ das Schreibzimmer, und weil Frau Koch wenigstens einige der Anweisungen Brockstedts gelesen hatte, griff sie nach dem Telefon und rief Frau Schneider an.

»Der Neuhammer ist nicht gut!« sagte sie. »Sie ist gerade nach Hause gegangen!«

Frau Schneider gab die Mitteilung an Brockstedt weiter. Weil Brockstedt zuvor in einem Schallplattengeschäft erfahren hatte, daß das Angebot an Compact-Discs für seine neue Laseranlage äußerst beschränkt war, hatte er schlechte Laune.

»Was?« fragte er. »Die Neuhammer behauptet, krank zu sein? Kein Wunder! Wenn man nachts mit Semmler Orgien feiert, anstatt neue Kraft für die Arbeit zu sammeln!«

Frau Schneider wollte die Postmappe auf Brockstedts Schreibtisch legen und damit zur Tagesordnung übergehen, aber Brockstedt dachte an seine freudlosen Nächte an der Seite jener Frau, die er (so sah er es) versehentlich aus Mitleid geheiratet hatte.

»Krank?« brüllte Brockstedt plötzlich, und sein Kopf lief an wie eine Tomate. (Hoher Blutdruck!) »Krank? Der werde ich zeigen, was ich von ihrer Krankheit halte! Stenoblock! Sofort den Stenoblock!«

Frau Schneider eilte ins Vorzimmer, holte den Stenoblock. Brockstedt fuchtelte aufgeregt mit den Händen in der Luft herum. »Kündigung!« schrie er. »Fristlose Kündigung wegen unerlaubter Entfernung vom Arbeitsplatz!«

»Damit kommen wir nicht durch!« sagte Frau Schneider. »Wenn sie behauptet, krank zu sein, geht sie zum Arzt, und Krankheit ist kein Kündigungsgrund!«

»Was sich die Leute alles erlauben!« stöhnte Brockstedt. »Ich möchte endlich hier mal wieder Herr im Haus sein!«

Herr im Haus war er also nicht. Aber er war klug genug, abschätzen zu können, wo seine Kompetenz endete und die seiner Sekretärin anfing. Wenn Frau Schneider eine Kündigung für unmöglich hielt, war sie auch unmöglich.

Weil sich Brockstedt aber nun einmal entschlossen hatte, ein Schreiben zu diktieren, wollte er auch diktieren, und er diktierte das Neuhammer-Papier.

Verfügung PA 773/II B/V Pers, Neu *betreffend den inner- und außerbetrieblichen Umgang von Mitarbeitern der Konrad Lurzer KG*

Aus gegebenem Anlaß erscheint es mir zweckmäßig (streichen) geboten, sämtliche Mitarbeiter und Mitarbeiterinnen (ändern, Damen nennt man zuerst) darauf hinzuweisen, daß private Beziehungen von Mitarbeitern verschiedenen Geschlechts aus Gründen der betrieblichen Sicherheit bzw. im Interesse des Betriebsfriedens, d.h. zur Aufrechterhaltung eines guten Betriebsklimas mit sofortiger Wirkung in den Räumen der Konrad Lurzer KG ausdrücklich untersagt sind. Im Falle der Absicht von zwei Mitarbeitern der Firma, andere als dienstlich gebotene Beziehungen miteinander aufzunehmen, ist diese Absicht drei Monate vor Beginn der beabsichtigten Beziehung mir bzw. Frau Schneider anzuzeigen, damit die ordnungsgemäße Entlassung eines der beiden Mitarbeiter unter Einhaltung der Kündigungsfrist erfolgen kann.

Dr. Herbert Brockstedt ppa.

Frau Schneider war, wie wir wissen, von Brockstedt einiges gewohnt, und sie nahm das Diktat dieser auch für Lurzer-Verhältnisse etwas ungewöhnlichen Verfügung ohne mit der Wimper zu klimpern auf. Als sie ihren Stenoblock zuklappte, konnte sie sich freilich die Frage nicht verkneifen, ob Brockstedt diese Verfügung für klug halte.

»Klug??« fragte Herbert mit erstaunten Augen. »Klug?? Ich halte diese Verfügung für notwendig. Wo kämen wir denn hin, wenn hier jeder mit jedem herumkuddelmuddelte!«

Wie die Natur so arbeitet. Frau Schneider tippte diese Verfügung auf Matrize, ich verteilte sie in sämtlichen Zimmern an sämtliche Mitarbeiter und hängte sie sicherheitshalber zusätzlich ans Schwarze Brett. Dort hing sie allerdings nur einen Tag, nämlich genau bis zu jenem Augenblick, als Brockstedt entdeckte, daß eine zittrige Hand mit stark an altdeutsche Sütterlin-Schriftzüge erinnernden Druckbuchstaben mit einem roten Kugelschreiber in Klammern

(Dr. Herbert Impotent, ppa.)

unter seine Unterschrift geschrieben hatte. Gewiß; ich weiß, daß auch bei einigen Mitarbeitern unserer Firma die ärgerliche Gewohnheit beobachtet werden kann, die Höhenunterschiede zwischen ihnen und Respektspersonen zu verringern. Ich weiß auch, daß Spekulationen über das sexuelle Verhalten von Respektspersonen beliebtes Gesprächsthema an den Schreibtischen sind. Ich, Sigbert Schmidt, Azubi und seit drei Wochen gewissenhafter

Chronist des Niedergangs der Lurzer KG, werde endlich einmal sittliche Reife beweisen. Ich werde der Frage, ob Brockstedt nun als Very Impotent Person, schlicht als VIP, bezeichnet werden müsse oder nicht, unter keinen Umständen weiter nachgehen. Zum einen handelt es sich, sorry, was mich betrifft, bei Dr. Herbert Brockstedt ppa. und was weiß ich alles noch, um keine Respektsperson. Zum anderen besteht kein Anlaß, sich unterhalb der Gürtellinie zu bewegen, wenn sich oberhalb derselben genug abspielt.

Zu untersuchen sind die Folgen jener auch für Lurzer-Verhältnisse ungewöhnlichen Verfügung Brockstedts, also des sogenannten Neuhammer-Papiers. Ich hatte mich von Gabriele abgewandt und mich Brockstedt genähert, als Gaby das Schreibzimmer weinend verlassen hatte. Kantinengespräche lassen mich vermuten, daß Gabriele die folgenden beiden Tage weinend im Bett (ihrem eigenen!) verbrachte und Gerhard Semmler, als er (mit einem Blumenstrauß!) um Verzeihung bitten wollte, von Gabrieles Vater eigenhändig die Treppe hinunterbefördert wurde. Ich habe beobachten können, wie Gabriele, als sie am dritten Kranktheitstag wieder in der Firma aufgetaucht war, einen Zettel an jene Stelle des Schwarzen Brettes heftete, an der zuvor das Neuhammer-Papier Brockstedts gehangen hatte.

> BEKANNTMACHUNG
>
> HIERDURCH TEILE ICH ALLEN KOLLEGINNEN UND KOLLEGEN, DIE ES WISSEN WOLLEN, UND JENEN KOLLEGINNEN UND KOLLEGEN, DIE ES NICHT WISSEN WOLLEN, MIT, DASS ICH MIT HERRN GERHARD SEMMLER WEDER FREUNDSCHAFTLICH NOCH NICHT FREUNDSCHAFTLICH AUF IRGENDEINE WEISE VERBUNDEN BIN.
>
> GABRIELE NEUHAMMER PPA.

Ich brauche nicht zu erwähnen, daß es diesmal Herbert Brockstedt war, der diesen Zettel vom Schwarzen Brett riß. Doch leider nicht schnell genug!

Gerhard Semmler las Gabrieles Bekanntmachung, eilte so schnell er konnte in sein Büro und nahm Brockstedts Neuhammer-Papier aus seinem Schreibtisch. Gerhard Semmler begab sich mit dieser Verfügung ins Schreibzimmer. Gerhard Semmler legte diese Verfügung auf Gabrieles Schreibtisch.

»Jetzt begreife ich erst, weshalb du mit mir nichts mehr zu tun haben willst!« sagte er leise. »Du hast Angst vor Brockstedt! Wie kann ein Mensch nur so schrecklich feige sein!«

»Laß mich in Ruhe!« sagte Gabriele. »Frau Koch, Herr Semmler hält mich von der Arbeit ab!«

»Ich gehe ja schon!« sagte Semmler.

Geneigter Leser. Die Mühlen jenes höheren Wesens, das wir verehren, mahlen langsam, aber unerbittlich. Weil sich Gabriele beeilte, hatte sie jene Arbeit, die während ihrer beiden Fehltage unerledigt geblieben war, nach drei Stunden erledigt. Kurz vor der Mittagspause (elf Uhr) lohnte es sich nicht mehr, eine weitere Cassette ins Abspielgerät zu schieben, und Gabriele las Brockstedts Verfügung betreffend den inner- und außerbetrieblichen Umgang und so weiter. »Der spinnt wohl, der Herbert!« rief sie wütend, sprang von ihrem Arbeitsplatz hoch und rannte von der Wut beschleunigt in Semmlers Büro. Thieme feilte gerade seine Fingernägel, weil sich seine Frau in der Nacht zuvor geweigert hatte, sich von ihm berühren zu lassen.

»Ist Gerhard nicht hier?« fragte Gaby.

»In der Kantine vermutlich!« sagte Thieme vorsichtig.

»Danke!« sagte Gabriele.

Als Gabriele in der Kantine auftauchte, herrschte dort Hochbetrieb. Fast sämtliche Mitarbeiter saßen bereits an den kleinen viereckigen Tischen. Das Menü las sich eindrucksvoll:

GRÜNKOHL MIT METTENDEN DUBARRY.

Suchend sah sich Gabriele um. Freudig leuchteten ihre Augen auf, als sie Semmler an einem Tisch zusammen mit Brockstedt erblickte.

»Gerhard, ich liebe dich!« brüllte sie so laut sie konnte in die Kantine, schlang dann ihre Arme um seinen Hals, und Brockstedt wäre fast an einem der Mettenden Dubarry erstickt.

»Fräulein Neuhammer!« brüllte Brockstedt. »Haben Sie denn meine Verfügung nicht gelesen!«

»Herr Dr. Brockstedt!« sagte Semmler feierlich. »Darf ich Ihnen meine Verlobung mit Fräulein Neuhammer bekanntgeben?«

Brockstedt griff an jene Stelle, wo Optimisten bei ihm das Herz vermuteten.

»Das ist doch ...«

»Angina pectoris!« sagte ich leise, weil ich Brockstedt nicht im Regen eines unvollendeten Satzes stehenlassen wollte. Muß ich noch etwas hinzufügen?

EIN VORGESETZTER, DER SICH UM DAS PRIVATLEBEN
SEINER MITARBEITER DERGESTALT KÜMMERT,
DASS ER DEN PRODUKTIONSFAKTOR L WIE LIEBE
ZUM GEGENSTAND DIENSTLICHER VERFÜGUNGEN MACHT,
UNTERGRÄBT SEINE AUTORITÄT.
ER MACHT SICH SCHLICHT UND EINFACH LÄCHERLICH.
(13. Schmidtsches Gesetz)

Kaputt 14

Unerbittlich mahlt das Schicksal mit seinen Jacket-Kronen: Der Satz gefällt mir so gut, daß ich ihn hier auf das Papier setze, obgleich ich mir gegenwärtig gar nicht sicher bin, daß Dr. Brockstedt meine Arbeit noch zur Kenntnis nimmt, wenn sie endlich abgeschlossen sein wird. Brockstedt soll in Kürze nach Boston fliegen, und wenn mich noch etwas zu überraschen vermag, so die Tatsache, daß ihn KONRAD LURZER dazu eingeladen hat und daß es sich um eine Angelegenheit handeln soll, die das weitere Schicksal unseres Unternehmens betrifft. Wenn da bloß aus Flüsterparolen keine Panik entsteht. Bis jetzt ist noch alles friedlich, ja einträchtig. Kalinke spielt mit Semmler Schach. Obwohl Frau

Koch längst entlassen ist, kommt sie jeden Mittag mit einem Kochgeschirr in die Firma und bringt Herrn Lehmann das Mittagessen. Herr Lehmann sitzt in der Datenverarbeitung, wo eigentlich auch Gerhard Semmler sitzen sollte, aber wie gesagt, Semmler spielt mit Kalinke Schach, und das ist kein Wunder, denn der einzige, der über Daten verfügt und sie noch verarbeiten kann, bin ich. Wenn Dr. Inoshiro Inouchi, der gemeinsam mit Alf Goslar die Lurzer KG in ihren gegenwärtigen Zustand rationalisiert hat, nicht irrt, entsteht Kunst vor allem durch Weglassen. In diesem Fall dürfte sich mein Bericht allmählich zum absoluten Kunstwerk entwickeln, denn im Weglassen bin ich sozusagen einsame Spitze. Nicht weglassen werde ich freilich den Einzug Alf Goslars in unsere Firma: Ein Ereignis von höchster Wichtigkeit, das nicht von Brockstedt, sondern von KONRAD LURZER persönlich verantwortet wurde. Entsprechend dieser höchstinstanzlichen Entscheidung wirkte sich Alf Goslars Anstellung in der Firma denn auch aus.

Ich bin wieder auf meine Phantasie angewiesen, denn wenn es darum geht, die Vorgänge in der Einsamkeit höchster Chef-Etagen nachzuvollziehen, wird alles sehr spekulativ.

Möglichkeit eins: KONRAD LURZER (der Mann, dem dieser Laden gehört) zweifelt an den Fähigkeiten Dr. Brockstedts als Führungskraft und entschließt sich, während er bei der Jagd über die Firma nachdenkt, zur Anstellung eines zweiten Mannes, der das Zeug dazu hat, Brockstedts Führungsschwäche auszugleichen. Möglichkeit zwei: Semmler macht einen Fehler und bittet Brockstedt darum, ihn endlich auch offiziell mit der Leitung der Abteilung Verkauf Ausland zu beauftragen. Brockstedt hat gute Laune, bittet um Zustimmung KONRAD LURZERS, und dieser wird überhaupt erst darauf aufmerksam, daß Leclair ausgeschieden ist, und schlägt seinerseits Alf Goslar für diese wichtige Stelle vor.

Möglichkeit drei: Alf Goslar wird bei der Schatzdorf KG infolge einer dort ausgebrochenen Rationalisierungsepidemie arbeitslos und bittet KONRAD LURZER um eine Stellung bei der Lurzer KG. Alle drei Möglichkeiten sind wahrscheinlich und vorstellbar. Gewiß ist lediglich, daß Herbert Brockstedt an einem

Montagmorgen ungewöhnlich lange und laut Richard Wagners Götterdämmerung vom Laser abtasten und dann alle Mitarbeiter der kaufmännischen Abteilung zu einer Dienstbesprechung zusammenrufen ließ. Weil ich die Einladungen zu dieser Besprechung von Büro zu Büro tragen mußte, kann ich hier anführen, wie Mitarbeiter diese Dienstbesprechung aufnahmen:

»So ein Blödsinn, ich wollte zum Friseur«. (Isolde Koch)

»Scheiße, ich hab' einen TÜV-Termin!« (Gerhard Semmler)

»Jetzt sehe ich Gerhard wieder nicht in der Mittagspause.« (Gabriele Neuhammer)

»Hoffentlich betrifft diese Besprechung die Buchhaltung nicht!« (Ferdinand Kalinke)

»Eine Dienstbesprechung bedeutet meist etwas Schlimmes!« (Albin Thieme)

Was soll ich viele Worte darüber verlieren: Albin Thieme lag (ausnahmsweise) mit seiner Vermutung völlig richtig: Mit jener Dienstbesprechung begann sich das akute Stadium des Niedergangs der Lurzer KG zu beschleunigen, und selbstverständlich ahnte Brockstedt nichts, nicht das geringste. Ganz im Gegenteil. Als er zur angekündigten Zeit das große Besprechungszimmer betrat, huschte ein ungläubiges Staunen über seine faltigen Gesichtszüge. Sämtliche, aber auch wirklich sämtliche Mitarbeiter hatten sich im Besprechungsraum II eingefunden, und so warf sich Brockstedt stolz in die Brust, als er mit seinem Begleiter (natürlich Alf Goslar) und der unvermeidlichen Frau Schneider an den Mitarbeitern vorbei zu jenem Tisch ging, der die beiden Reihen gegenüberstehender Tische U-förmig verband. Gabriele saß neben Gerhard, weil sie seit Erlaß des sogenannten Neuhammer-Papiers ihre Liebe nicht mehr geheimhielt, umklammerte Semmlers Hand glücklich. Watzmann ließ seine Meditationsgewohnheiten nicht von so geringfügigen Anlässen wie Dienst- oder Geschäftsbesprechungen über den Haufen werfen. Frau Koch strickte einen Pullover, und ihre Nadeln klapperten leise. Thieme hatte wie immer ein ungutes Gefühl, und Semmler dachte (noch) an überhaupt nichts. Das sollte sich freilich ändern, als er Alf Goslar neben Brockstedt erblickte.

»Liebe Mitarbeiterinnen und Mitarbeiter!« begann Brockstedt. »Ich habe Sie zusammenrufen lassen, um Ihnen einen neuen Mitarbeiter vorzustellen, der mit sofortiger Wirkung die Nachfolge von Herrn Leclair antreten wird, der uns leider verlassen mußte. Herr Goslar, der bislang für die Schatzdorf-Kaufhausgruppe tätig war, wird mich gleichzeitig bei verschiedenen Organisationsaufgaben entlasten. Wenn Herr Goslar einige Worte dazu sagen möchte ...«

»Vielen Dank, Herr Brockstedt«, sagte Goslar freundlich. »Ich möchte erst etwas sagen, wenn ich mich mit meinem neuen Aufgabengebiet vertraut machen konnte!«

Ein erstauntes Gemurmel der Lurzer-Mitarbeiter wurde hörbar, und ich kann dieses Gemurmel dazu benutzen, mich mal wieder tief in andere Gehirne zu versetzen, was freilich nur dann interessant erscheint, wenn es sich um echte, menschliche Gehirne handelt und nicht um aus Microchips gebastelte Elektronengehirne, die im Prinzip immer nur 0 und 1 denken können, das allerdings mit affenartiger Geschwindigkeit. Tod dem Computer. Friede den Bürokraten, das kann ich nicht oft genug auf das wehrlose Papier hämmern, und die Tatsache, daß auch in der elektronischen Schreibmaschine, die mir Brockstedt für die Niederschrift meines Berichts zur Verfügung gestellt hat, winzige Mikroprozessoren darüber entscheiden, ob ein X oder ein U aufs Papier gerät, ändert überhaupt nichts an meiner Meinung: Was mich betrifft, so könnte das Element Silizium, aus dem diese Arbeitsplatzkiller geschmolzen werden, getrost von diesem unseren Planeten verschwinden.

Während die Lurzer-Mitarbeiter noch immer leise (murmelmurmel) diskutierten, welche Folgen die Einstellung Goslars a) für die Lurzer KG im allgemeinen und b) für ihre eigene Existenz im besonderen nach sich ziehen würde, verkündete Brockstedt, daß Gerhard Semmler (mit sofortiger Wirkung) wieder seinen alten Aufgabenkreis als Verkaufssachbearbeiter zu übernehmen habe, weil Alf Goslar selbstverständlich Leclairs Zimmer beziehen und dessen Sekretärin übernehmen würde, und ... oh, ein gequältes Stöhnen drang aus Semmlers Kehle.

Jawohl, Herr Dr. Brockstedt, jeder Personalchef macht mal

Fehler, aber manche Personalchefs machen jeden möglichen Fehler! Alle Menschen wünschen sich mehr Glück, und während meiner Ausbildungszeit habe ich den Eindruck gewonnen, daß Glück (mal ganz abgesehen vom Produktionsfaktor L) beruflichen Aufstieg, d.h. im Klartext *mehr Geld* bedeutet.

Es übersteigt meine Komeptenzen, hier die Frage zu untersuchen, ob jene Gebrauchsgüter, die sich Semmler wünschte, sinnvoll und für sein Leben unerläßlich waren, aber das Grundgesetz garantiert, wie ich auf dem Gymnasium gelernt habe, jedem die freie Entfaltung seiner Persönlichkeit. Wenn Semmler einen neuen Sportwagen, eine größere und schönere Wohnung, Bally-Schuhe und Maßanzüge vom Schneider Leclairs für die freie Entfaltung seiner Persönlichkeit als unabdingbar ansah, befand er sich damit eindeutig auf dem sorgsam markierten Feld unserer Verfassung. Ganz zu schweigen von meinem Verdacht, daß seine Verlobung mit Gabriele nicht unerheblich von den Hoffnungen beeinflußt gewesen sein mußte, die sich zwangsläufig aus der Vertretung Leclairs und der gewissermaßen kommissarischen Übernahme des Sachgebiets Verkauf Ausland bei einem jungen Angestellten einstellen mußten. Ich weiß, es bietet sich jetzt geradezu an, mit bewegenden Worten zu schildern, in welchem Maße die Einstellung Alf Goslars als Nachfolger Leclairs Semmlers Karriereträume in sich zusammenbrechen ließ. (Beispiel: Klirrend kalter Nachtfrost legte sich auf die gerade geöffnete Kirschblüte.) Ich werde mir derlei an dieser Stelle verkneifen, weil ich die Folgen der Rückversetzung Semmlers auf seinen alten Arbeitsplatz (Frust = Lust-Verlust: S. Schmidt) später schildern muß, wenn ich die Frage untersuche, wie es kam, daß unsere Firma plötzlich zu einer Art Rajneesh-Zentrum wurde und Brockstedt befürchtete, nicht mehr er sei Kaufmännischer Leiter und Personalchef, sondern Bhagwan. Keine Vorgriffe auf künftige Entwicklungen, steht auf einem Zettel, den ich mir über meinen Arbeitsplatz gehängt habe. Ich muß aber an dieser Stelle, wo ich eine Brockstedt-Entscheidung kritisiere, begründen, was Brockstedt falsch gemacht hat.

Alles Leiden hat seine Ursache in den Anfängen. Jede Gewohnheit, das gilt auch für die Form dieses meines Berichts, wird erst dann schön, wenn man sie von Zeit zu Zeit durchbricht. Deshalb werde ich jetzt, wo der Leser erwartet, daß jedes meiner Kapitel mit einem Bürogesetz endet, zwei Bürogesetze von fundamentaler Wichtigkeit wie Ostereier mitten in einem Kapitel verstecken. Dieses Kapitel widme ich Kurt Vonnegut (»Aufgabe der Kunst ist es...«):

IM ZWEIFELSFALLE IST DAVON AUSZUGEHEN,
DASS JEDER ANGESTELLTE GRUNDSÄTZLICH DAVON ÜBERZEUGT IST,
ER KÖNNE JEDE TÄTIGKEIT EINES BESSER BEZAHLTEN
VORGESETZTEN MINDESTENS GENAUSOGUT,
WAHRSCHEINLICH ABER BESSER ERLEDIGEN ALS DIESER.
AUS DIESEM GRUNDE GEHT EIN ANGESTELLTER,
DER MIT LÄNGER WÄHRENDER VERTRETUNG
EINES VORGESETZTEN ODER MIT DER
KOMMISSARISCHEN WAHRNEHMUNG VON AUFGABEN
EINES VORGESETZTEN BEAUFTRAGT WIRD,
DAVON AUS, DASS ER LETZTLICH ENDGÜLTIG
UND AUF DAUER MIT DER WAHRNEHMUNG DIESER AUFGABEN
BETRAUT WIRD UND DAS
MIT IHNEN VERBUNDENE GEHALT ERHÄLT.
(14. Schmidtsches Gesetz)

DIE ÜBERZEUGUNGEN, ANSICHTEN UND KARRIERE-HOFFNUNGEN
EINES ANGESTELLTEN GEMÄSS DEM 14. SCHMIDTSCHEN GESETZ ENTBEHREN
IM REGELFALLE JEDER REALEN GRUNDLAGE.
(15. Schmidtsches Gesetz)

Bei dieser Dienstbesprechung, als sämtliche Mitarbeiter außer Semmler und Dr. Brockstedt den neu eingestellten Leiter der Abteilung Verkauf Ausland Alf Goslar zum erstenmal erblickten, ereignete sich folglich, was sich nie zuvor bei einer Dienstbesprechung ereignet hatte: Gerhard Semmler wurde bleich, ließ Gabrieles Hand los und stand auf.

»Entschuldigen Sie bitte, Herr Dr. Brockstedt!« sagte er. »Ich muß mal rausgehen. Mir ist auf einmal ziemlich schlecht!«

»Natürlich können Sie raus!« sagte Dr. Brockstedt. Ich saß bei dieser Dienstbesprechung neben Renate Gerlach, und ich sah, wie meist bei Dienstbesprechungen, gelangweilt nach vorn. So sah ich Alf Goslars Gesicht, und ich kann hier an Eides statt versichern, was ich beobachten konnte: Als Gerhard Semmler das Besprechungszimmer verließ, lächelte Alf Goslar.

Wir wissen nicht was wir wollen, aber das wollen wir mit aller Kraft: Selbstverständlich habe ich diesen Grundsatz der Firmenpolitik nicht zufällig über meinen Bericht gesetzt und ihn dort einsam wie ein Programmierer beim System-Crash stehen lassen, sondern ich bin bestrebt, ihn mit jeder Zeile meines Berichts zu beherzigen.

»Herr Schmidt«, sagte Brockstedt vorgestern zu mir, »auch wenn ich Ihnen aus prinzipiellen Gründen nicht in Ihre Arbeit hereinreden will, hätte ich mir diesen Bericht entschiedener, eindeutiger gewünscht!«

Ach Herbert: Als ob es in dieser unserer im Umbruch befindlichen Bürowelt noch eine Eindeutigkeit gäbe! Ich habe Allegorien bislang geflissentlich vermieden, aber wenn es sein muß: Der typische Angestellte gleicht gegenwärtig einem Hasen, der zitternd auf die Schlange starrt, die hochaufgerichtet mit EDV-Programmen züngelt. Wer in dieser Situation etwas anderes erwartet als den in den Sand gesteckten Kopf jenes Vogels Strauß oder das rast- und ruhelose Hin- und Herwandern des gefangenen schwarzen Panthers (R. M. Rilke, jawohl!) in seinem Käfig, der ist selber daran schuld. Wem die Hosen voll sind, dem läuft der Mund über. Dieser mein Bericht entspricht exakt der dargestellten Situation. Die Situation gleicht der von Ratten auf einem sinkenden Schiff. Ich möchte Dr. Brockstedt an jenen Satz erinnern, den er Frau Koch entgegenhielt, als sie vier Wochen nach Einstellung Goslars vorsichtig gefragt hatte, ob die geplante Installation des neuen

Großcomputers nicht die Arbeitsplätze der Mitarbeiter gefährde.

»Gefährdung hin, Gefährdung her!« haben Sie Frau Koch geantwortet. *»Wir müssen da durch!«*

Das, lieber Dr. Brockstedt, gilt auch für meinen Bericht, und weil nun einmal Ihr Gründlichkeitsgebot auf mir lastet wie das Reinheitsgebot über den deutschen Bierbrauereien, komme ich nicht umhin, Alf Goslar näher zu beleuchten. Auch der unbedingte Wille Alf Goslars zum Erfolg (Der Wille zur Macht?) ist einer der zahlreichen Ursachen des Niedergangs unserer Firma, und so werde ich mich jetzt Goslars Lächeln zuwenden. Lächeln uns die Goslars in den Untergang? Man kann es drehen und schieben, wie man will; immer wieder, wenn ich die Mitarbeiter unserer Firma vor die Optik meines inneren Auges zerre, komme ich zum Ergebnis, daß es in dieser Firma eigentlich (wenn überhaupt) nur ein unter psychiatrischen Gesichtspunkten als normal zu betrachtendes Wesen gab, nämlich den Schäferhund des Nachtwächters. Dieser vorn bellende und hinten mit dem Schwanz wedelnde freundliche Kläffer nämlich war weder von Eltern noch von Schulen verbogen worden, und um das zu begründen, muß ich wenigstens an einem Beispiel aufzeigen, wie eine Führungskraft entsteht.

Der Lächler
Psychogramm eines leitenden Angestellten
(von Sigbert Schmidt)

An einem schönen warmen Frühlingstag (der Seidelbast blühte schon) gab der Klassenlehrer der vierten Klasse seinen Schülern eine Rechenarbeit zurück. Alle Schüler hatten vor dem Ergebnis dieser Rechenarbeit gezittert, am meisten aber geängstigt hatte sich der kleine Alf, der damals noch kurze Hosen trug. Seine Furcht war nicht unbegründet. Der Lehrer verlas die Zensuren vor der Klasse. Weil der Lehrer ein echter Lehrer, d.h. mit leicht sadistischen Charakterzügen ausgestattet war, ließ er die Schüler einen nach dem anderen nach vorn kommen, betrachtete die kleinen Bündel Mensch nachdenklich und ließ dann die Zensuren auf sie herunterprasseln, ließ sie fehlerhaft gelöste Rechenaufgaben an der Klassentafel wiederholen. Weil ein echter Lehrer mit leicht sadistischen Charakterzügen stets Sinn für Dramaturgie entwickelt, gab dieser Lehrer zuerst die Arbeiten mit den besten Zensuren zurück, zuletzt die Arbeiten mit den schlechten Zensuren und zuallerletzt die allerschlechteste Rechenarbeit, nämlich die Arbeit des kleinen Alf. »Du bist eine Schande für die ganze Familie«, brüllte am Abend Alfs Vater, »von jetzt ab werde ich dich bei den Hausaufgaben persönlich überwachen!«

Das tat Alfs Vater dann auch, und er tat es auf eine besondere Weise: Er setzte sich mit Alfs dreißig Zentimeter langem Holzlineal neben seinen Sohn, sah zu, wie er sich mit den Zahlen abquälte, und sobald Alf eine Rechenaufgabe falsch zu lösen begann, hob Alfs Vater das Lineal und ließ es auf Alfs Finger sausen. Als Alf das Lineal zum erstenmal spürte, schrie er leise auf. Danach nahm sein Gesicht einen Ausdruck an, mit dem er nicht nur seinen Vater, sondern die ganze Welt um Verzeihung zu bitten schien.

»Wir werden dich zum besten Schüler deiner Klasse machen!« sagte Alfs Vater, und Alf lächelte. Er lächelte sich von der vierten Klasse der Grundschule in die Realschule, und von dort lächelte er sich ins Gymnasium. Er lächelte sich bis zum Abitur.

»Ich möchte am liebsten Kunst studieren!« sagte der Abiturient Alf leise zu seiner Mutter, aber da schob sich schon wieder sein Lächeln in sein Gesicht. Obwohl Alfs Vater zwischenzeitlich gestorben war, sah Alf noch immer das zum Schlag erhobene Lineal, und er korrigierte sich sofort gegenüber seiner Mutter.

»War nur ein Scherz von mir!« sagte er. »Natürlich werde ich Betriebswirtschaft studieren!«

Und Alf studierte. Er lächelte sich durch Seminare und Klausuren, lächelte sich von Vorlesung zu Vorlesung, und immer, wenn er eine Aufgabe anders zu lösen im Begriff war, als es sein Vater gewünscht hätte, spürte er das unsichtbare Lineal, seine Finger verkrampften sich, und er steckte seine Hand vorsichtshalber in die Hosentasche.

»Ich werde mit meinem ausgezeichneten Studienabschluß erst mal ins Ausland gehen«, erklärte er seiner Freundin, aber da meldete sich wieder das Lineal, und er lächelte. »Nein«, sagte er, »das war nur ein Scherz von mir. Ich werde mich als Direktionsassistent bei der Schatzdorf-Kaufhausgruppe bewerben!«

Weil aber seine Freundin schlicht und einfach eine Krankenschwester war, seiner Karriere also in keiner Weise hilfreich, deutete der tote Vater kurze Zeit später mit dem Lineal auf die Krankenschwester, und Alf trennte sich von ihr, freundlich lächelnd. Erst Jahre später, als seine Karriere bei Schatzdorf ins Stocken geraten war, verliebte er sich in die Tochter eines Bankdirektors, der Meister vom Stuhl jener Freimaurer-Loge war, in der auch die meisten Vorstandsmitglieder des Schatzdorf-Kaufhauses an jedem Freitagabend im Tempel mauerten.

»Endlich hat meine Seele ihre verdiente Ruhe!« stöhnte der durch Alfs Lineal im Diesseits verhaftete Vater sichtlich befriedigt. Er legte das Lineal aus seiner ermatteten Hand. Seine Seele geriet in einen Zwischenzustand, wurde aber sofort wieder in die Welt zurückgeschleudert und bekam den Körper einer künftigen Politesse als Aufenthaltsort zugewiesen. Alfs Vater vererbte das Lineal Alfs zukünftiger Frau. Und Alf lächelte. Er lächelte sich durch Freimaurer-Zusammenkünfte und Vorstandssitzungen, bis er sich endlich auf den Platz des Einkaufsleiters der Schatzdorf-Gruppe gelächelt hatte, wo er zum Beispiel entscheiden konnte, ob Sportartikel von der Konrad Lurzer KG bezogen wurden oder von deren Konkurrenz.

»Ich glaube, du solltest mal die Firma wechseln!« sagte Alfs Ehefrau eines Abends, als Alf nichts Böses ahnend vor dem Fernsehgerät saß, um die zweihundertvierzigste Folge der Fernsehserie »Büro-Büro« zu betrachten.

»Meinst du?« fragte Alf. »Ich fühle mich bei Schatzdorf eigentlich ganz wohl!«

»Du kommst dort nicht weiter!« sagte seine Frau. »Mein Vater hat mit Konrad Lurzer gesprochen. Der braucht einen Mann wie dich, auf den er sich verlassen kann. Der Brockstedt, der das jetzt macht, wird langsam senil!«

Alf wollte antworten, aber er sagte nichts. Er lächelte nur sein Lächeln, und er steckte die Hand in die Hosentasche. Blöd sind

Menschen wie Goslar nun wirklich nicht: Alf hatte längst begriffen, daß das Lineal noch immer greifbar nahe war. Es befand sich lediglich seit Alfs Heirat nicht mehr in der Hand seines Vaters, sondern unter dem Rock seiner Frau.

Wie die Natur so arbeitet: Wieder packte ein Lurzer-Mitarbeiter Kugelschreiber, Heftmaschine, Kalkulator, Frühstücksbrot und Zimmerpflanzen zusammen und wechselte den Arbeitsplatz. Ich brauche die Gefühle Semmlers nicht zu beschreiben; als er mit dem Fuß die Tür zu seinem alten Büro in der Verkaufsabteilung aufstieß, den Karton mit seinen Sachen auf seinen alten Schreibtisch stellte und dann anfing, die Utensilien in seinen Schreibtisch zu räumen, ging es ihm nicht sonderlich gut.

»Ja, ja!« sagte Albin Thieme. »Man darf sich nie große Hoffnungen auf eine Karriere machen. Bei Lurzer hat man sein Auskommen, aber nicht mehr.«

»Du kannst dir deine Firmen-Philosophie in die Haare schmieren«, sagte Semmler ziemlich unfreundlich, und weil Thieme selbstverständlich nur die allerwichtigsten Angelegenheiten erledigt hatte, während Semmler auf Leclairs Stuhl von beruflichem Aufstieg träumte, fand Semmler Stapel unerledigter Vorgänge auf seinem Schreibtisch und auf seinem Aktenbock, denen er sich wenig später mit leidendem Gesichtsausdruck zuwandte. Jeder Internist, der ihn in diesem Augenblick gesehen hätte, hätte auf ein Magengeschwür getippt und damit vielleicht nicht einmal schiefgelegen.

In den ersten drei Wochen nach Alf Goslars Anstellung bei der Lurzer KG passierte (wie meist in Büros) erst einmal sehr wenig. Alf saß hinter seinem Schreibtisch, lächelte und beschäftigte sich mit jenen Vorgängen, die Semmler hatte liegenlassen, weil er sich einerseits zwar als Leclairs Nachfolger gefühlt hatte, andererseits aber nur kommissarisch mit der Erledigung der Aufgaben betraut worden war. Weil Vertreter bzw. kommissarisch mit Aufgaben betraute Angestellte grundsätzlich so wenig wie möglich arbeiten, konnte sich Goslar über Mangel an Arbeit nicht beklagen, und er arbeitete mit jenem Tempo, das bei Schatzdorf als normal gegolten hätte, in unserer Firma aber dazu führte, daß Helga Mertins innerhalb einer Woche fünf Kilo abnahm, weil sie angesichts Goslars Arbeitseifer weder mittags in die Kantine gehen, noch nachmittags in Ruhe Kaffee und Kuchen am Arbeitsplatz genießen konnte. Nach Ablauf dieser Woche begab sie sich eines Morgens völlig erschöpft in Brockstedts Büro.

Brockstedt trank gerade seinen ersten Kaffee. Im Compact Disc Player drehte sich »Rienzi«, natürlich von Richard W., in einer (ziemlich mäßigen) Aufnahme der Staatskapelle Dresden unter der Leitung von Heinrich Hollreiser.

»Gerechter Gott! – In seiner Blüte bleicht mein Leben«, quälte sich Adriano durch seine Arie, und Brockstedt grübelte, was es mit diesem Alf Goslar, den er auf ausdrücklichen Wunsch KONRAD LURZERS hatte einstellen müssen, auf sich haben könne. Obwohl bei alternden Menschen die Empfindlichkeit der Sinne häufig nachläßt, was ich auf Nervengifte wie Alkohol, Nikotin und dergl. zurückführe, war Brockstedts Sinn für drohende Gefahren nach wie vor hochempfindlich. Irgend etwas braute sich da zusammen, aber er wußte nicht, was auf ihn zukam. Zuerst allerdings kam Frau Schneider mit der Postmappe auf ihn zu.

»Dieser Alf Goslar«, bemerkte Frau Schneider leichthin, »ich muß schon sagen, alle Achtung!«

»Wieso?« fragte Brockstedt irritiert.

»Die Auftragsentwicklung! Wir haben innerhalb der letzten vierzehn Tage mehr Aufträge hereinbekommen als im gesamten Vierteljahr zuvor!«

»Das ist es ja gerade, was mich beunruhigt!« sagte Brockstedt.

Geneigter Leser, nichts wäre hier folgerichtiger, als die Gründe zu schildern, die zu Brockstedts Unruhe geführt hatten. In unserer Firma war es aber kaum möglich, einen einmal gefaßten Gedanken in Ruhe zu seinem Ende zu denken. Unerwartet und ohne vorher an die Tür geklopft zu haben, betrat Helga Mertins Brockstedts Büro.

»Aus prinzipiellen Gründen bitte ich, vor Betreten meines Büros anzuklopfen!« sagte Brockstedt.

Mertins verließ das Büro. Sie schloß die Tür hinter sich, klopfte an und trat erneut in das Büro, nachdem Brockstedt laut »Herein!« gerufen hatte.

»Ich habe keine Lust mehr, für Herrn Goslar zu arbeiten!« sagte Frau Mertins. Brockstedt fiel einmal mehr aus allen Wolken, und er fragte sie, ob sie sich darüber im klaren sei, daß dieser Sachverhalt a) eine Arbeitsverweigerung darstelle und b) deshalb ein Grund für eine fristlose Entlassung sei.

»Sie brauchen mich nicht zu entlassen!« sagte Helga Mertins. »Wofür bin ich denn verheiratet? Ich kündige mit sofortiger Wirkung!«

»Einverstanden!« sagte Herbert. »Ich nehme die Kündigung an. Frau Schneider wird Ihnen Ihre Papiere fertigmachen!«

»Nichts ist mir lieber als das!« sagte Frau Mertins.

Verfügung PA Schrei/798-12-X 27

Im Hinblick darauf, daß Frau Helga Mertins aus persönlichen Gründen die Konrad Lurzer KG verläßt, tritt ab sofort folgende Regelung in Kraft: Frl. Renate Gerlach übernimmt mit sofortiger Wirkung die Schreibarbeiten für Herrn Goslar und zieht deshalb in dessen Vorzimmer. Das Aufgabengebiet von Frl. Gerlach im Schreibzimmer wird zwischen den Damen Koch und Neuhammer aufgeteilt, denen zur Erleichterung ihrer Arbeit, d.h. zur Steigerung des Schreibkomforts, elektronische Speicher-Schreibmaschinen zur Verfügung gestellt werden.

Dr. Herbert Brockstedt ppa.

Wie die Natur so arbeitet: Dr. Brockstedt diktierte, Frau Schneider schrieb, und als Brockstedt obige Verfügung unterzeichnet hatte, griff er nach dem Telefonhörer und rief das Büromaschinenhaus Lehmann & Mossner an.

»Der Compact Disc Player plays ganz ausgezeichnet!« sagte er. »Ich darf bei dieser Gelegenheit zwei elektronische Speicherschreibmaschinen bestellen!«

»Wir danken für diesen Auftrag!« sagte der die Lurzer KG bearbeitende Verkaufssachbearbeiter. »Übrigens werden Sie in den nächsten Tagen zwei unserer Herren wegen des Computer-Systems anrufen!«

»Welches Computer-System?« fragte Brockstedt.

»Wir haben mit Ihrem Herrn Goslar darüber gesprochen! Ich dachte, Sie wüßten darüber Bescheid!«

»Natürlich weiß ich Bescheid!« sagte Brockstedt. »Was denn sonst!«

Natürlich wußte Dr. Brockstedt nicht Bescheid. (Was denn sonst!) Alf Goslar hatte zwischenzeitlich allerdings bewiesen, daß er wirklich aus jenem Holz geschnitzt war, aus dem der Weltgeist, d.h. jenes höhere Wesen, das wir (ich und Heinrich Böll) verehren, die echten, wirklichen und wahrhaftigen Führungskräfte schnetzelt. Alf Goslar hatte in der Verkaufsabteilung gelächelt, Rückstände aufgearbeitet, und er hatte sich vom Keller bis zum Dach durch sämtliche Abteilungen gelächelt. Er hatte Thieme und Semmler über die Schultern gesehen. Er hatte Semmler freundlich lächelnd erklärt, daß sich alte Schulkameraden auch weiterhin mit Du anreden könnten, wenn der eine Leiter Verkauf Ausland und der andere ein schlichter Verkaufssachbearbeiter sei. Bei dieser Gelegenheit hatte er sich mit der Abwicklung von Aufträgen vertraut gemacht.

Er hatte sich durch die Buchhaltung gelächelt und Kalinke erklärt, daß er Buchhalter seit frühester Kindheit bewundere, und er hatte Kalinke das Du angeboten. Bei dieser Gelegenheit hatte er sich in die Feinheiten der Buchführung im allgemeinen und der Lurzer-Buchhaltung im besonderen eingearbeitet.

Er hatte in der Kalkulationsabteilung gelächelt, den Kalkulator Sedladcek gebeten, ihm in einer Art Privatkurs die Sütterlin-Schrift beizubringen, ihm das freundschaftliche Du angeboten und ganz nebenher gelernt, wie man den Verkaufspreis eines Sportgerätes kalkuliert bzw. wie man bei Lurzer den Verkaufspreis in einem komplizierten Verfahren, das Annäherungswerte, Schätzungen und Vermutungen mit der 3. Wurzel aus Pi multiplizierte und die am Tage einer Kalkulation gegebenen Mondphasen berücksichtigte, gewissenhaft zu ermitteln versuchte.

Was auch immer Brockstedt wußte, Goslar wußte mehr. Besonders lange und intensiv aber hatte Alf Goslar im Keller gelächelt, wo Heinz Lehmann völlig frustriert über einer vorsintflutlichen Datenverarbeitungsanlage jene Listen erstellte, die in der Buchhaltung als Grundlage für die Mahnungsschreiben dienten. Ich sagte Keller: Alf Goslar war in den Keller hinabgestiegen. Er war über alte Kartons geklettert und hatte seine Hosen mit Sägespänen beschmutzt. Er war, immer dem rasselnd-ächzenden Geräusch nach, durch lange Kellergänge geeilt und hatte schließlich jene Metalltür aufgestoßen, hinter der Lehmann mit einer uralten Perforatorin, die von Hermann Hollerith noch persönlich ausgebildet worden war, über Stapeln verknitterter und verschmutzter Lochkarten zu herrschen versuchte. Als Goslar dieses Reich betrat, wich Lehmann erschrocken einige Schritte zurück.

»Sie haben sich bestimmt verlaufen!« versuchte er Goslar zu überzeugen.

»Keinesfalls!« sagte Goslar lächelnd. »Ich möchte die Datenverarbeitungsabteilung besichtigen!«

Es dauerte eine Zeitlang, bis Lehmanns Gehirn, dessen Vorwärmzeiten denen seiner EDV-Anlage glichen, begriffen hatte, daß da tatsächlich ein Fremder nicht nur von der Existenz dieser Abteilung gehört hatte, sondern sich auch noch dafür interessierte.

»Kommen Sie«, sagte er aufgeregt. »Ich will Ihnen gern unsere Anlage zeigen!«

Er war gerührt, als er Goslar vorführte, was Dr. Brockstedt fünfzehn Jahre zuvor widerwillig angeschafft und danach schlicht und einfach vergessen hatte. Da versuchte eine Tabelliermaschine klappernd mit Lochkarten fertig zu werden, die Lehmann mit Tesafilm überklebte, damit sein Materialverbrauch unterhalb von Brockstedts Reizschwelle blieb. Da ächzten und stöhnten Kartenmischer und Sortiermaschine, deren Transportrollen Lehmann mit Kaugummi, Nagelfeile und jeder Menge Blumendraht funktionsfähig hielt. Da verstaubte ein Lochschriftübersetzer, der längst vergessen hatte, was er einmal übersetzt hatte, in einer Ecke zwischen Altpapier, Abfällen und einem Stahlschrank, mit jenen roten, blauen und gelben Durchschlägen, die im Schreibzimmer regelmäßig von jedem Brief angefertigt wurden.

»Ich versuche damit so gut es geht mit den Datenbeständen unserer Firma fertig zu werden!« sagte Lehmann leise.

Alf Goslar richtete sich zu seiner wahren Größe auf.

»Herr Lehmann!« sagte er feierlich. »Ich verspreche Ihnen, daß Sie innerhalb kürzester Zeit die beste und modernste Anlage bekommen werden, die auf dem Weltmarkt angeboten wird!«

Lehmanns Hände zitterten vor Erregung.

»Ich kann es nicht fassen!« sagte er leise. Plötzlich stockte die Tabelliermaschine. Lehmann sorgte dafür, daß sie sich wieder in Bewegung setzte. Er gab ihr einen kräftigen Fußtritt.

Mir bleibt jetzt nichts anderes übrig, als einen Zopf aus Vermutungen, Gerüchten, richtigen und falschen Informationen zu flechten, wenn ich erörtere, wie sich die Katastrophe unserer Firma mit immer schneller aufeinanderfolgenden Siebenmeilenstiefel-Schritten näherte.

Wie im wirklichen Leben haben auch im Büroleben Katastrophen grundsätzlich mehrere Ursachen, und wie in einem Drama ist der Höhepunkt dann erreicht, wenn sich alle auf ein Unternehmen einwirkenden Faktoren zur schlimmsten möglichen Konstellation vereinigt haben.

Keiner der in unserer Firma zu beobachtenden Sachverhalte (oder vielmehr Personenverhalte) allein hätte ausgereicht, dieses Unternehmen in den gegenwärtigen Zustand zu versetzen (bzw. zurückzuentwickeln): Gewiß, besonders aufmerksam lesende Technokraten werden behaupten, ein Mann wie Brockstedt, der klassischen Musik im allgemeinen und Richard Wagner im besonderen zugewandt, passe nicht mehr in unsere Zeit. Da muß ich widersprechen: Brockstedts Art und Weise, Entscheidungen entweder überhaupt nicht oder aber zögernd zu treffen und die Lurzer KG mit einer Flut von Verfügungen, Erlassen, Rundverfügungen und Anordnungen zu regieren, war genial auf die Beschaffenheit der Mitarbeiter abgestimmt: Weil diese Mitarbeiter

Brockstedts Verfügungen pa. gewöhnlich nicht ernst nahmen, konnten die Verfügungen keinen Schaden anrichten. Weil die Mitarbeiter trotz Friseur- und Arztbesuchen, Krankheit und Urlaub noch immer Zeit genug hatten, zu arbeiten, wurde, zumindest zeitweilig, gearbeitet, und dieser Arbeit verdankte die Firma Aufträge, Umsatz und KONRAD LURZER eine zufriedenstellende Verzinsung des in der Produktion eingesetzten Kapitals.

Jene Technokraten werden auch behaupten, Brockstedt hätte sich der Einführung moderner Bürotechnik widersetzt und einen überhöhten Personalbestand geduldet, aber auch da muß ich mich zu Brockstedts Anwalt machen. Brockstedt verschloß sich moderner Technik nicht, sondern er setzte sie zögernd ein: Immer erst dann, wenn die moderne Technik nicht mehr brandneu, dafür aber auch nicht mehr so sündhaft teuer war. Und auch was die Belegschaft betrifft, hatte er längst die Zeichen der Zeit erkannt. Er besetzte frei werdende Stellen nicht mit neuen Mitarbeitern, sondern er hatte zweifellos die Absicht, den Personalbestand der Firma langsam schrumpfen zu lassen, ohne daß sich daraus jene Ängste ergeben, die Büroangestellte unberechenbar werden lassen und gefährlich wie vom Feuer bedrohte Skorpione. Ich weise aber darauf hin, daß die erste in meinem Bericht zu erwähnende Neueinstellung, die Einstellung Alf Goslars, mit an Sicherheit grenzender Wahrscheinlichkeit nicht von Brockstedt bzw. nicht von Brockstedt freiwillig vorgenommen wurde, und daß die darauf folgende, von Brockstedt vorgenommene Einstellung Dr. Inouchis nur ein Versuch Brockstedts war, die verhängnisvollen Folgen der Einstellung eines Technokraten (Alf Goslar) durch Einstellung eines weiteren Technokraten (Dr. Inoshiro Inouchi) zu neutralisieren. Diese Reaktion ist durchaus logisch und folgerichtig. Sie resultiert aus Brockstedts Glauben an die Homöopathie, deren Prinzip es ist, ein Übel durch genau dosierte Mengen des gleichen Übels zu kurieren.

»Natürlich weiß ich Bescheid!« hatte Dr. Brockstedt kühn erklärt, als er erfahren hatte, daß Alf Goslar (lächelnd) Verhandlungen mit dem Büromaschinenhaus Lehmann & Mossner über seinen Kopf hinweg aufgenommen hatte. Als zwei Tage später zwei Beauftragte des Büromaschinenhauses, begleitet von zwei Verkaufsrepräsentanten eines Computerspezialisten, in seinem Büro auftauchten, die wiederum von zwei Repräsentanten eines Leasing-Unternehmens begleitet waren, wußte Brockstedt nach wie vor nicht Bescheid, aber er hatte (die zweitbeste Lösung) einen Mann durch Zeitvertrag an die Firma gebunden, der Alf Goslar, die Computerspezialisten, die Verkaufsrepräsentanten von Lehmann & Mossner und die Repräsentanten des Leasing-Unternehmens erst einmal stoppte. »Ich habe Herrn Dr. Inoshiro Inouchi beauftragt, die Lurzer KG von Grund auf neu zu organisieren!« erklärte er seinen Besuchern. »Aus diesem Grunde bitte ich Sie, in sämtlichen die Organisation betreffenden Angelegenheiten künftig ausschließlich mit Herrn Dr. Inouchi zu verhandeln!« Während sich die Beauftragten des Büromaschinenhauses, die Hardware- und Leasing-Spezialisten auf Dr. Inouchi stürzten, verschwand für Bruchteile einer Minute das stete Lächeln aus Goslars Gesicht, tauchte aber im selben Moment in den Augen- und Mundwinkeln Inouchis auf.

»Entschuldigung bitte!« sagte Dr. Inouchi. »Ich muß mich mit den besondelen Olganisationsvelhältnissen bei del Konlad Lulzel KG elst gründlich veltlaut machen, bevol ich HELLN LULZEL meine Empfehlungen zul Kenntnis blingen kann!«

»Zuvor müssen Sie lernen, wie man in Deutschland ein R richtig ausspricht!« sagte Herbert Brockstedt. Dann rief er Frau Schneider ins Zimmer und diktierte ihr, ja, natürlich, eine Verfügung.

Verfügung betreffend die Neuorganisation der Konrad Lurzer KG – ORG 1/352/CX200

Aus gegebenem Anlaß teile ich sämtlichen Mitarbeitern der Konrad Lurzer KG mit, daß ich mit Zustimmung des Firmeneigentümers Herrn Konsul Dr. Dr. h.c. KONRAD LURZER den Büroorganisationsfachmann Dr. Inoshiro Inouchi beauftragt habe, unsere Firma in jenen zeitgemäßen Zustand zu versetzen, der zur Wahrung unserer Position auf dem Weltmarkt und zur Erhaltung der Arbeitsplätze erforderlich erscheint. Ich mache es allen Mitarbeitern zur Pflicht, Dr. Inoshiro Inouchi bei Erledigung seiner schwierigen Aufgabe zu unterstützen.

Mit sofortiger Wirkung tritt folgende Änderung des Raumverteilungsplans in Kraft: Dr. Inouchi erhält die jetzt von Alf Goslar genutzten Räume zugewiesen. Herr Goslar bezieht die Räume der Abteilung Buchhaltung und Kalkulation, die wiederum den als Schreibzimmer genutzten Raum sowie den Lagerraum II zugewiesen erhält, während der Lagerraum III vorübergehend dem Schreibdienst zugewiesen wird.

Dr. Herbert Brockstedt ppa.

Geneigter Leser, wiederum betätigte ich mich als Bote. Ich hatte diese Verfügung im Haus zu verteilen, ich wirkte einmal mehr als Mischung aus Hermes und Kassandra, und ich bin wieder einmal in der Lage, diesen meinen Bericht mit Zitaten der Mitarbeiter unserer Firma zu schmücken, die ich mit meinen eigenen Ohren gehört habe und folglich nicht zu erfinden brauche:

»Man darf einen alten Fuchs wie Brockstedt niemals unterschätzen!« (Originalton Alf Goslar)

»Unser schönes Schreibzimmer!« (Originalton Gabriele Neuhammer)

»Vielleicht hätte ich doch heiraten sollen!« (Originalton Isolde Koch)

»Eine Buchhaltung, die umziehen muß, kann man für mindestens ein Jahr vergessen!« (Originalton Ferdinand Kalinke)

»Ich welde mich bemühen, das in mich gesetzte Veltlauen nicht zu enttäuschen!« (Inoshiro Inouchi)

Muß ich ausführen, daß Dr. Brockstedt sofort nach dem Diktat der Verfügung betreffend die Neuorganisation der Konrad Lurzer KG den veränderten Verhältnissen gerecht zu werden versuchte, indem er Puccinis Madame Butterfly in einer Aufnahme der Wiener Philharmoniker unter Leitung von Herbert von Karajan (au weh!) auf den Teller seines altmodischen Plattenspielers legte, weil die Produzenten der Compact Discs am Problem der gesamten Elektronik-Industrie litten? Sie hatten einen herrlichen Compact Disc Player entwickelt und kamen mit der Software nicht zurecht!

Ein Firmeneigentümer,
der, anstatt auf die Jagd zu gehen,
Interesse für sein Unternehmen entwickelt
und in gewachsene Organisationsstrukturen eingreift,
ruiniert sein Unternehmen.
(16. Schmidtsches Gesetz)

Kaputt 15

So sehr es mir in den Fingerspitzen juckt, in diesem meinem Bericht jetzt genüßlich aufzubereiten, mit welch taktischem (ganz zu schweigen vom musikalischen) Aufwand Brockstedt zwischen den beiden Organisationsexperten hin und her zu lavieren versuchte, die das Schicksal nun einmal hatte über unsere unglückselige Firma hereinbrechen lassen: Ich werde es mir versagen, jene Gespräche in wörtlicher Rede zwischen Anführungszeichen zu setzen, die zwischen Brockstedt und Dr. Inouchi, Brockstedt und Alf Goslar sowie zwischen Goslar und Dr. Inouchi stattfanden. Ich weiß, besonders die Gespräche zwischen Goslar und Inouchi (die um die Wette zu lächeln schienen, während sie sich mit gesetzten Worten gegenseitig ihre Organisationsmodelle zerpflückten) verdienten es, von mir überliefert zu werden. Jedoch sind die Möglichkeiten dieses Berichts (ähnlich wie die Zukunftschancen eines Auszubildenden ohne EDV-Kenntnisse) äußerst beschränkt.

Selbst James Joyce, der den Nerv hatte, auf mehr als fünfhundert Seiten über einen einzigen Tag aus dem Leben eines einzigen Mannes zu berichten, schaffte es nicht, jedem Räuspern und jedem Kratzen Leopold Blooms die nötige Aufmerksamkeit zuzuwenden. Wie soll ich unter diesen Umständen nicht nur einem Menschen, sondern einer ganzen kaufmännischen Abteilung, nicht einem einzigen Tag, sondern mehr als einem halben Jahr beikommen und dabei auch noch vollständig bleiben?

Aber Schnaps ist Schnaps und Dienst ist Dienst. Weiter im Text.

Ich hatte von der Änderung des Raumbelegungsplans in unserer Firma berichtet. Inouchi bezieht die von Goslar bisher genutzten Räume, sowas geht mir so leicht aus der Schreibmaschine, wie es Brockstedt beim Diktat seiner Verfügung von den Lippen ging. In der Wirklichkeit aber, das muß einmal ganz deutlich gesagt werden, sieht sowas ganz anders aus.

Helga Mertins, die gekündigt hatte, wurde von der Einstellung Dr. Inouchis noch am wenigsten betroffen. Sie las die Verfügung Brockstedts schweigend, packte ihre persönlichen Gegenstände in ein halbes Dutzend Plastiktüten und trug sie kurz vor Dienstschluß zu ihrem Auto. Am folgenden Tag brachte der Postbote eine Arbeitsunfähigkeitsbescheinigung. Frau Mertins wurde vor Ablauf ihrer Kündigungsfrist folglich auch nur noch ein einziges Mal in der Firma gesichtet, als sie eine Zimmerpflanze abholte, die sie bei Räumung ihres Büros (anfangs Vorzimmer Leclair, danach Vorzimmer Alf Goslar, jetzt Vorzimmer Dr. Inouchi) schlicht und einfach vergessen hatte. Diese Erkrankung der Sekretärin Helga Mertins war a) eine sehr schwer nachzuweisende Sehnenscheidenentzündung, und sie hatte zur Folge, daß b) Alf Goslar den Umzug seines Büros in die Räume der Abteilung Buchhaltung und Kalkulation eigenhändig bewerkstelligen mußte. Auch das schreibt sich einfacher als es ist, denn Alf Goslar war der unter Angestellten vergleichsweise weit verbreiteten Ansicht, nicht für eigenhändige, sondern eigenköpfige Arbeit geschaffen zu sein. Kalinke und Sedladcek begannen immerhin damit, ihre Geschäftsvorgänge, die sie aus einem Raum in einen anderen transportieren mußten, aus Sicherheitsgründen zu numerieren. Im Schreibzimmer trank man mehr Kaffee als zuvor, denn noch war die Frage, ob Renate Gerlach, die als Nachfolgerin von und als Ersatz für Helga Mertins vorgesehen war, ihre Arbeit für

Goslar vor oder nach dem Umzug beginnen sollte, von Brockstedt nicht entschieden. Dr. Inouchi hatte am wenigsten Probleme mit dieser ersten umfassenden Neuorganisation der Lurzer KG. Er hatte einen Sukiyaki-Ofen, eine Reisstroh-Matte und einen Mikro-Computer im früheren Vorzimmer Goslars aufgebaut und malte den ganzen Tag seltsamer Bilder, wie man sie in unserer Firma nie zuvor gesehen hatte. Diese Bilder sahen etwa so aus:

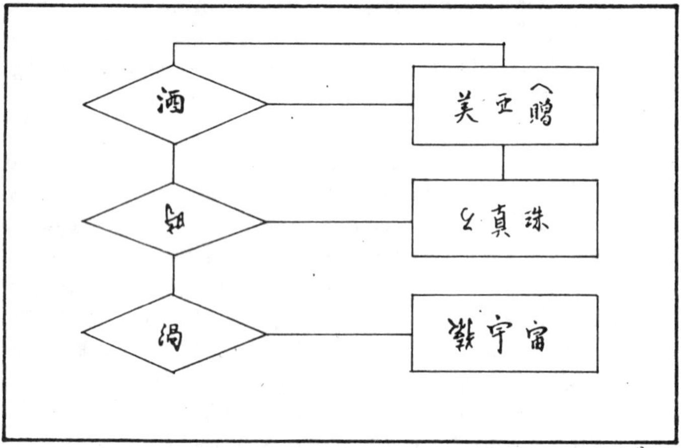

Die Stimmung unter den Mitarbeitern, die alte Arbeitsräume entweder noch nicht geräumt oder aber neue noch nicht bezogen hatten, war den Umständen entsprechend. Weil sich aber Unruhe in einem Betrieb noch schneller ausbreitet als der jeweils aktuelle Grippe-Virus vom Typ Hongkong A, B oder C, übertrug sich die Nervosität der von der Änderung des Raumbelegungsplans Betroffenen blitzschnell auf sämtliche Angestellte. Sie erreichte auch Gerhard Semmler ohne sonderliche Verzögerung, und ich kann (endlich) die auch mich ermüdende Schilderung büroorganisatorischer Veränderungen eine Zeitlang vernachlässigen und mich dem zuwenden, was selbstverständlich auch mir am wichtigsten ist, nämlich dem Menschen.

»Wir kommen nunmehr«, sagte eines fernen glücklichen Tages einer unserer Studienräte im Florence-Nightingale-Gymnasium,

»zum Gossenschen Sättigungsgesetz.« Nicht im Traum hätte ich damals an die Möglichkeit gedacht, daß Gerhard Semmler einmal beweisen würde, daß es auch auf zwischenmenschliche Beziehungen seinen verhängnisvollen Einfluß ausübte. Wie die Natur so arbeitet.

An jenem Vormittag, als Bhagwans Geist begann, sich auf die Lurzer KG zu senken, sah es, noch einmal, so aus, wie es immer in den Büros ausgesehen hatte. Es sah jedenfalls in den Büros der vom neuen Raumverteilungsplan nicht unmittelbar Betroffenen noch so aus. Gerhard Semmler und Albin Thieme saßen einander wie immer an den Schreibtischen gegenüber. Thieme hatte einen Auftrag vor sich liegen und betrachtete nachdenklich das Bild an der Wand hinter Semmlers Rücken. Semmler hatte einen Auftrag vor sich liegen. Er arbeitete auch nicht. Weil das Bild an der Wand hinter Thieme aber ein auch für Lurzer-Verhältnisse ungewöhnlich kitschig geratenes Ölbild war, das den Watzmann (aber den richtigen) im schönsten Alpenglühen zeigte, sah Semmler lieber aus dem Fenster. Dort konnte er die Autos auf dem Parkplatz sehen und den Pförtner, der seine Kabine nie verlassen durfte. Er sah beides auch, aber er hatte es schon so oft gesehen, daß er es nicht mehr bewußt wahrnahm. Wie die meisten Menschen, die gerade besonders verstört aussehen, dachte auch Gerhard Semmler nach, und wenn er schon einmal nachdachte, dachte er angestrengt nach. Er versuchte, eine Bilanz der letzten Wochen zu ziehen, und er war sich nicht sicher, ob er glücklich oder unglücklich sein sollte.

Was seine Aufstiegshoffnungen betraf, so waren sie mit Eintritt Goslars in die Firma zweifellos dahingeschmolzen, wie sein Sparkonto dahinschmolz, seit er mit Gabriele zusammenlebte. Aber konnte er das überhaupt Zusammenleben nennen? Zwar standen längst ihre Parfümflaschen und Cremedosen auf der Konsole unter dem Spiegel in seinem Badezimmer, aber sie hatte zweifellos nicht alle Bestände an Creme und Parfüm aus der Wohnung ihrer Eltern in seine Wohnung ausgelagert, denn auch wenn sie (sehr selten, bei mittelgroßem Streit zwischen ihr und Gerhard) in der elterlichen Wohnung schlief, kam sie parfürmiert und gesalbt ins Büro. Zwar hingen längst drei Kleider von ihr neben seinen Anzügen im schmalen Kleiderschrank in seiner Wohnung, aber was immer man Gabriele vorwerfen konnte, sie besaß nicht nur drei Kleider, folglich mußten sich weitere Kleider in einem Schrank in der elterlichen Wohnung befinden. Bei den Eltern absolvierte sie sozusagen die Pflicht, dachte Semmler, bei mir die Kür. Er sah Brockstedt unten auf dem Parkplatz aus dem Wagen steigen und nahm ihn nicht wahr. Eigentlich hätte ich allen Grund, glücklich zu sein, dachte er mißmutig, aber er fühlte sich ganz und gar nicht glücklich.

Geneigter Leser, wir beide wissen, daß Menschen selten ehrlich zu sich selbst sind, wenn es um das erhabenste und mächtigste aller Gefühle geht, und deshalb werde ich jetzt Gerhard Semmler weiter aus dem Fenster auf den Parkplatz starren lassen, während ich schildere, was er tief im Keller seines Unterbewußtseins ahnte, aber nie zugegeben hätte: Gabriele fing ihn an zu langweilen. Sie ging ihm langsam, aber sicher auf die Nerven. Sie kochte für ihn oft seltsam schmeckende Gerichte. Sie ließ die Zahnpasta-Tube im Badezimmer offen. Sie plazierte Watteballen in den Farben ihres jeweiligen Make-ups und ihres jeweiligen Eye-Shadows an allen möglichen und unmöglichen Stellen in seiner Wohnung. Sie legte nicht nur Schallplatten mit banalen Schlagern auf den Plattenteller der Stereoanlage in Semmlers Wohnzimmer, sondern sang die Schlagertexte auch noch lauthals mit. Nur nachts, wenn süß das Mondlicht auf den Hügeln schlief und die Hormone ihre rosa Tauben aus dem Hut zauberten, kam noch das alte Gefühl auf, das von ihm Besitz ergriffen hatte, als er Gabriele beim Talentwettbewerb erlebte, doch auch nach solchen Nächten zuckte er am Frühstückstisch beim Geräusch ihrer Stimme immer häufiger zusammen wie beim Geräusch eines computergesteuerten Nadeldruckers. Daß Gabrieles Vater Gerd inzwischen das Du angeboten hatte und Gabrieles Mutter darauf bestand, nicht nur Gabrieles, sondern auch Gerds Wäsche zu waschen, änderte an Semmlers Unbehagen wenig. Eigentlich bin ich im Begriff, in einen Käfig zu geraten wie der Wellensittich Hansi der Frau

Klose, dachte Semmler oft, aber solche Gedanken hätte er niemals geäußert. Sie rumorten tief unterhalb der Bewußtseinsschwelle und äußerten sich besten- oder vielmehr schlimmstenfalls allein in einem diffusen Unbehagen. Semmler fühlte sich manchmal unglücklich, und er wußte, daß es nicht nur an den Karriere-Chancen lag, diesem Traum von der Leclair-Nachfolge, den er stillschweigend begraben hatte.

»Ganz schöner Mist, was?« sagte Thieme.

»Kannst du wohl sagen!« antwortete Semmler und fragte dann irritiert, wovon Thieme eigentlich rede bzw. was er für ganz schönen Mist halte.

»Na was denn wohl?« sagte Thieme verwundert. »Da braut sich doch was zusammen! Der Goslar und dieser Japaner hängen dauernd zusammen. Das kann nichts Gutes bedeuten!«

»Hör doch auf, Albin!« sagte Semmler. »Du siehst überall Gespenster!«

»Verlaß dich darauf, wir werden noch alle erleben, was es heißt, arbeitslos zu sein!«

Semmler überlegte einen Augenblick lang und schüttelte dann den Kopf:

»Bisher hat Brockstedt noch nie jemanden rausgeschmissen, der sich nichts hat zuschulden kommen lassen. Glaubst du vielleicht, der ändert auf seine alten Tage noch seine Gewohnheiten?«

»Brockstedt vielleicht nicht!« sagte Thieme leise. »Aber man kann einen Brockstedt auch ersetzen!«

»Den Brockstedt?« lachte Semmler laut. »Niemals! Der ist doch sozusagen das älteste Stück Inventar in unserer Firma!«

»Na ja«, sagte Thieme noch leiser. »Wenn du meinst!«

In diesem Moment ereignete sich, was sich immer in unserer Firma ereignete, wenn Angestellte kurz davor waren, ihre Situation zu erkennen: Die Tür wurde aufgerissen: natürlich Gaby.

»Mensch, Gerd, stell dir das vor, Brockstedt hat angeordnet, daß die Renate ab sofort für Goslar und Inouchi schreiben muß.«

»Na und?«

»Begreifst du nicht? Unser ganzes schönes Schreibzimmer geht kaputt! Nicht nur, daß wir in den Keller umziehen sollen, wir werden auch auseinandergerissen!«

»Hör doch auf!« sagte Semmler. »Niemand wird auseinandergerissen! Brockstedt verteilt Zuständigkeiten neu! Ob die Renate nun im Schreibzimmer arbeitet oder für Goslar und Inouchi ... Kriegt sie wenigstens mehr Geld?«

»Du verstehst überhaupt nichts!« sagte Gabriele. »Kommst du nachher mit in die Kantine?«

»Selbstverständlich!« sagte Gerhard.

Ich war zu diesem Zeitpunkt gerade Albin Thieme und Gerhard Semmler zur Ausbildung zugeteilt und kann wahrheitsgemäß schildern, wie Semmlers Stimme an diesem Vormittag klang, als er sich mit Gabriele zum Mittagessen in der Kantine verabredete: Sie klang pflichtgemäß. Ich führe das darauf zurück, daß Thiemes Befürchtungen, denen Semmler so lautstark widersprochen hatte, wie feine, mit Widerhaken versehene Nadeln in sein Gehirn eingedrungen waren und sich dort festgesetzt hatten, selbstverständlich unterhalb der Bewußtseinsschwelle. Das ist ja gerade das Gemeine am Unterbewußtsein.

He, hoh, heh, die Gaby ist okay: So sehr ich mich bemühe, meinen Bericht weiterhin in jenem Stil zu halten, den Ferdinand Kalinke haarsträubend unreif zu nennen beliebt, es fällt mir zusehends schwerer. Auch ich gehöre (noch) zu dieser Firma, auch ich bin von ihr geformt und geprägt, und wenn ich schildern muß, wie es an diesem Mittag in der Kantine aussah, muß ich alle Kraft zusammennehmen, um meinen Bericht gegen jene Stimmung abzudichten, die plötzlich über unserer Firma lag, die kaum greifbar und deshalb auch von einem hochbegabten Auszubildenden wie mir nicht einfach zu schildern ist. Als Gerhard Semmler mittags die Kantine betrat, war alles eigentlich wie sonst. Standen nicht wie sonst Thieme, Goslar und Brockstedt hintereinander am Schalter und warteten geduldig, bis sie einen Teller vom Stapel nehmen und der schwarzhaarigen Türkin hinhalten konnten, die ihre Kelle in riesige Kessel tauchte und Mahlzeiten auf Teller klatschte und dabei immer lächelte?

Zweifellos standen Thieme und Goslar und Brockstedt hintereinander, aber keiner redete mit dem anderen ein Wort, und die Türkin lächelte auch nicht wie sonst, weil ihr Sedladcek (entschuldigt Alter wirklich alles?) kurz vorher einen Witz erzählt hatte, den sie beim besten Willen nicht lustig fand.

> *Sedladcek:* Was ist der Unterschied zwischen 1683 und 1983?
> *Türkin:* Keine Ahnung!
> *Sedladcek:* 1683 standen die Türken vor Wien, und 1983 stehen sie vor dem Kaufhaus Horten!

Semmler stellte sich jedenfalls hinter Brockstedt, und als Brockstedt einen Schritt vorrückte, rückte auch Semmler einen Schritt vor. Als Brockstedt seinen Teller hingehalten hatte, hielt auch Semmler seinen Teller hin. Er bekam wie Brockstedt einen Schlag Kartoffelpüree und ein Stück Bockwurst, aber es war nicht dieselbe Bockwurst wie sonst. Über der Kantine lag gedämpftes Schweigen. Semmler sah sich suchend um, entdeckte Gabriele neben Renate Gerlach an einem Tisch und steuerte (pflichtgemäß) darauf zu und setzte sich zu den beiden. »Ich weiß nicht, wie lange ich das noch mitmache!« sagte Renate. »Vielleicht gehe ich in eine Diskothek, suche mir einen Mann und heirate, damit ich nicht mehr arbeiten muß!«

»Glaub nur nicht, du brauchst nicht mehr zu arbeiten, bloß weil du einen Mann hast!« sagte Gabriele.

»Du, ich habe heute abend keine Zeit!« sagte Semmler. »Ich muß mal in Ruhe nachdenken, wie alles werden soll!«

»Mit uns?« fragte Gaby, und selbst ihre Stimme klang nicht wie sonst.

»Natürlich nicht!« sagte Semmler. »Man muß sich doch Gedanken über die Zukunft machen!«

»Natürlich!« sagte Gabriele. »Wenn du wegen der Zukunft wieder zu viel Bier trinken mußt, mache ich dir wieder einen Eisbeutel für deinen Kopf!«

»Nein!« sagte Gerhard Semmler. »Ich möchte nicht, daß du

wieder in meiner Wohnung wartest, bis ich zurück bin! Du schläfst am besten heute nacht bei deinen Eltern!«

»Wenn du meinst!« sagte Gabriele. »Ich dränge mich niemandem auf, das hab' ich nicht nötig!«

Gabriele sprach diesen Satz eine Spur zu laut aus, und Alf Goslar, der am Nebentisch saß, drehte sich um. Er lächelte wie immer. Inzwischen hatte es der einzige Auszubildende der Konrad Lurzer KG (ich) geschafft, einen Schlag Kartoffelpüree und ein Stück Wurst auf den Teller zu bekommen, und er steuerte instinktlos auf jenen Tisch zu, an dem Gabriele, Gerhard und Renate saßen.

»Mensch, Semmler, was ist denn mit Ihnen los?«

»Was soll mit mir los sein?«

»Na ja«, sagte Schmidt, »wahrscheinlich das Gossensche Sättigungsgesetz!«

»Kenne ich nicht!« murmelte Semmler.

»Aber ich!« sagte Sigbert Schmidt.

Ein Bedürfnis nimmt im gleichen Masse ab, wie die Möglichkeit seiner Befriedigung wächst.

Am Nachmittag jenes Tages begannen dann die ersten Lurzer-Mitarbeiter, über den neuen Raumbelegungsplan nicht nur zu reden, sondern sie fingen an, ihn zu verwirklichen. Ferdinand Kalinke packte Akten, Belege, Karteikarten, Kisten voll Büroklammern und dergleichen auf einen Aktenwagen und schob ihn auf den Korridor. Alf Goslar hatte Aktenstücke, Auftragsbücher, seine lederne Schreibtischgarnitur und sein Stuhlkissen (der einzig sichere Schutz des Angestellten vor Hämorrhoiden) gleichfalls auf einen Aktenwagen gepackt. Als beide ihre Aktenwagen auf den Korridor schoben, stießen sie zusammen. Belege, Karteikarten, Auftragsbücher, Schreibtischgarnituren und Stuhlkissen flogen vom Wagen auf das wie stets glatt gebohnerte Lurzer-Linoleum.

Finden die Vorfahrtsregelungen der Straßenverkehrsordnung auch auf die Begegnung zweier Aktenwagen innerhalb unserer

Firma Anwendung? Goslar und Kalinke stritten sich noch erbittert über diese Frage, als die Arbeitszeit (endlich) zu Ende ging. Semmler und Thieme brachten die Aufträge, mit denen sie sich am Nachmittag wie am Vormittag beschäftigt hatten, in ihren Schreibtischen unter und verließen das Büro.

»Na dann bis morgen!« sagte Semmler. Thieme sah ihn leidend wie immer an.

»Wenn es überhaupt ein Morgen gibt!« sagte er mißtrauisch.

Gabriele wartete neben Semmlers Wagen.

»Ich hab' dir doch gesagt, daß ich heute allein sein möchte!« begrüßte Gerhard sie.

»Hast du das wirklich ernst gemeint?« fragte Gaby.

»Na klar!« sagte Semmler. »Wir dürfen unsere Liebe nicht zur alltäglichen Gewohnheit verkommen lassen!«

»Dann war das heute mittag in der Kantine also wirklich dein Ernst?«

»Klar!« sagte Gerhard. »Was ich sage, ist meistens ernst gemeint!«

»Gut!« sagte Gabriele. »Dann weiß ich wenigstens Bescheid!«

»Ich möchte heute allein sein!« sagte Gerhard. »Das ist alles. Ich habe nichts von morgen gesagt!«

»Ist in Ordnung!« sagte Gabriele. Dann wandte sie sich ab, weil sie nicht wollte, daß Gerhard sah, was sich in ihrem Gesicht ereignete. Eine dicke Träne kroch langsam aus dem für solche Zwecke vorgesehenen Tränenkanal und begab sich auf den Weg vom Auge zum Kinn, was bei Gabys Gesicht nicht einfach war. Auch wenn die Träne die Schwerkraft auf ihrer Seite hatte, konnte sie nicht einfach abwärts fließen, sondern sie mußte mühsam Schminke und Puder überwinden. Aber weil diese Träne eine richtige Träne war, schaffte sie es trotzdem. Sie erreichte Gabys Mundwinkel, versteckte sich vor Gabys Zunge und kam am Kinn an, wo sie hängenblieb, bis sie auf den staubigen Asphalt des Lurzer-Parkplatzes fiel.

Ein Bedürfnis nimmt im gleichen Maße ab, wie die Möglichkeit seiner Befriedigung wächst. Das bedeutet im legitimen Umkehrschluß, daß ein Bedürfnis im gleichen Maße wächst, wie die Möglichkeit seiner Befriedigung sich verringert. So sehr sich Gerhard in der Kantine, Gaby in greifbarer Nähe, gewünscht hatte, allein zu sein, so sehr fühlte er sich einsam und unglücklich, als er mutterseelenallein in seiner Wohnung saß. Zuerst versuchte er Zeitung zu lesen und las die Schlagzeile ARBEITSLOSIGKEIT AUF NEUEM NACHKRIEGSHÖCHSTSTAND. Danach schaltete er das Radio an und hörte einen Nachrichtensprecher. DIE GEWERKSCHAFT WARNT VOR ÜBERSTÜRZTER EINFÜHRUNG DER NÄCHSTEN AUTOMATIONSSTUFE, sagte der Nachrichtensprecher, und als Gerhard das Radio aus- und das Fernsehgerät einschaltete, erwischte er ausgerechnet einen Fernsehlehrgang, der eigentlich für ihn entwickelt worden war. Ein Mann in weißem Kittel zeichnete Bilder auf eine Tafel, die verdächtig jenen Zeichnungen glichen, die Inouchi in jeder freien Minute auf unschuldig weißes Papier malte. Semmler schaltete auch das Fernsehgerät aus.

Was macht ein junger Angestellter, der a) seine Gabriele nicht sehen mag und b) von drei Medien frustriert worden ist? Er steht auf, zieht sich seine Jacke an und geht ein Glas Bier trinken. Weil dieses Kapitel traurig genug zu werden scheint, verzichte ich darauf, es an dieser Stelle regnen zu lassen. Eine milde Abendsonne überzog die Straßen vielmehr mit freundlichem, schwächer werdendem Licht. Semmler kam an kleinen Häusern mit spitzen Dächern vorbei, vor denen Männer liebevoll ihre Kraftfahrzeuge wuschen. Er kam an Plakatsäulen vorbei, auf denen glücklich lächelnde Frauen die Waschmittel Persil, Omo und Perwoll in gepflegten Händen hielten. Er betrachtete ein riesiges Plakat, auf dem ein glückliches Paar durch weiße Gischt in ein unendlich blaues Meer unter unendlich blauem Himmel lief. Neben dieser Plakatanschlagtafel befand sich Semmlers Lieblingskneipe, und als er die Tür geöffnet hatte, schlug ihm der Geruch abgestandenen Biers entgegen, und aus der Musikbox klang, nein, nicht Richard W., sondern Nena, der es nicht anders ging als Gerhard. ICH BIN SO ALLEIN, sang Nena, die auch unter dem Gossenschen

Sättigungsgesetz zu leiden schien. Gerhard ging an die Theke, und der Gastwirt stellte unaufgefordert ein Bier vor Semmler.

»Na, Gerd, mal wieder bei uns? Kummer mit Gaby?«

»Ach was!« sagte Gerhard. »Nur mal wieder allein sein! Wenn man ständig eine Frau in der Wohnung hat...«

Der Gastwirt nickte verständnisvoll.

»Ich kann mir das gut vorstellen!« sagte er. »Ich bin seit zwanzig Jahren verheiratet! Das Gossensche Sättigungsgesetz, verstehst du!«

In diesem Augenblick wurde die Tür geöffnet, und eine junge Frau betrat das Lokal. Gerhard sprang auf und stürzte auf sie zu.

»Mensch, Annette! Was machst du denn hier?«

Annette sah ihn mit strahlenden Augen an. Sie war noch immer so schön wie damals, als sie die erkrankte Frau Klose vertreten und mit Gabriele zusammen im Lurzer-Schreibzimmer gesessen hatte.

»Mein Aerobic-Training fängt erst in einer halben Stunde an!« sagte sie mit betörend tiefer Stimme. »Ich bin viel zu früh aus der Wohnung gegangen, und jetzt will ich noch einen Kaffee trinken!«

»Natürlich!« sagte Gerhard aufgeregt. »Komm mit an die Theke!« Der Gastwirt war es nicht gewöhnt, daß Frauen in sein Lokal kamen und tat so, als ob er Gläser spülen müsse.

»Alfred, kochst du einen Kaffee für Annette?«

»Für eine so schöne Frau jederzeit!« sagte der Gastwirt. Er verschwand in der winzigen Küche hinter dem Schankraum, studierte die Gebrauchsanweisung für die wahrscheinlich auch von Microchips gesteuerte Kaffeemaschine und stellte nach etwa zehn Minuten zwei Kännchen Kaffee auf den Tisch.

»Du arbeitest noch immer beim Personal-Service?« fragte Gerhard.

»Beim Personal-Service?« antwortete Annette. »Ich bin doch nicht verrückt, noch als Stenotypistin zu arbeiten!«

Danach, oh, wie freut mich das, hier endlich einmal das von häßlichen Frauen bzw. ihrer Propaganda-Abteilung in die Welt gesetzte Gerücht zu widerlegen, schöne Frauen seien meist mit nur gering entwickelter Intelligenz ausgestattet. Von wegen geringe Intelligenz: Annette hielt Gerhard Semmler einen Vortrag, zu dem die zweifellos mit weniger Schönheit ausgestattete Frau Koch auch nach Verzehr eines Kilos die Denkfähigkeit steigernder Glutaminsäuretabletten nicht in der Lage gewesen wäre. Annette, langhaarig und nach meinem Lieblingsparfüm (Chloé von Lagerfeld!) duftend, hielt Semmler einen Vortrag über die zu erwartenden Entwicklungen auf dem Arbeitsmarkt im allgemeinen und dem für Büroangestellte im besonderen.

Da man inzwischen herausgefunden habe, daß Microchips weder Urlaub brauchen noch ständig Gehaltserhöhungen verlangen, weder Kaffee kochen noch erkranken bzw. Krankheit vortäuschen, weder in der Kantine noch in der Kaffeeküche miteinander reden, den Arbeitsplatz weder verspätet aufsuchen noch vorzeitig verlassen, sich weder vom Produktionsfaktor L noch vom frustrierenden Gossenschen Sättigungsgesetz von der Arbeit abhalten lassen, habe man sich entschlossen, den größten Teil der Büroangestellten durch solche Microchips zu ersetzen und nur noch eine geringe Anzahl Menschen in den Betrieben zu dulden, die diese Microchips füttern und sauberhalten.

»Unter diesen Umständen«, sagte Annette leise, »ist der Beruf der Aushilfs-Sekretärin nicht mehr sinnvoll, denn wo man keine Sekretärin mehr braucht, braucht man auch keine Aushilfe mehr, verstehst du?«

Und ob Semmler verstand. Er weigerte sich aber, der Wirklichkeit in den übelriechenden Schlund zu schauen und blickte lieber in Annettes schimmernde Augen.

»Das wird alles nicht so heiß gegessen, wie es gekocht wird!« sagte er und schlug vor, lieber über angenehmere Themen zu reden:

»Hast du schon gehört, daß es eine neue Discothek in der Stadt gibt?«

»Nein!« sagte Annette. »Wenn du willst, können wir sie uns ja mal ansehen. Ich bin sowieso nur in deine Kneipe gekommen, damit der Sigbert Schmidt nicht dauernd von Büroorganisation berichten muß!«

»Prima!« sagte Gerhard Semmler. »Ich muß nur noch mal kurz

in meine Wohnung, um mich zu rasieren und einen anderen Anzug aus dem Schrank zu holen!«

»Fein!« sagte Annette. »Dann gehe ich bei dir schnell noch mal unter die Dusche und wasche mir die Haare!«

Ach, Brockstedts Vollständigkeitsgebot: Muß ich beschreiben, wie Gerhard Annette einen Drink anbot, den dunkelblauen Anzug aus dem Kleiderschrank nahm und sich damit in das kleinste Zimmer seiner Wohnung zurückzog, um sich dort umzuziehen? Muß ich schreiben, wie Annette wenig später im selben Zimmer die Bluse ablegte, bevor sie ihren Kopf unter die Dusche hielt, mit Semmlers Shampoo gegen Schuppen und fettiges Haar einrieb und dann mit Semmlers Nagelbürste massierte? Nach zehn Minuten war Gerhard ausgehfertig, nach eineinhalb Stunden auch Annette, und die neue Discothek hielt, was sich Semmler von ihr versprochen hatte. Aus zwei Sechshundert-Watt-Lautsprechern dröhnte in Hi-Fi-Qualität eine Musik, die auch ohne Hi-Fi scheußlich genug klang. Das bekannte Software-Problem; was nützt es schon, daß die Elektronik immer bessere Lautsprecher entwickelt, wenn die Musikkultur (ich sage nur: Herbert von Karajan!) darniederliegt? Trotzdem, die Musik sorgte dafür, daß sich Annette und Semmler näherkamen. Der Alkohol ließ Semmler die Entwicklungen in unserer Firma vergessen, Musik und Alkohol gemeinsam ließen ihn zu jener Form auflaufen, die früher einmal, zu einer Zeit, wo Lurzer noch Lurzer gewesen war, seine Normalform gewesen war. Selbstverständlich endete der Disco-Besuch in Semmlers Auto. Selbstverständlich fuhr Semmler zu seiner Wohnung. Immer diese Selbstverständlichkeiten. Sie ereignen sich einfach, sie sind alltäglich und brechen manchem Menschen (z.B. Gabriele Neuhammer) das Herz. Wie die Natur so arbeitet.

Gerhard will heute allein schlafen, also liebt mich Gerhard nicht mehr: Als sich diese Erkenntnis nach der Mittagspause und Semmlers Äußerungen in der Kantine in Gabys Kopf geregt hatten, hatte sie noch die Kraft aufgebracht, ihre Ängste zu unterdrücken. Sie hatte am Nachmittag zwar wieder einmal mehr Tippfehler in die Briefe eingebaut, als es sonst ihre Gewohnheit war, aber Thieme, für den sie eine Cassette in nüchterne Geschäfts-Prosa übertragen hatte, konnte die Briefe immerhin abschicken. Nach dem kühlen Abschied auf dem Parkplatz aber (ich erinnere an Gabys Träne!) projizierte ihre Phantasie die schrecklichsten Bilder auf die dafür vorgesehene Leinwand irgendwo in ihrem Gehirn. Gerhard liebt mich nicht mehr, dachte sie, als sie zur Straßenbahnhaltestelle ging, und als sie zum erstenmal seit Wochen wieder auf der harten Holzbank in der Straßenbahn saß, an die sie nicht mehr gewöhnt war, weil Gerhard sie immer mit dem Wagen in seine Wohnung gefahren hatte, kombinierte sie, wie sonst nur Brockstedt kombinierte, also nicht gerade schlüssig.

Tatsache eins: Ich muß mit der Straßenbahn nach Hause fahren, obwohl Gerhard einen Wagen hat. Annahme eins: Gerhard liebt mich nicht mehr. Schlußfolgerung aus der (unzulässigen) Verknüpfung zwischen Tatsachen und Annahmen: Gerhard liebt mich nicht mehr. Natürlich gab sich Gaby mit dieser Schlußfolgerung nicht zufrieden, sondern sie suchte nach Ursachen für dieses veränderte Semmler-Verhalten.

Er liebt mich nicht mehr, dachte sie, also liebt er eine andere. Geneigter Leser, je länger ich über meine Erfahrung während meiner Ausbildungszeit nachdenke, desto größer werden meine Zweifel, ob eine Verständigung zwischen Frauen und Männern überhaupt möglich ist. Betrachten wir beispielsweise Gabriele. Zugegeben, sie hatte den Fehler begangen, sich zu häufig in Semmlers Nähe aufzuhalten und damit zu einer jener Gewohnheiten zu werden, die der Mensch zwar einerseits mag, bei denen er sich andererseits jedoch schnell zu langweilen beginnt. Weil der Mensch aber Langeweile nicht schätzt, versuchte Semmler schlicht und einfach mit dieser langweilig gewordenen Gewohnheit für einen Abend zu brechen. Ich bin weit davon entfernt, Gerhard Semmler etwa deshalb in Schutz zu nehmen, weil er das ist, was ich mit aller Kraft zu werden versuche, nämlich erwachsen. Aber ich muß an dieser Stelle deutlich erklären, daß es Gabrieles Situation nicht verschlechtert, sondern eher verbessert hätte, hätte sie eingesehen, daß ein Mann schlicht und einfach hin und wieder allein sein will, weil selbst die größte Liebe unter dem gefürchteten Sättigungsgesetz zu kranken beginnt, sorgen die Liebenden nicht für jene Selbstverständlichkeit, die mir unerläßlich für jede Liebe erscheint: für den erforderlichen Abstand voneinander, der es ihnen ermöglicht, immer wieder aufeinander zuzugehen.

Ich räume bereitwilligst ein, daß eine Liebe zwischen zwei Mitarbeitern derselben Firma besonders gefährdet ist, weil hier Menschen zwangsläufig häufiger zusammen sind, als es ihrer Liebe guttäte, aber ich weigere mich, davon abzuleiten, daß eine Liebesbeziehung zwischen Kollegen grundsätzlich unmöglich ist. Sie bringt lediglich gelegentlich einen Betrieb etwas durcheinander, was nicht gegen die Liebe spricht, sondern gegen Betriebe.

Allerdings, Gabriele verstieg sich nicht aus eigenem Antrieb zu jenem Gefüge von Fehlschlüssen und Fehlhandlungen, das letztlich (zusammen mit Brockstedts Verfügungen und Erlassen) fast sämtliche Mitarbeiter der Lurzer KG in die Nähe Bhagwans trieb, sondern ihre Eltern wirkten kräftig dabei mit, Gabys Gedanken zu verwirren. Es tut mir leid, lieber Dr. Brockstedt, aber ich komme nicht umhin, mich wieder auf scheinbar rein private Angelegenheiten einer Mitarbeiterin einzulassen, obgleich es meine Aufgabe ist, den Ursachen für den Niedergang unserer Firma nachzuspüren. Ich sagte es schon oft genug: Alles hängt miteinander zusammen. Gabriele Neuhammer beurteilt die Gefühle Gerhard Semmlers nicht richtig, und die Lurzer KG bricht zusammen. Jawohl, lieber Dr. Brockstedt. So geht das.

Beispielsweise, als Gabriele an jenem Tage später als sonst in der elterlichen Wohnung auftauchte. Ich kann davon ausgehen, daß Eltern überall auf der Welt zu den gleichen Verhaltensweisen neigen, und ich behaupte hier schlicht und einfach, daß Gabrieles Eltern am Küchentisch beim Abendessen saßen.

»Wo kommst du denn jetzt erst her?« fragte Gabys Mutter. »Ist Gerhards Wagen nicht in Ordnung?«

Gaby dürfte sich wortlos an den Küchentisch gesetzt haben, und wenn ihre Mutter (wie meine) sofort bemerkt, wenn irgend etwas nicht in jener Ordnung ist, die sie für die einzige Ordnung hält, dürfte Gabys Mutter sofort an Gabys Gesicht bemerkt haben, daß etwas zwischen Gaby und Gerhard nicht *in Ordnung* war.

»Habt ihr wieder Streit gehabt?« dürfte Gabys Mutter gefragt haben, und an dieser Stelle müßte sich eigentlich Gabys Vater räuspern.

»Ich habe nie viel von diesem Windhund gehalten!« dürfte er beispielsweise von sich geben. »Aber du hast ja nie auf mich hören wollen!«

»Ich hab's ja immer gesagt«, unterstelle ich jetzt Gabys Mutter. »Alle Männer wollen immer dasselbe. Wenn sie ihren Spaß erst einmal gehabt haben, lassen sie ein Mädchen einfach sitzen!«

»Was heißt denn hier Spaß?« schiebe ich Gabys Vater einfach in den Mund. »Der kann dich doch nicht einfach sitzenlassen. Ihr seid doch quasi verlobt!«

»Hört sofort damit auf!« mag Gaby an dieser Stelle geschrien haben. »Ich kann den Namen Gerhard nicht mehr hören!« Und weil ich in solchen Augenblicken immer aufstehe und in mein Zimmer gehe, um mich dort a) auf mein Bett zu schmeißen und b) meinem Kummer zu überlassen, gönne ich auch Gabriele jene tröstende Einsamkeit unter der Bettdecke, die ich nach jeder Mathematik-Arbeit suchte. Da liegt sie nun in ihrem Zimmer mit der schmalen Jungmädchen-Liege und dem schmalen Kleiderschrank, auf dem noch der Teddybär und die Puppen aus jener glücklichen Kinderzeit sitzen, die spätestens mit dem Eintritt in die Lurzer KG ihr Ende gefunden hatte. Stundenlang liegt sie da, und wenn ich hier klammheimlich aus dem erzählenden Perfekt in das schneller von der Stelle eilende Präsens wechsele, dann natürlich, weil ich mich nicht ewig auf der Stelle bzw. Gabys schmaler Liege aufhalten will. Alle nur denkbaren unangenehmen Ängste und Befürchtungen geistern durch ihren Kopf. Natürlich will Gerhard sie nur deshalb nicht sehen, weil er längst eine andere gefunden hat, die vielleicht mehr zu bieten hat als sie, die selbst das vergleichsweise harmlose Ziel einer Karriere als Schlagersängerin aufgegeben hat, sobald ein halbwegs brauchbarer Mann in der Nähe auftauchte.

Da liegt sie nun auf ihrer Liege, und im gleichen Maße, wie sie sich diese Konkurrentin vorstellt, die ihr Gerhard ausgespannt haben dürfte, kreist ihr Denken um die zu erwartende Reaktion ihrer Kolleginnen und Kollegen in der Firma.

Wenn ich nur Semmler nicht öffentlich geküßt hätte, denkt sie, wenn nur nicht alle in der Firma über uns Bescheid wüßten. Aber so einfach gebe ich mich nicht geschlagen, denkt sie, und weil in ihrer Situation nichts schwieriger und klüger ist, als einfach liegenzubleiben und abzuwarten, wie die Natur so arbeitet, steht sie selbstverständlich auf und zieht sich ihr schönstes Kleid mit dem tiefsten Ausschnitt an und ihren Lieblingsmantel aus imitiertem Leopardenfell, der sie schlanker aussehen läßt, als sie ist, weil jeder Beobachter davon ausgeht, daß Pelzmäntel auftragen, ein imitierter Pelzmantel aber nicht aufträgt.

»Willst du so spät noch aus dem Haus?« fragt ihre Mutter, und Gaby gibt ihr zur Antwort, daß sie volljährig sei und aus dem Haus gehen könne, wann und so oft sie wolle. Natürlich geht Gabriele erst ziellos durch die Stadt und denkt über ihr Elend nach. Natürlich geht sie ins Kino, weil sie nicht an Semmler denken will, gerät aber in einen Liebesfilm und muß ständig an Semmler denken. Natürlich ist irgendwann das Kino aus, und sie schlendert durch die Stadt und gerät (rein zufällig) in die Nähe jenes Hauses, in dem Gerhard wohnt und wo oben in einer Wohnung Schminktöpfe von ihr auf einer Konsole stehen und Kleider im Schrank hängen. Natürlich klingelt sie an Semmlers Klingel, natürlich öffnet niemand, und da macht Gabriele den Fehler nahezu sämtlicher eifersüchtiger Frauen. Sie beschließt, auf Semmler zu warten. Eine halbe Stunde lang wartet sie, und da hört sie das unverwechselbare Geräusch des stets defekten Auspuffs von Semmlers Volkswagen. Schon von weitem sieht sie, daß eine andere Frau im Wagen an Semmlers Seite ist. Wie immer stellt Gerhard seinen Wagen unter einem Halteverbotsschild ab. Dann steigt er aus, läuft wie ein altenglischer Butler um den Wagen herum und öffnet der anderen Frau die Autotür. Und wer steigt aus? Der Leser weiß das schon, aber Gabriele trifft das wie ein Hammerschlag.

Mein Gott, die Annette, denkt sie, und die Tränen schießen ihr ins Gesicht. Am liebsten würde sie jetzt hinüberlaufen und Annette das Gesicht zerkratzen und Semmler zur Rede stellen, aber da setzt sich ihre Eitelkeit durch. Nein, denkt sie, den Triumph gönne ich Annette nicht, ich muß mit meinem verheulten Gesicht aussehen wie ein Aktionär am Schwarzen Freitag, und da versteckt sie sich schnell hinter der Plakatsäule, von der herab schöne Frauen Persil, Omo und Perwoll verkaufen, sie linst aber um die Ecke und kann sehen, wie Gerhard Annette einfach hochhebt und zur Haustür trägt, wie er Gaby vor noch gar nicht langer Zeit zur Haustür getragen hat, und da wird ihr eiskalt. Nein, denkt sie, ich will in dieser Welt nicht mehr leben. Weinend beschließt sie, sich unter einen D-Zug zu werfen. Sie geht zum Bahnhof, sieht auf den Fahrplan und stellt fest, daß D-Züge in der Nacht klugerweise einen großen Bogen um unsere Stadt machen, und sie disponiert um. Wenn sie sich schon nicht unter einen D-Zug werfen kann, dann wenigstens unter einen fremden Mann. Verzweifelt und zu allem entschlossen begibt sie sich auf die Suche nach einem fremden Mann, aber auch hier ist das Angebot nachts in unserer Stadt knapp. Gabriele trifft nur einen ihr einigermaßen bekannten Mann, der nach einer langen Nada-Prana- und einer noch längeren Kundalini-Meditation nur noch den Wunsch hat, ein ganz und gar nicht transzendentales Bier zu trinken.

»Mensch, Gaby!« sagt Watzmann. »Wie siehst du denn aus?«

»Der Semmler, das Schwein«, heult Gaby, »pennt mit der Münzberg in seiner Wohnung!«

»Gaby!« sagt Watzmann mit leise tadelnder Stimme. »Erstens sind Menschen niemals Schweine, und zweitens kommt dein ganzes Leiden nur von der Verdunkelung des Festhaltens!«

»Versteh' ich nicht!« sagt Gaby, aber sie spürt die mitleidsvolle Anteilnahme, mit der Watzmann jedem leidenden Wesen begegnet bzw. zu begegnen versucht.

»Überleg doch mal«, sagt Watzmann. »Wenn du nicht dem Irrtum aufgesessen wärst, einen Menschen zu besitzen, hättest du ihn dann verlieren können?«

»Nein!«

»Siehst du!« sagt Watzmann. »Fast sämtliches Leiden ist von uns selbst produziert, und es liegt in unserer Kraft, das Leiden zu vermeiden!«

»Du«, fragt Gabriele plötzlich, »kann ich heute nacht bei dir schlafen?«

»Bei mir nicht«, sagt Watzmann, »weil sonst Ma Prem durchdreht. Aber im Ashram ist immer ein Platz für dich frei!«

Das brauchte er nicht zweimal zu sagen. Gabriele trinkt eine Cola, verteilt ihren Lidschatten mit einem Tempotaschentuch gleichmäßig über ihr Gesicht und zieht dann mit Watzmann in den Ashram.

Von Männern will ich nie mehr etwas wissen, beschließt sie, ich werde künftig keusch und züchtig leben. Natürlich kann sie einen Entschluß von derartiger Tragweite nicht unüberlegt treffen, sondern sie muß ihn gründlich durchdenken, was, wie wir wissen, unmöglich ist, wenn man in der Lurzer KG hinter der Schreibmaschine sitzt und für Renate Gerlach mitarbeiten muß, weil diese zur Hälfte für Alf Goslar und Inoshiro Inouchi schreibt. Was macht Gabriele in einem solchen Falle? Richtig, sie ruft am nächsten Morgen vom Ashram aus bei Frau Schneider an und erklärt ihr, daß sie wegen unvorhersehbarer familiärer Gründe gezwungen sei, eine Woche ihres Jahresurlaubs zu nehmen.

»Jahresurlaub ist grundsätzlich bei Jahresbeginn in die Urlaubsliste einzutragen«, sagt Herbert Brockstedt. »Wo kämen wir denn da hin, wenn jeder Urlaub nehmen würde, wie es ihm gerade gefällt!« Frau Schneider, die ihm von Gabys Telefonanruf berichtet hatte, sagte nichts darauf, sondern sah Brockstedt nur stillschweigend an.

»Na ja!« sagte Brockstedt nach einer kurzen Pause. »Das ist wohl augenblicklich nicht so wichtig! Was steht für heute auf dem Terminkalender?«

»Herr Goslar und Herr Dr. Inouchi wollen Ihnen ein Modell für die Neuorganisation der Lurzer KG vortragen, das sie in Ihrem Auftrag erarbeitet haben!«

»Moment mal«, sagte Brockstedt verwirrt, wobei er mit den Händen in der Luft herumfuchtelte. »Immer schön einer nach dem anderen. Erst den Goslar und dann den Inouchi, nicht wahr! Erst das eine Modell, dann das andere!«

»Tut mir leid, Herr Doktor«, sagte Frau Schneider. »Die beiden sind sich einig! Sie haben ein gemeinsames Organisationsmodell entwickelt, das sie gemeinsam vortragen und vertreten wollen!«

»Na dann«, sagte Dr. Brockstedt mit leiser Resignation in der Stimme, »werd' ich mir das wohl anhören müssen! Ich lasse bitten!« Nun wird mich gewiß niemand, der diesen Bericht bis zu dieser Stelle gelesen hat, verdächtigen können, ich sei imstande, für Büroorganisatoren wie Dr. Inouchi oder karrieresüchtige Aufsteiger wie Alf Goslar auch nur die geringste Sympathie aufzubringen, aber was wahr ist, ist nun einmal wahr. So muß ich hier mit einiger Anerkennung berichten, daß Goslar und Inouchi, zwei Männer aus zwei völlig verschiedenen Kulturkreisen, ein nicht praktizierender Katholik und ein nicht praktizierender Shintoist, ein in kinderlos gebliebener Ehe verheirateter Deutscher und ein klugerweise unverheiratet gebliebener Japaner, bei aller Verschiedenheit durch ein gemeinsames Band vereint waren, das alle Differenzen spielend überbrückte. Dieses Band war die grenzenlose und unbedingte *Liebe*, die sie für Computer empfanden. Gewiß, sie hatten sich anfangs (lächelnd) gestritten und jede Schwachstelle in der Konzeption des anderen genüßlich herauspräpariert wie Chirurgen Gallensteine aus von viel zu viel Alkohol zerfressenen Lebern, aber in einer Grundsatzfrage waren sie sich vom ersten Augenblick an einig gewesen. Diese Grundsatzfrage war eigentlich eine Grundsatzantwort. Sie lautete kurz und knapp:

DER COMPUTER IST DEM MENSCHEN GEWÖHNLICH ÜBERLEGEN.

Na dann, hatte Dr. Brockstedt gesagt, ich lasse bitten! Er brauchte nicht zweimal zu bitten! Dr. Inouchi und Alf Goslar betraten sein Büro und gingen gleich in medias res, wie Goslar sagte. Sie breiteten riesige Diagramme aus, hefteten sie mit dafür extra in einer Stahlhandlung erworbenen Reißzwecken an die

Wände in Brockstedts Arbeitszimmer. Sie hatten grafische Darstellungen über das Verhältnis zwischen Verkaufszahlen und Personalbestand vom Plotter ausdrucken lassen, den sie an Inouchis privaten Computer (für Computer-Freaks: einen Apple II E!) angeschlossen hatten. Sie jonglierten mit Zahlen, und was auch immer sie behaupteten und (höchst fadenscheinig!) begründeten, war für Brockstedt weitgehend unverständlich. Das konnte er freilich nicht zugeben. So nickte er mit klugem Gesichtsausdruck, wenn Dr. Inouchi von Personalüberhang redete, und er zuckte nur zusammen, als Goslar erläuterte, wie man durch Einsatz eines der Firmengröße entsprechenden Computers die Arbeit der kaufmännischen Abteilung vereinfachen und rationeller abwickeln könnte.

Wie diese neue Organisationsstruktur aussehen müsse, hatten Goslar und Inouchi selbstverständlich auch herausgefunden, sie erzählten Brockstedt freilich nur einen Teil ihrer Pläne.

»Wir müssen natürlich den Personalüberhang durch geeignete Maßnahmen abbauen«, sagte Inouchi beispielsweise. »Wir werden nicht umhinkommen, einige Leute freizustellen«, sagte Alf Goslar, und sie ließen durchblicken, wie sie sich die neu zu schaffende kaufmännische Abteilung vorstellten. Weniger Schreibtische. Aber dafür jede Menge Computer-Terminals. Da verstand Herbert Brockstedt endlich einmal ein Wort, und er verstand es sogar richtig. Terminal, das bedeutete für ihn Bahnhof.

»Und wann wollen wir damit beginnen?« fragte er vorsichtig.

»Am besten sofort!« sagte Dr. Inouchi, obwohl man Shintoisten oft leichtfertig nachsagt, sie dächten so gründlich und langsam, daß sie nach ihrem Tode nicht bestattet, sondern der Pharma-Industrie als Rohstoff für Schlafmittel überstellt würden. »Am besten sofort!«

»Mo-mo-Moment mal!« stotterte Brockstedt. »Eine Entscheidung von solcher Tragweite muß doch genau durchdacht und überlegt werden!«

»Selbstverständlich!« sagte Alf Goslar. »Reichen Ihnen fünf Stunden für Ihre Entscheidung? Oder müssen wir uns direkt an Herrn Lurzer wenden?«

»Was hat denn HERR LURZER damit zu tun?« fragte Brockstedt. »Für sowas bin noch immer ich zuständig!«

»Selbstverständlich!« sagte Inouchi, und Alf Goslar fügte hinzu, daß niemand in Brockstedts Zuständigkeiten eingreifen würde. Brockstedt stand erleichtert von seinem Schreibtisch auf und wollte damit andeuten, daß er die Besprechung als beendet betrachte.

»Nur eine Kleinigkeit noch!« sagte Goslar, während er schon die Klinke der Tür zum Vorzimmer in der Hand hatte. »Die Plakate und Ansichtskarten und dummen Sprüche vom Sedladcek gehören auch nicht unbedingt in ein modernes Büro! Die privaten Tauchsieder sind streng genommen sogar Stromdiebstahl an der Firma!« Da hatte er endlich einen Komplex angesprochen, den Brockstedt restlos zu überblicken vermochte.

»Ich weiß!« sagte er. »Das hört ab morgen auf! Ich werde sofort eine entsprechende Verfügung diktieren!«

»Wenn Sie so freundlich sein wollen!« sagte Alf Goslar lächelnd. Dr. Inouchi lächelte auch.

»Frau Schneider, Stenoblock! Sofort zum Diktat!« rief Brockstedt dann laut ins Vorzimmer, und Frau Schneider griff nach ihrem Handwerkszeug, ohne zu ahnen, daß sie bereits nach dem letzten Stenoblock griff, den sie für ihn mit nur von ihr zu entschlüsselnden Linien in deutscher Einheitskurzschrift füllen würde. Wie die Natur so arbeitet.

Verfügung betreffend die Ausgestaltung
von Büroräumen – PA 13654/PZ 123VCR

Aus gegebenem Anlaß weise ich darauf hin, daß ab sofort die Ausgestaltung von Büroräumen der Konrad Lurzer KG mit privat angeschafften Bildern, Gemälden, Ansichts- und Landkarten, Sinnsprüchen und dergl. unzulässig ist. Dasselbe gilt sinngemäß für aus dem Privatbereich in den Firmenbereich verbrachte Teppiche, Schaukelstühle, Radiogeräte, Kaffeemaschinen und Aquarien. Ich mache es sämtlichen Mitarbeitern zur Pflicht, solche Fremdkörper unverzüglich aus den Büroräumen zu entfernen. Aus Gründen der Reinhaltung der Luft bzw. der besseren Sauerstoffversorgung sind lediglich je Mitarbeiter bis zu 2 Zierpflanzen zulässig, deren Größe freilich nur in begründeten Ausnahmefällen 45 cm Höhe überschreiten soll.

Dr. Herbert Brockstedt ppa.

»Halten Sie das für klug?« fragte Frau Schneider leise, als Brockstedt diese Verfügung diktiert hatte, und Brockstedt sah sie lange an.

»Was ich für klug halte«, sagte er leise, »scheint mir in dieser Firma nicht mehr so wichtig!«

»Aber Sie sind doch hier noch immer der Kaufmännische Leiter und Personalchef?«

»Natürlich!« sagte Herbert. »Aber ich habe eine ganz raffinierte Strategie! Der Goslar und der Inouchi, die wollen doch eine ganz andere Firma, nicht wahr, die wollen sozusagen eine Revolution. Und wenn ich mich nicht an die Spitze derselben stelle, werde ich von den Entwicklungen überrollt! Verstehen Sie?«

»Nein!« sagte Frau Schneider. »Aber mich interessiert, was mit Ihrer Hi-Fi-Anlage geschehen soll!«

»Ja!« sagte Herbert Brockstedt nachdenklich. »Das ist in der Tat ein Problem! Einerseits hat mir HERR LURZER die Anschaffung dieser Anlage für mein Büro gestattet, um mir die Entscheidung schwieriger Fragen zu erleichtern, andererseits muß meine soeben diktierte Verfügung eigentlich auch auf mich Anwendung finden! Ich werde diese Frage unter Hinzuziehung einiger Arbeitsrechts-Kommentare sorgfältig prüfen und Sie heute nachmittag davon in Kenntnis setzen, wie ich entschieden habe!«

»Heute nachmittag müssen Sie auch über den Organisationsplan von Goslar und Inouchi entscheiden!«

»Weiß ich!« sagte Brockstedt. »Lassen Sie mich bei der Vorbereitung dieser Entscheidungen allein!«

Frau Schneider nahm den Stenoblock und ihren Bleistift, und

sie verließ das Zimmer. Weil der Berichterstatter aber das Privileg genießt, so zu tun, als sei er ständig und überall dabeigewesen, verlasse ich Brockstedts Zimmer allerdings nicht. Herbert Brockstedt saß vielleicht eine halbe Stunde fast ohne jede Bewegung an seinem Schreibtisch. Er betrachtete die Bilder an seinen Wänden und die Zimmerpflanzen, die größer waren als seit Diktat seiner Verfügung zulässig. Er dachte an den Tag, als er Alf Goslar angestellt hatte, der wie Patrick Leclair nur ein Ziel vor Augen zu haben schien, nämlich Brockstedts Stuhl, Schreibtisch, sein Aufgabengebiet und sein Gehalt. Er dachte an seinen Plan, Goslars Neuorganisationsvorhaben durch einen gleichfalls Organisationspläne produzierenden Büroorganisator gewissermaßen zu neutralisieren, und dieser Plan war nicht nur fehlgeschlagen, sondern die beiden Organisatoren hatten sich verbündet, weil Rationalisierung stärker verbindet als das Band der Familie, das auch nicht mehr ist, was es früher einmal war.

Irgendwann, dachte Herbert Brockstedt, muß ich einen Fehler gemacht haben. Er saß hinter seinem Schreibtisch, versuchte, sich an seine Entscheidungen zu erinnern, die er in letzter Zeit getroffen hatte. Er stand auf, suchte eigenhändig Verfügungen, Rundschreiben und Erlasse aus dicken Ordnern und grübelte und grübelte, aber er fand die Antwort auf seine Frage nicht. Natürlich war alles, was er verfügt und angeordnet hatte, unter gewissen Gesichtspunkten ziemlich absurd, aber weil diese Absurdität in sich konsequent war, war sie nicht absurd. Entweder man sagt zu einem bestimmten Führungskonzept ja oder man sagt es nicht.

Einmal allerdings, tief unten in seiner Erinnerung, hatte er sich nicht konsequent verhalten.

Da war doch einmal eine Aushilfskraft in die Firma gekommen, überlegte er, diese Münzberg, die ihren Wagen auf meinen Parkplatz gestellt hat. Ich hätte sie an diesem Tage sofort zur Personal-Service zurückschicken müssen!

Bravo, Herr Dr. Brockstedt! Es mag ihnen als Rechthaberei erscheinen, aber ich erinnere an dieser Stelle dennoch an das 1. meiner Bürogesetze: Wer sich nicht ständig durchsetzt, wird irgendwann abgesetzt. Sie hätten schlicht und einfach Annettes

Wagen an jenem unglückseligen Tage abschleppen lassen müssen! Unter allen Umständen und ohne zu zögern. Er war wichtiger als jene Schallplatte, die Sie an jenem unglückseligen Morgen erworben hatten. So einfach ist das. Entweder man verteidigt seine Macht und behält sie oder man verteidigt sie nicht und verliert sie. Das ist zwar nicht mein Gesetz, Herr Dr. Brockstedt, aber es war zweifellos das Gesetz, unter dem Sie angetreten waren. Im Grunde, seien wir beide doch ehrlich zueinander, war Ihnen schon zu jenem Zeitpunkt der Genuß erhabener Musik von Richard W. wichtiger als die Verteidigung ihres Parkplatzes bzw. ihrer Macht.

Ist es nur ein Zufall oder ist es ein Wink des Weltgeistes mit dessen verschimmeltem kleinen Zeigefinger, daß jene Schallplatte, die sie an jenem Morgen vor Arbeitsbeginn erworben hatten, ein Querschnitt aus Richard Wagners »Rienzi« war, einer Oper, die einen bezeichnenden Untertitel hat? Erwarben Sie damals nicht nur Rienzi, sondern faszinierte Sie etwa der Untertitel? Rienzi, Der letzte der Tribunen? Wer seinen Fuß auch nur einen einzigen Schritt auf die Straße des Untergangs setzt, geht diesen Weg gewöhnlich bis zu seinem bitteren Ende. Jeder Mensch bekommt grundsätzlich und ohne Ausnahme (wie ich von Bhagwan gelernt habe), was er sich wünscht, er bekommt freilich nicht gleichzeitig das genaue Gegenteil. Sie hatten sich damals für Rienzi entschieden und nicht für den Parkplatz. Ich gönne Ihnen Rienzi, denn bei allem, was uns beide trennt: Auch mir bedeutet Richard W. mehr als ein Parkplatz für mein Moped. Ich komme seit einigen Tagen mit der Straßenbahn zur Arbeit, weil Dr. Inoshiro Inouchi seine Rikscha in Gestalt eines Honda Prelude auf jenen Platz gestellt hat, wo früher immer mein Moped stand. Das nur ganz nebenbei.

Wo war ich stehengeblieben? Ach ja, Rienzi: Irgendwann stand Dr. Brockstedt am Nachmittag müde von seinem Schreibtisch auf, legte »Rienzi« auf den Plattenteller und versank in Richard Wagner. Er dachte an seinen Eintritt bei der Lurzer KG, er dachte an seine Frau, seinen Dackel, an das kleine Haus, zu dem ein Garten gehörte, der von einer ähnlichen Hecke umgeben war, wie sie das Lurzer-Gelände umschloß. Er dachte an die Firma, die er recht und schlecht durch gute wie schlechte Zeiten gesteuert hatte, aber jetzt brachen andere Zeiten an. Zeiten, in denen Brockstedt-Entscheidungen mit ihrem Wenn-und-Aber, ihrem Sowohl-als-Auch, ihrem Einerseits-und-Andererseits nicht mehr gefragt waren. Wo sich aus Byte, Kilobyte, Megabyte Entscheidungen herausformten, die entweder JA hießen oder NEIN, und alles andere war von Übel.

Lange saß Dr. Brockstedt in seinem Chefbüro und hörte Richard Wagner, bis er sich endlich zu einer Entscheidung durchgerungen hatte, die nur noch JA hieß. Das JA seiner Kapitulation. »Frau Schneider!« rief er laut ins Vorzimmer. »Rufen Sie mir die Herren Goslar und Dr. Inouchi!«

Frau Schneider griff nach dem Telefonhörer, aber weil Dr. Inouchi längst eine Wanze in Brockstedts Stuhlkissen eingebaut hatte, tauchten Goslar und Inouchi im Vorzimmer auf, bevor Frau Schneider auch nur eine Telefonnummer hatte wählen können.

»Sie können gleich durchgehen!« sagte Frau Schneider zu den Herren.

Als Goslar und Inouchi Brockstedts Arbeitszimmer betraten, hatte Brockstedt schon seine Ölbilder von der Wand genommen, seine Zimmerpflanzen auf 45 cm gestutzt, und er rollte gerade die Kabel seiner Hi-Fi-Anlage zusammen.

»Selbstverständlich halte auch ich mich an meine Verfügungen!« sagte er. »Ich habe mir Ihren Plan der Neuorganisation angesehen! Recht ordentlich! Ich gehe davon aus, daß wir ganz im Sinne von HERRN LURZER handeln, wenn wir diesen Plan in die Wirklichkeit umsetzen! Sie können das Computer-System also meinetwegen bestellen!«

»Es ist quasi schon bestellt«, sagte Dr. Inouchi. »Wir hatten nur aus Sicherheitsgründen eine Rücktrittsklausel in den Auftrag eingebaut!«

»Na denn!« sagte Dr. Herbert Brockstedt. »Ist ja alles in Ordnung!«

Ein leitender Angestellter, der von Richard Wagner mehr versteht
als von elektronischer Datenverarbeitung,
ist verloren. Die Annahme, er könne
EDV-Unkenntnis durch Einstellung eines EDV-Kundigen
ersetzen und dessen Eigeninteressen
durch Einstellung eines weiteren EDV-Kundigen
neutralisieren, ist unrichtig, weil sich
Technokraten im Zweifelsfalle immer gegen
Nicht-Technokraten verbünden.
(17. Schmidtsches Bürogesetz)

Kaputt 16

Nun gehört gewiß nicht besonders viel Intelligenz dazu, mir vorzustellen, wie Brockstedt auf diesen vorhergehenden Teil dieses meines Berichts reagieren wird.

»Was soll denn dieser Unsinn?« wird er vermutlich fragen. »Was soll das denn mit Bhagwan zu tun haben? Nicht Bhagwans Geist, sondern der Geist elektronischer Datenverarbeitung, der große weiße Guru EDV senkte sich auf unsere unglückselige Firma herab!«

Lieber Dr. Brockstedt, auch das ist einer jener Fälle, wo ich behutsam ihrem gelegentlich veralteten Weltbild nahetreten und es etwas beschädigen muß. Ich habe mehrfach darzulegen versucht, daß die Annahme, alles in der Welt hänge nicht zusammen, ein Irrtum ist, der aus dem Versuch resultiert, die Welt in kleine Einheiten aufzuteilen, die jede für sich zu erkennen, zu erklären und deshalb ggf. zu beherrschen sind. Erkennen Sie wenigstens den Zusammenhang zwischen Ihrem Verzicht auf den Parkplatz, den Sie Annette überließen, und der Anschaffung des Computers? Tod dem Computer, es lebe der fleißige Bürokrat, ich weiß, aber jetzt bleibt es mir nicht erspart, Ihrem Weltbild einen weiteren Fußtritt zu versetzen, jenen Fußtritt vielleicht, den Sie zweckmäßigerweise Alf Goslar versetzt hätten, als er anfing, das Wort Neuorganisation auch nur zu denken, geschweige denn auszusprechen. Diesen Fußtritt muß ich leider Ihrer Auffassung von Zeit versetzen, um die es ähnlich schlecht bestellt ist wie um Ihre Auffassung von einer schön aus Monaden zusammengesetzten Welt, in der man jede Monade für sich wie ein Hähnchen auf dem Grillspieß für sich braten könnte. Wenn es Zeit überhaupt gibt, läuft sie nicht schön gleichmäßig vorwärts ab, wie Sie wahrscheinlich annehmen mögen, sondern sie läuft mal schnell ab und mal langsam, mal vorwärts und mal rückwärts, und weil auch jene Gemeinheiten, die Weltbilder über den Haufen zu werfen vermögen, selten jede für sich wie Brathähnchen daherkommen, habe ich den begründeten Verdacht, daß in der Welt zwar alles zusammenhängt, es aber keine für alle Lebewesen und Nichtlebewesen gleiche Zeit gibt, sondern daß sozusagen jedes Brathähnchen in seiner eigenen Zeit gegrillt wird.

Nicht etwa, daß ich Gabriele Neuhammer, meine liebenswürdige, wenngleich etwas übergewichtige Kollegin, mit einem Brathähnchen vergleichen möchte, aber ich kann an ihrem Beispiel vielleicht erklären, was es mit der Zeit auf sich hat.

Wieder kann ich mir jetzt Ihre Einwände vorstellen.

Sie wollen einen Bericht über den Niedergang der Konrad Lurzer KG, aber keinen Bericht über Gabriele Neuhammer und schon gar keinen über die Zeit! Gewiß, aber wenn in einer Welt nun alles zusammenhängt, dann hängt Gabriele in der Firma drin, und wenn es keine für alle gleiche Zeit gibt, dann senkte sich schon Bhagwans Geist über unsere Firma, als Gabriele durch die normative Kraft ihrer Vorstellungen dafür sorgte, daß Gerhard Semmler mit Annette schlief, denn wenn sie sich das nicht vorgestellt hätte, wäre sie nicht eifersüchtig geworden. Sie wäre nicht aus dem Haus gegangen. Sie hätte Annette nicht aus Semmlers Auto steigen sehen. Sie wäre nicht mit Watzmann zusammen in den Ashram gegangen, hätte sich nicht von Bhagwans Denken anstecken lassen. Gerhard Semmler wäre am nächsten Morgen zu ihr wieder freundlich gewesen, denn diese Nacht mit Annette entsprach in keiner Weise Semmlers Vorstellungen, was wiederum auch eine Ursache hat: Da Cartier jene Spiralen noch nicht herstellt, mit deren Hilfe sich das Kichern der Hormone auf die gewünschten Wirkungen beschränken läßt, Annette es aber ablehnte, Produkte ohne dieses Markenzeichen an ihrem Körper zu dulden, wurde Semmler in jener Nacht einmal mehr das Opfer der Gleichung Frust = Lustverlust. Ich will mich hier aber nicht weiter mit Cartier auseinandersetzen, sondern mit Gabriele und der für jeden anders ablaufenden Zeit.

Deshalb muß ich daran erinnern, daß Gabriele mit Watzmann in den Ashram zog, in diese Wohngemeinschaft, wo sich Anhänger des indischen Gurus Bhagwan in unserer Stadt zusammengefunden haben, weil sie gemeinsam besser die Lehren des Meisters verwirklichen können.

Wir wissen beide, wie begeisterungsfähig Gabriele ist. Als sie nach einer Woche wieder in die Firma kam, war sie in jenes leuchtende Rot-Orange gekleidet, das Bhagwan sozusagen als verbindend uniformierende Farbe für seine individualistischen Jünger auserwählt hat, und sie trug eine Kette aus Holzkugeln um den Hals, die ein Bildnis Bhagwans über ihrem Bauchnabel baumeln ließ. Sie hatte sozusagen im Schnellgang gelernt, daß bei hinreichend weit fortgeschrittener Verwirrung aus jeder Heilslehre Opium gewonnen werden kann. Was Gabriele betraf, so wirkte dieses Opium perfekt. Das war diese Woche für Gabriele gewesen: Berührung mit Bhagwans Lehren – jede Menge Meditation – Abstand von der Wohnung (und dem Einfluß ihrer Eltern) – die Nähe anderer junger Menschen, die wie sie Probleme hatten – jede Menge Ruhe – Meditation und schließlich die Zuflucht beim großen Guru. Für Sie allerdings, lieber Herr Dr. Brockstedt, hatten sich in dieser Woche gänzlich andere Vorgänge ereignet: Entscheidung für das neue Organisationsmodell Goslars und Inouchis – Entfernung von privaten Gebrauchsgegenständen aus der Firma – Bestellung eines neuen Computersystems – erneute Änderung des Raumverteilungsplanes der Firma und schließlich die Anlieferung und Montage des neuen Computersystems.

Wollen Sie immer noch behaupten, daß eine Woche für jeden eine Woche ist?

Wer sich verändern will, muss die Welt um sich verändern, wer die Welt um sich verändern will, muss sich verändern: Ich tippe diesen Satz hier einfach mal aufs Papier, weil Gaby ihn im Ashram gehört und nicht verstanden hat. Im Grunde geht es mir aber nur darum, aufzuzeigen, wie sich unsere Firma veränderte, während Gabriele im Ashram Urlaubstage völlig zweckentfremdet, nämlich für sich selber genutzt hat. Zu diesem Zweck muß ich hier wieder einmal eine Ihrer Verfügungen in meinen Bericht aufnehmen.

Änderung des Raumverteilungsplans
Änderung des Aufgabenverteilungsplans

Aus gegebenem Anlaß – der Anschaffung eines neuen Datenverarbeitungssystems – tritt mit sofortiger Wirkung folgende Änderung des Aufgabenverteilungsplans bzw. des Raumverteilungsplans in Kraft, deren Einhaltung ich sämtlichen Mitarbeitern der Konrad Lurzer KG zur Pflicht mache: Sämtliche kaufmännischen Abteilungen sind mit sofortiger Wirkung aufgelöst. Sämtliche Büroräume in der ersten Etage – selbstverständlich auch die von mir bzw. Frau Schneider genutzten –, werden künftig für Zwecke der EDV genutzt. Sämtliche Angestellten der Konrad Lurzer KG nehmen in der Übergangszeit fallweise zuzuweisende Einzelaufgaben nach Anweisung von Herrn Alf Goslar, Herrn Dr. Inoshiro Inouchi bzw. nach meinen Anweisungen wahr.

Sie erhalten zu diesem Zwecke im Keller gelegene, bisher für EDV- bzw. Lagerzwecke genutzte Räume zugeteilt, die Herr Goslar zuweist und die mit sofortiger Wirkung zu beziehen sind.

Dr. Herbert Brockstedt ppa.
(Kfm. Leiter und Personalchef)
Referenz Nr. EDV 01/00/00/01/00

Ach ja, es ist schlimm um die Toleranz des Menschen bestimmt. Als Gabriele zum erstenmal in Bhagwan-Orange am Lurzer-Pförtnerhaus auftauchte, hatte sie schon zweifelnde Blicke, albernes Gekicher und eine Anzahl boshafter Bemerkungen über sich ergehen lassen müssen, die sie aber hoch erhobenen Hauptes ertragen hatte. Watzmann hatte ihr im Ashram erklärt, daß die Aufklärung der Menschheit bisher entweder nicht stattgefunden habe oder aber in ihren Anfängen steckengeblieben sein müsse, denn noch immer sei es, wie im Mittelalter, nur selten möglich, anders als die Mehrheit zu denken, völlig unmöglich aber, sich anders als die Mehrheit zu kleiden, ohne Spott, Mißbilligung oder noch unangenehmere Reaktionen seiner Umgebung auf sich zu ziehen.

»Damit werde ich spielend fertig!« hatte ihm Gaby geantwortet. »Seitdem ich bei Bhagwan Zuflucht genommen habe, kann ich endlich wieder in Ruhe schlafen, ohne an den beknackten Semmler denken zu müssen. Das wiegt alle Nachteile auf!«

Entsprechend ihrem Vorsatz hatte sie sämtliche Anfeindungen, denen sie auf der Fahrt zur Arbeit ausgesetzt gewesen war, freundlich lächelnd über sich ergehen lassen. Mehr noch: Alle Anfeindungen bestärkten sie in der Ansicht, sich auf dem richtigen Wege zu befinden, denn was so vielen mittelmäßigen Straßenbahnfahrern nicht gefiel, das mußte etwas Außergewöhnliches, Bemerkenswertes, Richtiges sein. Auch wenn sie nicht das Glück hatte, wie ich das Florence-Nightingale-Gymnasium besucht zu haben, manche Menschen sind auch ohne Abitur zu der Einsicht fähig, daß der ausgelatschte Mittelweg meistens ein Holzweg ist.

So betrat denn Gabriele mit der vergleichsweise geringfügigen Verspätung von zwanzig Minuten das Verwaltungsgebäude. Sie eilte wie gewohnt die Treppen zum Schreibzimmer hinauf, öffnete die Tür, aber da war kein Schreibzimmer mehr, sondern der Raum war bis auf einen einzigen Schreibtisch und Dr. Inouchi leer. Dr. Inouchi bewies endlich, daß er wirklich ein Doktor war, denn er hatte einen weißen Arztkittel an und beugte sich über eine Maschine, die wie eine Kreuzung zwischen einem Elektrokardiographen und einem Mikrowellenherd aussah.

»Was ist denn hier los?« fragte Gaby. »Wo ist das Schreibzimmer denn augenblicklich?«

»Es gibt in diesel Filma kein Schleibzimmel mehl!« sagte Inouchi und bekam einen roten Kopf, weil er noch immer gelegentlich in die asiatische Gewohnheit zurückfiel, ein R als eine Art unter einen Lastkraftwagen geratenes L auszusprechen.

»Und wo soll ich arbeiten?«

»Wir haben vorübergehend ein Großraumbüro eingerichtet, bis die Umstellung auf den Großcomputer abgeschlossen ist!« erklärte ihr Inouchi. »Dieses Großraumbüro befindet sich im Keller!«

Gaby wollte einen für Dr. Brockstedt nicht gerade schmeichelhaften Kommentar abgeben, aber sie dachte gerade noch rechtzeitig daran, daß sie im Ashram gelernt hatte, allen Menschen mit derselben Freundlichkeit zu begegnen, und so unterdrückte sie sämtliche Flüche und Beschimpfungen.

»Nun ja!« sagte sie. »Sie werden sich schon etwas dabei gedacht haben! Liebe!«

Jetzt war Inouchi so verwirrt, daß er wieder R und L verwechselte, aber Gabriele blieb unverändert freundlich.

»Es tut mil leid!« sagte Inouchi. »Del Kellel dient nul volübelgehend del Aufnahme von Menschen!«

»Machen Sie sich da mal keine Sorgen!« sagte Gaby. »Ich kann überall arbeiten! Liebe!«

Diesen leichtfertig ausgesprochenen Satz bereute sie freilich wenig später, als sie die Treppen heruntergegangen war und die Tür zu jenem Raum öffnete, den Dr. Inouchi großspurig als Großraumbüro bezeichnet hatte. Auch wenn der große Mystiker Hayakawa vom Stamme der Siouxindianer die Auffassung vertritt, es sei alles eine Frage der Semantik: Ein Lagerraum bleibt ein Lagerraum, auch wenn man ihn zum Großraumbüro ernennt; er dient weiterhin als Lagerraum, allerdings jetzt nicht mehr für Sportgerät, sondern für Menschen. Dr. Inouchi und Goslar hatten wahllos eine hinreichende Zahl von Schreibtischen, Aktenschränken und Aktenböcken in den Raum transportieren lassen, für den Anschluß einiger Telefone gesorgt, und nun saßen sie da alle, was heißt hier *sie* – da saßen *wir* alle, denn selbstverständlich hatte Inouchis Plan, die alte Organisationsstruktur und die in sie eingebundenen Angestellten erst einmal in den Keller abzuschieben und sie dort zum Ausschlachten aufzubewahren, vor mir nicht haltgemacht. Auch ich saß in diesem Großraumbüro, und so kann ich endlich einmal wahrheitsgemäß berichten, was sich ereignete, weil ich schließlich dabei war. Gabriele betrat das Großraumbüro, in Bhagwans Rot-Orange gekleidet, und sie blieb stehen, als hätte sie der Blitz der Erleuchtung getroffen. Es war aber nicht die Erleuchtung, sondern nur das schiere Entsetzen, das sie zu einer Art Salzsäule erstarren ließ.

»Was ist denn hier für eine unendliche Scheiße passiert, während ich in Urlaub war?« fragte sie, aber es war viel zu laut im Großraumbüro, als daß es möglich gewesen wäre, sie zu verstehen. Thieme saß an einem Schreibtisch und telefonierte. Semmler saß an einem Schreibtisch und diktierte. Kalinke saß an einem Schreibtisch und aß sein Frühstücksbrot, dessen Duft (Limburger!) durch die Bürolandschaft zog. Sedladcek saß an seinem Schreibtisch und tippte auf der Rechenmaschine. Frau Koch saß verzweifelt hinter ihrer Schreibmaschine und bemühte sich, trotz der Geräusche von a) Telefon, b) Rechenmaschine, c) Semmlers Diktat zu verstehen, was aus dem Kopfhörer ihres Diktiergerätes in ihre Ohren zu dringen versuchte, und Renate Gerlach zuckte nervös mit den Schultern wie ein Autor in der Endphase der Niederschrift eines Romans. Endlich erblickte Gerhard Semmler die bhagwan-orangefarbige Salzsäule, die da mitten im Großraumbüro stand, und er schmiß das Mikrophon des Diktiergeräts auf den Schreibtisch und eilte zu ihr.

»Was ist denn los, Gaby?« fragte er. »Deine Eltern sind völlig verzweifelt, dein Goldhamster frißt nichts mehr, und ich bin mit den Nerven fast am Ende!«

Gabriele sah ihn verwirrt an, die alte Zuneigung regte sich in ihr, und sie hätte sich ihm am liebsten an den Hals geworfen und ihre Arme um seine Schultern geschlungen. Leider regte sich aber auch gleichzeitig ihr Stolz, der das für unmöglich hielt. Die Zuneigung und der Stolz begannen in ihrem Kopfe einen Freistil-Ringkampf, der Gabriele noch mehr verwirrte, aber, Bhagwan sei es gedankt, sie hatte nicht umsonst eine Woche im Ashram verbracht, und sie wußte, was in solch einem Falle zu tun war.

Langsam legte sie ihre Handtasche (natürlich auch in Orange) auf einen Schreibtisch und ließ sich noch langsamer in jene Position gleiten, die den Körper auf einem von Unterschenkeln und Oberschenkeln gebildeten gleichschenkeligen Dreieck ruhen läßt und die als Lotos-Sitz bezeichnet wird, auch wenn Gabriele nicht unbedingt Ähnlichkeit mit der erhabenen Schönheit des Lotos aufwies. Aber auch Dr. Inouchi hatte wenig Ähnlichkeit mit dem Weisen von der grünen Jadewand. Lotos und Weisheit sind, vermute ich, beide im Laufe der Zeit etwas heruntergekommen.

»Mein Gott?« fragte Semmler entsetzt, »was hast du denn? Ist dir irgendwie schlecht? Soll ich dir schnell ein Glas Wasser holen?«

Gabriele antwortete nicht, denn wer vernünftig meditiert, der meditiert nun einmal vernünftig. Ihre Augäpfel hatten sich nach innen gedreht, ihre Lippen bewegten sich langsam, und dann begann es aus ihrem Körper mit der Lautstärke mindestens dreier Düsentriebwerke zu dröhnen.

»Omm, Ommmm, Ommmmm«, dröhnte es, und als sich Semmler über sie beugte, noch lauter: »Ommmm, Ommmm, Ommm!«

Weil Meditation, wenn man sie beherrscht, immer wirkt, wirkte sie auch diesmal. Semmler zog sich völlig verwirrt an seinen Schreibtisch zurück, und nach einer Weile erhob sich Gaby ruhig, griff nach ihrer Handtasche und stieg über Vorgänge und Karteikarten hinweg zu jenem Schreibtisch, an dem Frau Koch saß und den Kopfhörer abnahm.

»Mensch, Gaby!« sagte sie. »Hier sind vielleicht Sachen passiert!«

»Ich habe es schon bemerkt!« sagte Gabriele friedlich. »Es gibt Ereignisse im Leben, die man hinnehmen muß! Möge Friede von allen Seelen Besitz ergreifen und alle negativen Vibrationen ihr Ende finden! Ommmm! – Wo ist bitte mein Arbeitsplatz?«

»Ich hatte vorläufig an diesen Schreibtisch da drüben gedacht!« sagte Frau Koch.

»Fein!« sagte Gabriele und legte ihre Handtasche auf diesen Schreibtisch. »Haben Sie Arbeit für mich?«

Diese Frage, geneigter Leser, war eine Frage, die noch nie zuvor jemand von einem Angestellten der Lurzer KG vernommen hatte, und als Frau Koch begriff, was Gaby da gefragt hatte, war sie völlig davon überzeugt, daß Gabriele sich während der Urlaubswoche total verändert hatte.

»Hier!« sagte sie und hielt ihr eine Cassette hin. »Ein Diktat von Gerhard Semmler!«

»Nein!« sagte Gabriele. »Soweit bin ich noch nicht! Ich schreibe, was immer Sie wollen, aber Semmlers Stimme will ich nicht mehr hören!«

»Ich kann doch die Cassetten nicht neuerdings nach Zuneigung verteilen!«

Gabriele überlegte: »Ist in Ordnung!« sagte sie schließlich. »Ich sehe ein, daß Sie das nicht entscheiden können! Ich gehe mal eben zu Dr. Brockstedt!«

»Zweite Etage!« rief Renate Gerlach. »Er sitzt mit der Schneider in der früheren Kaffeeküche!«

»Was?« fragte Gabriele. »Das ist ja sozusagen eine Revolution!«

»Aber astrein!« mischte sich in diesem Augenblick der Auszubildende Sigbert Schmidt in das Gespräch. »Das ist sozusagen die industrielle Revolution im Büro!«

»Ich denke, Revolutionen sind verboten!« sagte Gabriele.

»Ja!« sagte ich. »Aber das gilt nie für Revolutionen von oben!«

Lieber Dr. Brockstedt, ich weiß nicht, mit welchen Versprechungen oder beschönigenden und beschwichtigenden Erklärungen man Sie aus Ihrem Büro heraus und in die frühere Kaffeeküche hineingelockt hat, aber die Welt ist alles, was der Fall ist. Da saßen Sie nun an Ihrem Schreibtisch, starrten auf die früher einmal weiß gewesene Wand des Zimmers, die inzwischen dank unzähliger Kaffee- und Teespritzer fast so braun war wie die Tapete in Ihrem alten Arbeitszimmer, und die Entwicklungen gingen ihren Weg, der an Ihnen vorbeiführte.

Natürlich waren Sie auch in dieser Woche, die Gabriele im Ashram verbracht hatte, oft durch das Haus gegangen, aber, seien wir beide doch wenigstens ehrlich zueinander, begriffen Sie überhaupt, was sich da ereignete?

Natürlich, da waren große Wagen vorgefahren und Arbeiter hatten Maschinen abgeladen, sie stöhnend und ächzend hinauf in die erste Etage geschleppt. Da hatten Goslar und Inouchi vorsichtig Monitore aus Styropor-Verpackungen gehoben und auf Schreibtische gestellt. Sie hatten dem zugestimmt und es letztlich durch Genehmigung des neuen Organisationsmodells abgesegnet, aber wußten Sie, was Sie da absegneten?

Ich weiß jedenfalls, daß der Plan, sich an die Spitze einer Bewegung zu setzen, um nicht von ihr überrollt zu werden, wenn er überhaupt jemals funktioniert hat, dann nicht funktionieren kann, wenn diese Bewegung ja gerade darauf zielt, denjenigen, der sich an ihre Spitze setzen will, pp. zu überrollen.

Jetzt werden Sie mir vermutlich mit dem Wort Sachzwang kommen. Sachzwänge hätten die Anschaffung dieses Computers mit seiner ziemlich umfangreichen Peripherie erforderlich werden lassen. Es mag Ihnen weh tun, das ausgerechnet von mir lesen zu müssen, aber wenn dieser Bericht einen Sinn haben soll, kann dieser Sinn doch nur darin liegen, daß wir beide lernen.

Sie, lieber Dr. Brockstedt, können etwas über Ihre Vergangenheit lernen, ich etwas für meine Zukuft.

Mal ganz ehrlich: Haben Sie jemals eine Sache gesehen, die irgend jemanden zu etwas gezwungen hätte?

Nicht die Sachen sind es, die zwingen, sondern Menschen, die Sachen benutzen, um andere zu zwingen.

Deshalb: Wenn Sie schon die Anschaffung dieses Systems für richtig hielten – Sie hätten es anschaffen und diesen frustrierten Lehmann aus dem Keller in die erste Etage holen müssen! Und sein erster Auftrag hätte ein Programm sein müssen, das genau jene überflüssig hätte werden lassen, die jetzt Sie und mich, fast alle von uns für überflüssig erklärt haben. Sie empfinden Unbehagen bei diesen Gedanken? In Ordnung, wenden wir uns wieder jenen Detailfragen zu, um die Sie sich mit Begeisterung kümmerten, während andere die große Linie im Auge hatten, die uns beide durchstreichen sollte. Lassen wir Gabriele Neuhammer die Treppe zum zweiten Stock hinaufstürzen und an die Tür der Kaffeeküche klopfen, die jetzt das Vorzimmer Ihres Büros geworden war. Lassen wir Frau Schneider laut ihr »Herein« rufen, und lassen wir Gaby in Ihrem Büro auftauchen.

»Trägt man sowas jetzt?« fragte Dr. Brockstedt, als Gabriele in Rot-Orange vor ihm stand.

»Nicht alle!« sagte Gabriele. »Nur wir! Aber ich komme aus einem anderen Grunde! Gerhard Semmler und ich, nicht, wir haben sozusagen nichts mehr miteinander zu tun, und da wollte ich Sie bitten ... also, ich möchte nicht mehr für Semmler schreiben!«

»Wie bitte?«

Da fuhren Sie wütend in die Höhe. Da befahlen Sie Frau Schneider, sofort diesen Semmler zu rufen, für den Gabriele nicht mehr schreiben wollte, und diesen Watzmann dazu, weil dieser Watzmann auch in dieses Orange gekleidet war.

»Was ist denn eigentlich los in dieser Firma?« brüllte Dr. Brockstedt. »Sie können doch hier nicht in bunten Gewändern herumlaufen und nicht mehr miteinander arbeiten wollen, weil Sie sich beim privaten Herumkuddelmuddeln auseinandergekuddelmuddelt haben!«

»Richtig, Chef!« sagte Gerhard Semmler. »Das liegt alles an diesem Watzmann! Er hat die Gabriele verwirrt, und da wollte ich Sie bitten ...«

»Der einzige, der hier jemanden zu verwirren hat, das bin ich!« sagte Dr. Brockstedt. Watzmann erkannte die einmalige Chance, diesen schwach gewordenen, in die Kaffeeküche abgeschobenen Brockstedt zu einer Konzession zu überreden.

»Chef!« sagte er zu Brockstedt, den niemand mehr für den Chef hielt. »Wir machen doch regelmäßig unsere Meditation! Da wollten wir Sie bitten, Chef, wir brauchen einen Ruheraum, damit wir mittags ungestört meditieren können!«

Dr. Brockstedt war fast einem Schlaganfall nahe.

»Wer will hier in der Mittagspause meditieren? Wo sind wir denn hier? In Hinterindien oder warum?«

»Chef!« sagte Watzmann. »Jetzt ist schon die Gabriele bei uns, und ich, und die Frau Koch interessiert sich auch schon dafür ...«

»Bitte!« sagte Dr. Brockstedt leise. »Ich möchte jetzt allein sein. Ich möchte meine Ruhe haben!«

»In Ordnung, Chef!« sagte Gabriele voll Mitleid. »Ich habe mich dazu entschlossen, wie bisher auch die Cassetten vom Semmler zu schreiben! Ich mag ihn doch! Wie Sie und die Meditation und die Firma und die ganze Welt!«

»Jawohl!« sagte Dr. Herbert Brockstedt. »Jawohl!«

Gabriele, Semmler und Watzmann verließen Brockstedts Büro und machten sich wieder an den Abstieg in das sogenannte Großraumbüro im sogenannten Keller, wo ich vorübergehend mit Kalinke aus der Buchhaltung einen Schreibtisch teilte. »Wollen wir uns nicht wieder vertragen?« bat Semmler, aber Gaby drehte sofort ihre Augäpfel nach innen, setzte zu einer tiefen, tiefen Tiefenmeditation an, brach sie aber sofort ab, als sie sah, daß zwei in weiße Kittel gekleidete Männer mitten im Großraumbüro standen.

»Da sind Sie ja endlich!« sagte Alf Goslar, und Dr. Inouchi erklärte, daß der Computer samt seiner Peripherie soweit installiert sei, daß mit der Übertragung der alten Datenbestände auf Disketten begonnen werden könne.

»Ich bitte Herrn Kalinke, Herrn Semmler und den Auszubildenden Schmidt, mir zu folgen, damit ich ihnen die neuen Arbeitsplätze in der EDV-Abteilung zuweisen kann!«

Lieber Dr. Brockstedt, ich brauchte es nicht zu erwähnen, aber erwähne es trotzdem: Ein großes Gemurmel der nicht erwähnten Mitarbeiter begann, an dem sich nur Gabriele Neuhammer und Watzmann nicht beteiligten, weil sie sofort in den Lotossitz gesunken waren und das Großraumbüro durch ihr dröhnendes Omm ... Ommm, Ommm zu beruhigen versuchten.

»Kann ich auch bei euch mitmachen?« fragte Albin Thieme

leise. »Ich habe auch Probleme mit meiner Frau und Angst vor meiner beruflichen Zukunft!«

»Klar!« sagte Watzmann, der seine Meditation zu diesem Zwecke unterbrach. »Bei uns kann jeder mitmachen, denn wir weisen niemanden ab, der den Weg zur Erleuchtung und zum inneren Frieden sucht!«

Thieme lächelte dankbar und versuchte, seine Beine zusammenzufalten, wie Gabriele und Watzmann das geschafft hatten, aber er fühlte sofort den stechenden Schmerz eines Wadenkrampfes. »Darf ich bitte auf meinem Stuhl meditieren?« fragte er leise, aber diesmal unterbrach Watzmann seine Meditation nicht, sondern er schüttelte nur wortlos seinen Kopf. Ich aber folgte Dr. Inouchi und Alf Goslar in das saubere Reich der Zukunft, die in der ersten Etage unseres Verwaltungsgebäudes längst begonnen hatte.

Geneigter Leser, ich stehe noch immer unter Brockstedts Vollständigkeitsgebot, und so kann ich hier nicht unterschlagen, daß mein Weg in die Zukunft unserer Firma in einer Schleuse begann, wo eine Art Maskenball stattfand. Obwohl ich mich für den Beruf des kaufmännischen Angestellten entschieden hatte und nicht für den des Arztes, Chemikers oder Laboranten, bekam ich wie Semmler und Kalinke einen jener weißen Arztkittel verpaßt, wie ihn Goslar und Dr. Inouchi trugen.

»Ich bin Buchhalter!« sagte Kalinke. »Bilanzsicherer Buchhalter!« Dr. Inouchi lächelte:

»Ihre Bilanzen, Herr Kalinke, werden in Zukunft auch vom Computer erstellt!«

Nach diesen Ausführungen, die nicht nur Kalinke, sondern auch mich nachdenklich stimmten, durften wir endlich das Allerheiligste betreten. Was soll ich sagen, die Augen gingen mir über. Heinz Lehmann, der mir zuvor in meiner gesamten Ausbildungszeit nur zweimal begegnet war, als ich die Materialbestände verwaltet, er aber jeweils eine Rolle Toilettenpapier für sein Keller-WC benötigt hatte, konnte nunmehr tatsächlich über eine Anlage gebieten, wie er sie sich in seinen kühnsten Träumen nicht vorgestellt haben mag. Da stand eine Ehrfurcht gebietende Zentraleinheit, die spielend zwei Megabyte verkraften konnte und an die bis zu einunddreißig Terminals angegliedert werden konnten. Ja, Herr Dr. Brockstedt, Terminal heißt Bahnhof, aber an diesem Bahnhof fuhr für Sie kein Zug mehr ab.

Heinz Lehmann erklärte uns, daß künftig nur wenige Terminals angegliedert werden würden, wenn ich mich richtig erinnere, sprach er von vier Terminals, von denen aus der Zugriff auf die gesamten Datenbestände der Lurzer KG jederzeit und blitzschnell möglich sein würde.

»Wir haben nur für die Anlaufphase zehn Terminals geleast!« erklärte er. »Wenn unsere Daten erst gespeichert sind, gehen sechs wieder an Lehmann & Mossner zurück!«

»Und was sollen wir hier?« fragte Kalinke, und er fragte es nicht ohne Grund. Auch er verstand bei Terminal immer nur Bahnhof.

»Keine Sorge!« sagte Lehmann. »Das werde ich Ihnen sofort erklären!«

Geneigter Leser, er erklärte es uns tatsächlich. Nicht nur, daß Goslar und Inouchi zehn Terminals geleast hatten, sie hatten auch zehn Datentypisten geleast. Von der Personal-Service selbstverständlich. Diese hatten den Auftrag, alles, was wir in jahrelanger mühevoller Arbeit auf Karteikarten, in Kundenakten, Auftragsbücher und auf anders benanntes Papier geschrieben hatten, so schnell wie möglich in die Terminals einzugeben, damit DER COMPUTER a) Bescheid wußte und b) jederzeit (blitzschnell) jede gewünschte Auskunft erteilen konnte.

»Die Sache ist ganz einfach!« erklärte Lehmann. »Die Karteikarten, Kundenakten, Auftragsbücher und das übrige Papier sind auf derartig chaotische Weise bearbeitet worden, daß die Datentypisten nicht begreifen, was der jeweilige Sachbearbeiter jeweils ausdrücken wollte!«

Das war's also! Kalinke und Semmler sollten den Datentypisten unsere Arbeit von Jahren erklären und interpretieren, damit sie den Computer füttern konnten.

»Und was soll ich hier? Ich kann nicht einmal Sedladceks

Sütterlinschrift lesen!« fragte ich.

Lehmann lächelte fast gerührt:

»Du sollst die Karteikarten, Kundenakten und Auftragsbücher nach der EDV-Erfassung mit Hilfe des Reißwolfs vernichten!«

»Und weshalb das?« fragte Semmler.

»Nur für alle Fälle!« sagte Dr. Inouchi. »Für den Fall, daß Dr. Brockstedt rückfällig werden sollte, müssen wir alle Brücken hinter uns abbrechen!«

»Na dann!« sagte ich. »Wollen wir mal anfangen!«

»Ja!« sagte Heinz Lehmann und streichelte liebevoll seine Zentraleinheit. »Wie die Natur so arbeitet!«

Da saß ich also auf einmal im weißen Arztkittel in der EDV-Abteilung vor dem Reißwolf und schob acht Stunden am Tag Papier zwischen seine rotierenden Messer, die es in schmale Streifen schnetzelten. Die Datentypisten, Datentechniker oder wie immer die Berufsbezeichnung dieser Leasing-White-Smock-EDV-Worker lautete, saßen in ihren weißen Kitteln vor den Tastaturen ihrer Terminals und tippten Daten, Fakten, Zahlen, die auf grün schimmernden Monitoren flackerten, bevor sie sich der unersättliche Speicher der Maschine griff und, wenn er sie sozusagen verdaut hatte, auf Disketten spuckte, die an Schallplatten erinnerten, mit Richard Wagner aber überhaupt nichts zu tun hatten. Still war es in diesem EDV-Raum. Weder Kalinke noch Semmler, noch ich wagten es, unsere profanen menschlichen Stimmen gegen das erhabene Summen der Computer zu erheben, und als Kalinke in sein Frühstücksbrot zu beißen begann, als der Geruch seines Limburger Käses gegen den Ozongeruch der Monitore abzustinken versuchte, bedurfte es nur eines Blickes von Lehmann, und Kalinke packte sein Frühstücksbrot wieder ein. Muß ich meine Empfindungen schildern? Da saß ich nun, schob Akten, Auftragsbücher, Karteikarten, schob die Ergebnisse jahrelanger, jahrzehntelanger Arbeit in den Reißwolf. Kontenblätter und Journale, Geschäftskorrespondenzen, alles, was Angestelltenhirne erdacht und gewissenhaft zu Papier gebracht hatten, war nur noch Makulatur.

Genau jene Kontenblätter, Journale, Karteikarten und jene Geschäftskorrespondenz waren es aber, denen meine bereits zwei Ausbildungsjahre dauernde Lehrzeit gegolten hatte und noch galt. Während hier die Ergebnisse des Fleißes der Semmlers, Thiemes und, sorry, letztlich auch der Brockstedts zu Altpapier wurden, lernte ich in der Berufsschule und in den Abendstunden genau jene bürokratischen Künste, mit denen ich einerseits in nicht mehr ferner Zukunft meinen Lebensunterhalt erwerben sollte, die aber andererseits die Künste einer vergangenen Epoche waren.

»Ihre Bilanzen, Herr Kalinke«, hatte Dr. Inouchi gesagt, »werden künftig auch durch die EDV erstellt!« Und warum lernte ich dann noch, wie man mit Lineal und Federhalter eine Buchhalternase auf einen Journalbogen zu zeichnen hatte?

Geneigter Leser, ich habe am Anfang dieses Berichts höflich anzudeuten versucht, daß es um meine schulischen Leistungen auf dem Florence-Nightingale-Gymnasium nicht unbedingt zum allerbesten bestellt war, aber was hier geschah, vermochte ich für meine Zukunft auch ohne EDV-Kenntnisse zu extrapolieren: Hier braute sich eine Welt zusammen, in der meine Kenntnisse in Buchführung und Geschäftskorrespondenz, meine Fähigkeit, ein Blatt Papier verhältnismäßig fehlerlos mit Buchstaben und Zahlen zu beschriften, weniger wert waren als das kleinste Stück Limburger Käse auf Kalinkes Butterbrot. Von dem, was ich gelernt hatte, würde in Zukunft nicht einmal eine Maus leben können, geschweige denn ich, der ich nicht allein Brot und Butter brauchen würde, sondern hin und wieder, ja, wenigstens gelegentlich, eine Schallplatte mit der unvergleichlichen Musik Richard Wagners. Selbst ein mit geringerer Intelligenz ausgestatteter Auszubildender hätte zu jenem Zeitpunkt bemerkt, was für eine Zukunft da aus winzigen Byte zusammengerührt wurde, und wenn er es in der EDV-Abteilung nicht bemerkt hätte, hätte er es in der Kantine bemerken müssen. Da saßen nicht mehr Angestellte aus allen Abteilungen zusammen, sondern es hatten sich zwei Gruppen herausgebildet. Die einen trugen saubere weiße Kittel, wirkten ruhig und sicher, und wenn sie sich gelegentlich leise unterhielten, sprachen sie in einer seltsamen Sprache, die auch ich nicht verstand. Von Schleifen und Zugriffszeiten war die Rede, von Assemblern, Cobol, Fortran und was weiß ich. Die anderen trugen Kleider, Anzüge und, gelegentlich (natürlich Thieme!), Bürojacken, auf deren Ärmel in Ellbogenhöhe Ehefrauen liebevoll Herzen aus Leder genäht hatten. Sie tranken Bier, unterhielten sich laut in einer Sprache, die jeder verstand.

»Seit ich bei Watzmann das Meditieren gelernt habe«, sagte Thieme beispielsweise eines Mittags glücklich, »kann ich endlich wieder schlafen, ohne die kleinen Valium-Tabletten zu schlucken!« Natürlich, ich brauche es eigentlich nicht zu erwähnen: Weil Thieme noch immer fürchtete, bei Brockstedt unangenehm aufzufallen, trug er nach wie vor dunkelweiße Oberhemden, und seine Unterwäsche, unter der er die Kette mit dem Bhagwan-Bildnis verbarg, war, nun ja, rot-orange.

Trotzdem, alles im Leben hat seine Ursache. Wenn ich nicht auch Goslars Akten und Vorgänge in den Reißwolf zu schieben gehabt hätte, wäre jener beklagenswerte Zustand, in dem sich unsere Firma gegenwärtig befindet, nicht eingetreten. Ich werde auch hier Brockstedts Vollständigkeitsgebot folgen, ich werde mich sozusagen um Mega-Vollständigkeit bemühen.

Wie gesagt: Ich saß am Reißwolf und schob Papier nach Papier zwischen die alles zerschneidenden Messer, und weil die Datentypisten vermuteten, daß die Schnelligkeit, mit der sie die Daten auf der Tastatur schrieben, ständig von diesem Megabyte-Leviathan registriert wurde, arbeiteten sie schnell und ohne Kaffeepause, ohne Zigarette und ohne Jerry Cotton in der Schreibtischschublade. Schnell und konzentriert arbeiteten sie, und immer jünger wurden die Papiere, deren Inhalte auf Disketten übertragen waren und von mir vernichtet werden konnten: Brockstedts Verfügung betreffend das Verhalten in Krankheitsfällen. Seine Anordnung zu KONRAD LURZERS Geburtstagsfeier, den Antrag von Frau Klose auf vorzeitigen Eintritt in den Ruhestand, Leclairs fristlose Entlassung, all das gab es schon nicht mehr auf Papier, sondern nur noch auf Diskette. Ich saß und fütterte den Reißwolf, und ich schob bereits Vorgänge zwischen die alles zerschneidenden Messer, die sich mit den auf Leasing der Computer-Anlage zielenden Verhandlungen befaßten, da geriet ein Plan in meine Hände, der gleichfalls längst in Byte übertragen war und von mir folglich vernichtet werden konnte. Aus irgendeinem Grunde aber, ich weiß nicht warum, schob ich dieses große Blatt Papier nicht in den Reißwolf, sondern unter mein Hemd.

»Darf ich mal austreten, Herr Lehmann?« fragte ich. Lehmann nickte. So verließ ich die EDV-Abteilung, eilte in den Waschraum, wo früher einmal wichtige Fragen (Thiemes Karriere!) entschieden worden waren. Ich öffnete eines der kleinen Kabinette vorsichtig, ließ mich auf einem Gefüge aus Porzellan und Kunststoff nieder, und ich zog jenes mehrfach gefaltete Blatt Papier unter meinem Hemd hervor, das ich eigentlich dem Reißwolf hätte überantworten sollen. Ich faltete es vorsichtig auseinander, und, was soll ich sagen, es ging mir wie Dr. Brockstedt, als er Leclairs Plan für die Neuorganisation der Lurzer KG betrachtet hatte. Die Augen gingen mir über. Wie Leclairs Plan waren Namen mit Aufgabenbereichen verbunden, und wie in Leclairs Plan handelte es sich nur noch um wenige Aufgabenbereiche und noch weniger Namen. Unterhalb dieses Aufgabenverteilungsplans waren Namen in einer Liste angeordnet, hinter denen sich die Buchstaben K.W. befanden, und weil Goslar nicht nur ein stets lächelnder, sondern auch ein ordentlicher Mann war, hatte er auch erläutert, was es mit diesen beiden Buchstaben auf sich hatte.

K.W., das bedeutet: »Künftig Wegfallend«, und auch mein Name befand sich unter jenen, denen das K.W. Arbeitslosigkeit, Frührente, Berufsunfähigkeit, mit einem Wort *den Abschied* in Aussicht stellte. Ich suchte Ihren Namen, lieber und verehrter Dr. Brockstedt, und ich fand ihn in einem kleinen Kästchen abseits von anderen Namen, ich fand ihn unter der Aufgabe »Besondere Koordinationsaufgaben«, aber ich wußte wie Sie: Bei der Lurzer KG gibt es nichts zu koordinieren.

Ich hatte genug gesehen. Ich schob den Plan wieder unter mein Hemd und eilte in das Büro, das Dr. Inouchi weiß hatte anstreichen lassen. Er saß in seinem weißen Kittel vor einem weißen Computer-Terminal und betrachtete fasziniert einen Monitor, über den Zahlen flimmerten.

»Entschuldigen Sie!« sagte ich und verbeugte mich. »Darf ich Ihnen eine Frage stellen?«

Dr. Inouchi verbeugte sich: »Selbstverständlich!«

Ich verbeugte mich wieder.

»Sagen Sie, Herr Dr. Inouchi!« sagte ich. »Habe ich eigentlich eine Zukunft in dieser Firma, wenn meine Ausbildungszeit zu Ende ist?«

Dr. Inouchi verbeugte sich wieder und überlegte. Einen Moment hörte man nur jene Stille, die Dr. Inouchi später in einen Haiku umsetzen sollte, dann verbeugte sich Dr. Inouchi wieder. »Del Computel ist unsele Zukunft!« sagte er. Ich wußte genug.

Übel dem Bildschilm ist Luh
Fudschij Balhoo
Wo Computel da Lauch
Walte nul balde
Übelflüssig du auch

(Haiku, Inoshiro Inouchi)

Ich stieg die Treppen hinauf. Noch immer lag mir Goslars Organisationsplan schwer auf der Brust. Ich wußte, wenn es noch eine Chance gab, waren Sie diese Chance, Herr Dr. Brockstedt. Ich ging suchend den Korridor in der zweiten Etage entlang, fand dann einen handgeschriebenen Zettel »Vorzimmer Dr. Brockstedt« über das schön gedruckte Schild »Kaffee- und Teeküche« geklebt, und ich öffnete behutsam die Tür. Neben dem Kaffeeautomaten, der noch immer an der Wand hing, befand sich Frau Schneiders Schreibtisch. Auf dem Schreibtisch verwelkten in einer Blumenvase Rosen, aber von Frau Schneider war nichts zu sehen. Leise öffnete ich die Tür zu Ihrem Büro, und ich sah Sie zusammengesunken in Ihrem Sessel. Sie hatten die Augen geschlossen, und als ich das dünne schwarze Kabel sah, das über ihrer Brust hing und die kleinen Kopfhörer über Ihren Ohren mit dem Walkman in der Schreibtischschublade verband, schöpfte ich für einen Augenblick Hoffnung. Sie hatten, so dachte ich, noch nicht resigniert. Dann öffneten Sie Ihre Augen, sahen mich und rissen den Kopfhörer vom Kopf und ließen ihn in der Schublade verschwinden. Da wußte ich, wir beide hatten verloren.

Trotzdem holte ich Goslars Plan unter meinem Hemd hervor, faltete ihn auseinander und schob ihn über Ihren Schreibtisch.

»Kenne ich längst!« sagten Sie mit müder Stimme. »Das sind Sachzwänge! Man kann sich nicht gegen die neue Zeit und ihre neue Technik stellen!«

»Wirklich nicht?« fragte ich. »Sie sind doch hier noch immer der Chef!«

»Ich bin ein Angestellter!« sagten Sie. »Zwar ein leitender Angestellter, aber es gibt für mich nichts mehr zu leiten!«

»Ruhen Sie sanft!« sagte ich. »Können Sie mir wenigstens gestatten, eine Stunde eher die Firma zu verlassen?«

Sie überlegten.

»Wenn Herr Lehmann, Dr. Inouchi und Alf Goslar nichts dagegen haben, habe ich auch nichts dagegen!«

Ich verließ Ihr Zimmer. Ich verließ das Verwaltungsgebäude. Als ich am Pförtnerhaus vorbeikam, sah ich, daß sich der Pförtner über einen Computer-Terminal beugte und vermutlich mich betreffende Daten eingab. Ich ließ das Pförtnerhaus hinter mir und ging langsam durch die Stadt. Obwohl der Herbst noch lange nicht angesagt war, begannen sich die Blätter braun zu färben. Auf Parkbänken spielten die Arbeitslosen Skat, Schach oder Monopoly. Ich kam an eine Straßenbahnhaltestelle, tippte den Namen der Haltestelle nahe der Wohnung meiner Eltern mit Hilfe einer Tastatur in eine Maschine, und auf der LED-Anzeige leuchtete der Fahrpreis auf, den ich zu entrichten hatte. Eine Mark achtzig. Ich warf ein Zweimark-Stück ein, die Maschine summte leise, zwanzig Pfennige und ein Fahrschein fielen in einen Schacht. Ich steckte das Geld ein, wartete auf die Straßenbahn, aber mein Physiklehrer vom guten alten Florence-Nightingale-Gymnasium stand plötzlich vor mir. Er war alt geworden,und sein Oberkörper fing bereits deutlich sichtbar an, den Schwerkraftgesetzen zu folgen.

»Sagen Sie«, fragte ich ihn, als wir uns begrüßt hatten, »was ist eigentlich eine Diskette?«

Er sah mich nachdenklich an und schien sich an eine sehr ferne Zeit zu erinnern.

»Eine Diskette ist ein Datenträger, auf dem Daten sozusagen magnetisch gespeichert sind!«

»Dann müßte man diese Daten mit einem starken Magneten auch löschen können!« sagte ich. Der Physiklehrer versuchte zu lächeln, aber da inzwischen die Beihilfegrundsätze für Beamte geändert waren, konnte er sich keinen vernünftigen Zahnersatz leisten, und ich sah nur eine zahnlose Öffnung.

»Mensch, Sigbert!« sagte er. »Du bist noch immer der alte!«

»Ja!« sagte ich. »Aber es wird von Tag zu Tag schwieriger, weil dauernd neue Zeiten kommen!«

Die Straßenbahn kam. Ich stieg ein und schob meinen Fahrschein in das Fahrscheinentwertungsgerät, ging dann ins Innere des Wagens und setzte mich. Eine ziemlich schwangere Frau stieg in die Straßenbahn, und ich bot ihr meinen Sitzplatz an, weil ich ohnehin an der nächsten Station aussteigen mußte. Ich ging wieder die Straße entlang, vorbei an spielenden Kindern, ich erreichte unser Haus und stieg die Treppen zu unserer Wohnung hinauf.

Mein Vater, mein armer alter Vater, der so glücklich gewesen war, als ich endlich den Ausbildungsplatz bei der Lurzer KG gefunden hatte, saß in der Küche und hatte eine Zeitung in seinen Händen.

»Zweieinhalb Millionen Angestellte werden in den nächsten Jahren durch Computer ersetzt werden!« sagte er. »Was willst du denn da machen?«

»Mir wird schon irgendwas einfallen!« sagte ich. Ich ging in mein Zimmer, schmiß meine Aktentasche auf mein Bett und legte eine Schallplatte auf. Richard Wagner natürlich. Ich hoffte, der Fliegende Holländer würde mir Ruhe bringen, aber weil ich eine Aufnahme erwischt hatte, die Herbert von Karajan dirigierte, regte ich mich noch mehr auf. Ich verließ mein Zimmer und sagte meiner Mutter, daß ich die Wohnung noch mal verlassen würde.

»Wo willst du denn hin?« fragte sie.

»In den Ashram!« sagte ich. Ich hätte genausogut in eine Kneipe, zur Kartenlegerin oder zu einem Wahrsager gehen können. Jeder hat irgendeinen Ort, an den er zu flüchten versucht, wenn er nicht mehr weiterweiß.

Als ich an der Tür des Ashrams geklingelt hatte, kam mir Watzmann entgegen.

»Fein!« sagte er. »Daß du endlich auch zu uns gefunden hast ...«

»Da wäre ich mir an deiner Stelle nicht so sicher!« sagte ich. »Du weißt, daß ich eine vergleichsweise fundierte Ausbildung hinter mir habe!«

»Was? Bei der Lurzer KG?« fragte er überrascht.

»Nein!« sagte ich. »Auf einem humanistischen Gymnasium!«

Weil gerade eine Meditationsstunde angesagt war, ließ auch ich mich in den Lotossitz sinken und begann wie die anderen zu summen und zu brummen.

»Ommm, ooommm, ommmm«, summte ich, und zuerst einmal passierte nichts. Dann sah ich rote Kreise, und aus den Kreisen schälte sich Brockstedts Gesicht.

»Du mußt das verstehen!« sagte er. »Natürlich werden sie dich nach dem Ende deiner Ausbildungszeit entlassen. Aber du hast wenigstens Ansprüche auf Arbeitslosenunterstützung! Andere sitzen in deinem Alter ohne einen Pfennig auf der Straße!«

Nach einer Weile begann Brockstedts Bild zu wabern, und Dr. Inouchi tauchte vor meinem inneren Auge auf.

»Du darfst das nicht persönlich nehmen!« sagte er. »Ich habe gegen niemanden etwas, und der Computer ist nur ein ganz normales Arbeitsgerät! Sozusagen eine Maschine, die dem Menschen in der Zukunft das Leben einfacher, leichter und schöner machen wird! Es wird viel kürzere Arbeitszeiten geben, und die Arbeit wird viel interessanter werden!«

»Ich werde nicht mehr lange leben!« sagte mein alter Physiklehrer, »und ich kann dir sagen, mein Leben hat mir immer sehr viel Spaß gemacht! Man kann eine Diskette mit einem starken Magneten sehr schön durcheinanderbringen, denk daran!«

Diesmal verschwand das Gesicht meines Physiklehrers in blauen Kreisen, aber was will man von einem Meditations-Azubi schon groß erwarten, so sehr ich brummte und summte, ich sah keine Bilder mehr, ich sah keine Gesichter mehr, ich sah nur Gabrieles Rücken vor mir und Watzmanns Gesicht und ein Foto von Bhagwan, das hinter Watzmann an der Wand hing. Ich stand auf und mußte laut schreien, ich torkelte und schwankte und fiel auf Gabriele Neuhammer, weil auch mir die Beine eingeschlafen waren.

»Mensch, paß doch auf!« sagte Gabriele. »Kannst du nicht mal vernünftig meditieren?«

Am nächsten Morgen betrat ich, und das war ein einmaliges Ereignis während meiner bisherigen Ausbildungszeit, das Firmengelände bereits eine Stunde vor Dienstbeginn. Ich pfiff fröhlich eine Melodie vor mich hin, schlenkerte wie immer mit meiner Aktentasche und stieg die Treppen zur ersten Etage hinauf. Jetzt, wo die Datentechniker noch in ihren Wohnungen am Frühstückstisch oder schon in der Straßenbahn oder in ihren Autos saßen, kam mir der EDV-Raum wie eine Maschinenhalle vor. Ich hatte mich aber nicht für die Ausbildung zum Maschinisten entschieden, sondern für die Ausbildung zum Büroangestellten. Ich ging langsam zu den Stahlschränken, in denen die Disketten schliefen, und ich holte meinen Magneten aus meiner Aktentasche. Ich war während meiner Ausbildungszeit immer wieder darauf hingewiesen worden, daß es darauf ankommt, sorgfältig zu arbeiten, und ich arbeitete sorgfältig. Eine Diskette nach der anderen nahm ich aus der Hülle, strich mit meinem Magneten über sie und steckte sie wieder in die Hülle zurück. Geneigter Leser, ich hoffe, nicht den Eindruck erweckt zu haben, daß ich sonderlich eifrig bei meinen Arbeiten war, aber diesmal handelte es sich nicht um eine Tätigkeit für die Konrad Lurzer KG, sondern um eine Tätigkeit, die ich ganz allein zu meinem Vergnügen verrichtete. Trotzdem, ich schwitzte, als ich endlich bei der letzten Diskette Messmer gespielt hatte und die Stahlschränke wieder verschloß. Dann schaltete ich den Reißwolf ein und ließ Goslars neues Organisationsschema zwischen den Messern verschwinden. Der Reißwolf kreischte fürchterlich.

Ich saß schon eine Weile an meinem Reißwolf, als Dr. Inouchi, Alf Goslar und Heinz Lehmann (natürlich im weißen Kittel) in die EDV-Abteilung kamen.

»Ich glaube, wir können heute mit den ersten Probeläufen beginnen!« sagte Inouchi. Lehmann griff nach einer Diskette, schaltete die Zentraleinheit ein, schob die Diskette in die Station und betätigte die Tasten. Was soll ich sagen, es ereignete sich überhaupt nichts.

»Das ist doch nicht möglich!« sagte Heinz Lehmann. Er griff nach einer anderen Diskette, schob sie in die Disketten-Station. Wieder ereignete sich nichts.

»Du bist hier völlig überflüssig!« sagte Lehmann plötzlich und unvermittelt zu mir. Gerhard Semmler und Ferdinand Kalinke tauchten mit ihren Aktentaschen im EDV-Raum auf, aber auch sie waren plötzlich überflüssig.

»Ihre Arbeit hier ist vorläufig erledigt!« sagte Heinz Lehmann. »Begeben Sie sich bitte in den Keller, und warten Sie dort auf weitere Anweisungen!«

»Aber gern!« sagte Gerhard Semmler.

Geneigter Leser, was gelöscht ist, das ist nun einmal gelöscht. Da konnte ein verzweifelter Lehmann noch so verzweifelt mit Lehmann & Mossner telefonieren, konnten Lehmann & Mossner noch so freundlich an die Herstellerfirma des Computersystems verweisen, konnte die Herstellerfirma noch so viele Programmierer und Systemanalytiker zur Lurzer KG abordnen, was gelöscht ist, ist gelöscht.

Zur Mittagspause lief die Gerüchteschleuder längst auf vollen Touren, und auch ich erfuhr, was sich ereignet hatte bzw. ereignet haben soll.

Irgendwann hatten die Analytiker herausanalysiert, daß jemand den Disketten eine Art Paranoia zugefügt haben müsse, die absolut nicht zu heilen sei, weil Heinz Lehmann die gebotene Datensicherung sträflich vernachlässigt, d.h. überhaupt nicht vorgenommen hatte.

»Und wo sind die Originalbelege verblieben?« soll Dr. Brockstedt gefragt haben, als man ihn ratlos aus der zweiten Etage in die erste gebeten hatte.

»Durch den Reißwolf!« soll Alf Goslar darauf kleinlaut gesagt haben.

Was gelöscht ist, ist gelöscht! Und ein Gerücht ist ein Gerücht. Wenn die Gerüchte an jenem Vormittag wie zuvor als eine der zuverlässigsten Informationsquellen in unserer Firma gelten können, kann ich davon ausgehen, daß Konrad Lurzer, von Brockstedt verständigt, mit einem Lear-Jet auf dem Flugplatz gelandet und von dort aus direkt in die Firma gefahren sein soll.

»Und was hat das alles zu bedeuten?« soll Konrad Lurzer gefragt haben, und Brockstedt soll gelächelt haben, als er sich bemüht hat, seine Antwort zu formulieren:

»Wenn sämtliche Datenbestände gelöscht sind, wissen wir überhaupt nichts mehr! Wir wissen nicht, an wen wir geliefert haben, wir wissen nicht, wem wir Geld schulden und von wem wir Geld zu fordern haben. Wir kennen nicht einmal mehr unsere Kunden, wir haben keine Kalkulationsunterlagen, wir haben keine Konten, wir haben keine Gehaltslisten, wir haben nichts mehr!«

Gerüchte sind Gerüchte. Was gelöscht ist, ist gelöscht. Was weiß ich? Ich weiß nicht, ob es zutrifft, daß Konrad Lurzer Alf Goslar mitten im EDV-Raum eine schallende Ohrfeige verpaßt hat, ich weiß aber, daß er Dr. Brockstedt (sofort und auf der Stelle!) von seiner Aufgabe als Kaufmännischer Leiter und Personalchef entbunden hat:

»Der einzige, dem Sie in dieser Firma noch Anweisungen zu erteilen haben, ist der Lehrling, Herr Dr. Brockstedt!«

Ich hatte mich in der Zwischenzeit zusammen mit Kalinke in den Keller begeben und dort in einen schmalen Raum zurückgezogen, der früher einmal, zu glücklicheren Zeiten, als Altgutablage gedient hatte. Dort tauchte Dr. Brockstedt wenig später auf. »Schreiben Sie alles auf, Herr Schmidt, was Sie im letzten halben Jahr Ihrer Ausbildungszeit erlebt haben!« sagte Brockstedt. »Aus prinzipiellen Gründen brauche ich einen ungeschminkten

Bericht. Ich verlasse mich auf Sie!«

»Wer sich auf den verläßt«, sagte Kalinke, »der ist von allen guten Geistern verlassen!« Muß ich, kann ich, darf ich es wagen, auch dieses Kapitel auf die mir inzwischen zur Gewohnheit gewordene Weise abzuschließen?

AUFGABE DES COMPUTERS IST ES, ORDNUNG IN DAS CHAOS ZU BRINGEN, ABER SOLANGE ES NOCH MENSCHEN GIBT, WIRD DAS CHAOS LETZTLICH IMMER SIEGEN.

(18. Schmidtsches Bürogesetz)

PS. Soeben hat Gabriele Neuhammer die erste Anordnung auf meinen Tisch gelegt, die nicht mehr Herbert Brockstedt, sondern Heinz Lehmann verfaßt hat. Obgleich mir nicht bekannt ist, daß sich mein Bericht auch auf die Zeit nach seiner Fertigstellung beziehen soll (Kalinke meint ja, Semmler nein, Thieme vielleicht), füge ich diese Anordnung als Anlage 1 diesem meinen Bericht bei.

PS. 2 Nach gründlicher Analyse der oben angeführten Anweisung Lehmanns habe ich mich dazu entschlossen, fundierte Kenntnisse auf dem Gebiete der elektronischen Datenverarbeitung zu erwerben, um den in Zukunft auf mich wartenden Aufgaben mit Hilfe eines der technischen Entwicklung entsprechenden Bildungsstandes besser gewachsen zu sein.

Ich bitte deshalb höflich wie dringend, mich schnellstmöglich im Rahmen meiner weiteren Ausbildung mit den Feinheiten des Umgangs mit Computern jeglicher Art vertraut zu machen.

Ich versichere an Eides statt, daß ich diesen meinen Bericht ohne jegliche fremde Hilfe und ohne jegliche nicht ausdrücklich zugelassene Hilfsmittel eigenhändig und allein angefertigt habe.

Sigbert Schmidt
Auszubildender II. Ausbildungsjahr
(Wie die Natur so arbeitet!)

Betr.: Zugang zu Räumen der EDV-Abteilung

Gesch.Zeichn.: 001001000100010001000101010

Das Betreten der EDV-Räume

Anlage 1

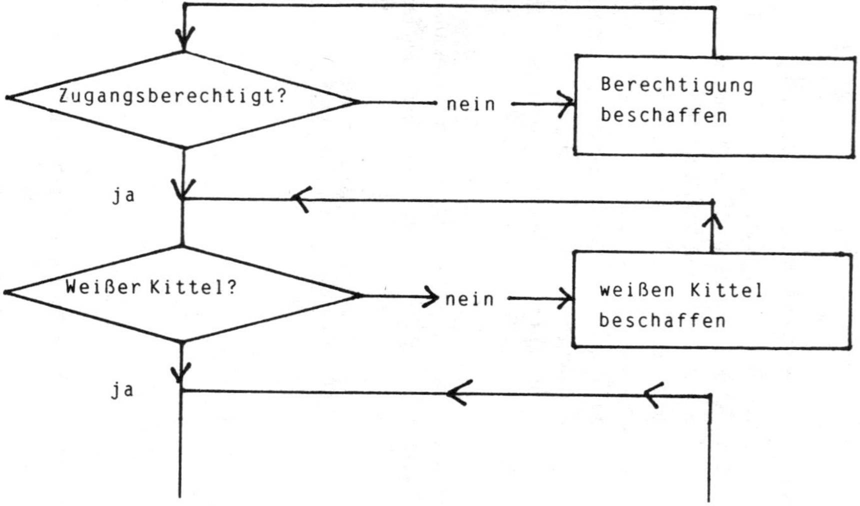

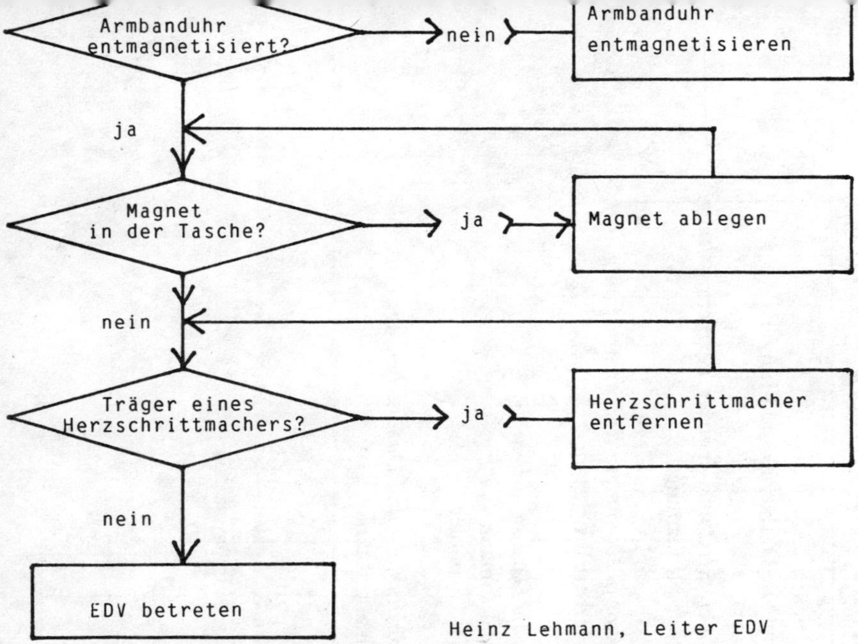

Heinz Lehmann, Leiter EDV

Auszug aus dem Organisationsplan der Konrad Lurzer KG

Stand: 31. Dezember Anlage 2

Direktion:
Konsul Dr. Dr. h.c. Konrad Lurzer

Chefsekretariat und Zentrale Textverarbeitung:
Gabriele Neuhammer

Direktor für besondere Koordinationsaufgaben:
Dr. Herbert Brockstedt

Zentrale Datenverarbeitung:
Heinz Lehmann
Gerhard Semmler

Altschriftablage und Datensicherung:
Ferdinand Kalinke

Auszug aus dem Organisationsplan der Konrad Lurzer KG

Stand: 31. Dezember Anlage 2

Empfänger von Arbeitslosenunterstützung bzw. Arbeitslosenhilfe
Stand: 31. Dezember
Christa Dolf, 32
Helma Schneider, 35
Patrick Leclair, 45
Helga Ebeling, 29
Isolde Koch, 49
Albin Thieme, 45
Ida Hanisch, 35
Renate Gerlach, 23
Heinz Böckelmann, 46

Empfänger von Altersrente bzw. Rente wegen Berufsunfähigkeit:
Irmgard Klose, 58
Franz Sedladcek, 62

Nota

Ich danke der Bavaria Atelier GmbH sowie den Co-Autoren der Fernsehserie »Büro-Büro« für die Genehmigng, Titel, Figuren und Motive unserer Fernsehserie in den vorliegenden Roman einzubringen.

Wolfgang Körner, San Augustin GC, Mai 1983

Lesefutter

John Barth
Der Tabakhändler (5621)

Barbara von Bellingen
Die Tochter des Feuers (5478)

Eberhard Cyran
Der König (5638)

Fanny Deschamps
Deutsch von Uli Aumüller und Grete Osterwald.
Jeanne in den Gärten
528 Seiten. Gebunden und als rororo 5700
Jeanne über den Meeren
560 Seiten. Gebunden und als rororo 5876

Robert S. Elegant
Deutsch von Margaret Carroux.
Die Dynastie
790 Seiten. Gebunden und als rororo 5000
Mandschu
607 Seiten. Gebunden und als rororo 5484
Mandarin
720 Seiten. Gebunden und als rororo 5760

Pauline Gedge
Die Herrin vom Nil
Deutsch von Ulla H. de Herrera.
540 Seiten. Gebunden und als rororo 5360
Pharao
Deutsch von Margaret Carroux und Ulla H. de Herrera.
576 Seiten. Gebunden
(Wunderlich Verlag)

rororo

C 2271/2